뽕짝은
아무나 하나

김·병·걸·의·가·요·이·야·기

뽕짝은 아무나 하나

김병걸 지음

새로운사람들

뽕짝은 아무나 하나

작사가로서 내가 가져가고 싶은 미래는 뽕짝(성인가요의 통칭)이 아니었다. 뽕짝은 왠지 낡은 반복에 구닥다리 같아 어느 시점이 되면 포크 계열이나 락Rock 또는 신세대음악 쪽으로 작품 패턴을 바꾸려고 기회를 노렸다.

그러나 나는 뽕짝의 환호에 어물쩍거렸고 '뽕짝 프레임'에 갇힌 나를 발견했을 때는 이미 30대도 40대도 아니었다. 가요는 급속히 지형을 바꿔 새로운 트렌드를 요구하는 소비와 질서로 재편되었고 수많은 가수들이 명멸했다. 나는 싫든 좋든 뽕짝 군群에 배치되어 지겹도록 진부한 음반에 에너지를 바쳐야 했다.

성인가요로 밥을 먹으려는 가수나 제작자들은 문장이나 문법 따위엔 아랑곳 않고 대중들의 관심을 끌기 위해 억지춘향의 의성어와 의태어 또는 반복된 단어에만 집착하여 조악한 노래와 음반을 폭포수처럼 쏟아냈다.

잠깐일 것 같았던 랩 가요는 오랜 날을 지배했고 성인가요는 신진대사를 못 이룬 채 가수나 제작자가 직접 가사나 곡에 접근하여 가요의 질을 떨어뜨렸다. 2000년대에 들불처럼 번진 이 풍조는 신세대 가수들이 한류 열풍을 일으키며 진화하는 것과는 대조적으로 전문성이 결여된 졸속 음반에 안주하는 지리멸렬을 재촉했다.

이 황당무계한 일들에 속수무책인 채로 굼뜬 가요작가들은 변방으로 쫓겨나고 비즈니스로 승부하는 작품자만이 판을 치는 세상이 되어 버렸다. 이 구도가 몰고 오는 결

제3회 대한민국연예예술대상 작사상 수상. 작곡상의 서승일과 함께. 1996년

론, 문제는 가요의 획일화다.

음반시장이 무너지고 무대공연만이 호구지책이 된 가수들은 너나 없이 행사용 선곡과 편곡으로 '그 나물에 그 밥'을 경쟁했고 일부 인기 작가들은 노력하지 않고 자기 작품을 카피하는 부끄러움도 서슴지 않아 문화를 훼절했다.

나는 이들과 어색한 동거를 하면서 그들 매너리즘의 원인이 치명적인 자만fatal conceit 이 아니라 거기까지인 한계 탓이라고 감히 단정한다.

굳이 찾아 나서지 않아도 될 군번이고 보니 매일같이 새로운 가수를 만난다. 전 국민이 가수인 시대를 살면서 음반을 내는 일은 이제 특별한 영역이 아니다. 누구나 손쉽게 자기 음반을 제작할 수 있는 여건은 도처에 즐비하다.

'흑백TV가 있어도 내 방이면 행복한 할머니'처럼 누구나가 노래반주기만 있으면 가수였고, 프레스기가 아니어도 CD를 찍어내 음반을 소유한다. 이러다 보니 작품비나 제작비를 덤핑하는 작가가 늘어났고 기념판 싸구려 음반들이 양산되었다.

제17회 대한민국연예예술대상 작사상 수상

아날로그 시대에서 디지털 시대로 바뀌면서 음반의 실종은 대중문화에 큰 지각변동을 가져왔고 가요작가들은 시퀀싱을 하는 젊은 뮤지션들에게 안마당을 내주며 중심에서 밀려났다.

이제 온라인으로 소비가 유통되면서 〈디지털 싱글〉이 엄청난 양과 빠른 속도로 가요계를 접수하게 될 것이다. 이는 자칫 조악한 음악의 유포라는 부정적인 우려도 있겠지만 실험적인 음악의 접근과 가수 또는 작품 발표의 진입 장벽을 낮추는 발전적 계기도 될 것이다.

아! 37년의 세월은 유수같이 흘렀고 수많은 가객을 만났다. 악보 위에 얹은 세월과 가수 뒤에 숨긴 이야기를 책으로 정리해 보았다.

당초엔 우리 가요의 역사를 조명하는 내용을 쓸까 생각했지만 우선 나의 이야기를 엮기로 했다. 곡조와 동반하고 가수로 완성되는 작사가의 길을 걸어오면서 만났던 여러 풍경들과 흥분했던 일들을 건져 보았다.

책 이름을 놓고 어려웠다. 고민 끝에 『뽕짝은 아무나 하나』로 결정했다. 누군가가 뽕짝을 가요의 폄하라고 터부시했지만 나는 뽕짝이란 말이 좋다. 뽕짝은 우리의 가락이고 박자다. 그 안에 우리의 숨찬 사연이 있다.

경음악이 아닌 가사로 멜로디가 눈을 뜨고 말문을 여는 가요는 가사와 멜로디와 목소리와 악기음들이 잘 조화된 박자다. 뽕짝은 우리네 정한이 담긴 살풀이다. 울음이고 신명을 엮는 매듭이다.

누가 뽕짝을 능멸하는가. 천박한 실력으로 가사와 곡에 접근하고 노래를 점령하여 기어이 목불인견이 되고만 요즘의 성인가요를 쳐다보고 있으면 천불이 난다. 2013년 봄철 프로개편에서 지상파 방송들은 망가질대로 망가진 성인가요를 용서할 수 없다며 기존의 프로를 없애고야 말았다.

♩♪♫
뽕짝은 아무나 하나

아무나 뽕짝을 능멸한 당연한 결과이리라. 그 아무나는 설익은 가수들이고 어설픈 작품자들이고 그들을 무대에 세운 케이블 방송이고 가요를 우습게 여긴 제작자들이다. 나는 이런 날이 올 거라고 수없이 경고했다. 그럼에도 가수들은 염불 대신 잿밥에만 눈이 멀어 행사 출연료 올리기에 급급했다. 좋은 노래를 불러야 할 사명감을 잊고 유치한 음반을 만들고 노래연마를 게을리했다.

그럼에도 불구하고 "노래 못 하면 장가 못 간다"며 심지어 벌칙으로 노래를 시키는 고마운 국민들과 살면서 노래를 만드는 일이 자랑스럽기도 하지만 감동을 그려내는 좋은 작품을 써야 한다는 부담에 늘 쫓기듯 산다.

나의 히트송 '사나이 눈물'의 첫 행 "지금 가지 않으면 못 갈 것 같아" 서둘렀던 나를 후회한다. 삶은 속도가 아니라 방향이어야 한다는 말이 이제서야 바로 들린다.

나에게 또 다른 삶Second Life은 없다. 다시 태어나도 나는 가요작가가 되리라. 비록 출발과 환경이 트로트 가요에 나를 묶어 두었지만 몽블랑의 만년설 같은 노래를 만들어 최고 가수와 만나고 싶다. 장르와 세대에 상관없이 맘껏 역량을 쏟고 길이 남을 노래를 남기고픈 나의 노력이 모래성이 아니길 기도한다.

아, 작곡가들이 나를 존재하게 했고, 가수들이 나를 빛나게 해주었다. 나와 함께 풍찬노숙의 길을 동행한 많은 가인歌人들. 가수, 작곡가, 편곡가, 레코딩뮤지션, 코러스맨, 레코딩 프로듀서, 방송국 프로듀서, 악단, 그리고 음반제작자와 가수를 관리해 주는 매니저 이 모든 분들께 나의 노래와 이 책을 바친다.

뽕짝은 아무나 하나

3. 절차탁마와 영광의 순간들

4. 콤비네이션 Combination

♩ ♪ ♫
뽕짝은 아무나 하나

7. 방송에 진출하다

8. 가요계에 제언提言한다

뽕짝은 아무나 하나

9. 노스탤지어 nostalgia

10. 콤카^{komca}를 사랑한 이야기

11. 내가 본 김병걸

뽕짝은 아무나 하나

12. 뒤안길

운명은 예기치 못한 곳에서 시작되어 사람의 인생을 바꾸어 놓는다. 그런 걸 팔자라고 쉽게 정의하는가? 나를 가요 작가로 만든 건 늦은 호적 나이다. 당시 동장이 그랬는지, 아버지가 그랬는지는 모르겠으나 나는 실제 나이보다 세 살 적게, 생일도 동짓달 생인데 3월 생으로 호적에 올라 있다. 그로 인하여 한때는 줄어든 나이 때문에 좌절하기도 하였지만 지금 와서 보면 오히려 전화위복이 되었다.

—〈잘못된 호적 나이가 작사가로 만들어〉 본문 중에서

01

작사가는 내 운명이었다

정두수라는 등대

　내가 가요라는 바다, 망망대해에 뛰어들었을 때 등대 하나가 있었으니 바로 작사가 정두수鄭斗守다. 나는 그 불빛을 향해 헤엄쳐 갔고 마침내 뭍에 오를 수 있었다. "시는 밥이 못 되니 노래시나 쓰라"며 정두수 선생님은 나를 가요계로 이끌었고 나는 악착같이 살아남아 오늘에 섰다.

　고등학교에 입학하자마자 나는 기타를 배우기 시작했고 세광음악출판사에서 펴낸 '가요생활'이란 잡지를 샀다. 이 '가요생활'에 1968년부터 정두수 선생님은 '알기 쉬운 작사법'이란 강의를 연재하였는데 나는 세광출판사로 편지를 보내 선생님의 주소를 딴 뒤 문하생이 되었다. 로망인 선생님을 모시면서 척박한 가요 바닥에 내 푸른 청춘을 고삐 맨 뒤 나는 비루한 젊은 날을 견뎌야 했다. 벌이가 없으니 차비도 궁해 암사동에서 선생님의 자택이 있는 자양동까지 걷기도 참 많이 걸었다.

　막내 동생은 형의 성공을 위해 야간 일을 하며 쌀과 연탄을 샀다. 어디 그뿐이던가. 어머니는 상경하여 비가 오나 바람이 부나 미사리로 밭일을 나가시고 나는 단칸 반지하 방에서 호사하게도 시와 노래가사를 썼다. 이 무슨 불효막급이란 말인가.

　출구가 없는 미로였을까. 눈앞이 아득한 세월을 7년이나 보냈다. 방안에 누워 있으

♪♪♫
뽕짝은 아무나 하나

면 천장이 온통 노래가사로 가득했다. 그것들은 환희의 물결이기도 했지만 엄청난 고통이기도 했다. 다행히도 나를 금쪽같이 여겨주는 몇몇 친구가 있어 그들이 던져주는 위로 섞인 희망의 메시지로 식구들에 대한 미안함을 덜곤 했다.

조덕상, 서재남, 이응도, 박명우, 우영수, 김상길, 이백천, 윤행순, 홍성찬……내게는 부표 같은 존재들이다. 불러보는 것만으로도 충분히 위로가 되는 그리운 이름들이다. 이들도 나처럼 가요계를 꿈꾸며 기웃거렸다. 가난한 세월이 그들의 꿈을 앗아갔지만 당시 우리는 만나기만 하면 한물 간 병어와 단무지에 소주를 말아 가요를 논평하며 기약 없는 우리의 화려한 내일을 그렸다.

살아남지 못하고 끝내 사라진 수십 명의 전우들. 나는 이들을 전우라고 부른다. 작사가가 되려고 몸부림쳤던 우리들 중 '사랑의 밧줄'을 쓴 김상길만 지금 내 곁에 있다.

당시 작사가로는 1세대와 1.5세대의 작사가들이 절필한 뒤였고 월견초와 전우는 이내以內 타계하였다. 지명길, 엄진, 강찬호 등이 번안가사로 일각을 차지하고 있었으며 신예 조운파, 박건호가 두각을 나타내며 활발했고 김성욱, 정귀문, 김지평, 지웅, 김양화, 노왕금, 김주명, 조용하, 유정, 이길언, 허기춘, 김동찬, 정태권, 장석일, 이동원, 김상만, 박상길, 임성하, 금나영, 김미선, 이경미 등의 선배들이 기존의 정두수, 하중희, 김중순과 같은 굵직한 선배들과 각축하고 있었다.

'정두수작사교실'은 1969년에 개강하여 1기생으로 김지평('당신의 마음'), 박

정두수, 박건호와. 1987

영아('노을'), 정태권('서귀포를 아시나요'), 박건호('잊혀진 계절')와 만화 주제가를 많이 쓴 심재현, 성주백(아름출판사 대표), 장석일을 배출하였으며, 이후 나와 김종완, 조덕상, 김상길 등을 가요계에 진출시켰다.

세월은 아무런 언질도 주지 않고 속절없이 흘러갔고 친구들은 언젠가는 너의 시대가 올 거라며 나를 독려했다. 나는 날마다 열 편의 가사를 숙제인 양 창작하고 잠자리에 들었다. 어떤 날은 밤을 꼬박 새우며 수십 편을 쓰기도 했다. 데뷔하기 전까지 내가 습작한 가사가 일천여 편은 된다. 안 다뤄본 주제나 소재가 없고 안 맞추어본 리듬이 없다. 강호로 나가기 위해 동굴에서 뼈와 살을 깎는 무사와 같이 초식을 다듬고 내공을 키워야 했다.

한때 나는 스승을 몹시 원망했다. 왜 나를 꼬드겨 이처럼 참담한 청춘을 만나게 하는지 미웠다. 식구들은 "그 좋은 머리로 공무원 시험이나 보라"며 성화였고 동네 사람들이 "너 뭐 하냐?"고 물을까 봐 고향가기가 겁이 났다.

며칠 전 "병걸아, 〈정두수가요제〉가 이달 28일인데 하동에 오는 거지?" 하고 물으셨다. '올 수 있냐?'도 아니고 '오는 거지.'다. 뒤바뀐 입장도 없는데 송구하게도 언젠가부터 제자 눈치나 보시던 스승께서 오늘은 큰 용기라도 내셨나 보다.

정두수. 나의 영원한 롤 모델은 아니다. 나는 스승처럼 일찍 절필하기도 싫고, 중심에서 물러나기도 싫다. 삶의 양태를 달리하고 싶다.

밤 깊은 마포종점/ 갈 곳 없는 밤 전차/ 비에 젖어 너도 섰고/ 갈 곳 없는 나도 섰다/ 강 건너 영등포엔/ 불빛만 아련한데/ 돌아오지 않는 사람/ 기다린들 무엇 하나/ 첫사랑 떠나간 종점/ 마포는 서글퍼라
저 멀리 당인리에/ 발전소도 잠든 밤/ 하나둘씩 불을 끄고/ 깊어가는 마포 종점/ 여의도 비행장엔/ 불빛만 쓸쓸한데/ 돌아오지 않는 사람/ 생각한들 무엇 하나/ 첫사랑 떠나간 종점/ 마포는 서글퍼라

—정두수 작사, 박춘석 작곡 '마포종점'

잊어달라고 말하고 싶었다/ 가로등 불빛 아래서/ 입술을 깨물며/ 돌아오던 밤/ 주룩주룩 비마
저 내렸다/ 어디서부터 잘못된 건지/ 물어보고 싶었지만은/ 눈물이 보일까봐/ 말도 못 하고/
너를 보낸 새벽정거장
행복하라고 말하고 싶었다/ 너무도 사랑했기에/ 입술을 깨물며/ 돌아오던 밤/ 달빛마저 구름
에 가렸다/ 어디서부터 잘못된 건지/ 물어보고 싶었지만은/ 눈물이 보일까봐/ 말도 못 하고/
너를 보낸 새벽정거장

―김병걸 작사, 김병걸 작곡 '새벽정거장'

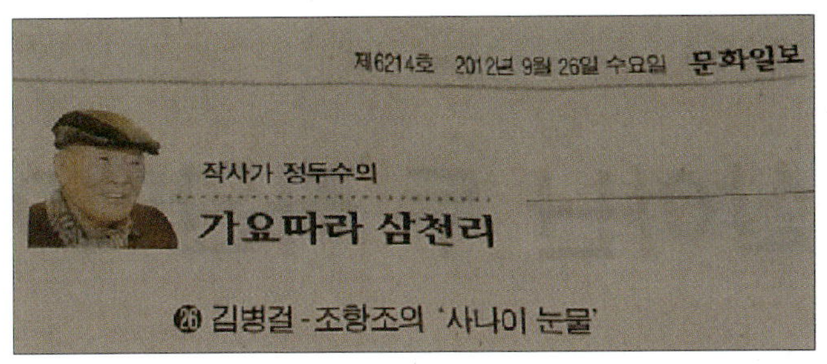

어딘가 닮은 스승과 나. 두 작품의 분위기가 흡사하다. 스승께서는 2012년 봄부터 '문화일보'에 매주 수요일마다 〈작사가 정두수의― 가요 따라 삼천리〉를 연재하신다.

근자 제26편으로(2012. 9. 26) 〈김병걸―조항조의 '사나이 눈물'〉과 제36편으로 (2012. 12. 12) 〈김병걸 ― 이호섭의 다함께 차차차〉를 연재하셨다. 제자의 히트곡을 연재하려니 가슴이 설렌다며 좋아하셨다. 인터넷 카페 〈노래 따라 삼천리〉의 지주가 되어 팬들과 전국을 유람하는 스승의 유유자적한 말년이 내가 답습해야 할 그 모습인 가….

군방송 아나운서

잘못된 호적 나이가 작사가로 만들어

    운명은 예기치 못한 곳에서 시작되어 사람의 인생을 바꾸어 놓는다. 그런 걸 팔자라고 쉽게 정의하는가? 나를 가요 작가로 만든 건 늦은 호적 나이다. 당시 동장이 그랬는지, 아버지가 그랬는지는 모르겠으나 나는 실제 나이보다 몇 살 아래로, 생일도 동짓달 생인데 3월생으로 호적에 올라 있다. 그로 인하여 한때는 줄어든 나이 때문에 좌절하기도 하였지만 지금 와서 보면 오히려 전화위복이 되었다.

    나에게는 위로 형이 여섯이 있었는데 바로 위의 형이 내 나이로 호적에 올라 있다. 형들은 모두 다 두세 살씩 적게 입적이 되었다. 아마도 그때는 아기들이 열에 아홉은 홍역을 앓았고 병치레 후 살아남으면 비로소 호적에 올리곤 하였다. 그리고 비슷한 시기

♩♪♫
뽕짝은 아무나 하나

에 형제를 둘씩 군대에 보내지 않으려고 그랬다는 설도 있다.

호적이 늦어 군대를 스물넷에 갔는데, 그것도 우선징집에 자원하여 갔다. 그러나 운명은 나의 편이었나 보다. 운이 좋았던 건지 정훈부에 차출되어 병과를 수송에서 보병으로 바꿨다가 정훈병이 되었다. 참모총장의 결재 없이는 불가능한, 육군 역사에서 일개 사병이 병과를 세 번이나 바꾼 예는 초유의 일이라고 했다. 논산훈련소에서 전반기 교육을 마친 뒤 2군사령부 내 제2수송학교를 졸업한 후 70훈련단 대구지단에서 제50사단 정훈참모부로 1년 동안 복무부대와 병과 및 보직이 여러 번 바뀌었다. 제대하는 날까지 사단장의 각종 훈시문과 문선대 단막극 및 진중방송 원고를 쓰며 뉴스방송을 하는 아나운서로 활동했는데 원고를 쓰기 위해 아침이면 나의 책상에는 국내 모든 일간 신문들이 배달되었다.

그때 스크랩했던 문학과 가요에 대한 기사들을 지금도 보관하고 있다. 총 대신 책을 무기로, 훈련 대신 원고를 써야 했던 환경들이 나를 다듬었고 가요작가가 되는 기름진 토양이 되었다.

어머니의 증언에 의하면 나는 아기 적에 머리에 부스럼이 하도 많아 숟가락으로 긁어낼 만큼 위험한 목숨줄을 이었다고 한다. 내 기억으로도 초등학교 들어갈 무렵 식구들이 일을 나가고 방안에 홀로 누워 있으면 벽지가 눈에 커졌다 작아졌다 다가오는가 하면 이명耳鳴 현상에 괴로워했던 적이 자주 있었다.

어른들 말씀대로 용케도 살아남았다. 내가 나이가 줄어 있음을 안 것은 중학교를 가서였다. 동네 형들이 타 동네 형들과 패싸움을 벌였는데 구경꾼이 되었던 나는 경찰서에 가서 증언을 하게 되었고 조사를 받다가 호적 나이를 확인하게 되었다.

지금도 보관 중인 초등학교 통지표나 표창장 속에는 호적 나이가 아닌 실제 나이로 표기되어 있다. 당시로선 학생 본인의 말만 듣고 학적부를 정리한 것 같다.(어찌된 영문인지 얼토당토않게 9월 15일생으로 되어 있는 상장도 있다.) 그리고 혈액형도 초등, 중학교 생활기록부나 통지표에는 O형으로 되어 있다. 하지만 고등학교에 가서야 B형임을 알게 되었고 육군에 입대하여 신체검사를 받던 중에 B형임을 재확인했다.

중학교에서 역사를 가르치는 다섯째 형은 재수를 하여 대학교엘 갔고 여섯째 형은 마라톤 선수였는데 중학교를 한 해 굽어서 갔다. 따라서 나는 대학엘 갈 엄두조차 못 내게 되었고 그리하여 실업계인 농림고등학교를 자원했다.

중학교 3학년 담임 김홍문 선생님은 인문계를 가라고 극구 말리며 농림학교 원서를 써주지 않았고 급기야 아버지께서 선생님을 설득하여 공립인 안동농림고등학교를 시험 쳤다. 당시 안동농림고등학교는 경북 북부지방에선 최고의 명문으로 1차 전형이었으며 입학하면 군 면제를 받고 졸업 후 영농자금을 1천만 원씩 준다고 거짓말로 꼬여 집안 형편이 어려운 안동 인근 고장에서 공부 잘하는 학생들이 대거 몰렸다.

당시 1천만 원이면 지금의 억대 상당의 큰돈이었고 성적이 우수한 학생들은 시 · 군청, 산림청, 농촌진흥청, 농산물검사소, 농촌지도소 등 관공서에 학교장 추천으로 5급(지금의 9급) 공무원이 되었고 성적이 중간 정도만 가도 경찰직이나 5급 공무원 시험에 붙는 건 따 놓은 당상이었으니 농림학교의 인기는 단연 높았다.

나는 고교 재학 시 총학생회 문예부장을 하며 교지 편집장도 하였고 대내외의 각종 백일장과 경진대회 등에서 상을 휩쓰는 우등생이었기에 학교 추천 케이스의 공무원 입성은 기정사실처럼 되어 있었다.

고등학교를 졸업하던 그 해 아버지의 급작스런 작고로 대학을 못 간 나는 실의의 나날을 보내고 있었는데 2월 어느 날, 3학년 담임이신 신성균 선생님께서 "너 관공서에 추천하려 하니 학교에 오라."고 통지를 해 왔다.

한참 서류정리를 하던 선생님께서 "어~어 이게 뭐야, 이런 낭패가! 야, 김병걸 너 여섯 살에 초등학교 입학했니? 넌 공무원이 될 자격이 없어. 3월생이니까 아직 너 17세도 안 되었어. 애석하지만 다른 길을 찾아야겠다."

아, 이 무슨 얄궂은 운명이던가. "대학도 못 보내주더니 호적마저 늦게 넣어 이 아들의 신세를 가로막는군요." 필자는 절망했고 정말이지 아버지가 미웠다.

학벌과 나이가 필요 없는 세상. 그곳은 예술의 세계였다. 나를 위로 받고 내가 숨을

뽕짝은 아무나 하나

수 있는 유일한 공간은 문학이었다. 나는 그 곳에 청춘을 묻기로 작정했다.

식구들끼리 만나면 "호적만 제대로 되어 있었으면 병걸이는 지금쯤 서기관? 사무관? 아니면 만년 주사? 시골 어딘가에 처박혀 공무원으로 늙어갈 터인데 우리 아버지 혜안이 있으셔서 예술가가 되라고 호적을 일부러 늦게 넣은 게 틀림없다."며 아버지 대신 생색을 낸다.

아, 인생사 새옹지마塞翁之馬라고 누가 그랬던고. 어쨌거나 나는 염원하던 가요작가가 되었으니 잘못된 호적 나이가 고맙고 아버지가 고맙다.

그러나 호적 나이 때문에 동생뻘인 일부 동료 작가나 가수들이 맞먹으려 들고 필자가 거짓말을 하는 것으로 오해받기도 하여 속이 상하다.

줄어든 호적 나이 때문에 가요작가가 되었지만 가요작가의 외길을 걸어온 지난날을 후회하지 않는다. 한세상 참으로 원 없이 살아온 것 같다. 출근, 진급, 명퇴, 노후 걱정을 놓아도 되는 직업을 가졌고 하고 싶은 일 하면서 날마다 띵까띵까 행복하게 산 것 같다. 아버지가 못 보내준 대학교는 훗날 내 스스로 갔으니 그 또한 여한이 없다.

아, 운명은 어디쯤에서 또 어디로 나를 데려갈까?

"가수 말고 당신" – 오아시스레코드사에 붙잡히다

1985년은 내 인생을 바꿔놓은 해다. 그 해 여름 남이섬에서는 'MBC 강변가요제'가 열렸고 나는 강남사회복지대 1학년생인 이순길을 출전시켜 〈'끝없는 사랑' 김병걸 작사, 이응도 작곡〉으로 동상을 수상하였다.

이순길은 초등학교 때부터 익히 보아온 재능이 아주 뛰어난 가수다. 1976년 강동구 천호동에는 기타도 가르치고 노래도 지도하는 별실의 방이 하나 딸린 작곡 사무실이 있었다. 경북 봉화출신의 예명을 파도성으로 쓰는 조성진이란 젊은 작곡가와 그 사무실

「제2의沈守峰」으로 불리는 女大生

올 MBC 강변歌謠祭서 銅賞수상

新人 가수

李 順 吉

요즘 가요팬들은 한여대생가수를놓고「제2의 沈守峰」이라며 화제로 삼고있다.

지난 7월 MBC강변가요제에서 동상을 수상했던 李順吉양.

「꽃물결 일렁이는—」으로 시작되는 李양의 곡「끝없는사랑」을 방송을통해 들어본 팬들은 물흐르듯 흘러가는 구성진 노래솜씨에 언뜻 沈守峰의 이미지가 떠오르면서도 또다른 독특한 분위기를 느낀다는 얘기다.

오히려 기교나 불흠에 있어서는 여느 기성가수들을 능가한다는 가요계종사자들의 중론。노래한곡으로 가수를 평가하기는 힘들지만 대단한 장래성을 지닌 신인임에는 틀림없다는것.

그래서 만나본 李양은 이제 스물이 갓된 대학1년생 (강남사회복지大 영문과)。홍시처럼 발그스름한 얼굴에 풋과일같은 인상이 트로트를 구성지게 소화해내기에는 너무 이르

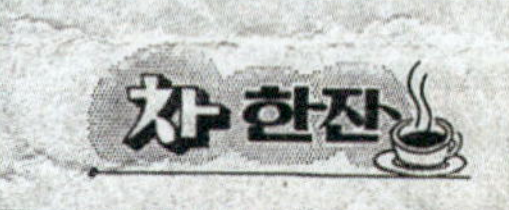

지않나 싶을 정도로 앳되다。

기성가수를 模唱하는 경향이 있다는 일부의 얘기에대해 李양은『노래에 기교를 많이 부린 탓이 아니겠느냐』고반문하면서『앞으로 개성적인 창법을 개발하는데 노력하겠다』고 가수에의 꿈을 밝힌다。

『학생다운 이미지를 살려나갈 거예요。인기에 연연하지않고 학업과 병행해서 모범적인 가요활동을 하고싶어요』

李양은 공무원인 李博文씨 (44)의 1남2녀중 장녀。부채춤에서 에어로빅까지 무용실력도 수준급이라고。 【倫】

에서 기거하는 경남 거창출신의 오균아란 가수. 이 둘이 보물단지 다루듯 아끼는 초등학생인 여자 꼬마가 있었는데 그가 바로 이순길이다.

경찰이셨던 이순길의 아버지는 딸을 가수 시키려고 작정하고 있었고 나름대로 바라

♩♪♬
뽕짝은 아무나 하나

지를 열심히 하였다. 이순길이 대학교에 들어간 목적은 바로 대학가요제에 출전하는 것이었고 그 아버지는 딸의 재능에 철석같은 믿음을 가지고 있었다.

파도성과 오균아와 나, 우리 셋은 형제처럼 지냈고 의논 끝에 이순길을 가요제에 내보내기로 결정했다. 작품에 대한 전권을 쥔 나는 공업전문대를 나와 대림동 자택에서 전파상을 하던 작곡가 지망생이던 이응도에게 이순길과 가요제에 어울리는 작곡을 의뢰했고 완성된 악보에다 노랫말을 붙였다. 그리고 프로는 참가할 수 없다는 대회 규정상 본명을 쓰지 못하고 '길섶'이란 예명의 작사로 출전했다.

> 꽃물결 일렁이던 어느 날/ 잠자던 내 가슴속에/ 여울져 흐르던 그 빛은 / 너무나도 영롱했어요/ 자꾸만 당겨오는 그대의/ 신비에 이끌리면서/ 끝없이 열리는 세상을/ 처음으로 볼 수 있었죠/ 그게 사랑인 것을 /그게 사랑인 것을/ 나 그땐 몰랐었지만/ 맴도는 기억속에/ 아픔되어 밀리는/ 나 그대 떠날 수 없어/ 멀어진 옛사랑 그림자 밟으며/ 나 여기 여기 설래요/ 바람에 흔들리는 촛불만/ 눈물로 꺼져가는 밤/ 잊으려 했지만 그대는/ 이 순간도 내 곁에 있네
>
> —김병걸 작사, 이응도 작곡, 이순길 노래 '끝없는 사랑'

세미 트로트semi trot로 발라드인 이 곡은 애잔한 여운이 시종일관 마음을 잡아당기는 마력이 있는데 이순길은 프로 가수 못지않은 가창력을 선보이며 예선 때부터 관중을 몰고 다녔다. 본선이 열리는 남이섬에서도 리허설이 끝나면 시키지도 않았는데 섬 여기저기서 '끝없는 사랑'을 연호하곤 했다. 이응도와 나는 흥분했고 기대를 잔뜩 부풀렸다.

섬에는 호텔이 있었고 행사가 진행되는 2박 3일간 우리가 묵는 방에는 출전한 많은 가수들이 드나들었고 일단의 무리 속에는 '그대 먼 곳에'로 대상을 탄 건국대생이던 임석범, 김복희로 구성된 〈마음과 마음〉도 있었다.

당연히 대상일 줄 알았던 '끝없는 사랑'은 동상을 받는 데 그쳤고 나는 실망했지만, 응원 나온 이상수, 박해정 등 지인들은 "상의 색깔에 무슨 큰 차이가 있냐"며 본상을 수상한 것으로 만족하자고 나를 위로했다.

　이순길은 이후 아세아레코드사에 3년 전속으로 스카우트되었고 '나니미'를 비롯하여 '아파트의 연인들', '그리운 정', '야간열차' 등 몇 장의 음반을 내고 수년간 활동하다가 노래를 접었다.

　이날 함께 입상한 가수는 '밤에 피는 장미'로 금상을 탄, 부산에서 올라온 혼성그룹 〈어우러기〉와 '지난 여름밤의 이야기'로 은상을 탄 외국어대의 권진원과 '민들레 홀씨 되어'로 장려상을 받은 박미경, 그리고 '색종이의 나라'의 〈장수하늘소〉 등이 있다. 훗날 권진원은 '살다보면'으로, 박미경은 '이유 같지 않은 이유' 등 많은 곡을 히트시킨 큰 가수가 되었다.

　설렘으로 충만했던 그해 여름을 건너 세월은 해를 넘기고 있었는데 구정을 막 지난 어느 날 〈마음과 마음〉의 김복희한테서 만나자는 연락이 왔다. 짝이었던 임석범 군은 군대에 갔으며 혼자라도 어딘가에 전속을 했으면 좋겠으니 자신의 매니저를 맡아달라

오아시스레코드사 시절, 옆은 소설가 김낙봉 님

는 내용이었다.

나는 이 사정을 친형처럼 믿고 의지하던 작곡가 김현우 형에게 털어놨고 우리는 목표를 최고의 음반사인 오아시스레코드사로 정하고 안양으로 향했다.

길 여기저기에 채 녹지 않은 눈들이 겨울바람에 이따금씩 날리는 2월 이른 아침. 손이 곱을 정도로 추위가 매서웠지만 김현우 형과 나는 흥분되어 추위 같은 건 너끈히 잊었다.

난생 처음 와 보는 우리나라 최대의 음반사인 오아시스는 잘 정리된 겨울 화단이 회사의 분위기를 짐작케 하였고 아담한 키에 약간은 개구져 보이는 50대 후반의 손진석 사장님이 우리를 반갑게 맞아주었다.

나는 손 사장과는 생면부지인지라 주로 김현우 형이 외교를 했고 서울대 영문과를 나온 수재답게 손 사장님은 달변이셨다. 85강변가요제 입상 노래를 다 듣고 난 손 사장님은 "난 가수는 양에 안 차고, 어때요? 당신이 맘에 드는데 나하고 같이 일해 볼 생각 없수?" 하시며 대뜸 내 의중을 물었다.

그랬다. 잠시 전 내가 화장실에 간 사이 손 사장은 김현우 형에게 나에 대한 신상을 자세히 물어보고 맘을 굳혔던 것 같았다. 내가 고향이 안동 쪽이라니까 당신께서 첫 선을 본 곳이 안동이라며 그 지방 사람들 좋아한다고 애써 연결 고리를 찾았다. 여담인 줄 알았는데 요모조모 나를 뜯어보신 모양이다.

나는 그 자리서 즉답을 미루고 한 주일만 생각할 말미를 달라고 했다. 마침내 천호동에서 안양으로 출근하는 긴 여정이 시작되었고 손 사장님의 기대에 부응하며 나는 문예부를 맡아 전속가수 관리와 취입곡을 초이스하고 음반을 기획하는 막중한 임무를 짊어지는 오아시스의 희망이 되어야 했다.

내 인생의 반전을 위한 모티브였고 작사가로서의 날개를 달아준 오아시스레코드사와 한미寒微한 나를 거둬주고 자식처럼 아껴주셨던 아버지 같은 손진석 사장님. 내 어디를 간들 하해와 같은 그 은혜를 잊을 것이며 고마움을 무엇으로 다 갚을꼬.

지난달에 만나본 당신께서 너무 늙으셔서 울컥 눈물이 나왔다. 언제나 나는 사장님의 백세천세를 기원한다. 훗날 당신께서 돌아가신다면 아마도 내가 가장 슬퍼할 것이며 나는 마땅히 상주喪主가 되어야만 .하리라.

그리고 그런 인연을 다리 놓아 준 김현우 형에게 진심으로 감사드린다.

가수를 전속시키러 갔다가 매니저가 붙잡힌 이 희한한 사건은 우리 바닥의 일화가 되었고 김복희는 훗날 설운도, 이용, 장미화 등이 소속된, 이주 씨가 사장으로 있는 기획사 〈예스위캔〉에 스카우트되어 솔로로 음반을 냈다. 〈2002. 2. 5〉

작사가라는 직업

흔히 일반인들은 작사가를 작곡가의 곁가지 정도로 생각한다. 왜 이런 결론을 가지게 된 걸까. 노래는 가사와 곡이 합성된 결합물인 걸 잘 알고 있으면서도 가사는 누구나 쓸 수 있고 곡은 특수한 영역이라고 생각한 데서 연유한 것이리라.

유행은 곡이 선도하고 히트는 가사가 좌우한다는 말이 가장 적합한 표현일까? 노래를 만드는 우리끼리나 통하는 말이겠지만.

방송 프로그램 진행자와 가수와의 대화. "이 노래는 누구의 곡이죠?" 여기서 묻는 말은 '노래' 또는 '작품'인데, 1초도 안 걸려 가수의 대답은 "예, ○○○ 선생님의 곡입니다."

핵심을 비켜 갔다. 무식한 걸까? "그럼 작사는 어느 분이?" 다시 물을 법도 한데 진행자는 다음 멘트를 하고 있다.

TV에는 작사자와 작곡자의 이름이 노래 제목과 함께 자막으로 나란히 걸리지만 라디오에서는 노래 곡목과 가수만 멘트한다.

이는 매우 잘못된 것으로 창작자에 대한 무례다. 창작물은 공표하면 저작물이 되고 저작물은 이용할 때 저작권법의 인격권인 성명표시를 하게 되어 있다. 따라서 곡목과 가수만 소개하는 것은 법을 위반하는 것이다. 그렇지만 작품자들은 이 잘못을 관용하

뽕짝은 아무나 하나

고 산다.

경우대로라면 "이번엔 누구 작사, 누구 작곡의 이런저런 노래를 누구의 노래로 듣겠습니다."가 옳다.

노래란 창작물을 목소리로 고정시킨 결과물이기 때문에 여러 명이 취입할 수도 있어 최초에 음을 고정시킨 가수라 하여도 그의 전유물이 아니다. 그렇지만 일반인들은 마치 소유권이 가수에게 있는 양 오해하고 있다.

작사가가 담배종이에 가사를 적어 작곡가에게 건네주면 작곡가가 알아서 마무리하는 것으로 생각하는 이 통념은 심지어 신출내기 가수들조차 작곡자만을 '선생님'으로 모시고 작사자는 '아저씨'로 가벼이 여기는 걸 경험한 적이 더러 있다. 총 맞을 소리 같지만 이는 작곡자의 이기심 탓이다. 자기만 가수를 독점하겠다는 횡포다.

대다수의 사람들은 작사와 작곡의 관계 설정을 영화나 TV드라마로 치자면 작사가 시나리오고 작곡이 연출(감독)인 줄 알고 있다.

그러나 죽었던 '눈물의 해협'이 '애수의 소야곡'으로 가사가 바뀌면서 위대한 노래로 다시 태어났는데 이는 가사가 곧 연출임을 입증한 예다.

노래의 창법이나 멜로디의 글자 수, 부점 그리고 음을 끌고 가는 길이나 비브라토 또는 첫소리의 바이브레이션 유무나 노래의 두께를 주는 볼륨과 느낌 등 가창의 전반을 가사가 결정하게 된다.

작곡자가 편곡을 지휘하고 가수에게 노래 연습과 취입 녹음을 주도한다 해서 생긴 오해겠지만 한 사람보다는 두 사람이라고 작사자에게 이 노래는 어떤 식으로, 어떤 느낌으로 불러야 되겠느냐고 물어봐야 한다. 작곡자와는 또 다른 느낌을 가지고 있을 수 있기 때문이다.

작품자마다 창작 버릇이 다른데 대개의 경우는 가수가 정해지면 작곡가가 곡을 미리 써서 작사가한테 넘기고 작사가는 곡과 가수를 놓고 적합한 가사를 완성시킨다. 가사가 미리 써진 경우는 10분의 2도 채 안 되며 누가 먼저 시작할 건지는 두 사람이 의논하여 결정한다.

작사가는 시대와 사람의 마음을 디자인하는 직업이다. 소설과 시 등 문학작품이 작품성에 치중한다면 작사는 시대상을 대변하고 트렌드를 창조한다.

작사가는 미리 손에 들어온 멜로디를 놓고 가수의 외모, 율동, 발음, 창법, 음색과 이제껏 가수가 부른 레퍼토리를 분석하여 재탕이거나 뒷북이 아닌 가사의 성격을 구상하고 단어를 배치한다.

어떤 때는 멜로디에 간섭하여 반복과 생략 또는 구도의 변화 등 진행을 수정해 주기도 한다. 작곡자가 가사를 거드는 확률보다 작사자가 작곡에 간섭하는 예가 더 많다. 그래서 나는 작사가를 감독이라고까지는 못 해도 에디터Editor라 부른다.

작곡자가 작사자에게 주문하는 것은 전인미답의 처녀림이다. 새로움을 향한 작사가의 노력은 언제나 눈물겹다. 작곡도 피를 말리는 작업이겠지만 그래도 곡은 건반 위에 손을 얹으면 길이 나서주기도 하지만 백지와 만나는 작사가는 늘 외롭다. 그 누구도 거들어 주지 않는 일을 놓고 자기 자신과 싸워야 하기 때문이다.

가수나 작곡가는 작사자에게 색다른 뭔가를 기대하지만 제작자는 안전빵을 요구한다. 그러나 작사가들은 반란을 기도한다.

예를 들어 전란을 당한 임금의 몽진을 그린다고 하자. 몽진 길은 백성들의 통곡을 밟고 지나가야 하는 부담 때문에 야반도주해야 하고 이날은 반드시 비가 와야 한다. 그러나 작사가는 이 뻔한 그림이 싫어 햇볕 쨍쨍한 대낮의 몽진을 생각한다.

작사가는 작곡가의 곁가지가 아니다. 오히려 나이테고 주 줄기다. 노래는 가사라는 씨에서 발아하여 멜로디란 밭에서 잎을 틔우고, 가수의 목소리로 열매를 맺는다. 가사가 곡을 유도하기도 하고 곡이 가사를 만들어 내기도 하는 이 둘의 관계는 마치 부부와도 같아 부부가 자식을 낳듯 작품이 바로 자식이다.

작사자는 노래를 스토리텔링Storytelling하는 사람이다. 그 일이 밥이 되어 평생을 종사하면 작사가이다. 작사가가 되면 끊임없이 가수와 작곡가를 네트워킹networking해야 한다.

♩ ♪ ♫
뽕짝은 아무나 하나

추억의 앨범을 넘기면

1.

나를 가요계에 기웃거리게 한 1970년대는 2000년대인 지금보다 훨씬 다양한 일상들이 나를 붙잡았고 나는 연일 전개되는 낯선 풍경들을 내 것으로 만들기 위해 여간 부지런을 떨지 않으면 안 되었다.

내가 제일 자신하는 노래도 누군가에게든 선을 뵈어야 했고 철없게도 시인이 되면 신분이 상승하여 사회적 기반을 보장 받는 줄 착각했다.

고향을 떠나던 날 낙동강을 건너면서 맹세도 야무졌다. 가수가 되건 화가가 되건 노벨문학상을 받는 대문호가 되건 뭔가 하나는 될 수 있다고 스스로 최면을 걸기도 하였다.

70년대를 상징하는 여러 그림 중에 내 나이 위아래 10년은 나와 같은 무늬의 나이테와 상처 난 옹이를 가지고 있다.

입산금지, 통금, 새마을사업과 4H 운동, 양다리 간첩 이수근과 동경올림픽의 신금

고교2년 교련복과
선글라스를 낀 필자

단, 월남 간 형들과 베트콩, 장소팔 내지는 김영운과 고춘자의 만담, 짱구이마 임예진, 후라이보이 곽규석과 전국노래자랑 또는 〈쇼쇼쇼〉, 방학이면 단골 숙제이던 반공포스터 그리기, 밤잠을 설치게 하던 킹스컵과 메르데카배 축구와 꺽다리 김재한과 질풍노도 차범근, 서영무와 구수갑 감독이 이끌던 무적의 야구단 경북고 신화와 대구끼리 맞붙는 결승전의 대구상고와 장효조, 이만수. 그리고 어디서나 만고 땡인 교련복….

또 있다. 야구 해설은 으레 경상도 말씨래야 되는 줄 알게 한 원조, 털복숭아처럼 까칠까칠한 목소리의 이호헌 씨, 일동제약 광고로 시작하는 이철원 아나운서와 오일용 해설위원의 권투중계, 주말 초저녁을 점령한 김일의 백전백승 박치기와 실제는 누군지도 모르지만 기꺼이 제물이 되는 반칙왕 타이거 마스크, 수류탄을 몸으로 막고 산화한 강재구 소령, 이회택, 신동파, 박신자, 이에리사, 유재두와 해외 원정에서 거푸 두 번이나 챔피언 벨트를 맨 4전5기의 홍수환, 수중전의 명수 인도네시아와 올림픽 예선의 발목을 종종 잡던 말레이시아. 소친원과 거미손 골키퍼 아르무감, 그리고 딱지에도 나오는 역도산과 캐시어스 클레이. 독일 분데스리가를 중계하던 잘 생긴 최선 아나운서. 석양녘이면 라디오를 울리던 태권동자 마루치 아라치. 〈치료될 수 있는 당신의 위장병엔 현대약품의 바루나〉를 외치던 성우 최흘과 김상희의 〈맛을 보고 맛을 아는 샘표간장〉의 CM송. 오일장이 서면 장터 어디선가에 잊을 만하면 나타나 천막을 치는 국극단과 서커스 공연. 〈양철북〉에 나오는 꼬마처럼 성장이 멈춰버린 난쟁이들이 공 굴리고 나팔을 불면 석양에 날아가던 슬픈 트럼펫 소리.

이런 일상적인 영웅들의 볼거리와 그리운 풍경이 주마등처럼 스친다. 어디 그뿐인가. 밤마다 동네사람들 다 불러 모으던 흑백TV의 히어로 〈여로〉와 하늘을 날아다니던 〈외팔이 시리즈〉의 왕우와 흑백도 무림을 평정하는 우리의 주인공인 중원의 지배자는 언제나 뭇 여자의 애간장을 녹이는 절세미남에다 가공할 절기까지 지녔던 카타르시스의 대명사 와룽생의 무협지. 문희를 만인의 연인으로 삼게 한, 손수건 없이는 볼 수 없는 영화 〈미워도 다시 한 번〉과 협객 장동휘와 박노식의 〈검은 장갑〉과 나쁜 놈 허장

뽕짝은 아무나 하나

강과 독고성…….

아 또 있다. 황제 존 웨인과는 사뭇 다른 게리 쿠퍼, 커크 더글러스와 그레고리 팩. 서부영화 〈황야의 무법자〉, 〈맥켄나의 황금〉, 〈무숙자〉. 대구 동성로 한일극장에서 인산인해를 이룬 〈튜니티〉 시리즈의 크린트 이스트우드의 무심한 눈. 찰스 브론슨의 남성 스킨 화장품 〈맨덤〉 광고. 영화 예고편 전에 제일제당을 선전하던 장고웅의 익살 연기, 지역광고의 단골메뉴는 언제나 〈칠성제화점〉과 〈동산양복점〉이었고 검정고무신은 〈말표〉, 흰 고무신은 〈범표〉신발이 유명했다. 돌아오지 못할 세월은 또 있으니, 해마다 여름이면 찾아오는 아이스케키 장수. 찢어진 고무신이나 뒤란에 매달아 놓은 마늘 몇 통과 또는 수확이 끝난 무논에서 찾아낸 마늘과 바꿔 먹던 아이스케키의 단맛은 지금도 입안에서 얼얼하다.

2.

나는 초등학교 3학년 때부터 연애편지를 썼으며 전운, 고은정(?), 임옥경(?) 주연의 시골 무지렁이 두메가 주인공인, "뽕아야, 오디 하나 따서 네 입에 넣고 오디 하나 따서 내 입에 넣고"란 주제가의 연속극과 성우 남성우, 박수일, 고은정 주연의 '그날도 이슬비는 내리고 있었지'란 우수 젖은 주제가의 연속극과 남일우 주연의 〈오동나무집 3대〉 등 라디오 연속극을 즐겨 들어 나이보다는 엄청 성숙한 정신연령이었다.

중학 다닐 적부터 가요라고 생긴 건 뭐든 달달 외웠으며 3절까지 된 작사, 작곡, 가수, 노래의 전 간주 오브리컷 멜로디 등이 머릿속에 저장되면 그대로 스테이Stay했다.

고등학교 무렵 안동시내 거리 간판을 순서 하나 틀리지 않고 수백 개를 외워 미친놈 소리도 들었으며 축구, 레슬링, 권투, 배구, 농구, 야구, 육상 등 운동선수 프로필도 달달 외웠고 외국선수의 이름과 각종 경기의 룰도 빠삭하여 해설을 해도 충분했다.

그런가하면 각종 연예인과 방송 성우. 아나운서, 극작가 등의 이름과 웬만한 CM송은 다 알고 살았다. 내가 봐도 미친놈이었다. 우리 형수님들의 말처럼 아마 고시공부를 그렇게 열심히 했으면 열 번도 더 패스했을 것이다.

거기다 시인과 소설가들도 나의 망막 안에 있었고 그 바람에 몇 백수의 시를 외며 문단文壇에 등단할 수 있는 모티브motive가 되기도 했다.

내가 초등학교를 졸업하던 그 무렵에 〈라면〉이 처음으로 나왔고 우리는 그 라면으로 졸업파티를 했는데 기름기가 너무 많아 한 그릇을 비우면 열에 대여섯은 설사를 만나곤 했다. 얼마나 기름기 있는 고기를 못 먹어 봤으면 그랬을까. 가난을 서럽게 확인하며 사은회謝恩會가 눈물바다가 된 기억을 떠올리면 지금도 코끝이 아린다.

최소 스무 명은 돌려보던 이근철의 만화와 〈라면땅〉, 지금 보면 시시하기 그지없는 여배우들의 벗은 어깨와 스캔들을 표지로 유혹하던 〈아리랑〉 잡지와 주머니에 숨겨 먹던〈뉴뽀빠이〉, 그리고 변소 간의 심심풀이 〈새농민〉과 별사탕 열 개가 든 〈건빵〉. A4용지보다 조금 더 큰 〈도성 라디오〉, 궁벽한 곳에도 가설극장이 들어

서면 깃대 들고 팔뚝에 도장 받고 공짜 구경하던 영화, 머리끝이 쭈뼛 서던 〈월하의 공동묘지〉 화면엔 일쑤 비가 내렸다. 닳고 닳은 필름이 스크린에 코맹맹이 소릴 하기 시작하면 마치 비 오는 것처럼 보이곤 했다.

가설극장에서 행운권 추첨과 동네 콩쿨대회의 단골 하위 상품은 플라스틱 대야와 바가지였으며 기차역이나 장터 버스정류장 대합실엔 톱밥 또는 조개탄 난로가 가물거렸고 난로 위에는 누군가의 침 튀기는 무용담과 몸체 잃은 오징어 다리가 자주 얹히곤 했다.

아, LP판의 이랑에서 기어 나오는 환장할 노래들. 안개가 자욱한 밤에로 시작하는 장미리의 '말 전해다오'와 윤항기의 "너와 내가 맹세하던 말", '별이 빛나는 밤에'는 들어도 들어도 지겹지가 않았다.

서울문화는 새로운 메커니즘으로 나를 지배했고 촌놈인 나는 면소재지나 장터 전파

뽕짝은 아무나 하나

상에서 듣던 노래보다 백배는 다양한 우리 가요와 팝을 입술에 옮기기에 바빴다.

그런 나의 굶주림을 채워주는 곳이 음악다방이었고 DJ는 선망의 대상으로 위대하게만 보였다. 하루 종일 엽차나 축내며 다방에 죽치고 앉아 주인과 눈 마주치는 게 겁이 나서 성냥개비로 쌓고 허물던 탑이 몇 개였을까. 그러다 레지가 째려보기라도 하면 얼른 일어나 공중전화 박스로 달려가 다이얼을 돌리는 것처럼 연기하고는 스스로 계면쩍어 마른기침을 자리에 돌아올 때까지 날려야 했다.

호적이 늦어 스물 넷 군대 영장이 떨어지기 전까지 내 젊은 날은 그렇게 빈둥빈둥 흘러갔고 나는 주제넘게도 사치한 시를 쓰며 팝송을 배워야 했다.

나를 가요계로 기웃거리게 한 모티브가 또 하나 있었으니 어이없게도 가난이다. 지금 와서 팔자니 운명이니 하는 말도 밥숟가락이나 뜨니까 갖다 붙이는 여유이지만 당시 뚜렷한 학벌이나 기술이 없던 나로서는 죽으나 사나 작사에 매달릴 수밖에 없었고 작곡가에 비해 희소가치가 있는 작사가가 공략이 쉬워보였던 탓이기도 했다. 경쟁자가 드물고 항차 최고로 발돋움할 자신까지 들었던 나는 노래와 그림과 시를 버리기로 했다.

열 재주가 온전한 하나만도 못 하단 어른들의 말씀을 금과옥조金科玉條로 새겼다.

3.

90년대 초 당시로선 제일 젊은 가요작가들의 모임이 하모니회였으며 초대 회장은 최종혁 선배가 맡았다. 이 하모니회 초창기 무렵 우리는 축구팀을 만들었고 거창하게 유니폼과 축구화에 가방까지 구색을 맞추고 주말이면 서울시내 만만한 조기축구회나 연예인 축구단을 찾아다니며 운동장을 누비곤 했다.

골키퍼엔 버들피리의 박장순, 골게터엔 오동식과 김진룡, 모자를 뒤로 쓴 이건우도 심심찮게 헤딩까지 연결하며 상대를 겁주곤 하였다. 이들 외에 멤버로는 포지션이 일정치 않고 조금은 덜 떨어진 나와 장경수, 날쌘돌이 정성헌과 꼬마 김지환, 얼레벌레 송광호와 씩씩이 이정선 형, 그리고 딴전 피우며 어슬렁거리다가 느닷없이 달겨드는 계동균 선배. 몸이 좋은 강영철과 꾀돌이 김선민과 우왕좌왕 최춘호 형. 그리고 왕준기 선배의 처남인 손화식. 그리고 몸도 되고 폼도 되는 똘똘한 후배 하나가 있었으니 김현철이다.

김기표 형은 언제나 그라운드 밖에서 점잖을 떨었고 고인이 된 〈도시아이들〉의 김창남도 물주전자를 나르곤 하던 기억이 아슴하다.

축구하면 낙동강변에 나가 모래사장에서 편을 갈라 주로 '라면'이나 '건빵' 내기를 하던 옛날이 생각난다. 아, 이보다 훨씬 이전, 그러니까 초등학교 중학교 다닐 무렵, 동네서 돼지라도 잡는 날이면 〈돼지오줌보〉는 영락없는 축구공 대용으로 아이들 차지였고 우리는 〈돼지오줌보〉를 공중에 붕붕 띄우며 경지정리가 잘 된 논에서 흙먼지를 뒤집어쓰고 뒤엉켰다. 겨울이면 여름보다 돼지를 자주 잡곤 하였는데 나락 그루터기가 삐죽삐죽 튀어 나와 고무신에 짚으로 감발은 하였어도 걸려 넘어지기가 다반사였고 어떤 때는 〈돼지오줌보〉보다 신발이 더 높이 날아가기도 했다.

을지로 6가의 〈계림다방〉과 명동의 〈꽃다방〉으로 원정을 가긴 하였으나 친척 아저씨 간판 가게가 있는 가리봉 5거리와 친구들이 더러 있는 화양리, 그리고 천호동이 주로 나의 무대였다. 레슬러 김 일이 나오는 날이거나 타이틀매치 권투중계 또는 킹스컵이나 올림픽, 월드컵 축구 예선전이 열리는 날이면 다방은 극장으로 신분상승을 했고 예나 지금이나 그런 날은 거리가 한산했다.

운동 경기는 여럿이 보면 재미가 배가된다. 각자 주워온 정보로 양념을 쳐서 볶기 시작하면 금세 후끈 달아오른 열기는 승부욕에 불을 붙였고 탄성과 끌탕으로 엎치락뒤치락 반전되는 관전 분위기는 연대감을 조성하며 절정에 다다른다.

스포츠 중계를 하는 만화방이나 다방은 애국심을 고양하는 공간이다. 스포츠는 단순히 스포츠에 머무는 것이 아니라 애국심을 마케팅 하는 메커니즘이다. 세레모니에 애국가가 나오면 너도 나도 마음속으로 우리 편의 승리를 기원하며 조용히 따라 불렀다. 이때 누군가가 딴 짓거리라도 하면 부정 탄다며 이구동성으로 핀잔을 주었고 담배 인심이 최고로 후한 날이기도 했다. 그러나 우리가 지기라도 한 날은 다방 문을 나서면 찬

뽕짝은 아무나 하나

바람이 더욱 을씨년스러웠고 더러운 기분이 며칠씩 가곤 했다.

축구경기를 중계 방송하는 아나운서는 축구공보다 더 바쁘게 입을 움직였고 언제나 한 옥타브 높은 톤으로 경기를 긴장 속으로 몰고 갔다. 우리 선수가 차징charging하면 당연한 방어고 상대가 반칙하면 천하에 몹쓸 놈으로 만들던 스포츠 캐스터들. 화면과는 상관없이 상대가 슈팅하면 어림없는 '똥볼'이고 우리가 슈팅하면 아슬아슬한 볼로 포장을 싸던 이광재, 이철원 아나운서. 항상 우리가 우세한 경기를 하고도 정작 승부에선 진 경기가 더 많았던 그 시절. 기라성 같던 그날의 영웅들은 다 어디로 갔을까.

4.

이십대 초반 나는 가리봉 오거리에서 헌책방을 하는 정홍택 시인과 동아방송 라디오 홈드라마인 〈유쾌한 샐러리맨〉을 연출하는 고학찬 감독과 셋이서 어울리곤 하였는데 얼마 후 고 감독은 미국으로 이민을 가고 말았다.

이 무렵은 저작권에 대한 사회적 인식이 일천하여 작사가 큰돈이 된다고는 믿지도 않았지만 그래도 시보다는 나을 거라는 막연한 희망에 나를 던질 수 있던 때이기도 했다. 나와 같은 위로를 확인하고자 햇병아리 작곡가인 조덕상, 서재남, 이응도, 박명우, 가수 민해경의 오빠인 백강기와 개그맨을 꿈꾸던 충주 과수원집 둘째 홍성찬 등 우리는 우리들의 희망 프로젝트를 중간에 놓고 열띤 가요 논쟁을 안주삼아 해거름만 되면 약속처럼 대림동 재래시장 앉은뱅이 평걸상에 쪼그려 앉아 막걸리통을 비웠다.

고고GOGO 유행이 끝물이던 1977년 존 트라볼타John Joseph Travolta의 '토요일 밤의 열기Saturday Night Fever'가 전 세계의 블록버스터blockbuster가 되면서 디스코Disco가 단숨에 세계의 춤이 되었다. 고고장은 디스코텍으로 물갈이를 하였고 이름만 바뀌었을 뿐인데도 한 단계 업그레이드 된 기분에 주말이면 디스코텍으로 몰려가 땀을 빼곤 하였다. 그러나 나는 춤에는 젬병인지라 붕어처럼 맥주잔만 죽이며 엉덩이 큰 가시내들의 기막힌 춤 솜씨에 넋을 놓고 밤을 불살랐다.

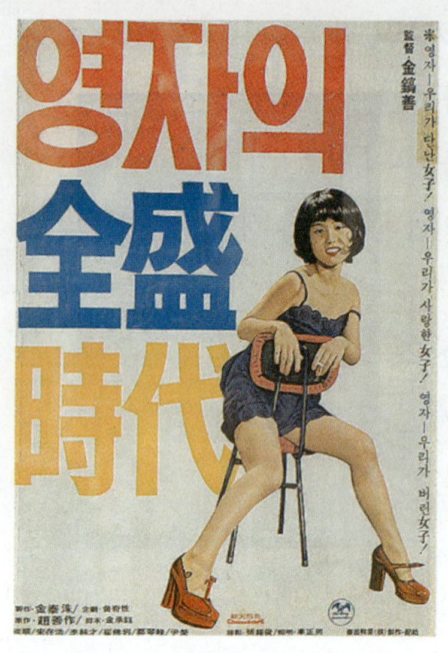

순수했던 우리들의 사명감은 이제 젊어 한때의 호기로 치부되고 친구들이 떠난 그 자리에 누군가가 우리들이 펼치지 못한 희망 프로젝트를 구현하며 노래를 생산해낸다.

우리 사이와 우리의 꿈이 영원할 줄 알았던 내 짝 조덕상이는 대림동을 한 발짝도 떠나지 못하고 가난의 땟자국을 오십이 넘도록 달고 다니더니만 철이 났는지 근자 대방동에서 부동산사무실을 차려 악보 대신 부동산 매매계약서를 갖고 다닌다.

나보다는 두 살인가 위인 서재남은 한동안 공단 입구역 근처에서 〈솔파음악실〉을 열어 기타를 가르치더니만 3차유류파동이 나던 그해 종적을 감추고 말았는데 2008년 작사가 박지훈이 신림동 어디선가 길에서 우연히 마주쳤다는 말을 듣고 그리운 마음에 전화를 넣었지만 이미 딴 동네 사람이 되었는가, 보일러 시공업자로 공사판에 간다며 그는 서둘러 전화를 끊었다. 아! 야속한 사람. 얼마나 지난날이 서러웠으면 저리도 이를 갈까.

이응도는 한 때 나와 콤비가 되어 한혜진을 데뷔시키고 서울씨스터즈의 '청춘열차'와 나이테의 '바람 불어도', 이순길의 '끝없는 사랑'으로 85 MBC강변가요제에서 동상을 수상하는 등 한동안 작곡가로 활동하다가 여의도에서 녹음실을 차려 영화음악을 직접 제작한다. 박명우와 백강기는 소식 끊긴 지가 오래다.

나는 내 희망과 살을 섞어 오늘날 작사가가 되고 지금은 작곡까지 넘보게 되었지만 흑백 스크린 영상처럼 떠오르는 기억의 저편엔 아픈 우정으로 남아 있는 조덕상과의 아름다웠던 세월이 멈춰 있다. 정두수 선생과 정공채 시인님, 그리고 김준규 형님과 다양이 형님과 파도성과 오균아 형과 충주의 우영수가 불현듯 보고 싶어진다. 내일은 추억을 만나러 가야겠다. 〈2008. 7. 6.〉

절름발이 작사가의 푸념

뜬금없는 푸념인가. 나는 절름발이 작사가다. 내가 가요계에 나와서 활동하던 처음의 15년은 가요도 가요작가도 '일렬종대'였다. 같은 장르의 음악을 하면서 5년, 10년에 한 명이나 나오는 작사가와 작곡가를 동지로 받아들이면서 가수를 번갈아 취입시키고 아주 단순한 순위 경쟁과 염원을 나눠 가졌다.

추구하여 가지는 목표가 같았고 노력하는 현장이 같았다. 그런데 1990년대에 들어와 랩 가요가 대세를 차지하면서 가요계가 양분되고 장르가 극명하게 나누어졌다. 그에 따른 필연으로 가요작가들도 계보를 따지며 신구세대로 블록화 했다.

아무리 젊은 가사를 잘 써도 소위 '뽕짝'이란 퇴물에 매몰된 나와 수많은 기성작가들은 훗날 '트로트'라고 불리는 희한한 울타리에 갇혀 변방으로 쫓겨났다. 최고의 자리에서 졸지에 별 볼일 없는 '뽕짝작사가'가 된 나는 내 처지가 얼마나 원통하고 분한지 몇 년을 절필하고 기원에서 바둑으로 나를 달랬다.

세월은 이래도 가고 저래도 흘렀다. 정신을 추슬러 반쪽이지만 나를 최고로 대접해 주는 성인가요 장르에 나를 '올인' 했다. 눈물 나는 차선책이었지만 생활을 위해 사무실을 내고 유·무명을 안 가리고 작품을 주었다. 그런 내막도 모르고 주위에선 내가 제2의 전성기를 맞았다고 부러워들 한다.

발라드에 비해 가창력이 떨어지는 트로트가수의 짜증나는 디렉팅을 하다 보니 가수 이름조차 생경한 발라드와 걸 그룹이 점령한 가요계 저쪽이 자꾸만 그립다. 아, 어쩌다 접근조차 할 수 없는 동경의 땅이 되어버리고 말았단 말인가.

"내가 쓰면 훨씬 더 잘 쓸 텐데 왜 쳐다보지도 말아야 한단 말인가." 수없이 자문하면서 반쪽밖에 설 수 없는 절름발이 신세에 절망한다.

이은미와 소향이 탐나서 죽겠다. 기세를 올리고 돈도 잘 버는 후배작가인 조영수, 강은경이가 부럽다. 내 습작 노트 속에서 울고 있는 많은 작품들, 언제나 빛을 볼까. 아니

어쩌면 영원히 세상 밖으로 못 나가고 말지도 모른다는 생각을 하니 억장이 무너진다.

출구는 결국 내 자신이 뚫어야 한다는 결론을 내긴 했지만 당장은 뾰족한 수가 보이지 않는다. 필명을 바꿀까? 무작정 매달려 떼라도 써볼까? 별별 궁리를 해보는 내가 우습다.

한류 열풍을 주도하며 진화하는 신세대 가요와는 반대로 성인가요는 아무나가 아무렇게 작사를 하고, 특히 가수들이 작품에 덤벼들어 가요를 망치고 있다. 성인가요의 졸속 제작 풍토와 질 낮은 노래들이 범람하는 작금의 가요계를 어디에다 고발해야 한단 말인가. 옛날처럼 공연윤리위원회의 사전심의제도가 있었더라면 응당 반려되고 말 수준 미달의 작품들이 최근 10여 년간 90%에 육박하는 이 부끄러운 현실을 누가 책임져야 한단 말인가. 지리멸렬의 행진을 보는 것 같아 마음이 아프다.

절름발이 진짜 작사가들은 몰락하는 성인가요의 추악한 몰골을 그저 지켜볼 수밖에 무슨 대책이 서는가.

절름발이 작사가만 괴로운 밤에도 녹음실의 콘솔은 누군가의 노래로 뜨겁다.

시와 가사의 경계에서 길을 묻다

문인들이 모이는 행사에 다녀오는 날이면, 통속한 뽕짝 속으로 기어들어가 황금의 날개를 만들고 눈물의 감동을 만들어내야 하는 내가 싫고 한없이 불쌍하다.

시의 마을로 다시 돌아가서 내가 만난 세상과 걸어온 길을 시간이라는 형식이나 전달과 발음이라는 단어에서 해방되어 자유롭게 이야기하고 싶은데 촌각을 다투어 써줘야 할 악보들이 손을 놓지 못하게 한다.

남들이 보면 즐거운 비명일지 몰라도 나는 이 진부한 반복이 싫다.

지금의 내 모습 말고/ 지금의 내 인생 말고/ 다르게 다르게/ 다르게 살았으면/ 되돌아 갈 수

뽕짝은 아무나 하나

없는 길을/ 나 너무 멀리 왔나봐/ 바람에 날아간 민들레였나/ 어디로 가는 걸까/ 늘 똑 같은 테마/ 늘 돌고 도는 코스/ 이 반복이 싫어 도망갈 꺼야/ 단 하룰 살아도 독립/ 누구도 안 간섭 독립/ 나만의 시간과 공간/ 나만의 비밀과 자유/ 나만의 완전한 독립/ 나 안 늦어 아직 안 늦어/ 내 인생이야

김병걸 작사, 이호준 작곡 '독립(민들레의 초상)' 1991.

시가 차려야 하는 체면과 소리 내야 하는 고발에서 해방되어 노래 가사로 쉽게 세상과 만나고 싶었다. 그러나 그건 나의 착각이었다. 시보다는 가사가 더 많은 룰과 긴장을 요구했다. 마치 상자 안에 들어가는 기분이었다. 시는 침묵이 통하지만 가사는 반드시 소리를 내야만 했다. 그래서 가사는 시보다 더 어려운 작업이었다.

시골 오빠의 학비를 위해 야근을 일삼았던 어린 여공의 처진 어깨에도, 천호동 색시집 골목 니나노 방에서 흘러나오는 밤꽃냄새의 교태 속에도, 명절 때면 고향열차에 짐짝처럼 실려도 좋았던 중앙선 기적소리에도, 중동에 간 남편 편지를 뜯는 7촌 아지매의 떨리는 손끝에도 노래는 있었다. 나는 그 노래의 말을 쫓아 37년을 걸었다.

시와 가사의 경계에 서서 왼발은 시에, 오른발은 노래에 걸치고 살았다. 두 발로 한 곳에 서도 비틀거리고 말 재주로 용하게도 안 넘어지고 지금껏 서 있다.

책 보따리 등에 메고/ 송기 꺾으러/ 산등성이 누비던 소꿉동무들/ 준식이는 공부 잘해/ 대학엘 가고/ 병태는 일찌감치 기술 배우러/ 서울로 갔는데/ 아 어디서들 뭘 하노/ 보고싶구나/ 내 고향 어린 시절/ 죽마고우야

고무신짝 벗어들고/ 가재 잡으러/ 개울가로 나오던 소꿉동무들/ 동섭이는 돈 번다고/ 중동엘 가고/ 만기는 고향에서 땅을 지키며/ 농사일 바쁜데/ 아 어디서들 뭘 하노/ 보고싶구나/ 내 고향 코흘리개/ 죽마고우야

김병걸 작사, 한성우 작곡 '죽마고우' 1987.

친구들이 승승장구할 때 나는 노래 속으로 숨었다. 가요는 내게 무엇이었을까? 가난해서 더 빛났던 꿈이었을까. 버리지 못해 더 그리웠던 환상이었을까?

뼛속까지 오톨도톨한 긴장을 안고 나는 오늘도 노래 속으로 떠난다. 시와 가사의 경계에서 유영流泳하며 길을 묻는 나의 호흡이 숨차다.

작사가 지망생에게 주는 어드바이스

어떤 노래를 만들 것인가는 언제나 어려운 숙제이고 나는 그 고민으로 한세월이 간다.

"잘 알지도 못하는 다른 사람 이야기를 쓰려 하지 말고 당신 이야기를 쓰세요."

내가 주는 첫 번째 어드바이스다.

"일단은 길게 쓰세요. 어설픈 문장에 매달리지 말고 일기처럼 쓰세요."

그러나 대다수의 지망생들은 가사를 위한 가사를 쓴다. 실패의 출발이다. 가사가 미리 써진 상태에서 작곡이 이뤄지는 수순에는 웬만한 작품이 아니고서는 작곡가가 수정하는 과정이 불가피하다. 결국 작사가는 한두 번 더 손을 봐야 하는 고생을 해야 한다. 나 같은 경우도 이런 과정을 거치며 이 작업으로 좀 더 완미한 가사를 건지게 된다.

살면서 부딪치고 넘어지고 깨지고 더러 박살나는 아픔과, 살면서 만나 사랑하고 기뻐하고 그리워하는 모든 것이 다 가사고 노래다.

"이미 세상에 나와 있는 노래에다 가사를 바꿔 보세요."

두 번째 어드바이스다. 이 작업을 오래 하다 보면 가요의 판을 읽는 안목이 키워진다. 길이나 행간 그 속에 호흡까지도 읽어내게 되어 일명 '악보선생님'이라고 부른다. 가사가 쓸 데 없이 길거나 반대로 짧은 문장이면 가요가 허락하는 3분대의 곡을 편집할 수 없게 된다.

가사는 곡조로 건네는 말이다. 벙어리 멜로디에 의미를 부여하고 말을 달아주는 역할을 한다. 말은 조리가 있어야 설득력이 있다. 알아듣기 쉽게 말해야 하는 것처럼 가사는 길 가다가 노래를 스쳐들어도 전체 문장의 8할이 머릿속에 남도록 써야 한다.

세 번째로 주는 나의 도움말은 "시를 버리라"는 것이다. 시인의 눈높이와 멋 부리기로 가사에 접근하면 무조건 실패한다.

예를 들면 시에서는 파도를 주름살 또는 이랑이라고 표현할 수 있지만 가사는 그렇게 멀리 돌아가면 안 된다. 곧장 가야 한다. 시인은 자기 자신을 극복하면 되지만 작사가는 작곡가의 마음에 들어야 하고 가수에게 만족을 줘야 하고 제작자를 설득해야 하고 방송사의 PD 눈에 들어야 하고 마침내 대중들의 감동을 얻어야 한다. 그 대중은 남녀노소는 물론이고 일자 무식꾼도 포함되어 있다. 이 거미줄 같은 검열을 통과해야 비로소 불리어진다.

나는 대중들이 어떤 말을 기다리는지 알고 있다. 그런데 가수와 제작자가 발이 느리고 깊이를 키우지 못해서 진부한 보폭과 문장으로 비즈니스를 한다. 천박한 싸구려 소통이다. 추상적이라고 해서 구체화가 아니라고 말하면 무식의 소치다. 그렇지만 추상적인 문장이나 단어는 되도록이면 안 쓰는 게 좋다.

그리고 네 번째로 "사연을 쓰라"고 충고한다.

가요는 클래식과 달라서 가사를 전달하는 음악이다. 성냥을 주제로 가사를 만들라고 했을 경우, 접근하는 방향 설정이 성패의 열쇠다. 성냥의 모양을 쓸 수도 있고 성냥의 기능을 쓸 수도 있고 성냥의 추억을 쓸 수도 있으며 '성냥팔이 소녀' 같은 외적 감동을 그릴 수도 있고 성냥이 목적하는 결과를 쓸 수도 있다. 일테면 불일 수도 있고 빛일 수도 있다. 불과 빛은 다르다. 불은 온도이고 빛은 밝음이다.

예를 들기 위해 필자가 아무렇게나 쓴 이 가사 속에는 사랑이니 그리움이란 단어가 한 번도 등장하지 않았는데도 사랑과 그리움을 충분히 말하고 있다.

특히 사랑이나 이별을 할 수밖에 없는 이유와 상황은 말하지 않고 '사랑은 이런 건가요'라든가 '나는 어떡하라구'라고 쓰면 밑도 끝도 없는 결론이다. 일류 작사가는 이 두 문장이나 결론을 절대로 쓰지 않는다.

다섯 번째는 섹스어필한 내용을 쓰라고 권한다. 히트곡 절대 다수의 성공 키워드는 섹스어필이다. 불륜이면 더 좋다. 지독한 사랑을 써야 한다. 운명적인 만남과 사랑의 종말이란 진부한 도식을 장소와 인물을 바꿔가며 스토리를 엮을 줄 알아야 한다. 여기서 잊지 말아야 할 것은 '죽일 놈'은 나여야 한다. 과거에는 섬처녀를 울려 놓고 서울로 간 그 사람이 죽일 놈이었지만 요즘은 철저하게 내가 주인공이어야 한다는 사실이다.

여섯 번째로 "곡의 리듬을 유도하라"고 안내한다. 이의 달성은 도입부의 가사 자수이다. 후크송 같은 반복된 멜로디에는 반복의 문장을 탄력있게 수행하는 의성어 내지는 의태어의 적절한 구사다. 받침이 있다고 해서 혀를 잘 굴리지 못한다고는 단정하지 말자. 멜로디는 가사에 따라 부점이 옮겨지면서 어텍attack의 바운스를 주기도 하고 멜로디를 가위눌리기도 한다는 걸 잊지 말아야 한다.

뽕짝은 아무나 하나

내가 주는 마지막 어드바이스다. "멜로디가 먼저 완성되고 뒷가사를 쓰는 경우, 글자 수에 얽매이지 말라"고 경험을 전한다.

음표 하나하나에 충실해야 맞는 소절도 있고, 때로 문장 상 한두 자씩 줄거나 늘어나야 하면 그대로 유지해도 된다. 가수의 역량에 따라 말의 속력이 이를 해결해 주며 때로는 자유로운 글자 수가 멜로디를 화려하게 표현해주기도 한다.

이밖에도 작사 기법을 열거하자면 수십 가지가 넘는다. 필자를 찾아오는 작사가 지망생이 하루에도 서너 명은 된다. 그러나 그들 대다수는 이미 누군가가 차렸던 밥상을 들고 온다. 멜로디가 진부할수록 가사는 생뚱맞을 필요가 있다. 가사의 신선함으로 곡의 식상함과 졸음을 쫓아내는 작사가가 유능한 작사가다.

다는 아니지만 작곡가가 작사가를 키워주기도 하니까 실력 있는 작곡가의 품으로 달려가 호된 꾸지람을 자주 듣는 것이 어쩌면 지름길인지도 모른다.

지망생도 알고 있는 말, "가사 속에는 멜로디가 들어 있고, 곡조 안에는 여러 문장이 들어 있다."

가수 발굴과 가요 창달의 음반업을 천직으로 알고 독거노인의 처지임에도 죽을 때까지 온몸으로 회사를 껴안았던 고인의 큰 족적은

길이길이 후세에 전해지리라. 고인의 사망은 한국가요의 한 축이 무너진 것이며 레코드사 1세대의 퇴장만이 아니라 레코드사의 종언

을 고한 것이며 자칫 수만 곡의 음원이 사장死藏될지도 모르는 대중문화의 실종으로 이어지지 않을까 저어된다.

— 〈가요계의 대부를 잃다 – 아! 손진석 사장님〉 본문 중에서

02

노래보다 아름다운 사람들

2월의 찐빵 한 봉지와 박건호 형

1989년 겨울이 끝나가는 2월 어느 날이었다. 살이 풍만하면서도 털복숭아처럼 까칠까칠한 목소리, 어찌어찌 들으면 잠이 덜 깬 푸석한 목소리. 작사가 박건호 형이다.

"시간 있니? 파고다공원에서 봐. 시 다 썼거든. 원고 좀 봐줄래?"

나는 주섬주섬 옷을 챙겨 입고 집을 나서며 '햐! 드디어 이 형이 책을 내는구나. 표제를 뭐로 했을까. 가사하고는 얼마만큼 다를까?' 궁금한 마음에 택시로 달렸다.

"저기 있지, 다 말라빠진 샐비어 꽃대가 영 날 닮았어. 벤치가 좋겠지?"

나의 동의와는 아랑곳없이 형은 혼잣말을 바람에게 던졌다.

낮에 시위대라도 지나갔는지 공원 여기저기엔 시국을 걱정하는 갖가지 구호가 적힌 팸플릿이 낙엽마냥 흩어져 있고 캔과 병도 더러 뒹굴었다. 형과 나는 잘 생긴 벤치 하나를 골라 맑은 겨울하늘 한 자락을 무릎에 폈다. 시집 『타다가 남은 것들』의 원고는 그렇게 나에게 넘겨줬고 나는 형의 20대 시절로 돌아가 물빛 추억들을 함께 깁으며 쌀쌀

한 저녁바람을 잊어야 했다.

"이 동네 찐빵은 특별하지. 너 찐빵 안 먹을래?"

"왜요, 찐빵 잡숫고 싶으세요?"

나는 형이 일러준 대로 파출소가 있는 골목의 찐빵 가게를 찾았다. 김이 모락모락 나는 그날의 찐빵은 형이 그리워한 바람대로 정말 맛있었다. 찐빵 한 봉지와 아직 세상에 나가지 않은 '꽃이 지는 자리'와 '별과 깃발' 등 120여 수의 시는 수줍은 숨을 고르느라 연신 입김을 피워 냈다.

굳이 교정을 보지 않아도 오탈자 하나 없으련만 교정을 핑계로 내게 당신의 시를 자랑할 심산이었나 보다. 그리고 그날 나는 형이 찐빵을 아주 좋아한다는 걸 알게 되었다. 찐빵을 좋아하는 무슨 특별한 이유라도 있냐고 내가 묻는 말에 "가난이 그리운 탓이겠지"라는 형의 대답에 쓸쓸함과 눈물이 묻어났다.

이때까지만 해도 박건호 하면 한국 최고의 히트 작사가였고 나는 그 뒤를 쫓는 다크 호스에 불과하였지만 형은 나를 무척이나 아껴주었다. 가요계에서 살아남기 위하여 벌인 수많은 전쟁과 참혹한 상처와 승리 때 챙겨야 하는 전리품까지 낱낱이 내게 알려주며 풍찬 바닥의 잡다한 생리를 명심시켜 주곤 했다.

나를 얼마나 아꼈으면 당신께서 신촌 세브란스에서 신장 이식수술을 받던 날 숱한 동료들 중에서 유독 나 한 사람만을 아내에게 지명하여 면회하게 하였다. 나는 그 같은 형의 마음을 읽고 오십만 원을 수술비에 보태는 봉투를 형수에게 전했다.

1987년 오아시스레코드사에서 문예부 일을 맡고 있던 나는 연시를 스무 편 썼는데 낭송음반을 만들고 싶었다. 이미 군에 가기 전에 아름출판사(임무정 사장)에서 시인 정공채, 정두수 형제분과 '명시의 고향'이란 낭송 음반과 책을 두 권 낸 경험이 있는지라 역량 있는 내레이터를 고민하고 있었다.

그런데 당시 〈스포츠서울〉 신문사에서 연예담당으로 있던 장사국 기자의 천거로 KBS 라디오의 〈가요광장〉을 진행하는 오미희를 만나게 되어 '귀가'와 '헐벗은 맹세' 등 스무 편의 시를 담은 〈사랑에서 이별까지〉란 시낭송 음반을 오아시스레코드사에서

뽕짝은 아무나 하나

출반했다.

이 음반은 소리 소문 없이 밀리언셀러를 기록했고, 이를 바라본 건호 형은 샘이 났던지 부랴부랴 내게 이것저것 물어보고는 최종혁 선생에게 배경음악을 맡기고 당시 인기 절정이던 탤런트 김미숙을 캐스팅하여 〈타다가 남은 것들〉이란 낭송 음반을 냈다.

하여튼 그런저런 연유로 형은 나를 더 신뢰하게 되었고 훗날 여류시인들을 몰고 다니며 시 동아리까지 만들어 나를 오라 가라며 상당히 부려 먹었다. 이 시인들을 모아 2005년 〈모닥불문학회〉란 단체를 만들었는데, 지금은 내가 물려받아 회장직을 맡고 있다.

형의 나이 58세. 2007년 12월 9일 '잊혀진 계절', '모닥불', '어느 소녀의 사랑 이야기', '아! 대한민국', '우린 너무 쉽게 헤어졌어요' 등 주옥같은 수많은 노래들을 뿌려놓고 하늘나라로 갔다.

출간할 때마다 내게 먼저 보여주셨던 원고들이 책으로 나와 첫 시집인 『타다가 남은 것들』을 비롯하여 시집 『고독은 하나의 사치였다』, 『기다림이야 천년을 간들 어떠랴』와 에세이집 『시간의 칼날에 베인 자국』과 『오선지 밖으로 튀어나온 이야기』, 가사집으로 『모닥불』, 『그 눈물은 지금도 마르지 않았다』, 『철새의 편지』, 『콩나물에 뿌린 물빛사랑』은 물론 나와 여러 동료들의 시를 묶은 『속삭이는 오렌지 입술』 등 여러 권이 내 서실에 모셔져 있다.

꽃수레는/ 마지막 떠날 때나 탄다는데/ 영영 올 것 같지도 않던 이 봄에/ 개나리꽃과 함께/ 눈부신 귀환이 웬 말이냐.

—시 〈개나리〉에서

봄이 오기도 전에 오랜 투병을 끝내고 그는 갔다. 아마도 천상의 학이 되었거나 당신의 세환, 세준이 두 아들이 보라고 개나리가 되었으리라. 지금도 나는 길 가다가 김을 피워올리는 찐빵을 만나면 건호 형이 생각나고 그 해 2월의 공원과 맑은 하늘이 오버랩overlap된다.

빨간 머플러의 신사 '하숙생'의 김호길 선생님

내가 오아시스레코드사를 그만두고 프리랜서로 일하던 1987년 겨울. 신철수 씨가 운영하는 창신동의 〈동대문녹음실〉에 들어서는 빨간 머플러가 인상적인 황혼의 신사가 있었으니 최희준의 출세작인 '하숙생'을 작곡한 김호길 선생님이다.

조용조용한 말투에 농 섞인 인사를 즐겼던 선생은 금세 나와 친해졌고 우리는 세월의 간극을 뛰어넘어 뒤늦게 만난 것을 아쉬워하며 음악적으로 죽이 맞았다. 선생과 나는 50여 편의 작품을 콤비했다.

이 무렵은 소위 메들리음반이 내는 족족 히트하는 자연뽕의 시대였고 음반제작의 수순을 조금만 알면 너도 나도 한두 따블쯤은 직접 제작하거나 아니면 메들리 업자에게 기획을 의뢰 받아 쏠쏠한 재미를 보던 가요계의 황금기였다.

정동 문화방송국시절 악단장을 역임하기도 했던 선생은 고향이 평북 곽산이다. 일본 명치대 유학시절 배구선수로도 활동했던 선생은 키가 훤칠하시고 온화한 얼굴로 적을 만들지 않는 사교술이 매우 뛰어났다.

중년의 대부분을 부산에서 보내신 선생은 15년의 부산 생활을 청산하고 이 무렵 서울 수유리로 올라왔다. 이때는 이미 작품자로서의 정년을 넘긴 터라 〈작가동지회〉가 있는 스카라 계곡에 종종 나가 반야월, 김진경, 이재현, 김설강, 이명희 선생 등 옛 동료들과 추억담을 챙기거나 〈동대문녹음실〉에 출근하다시피 하여 녹음이 있는 날은 아코디온도 치시고 기념음반이라도 내려고 찾아오는 나이 든 아마추어들에게 노래를 지도하기도 했다.

1988년 9월 어느 날, 역시 같은 이북 출신인 지구레코드사의 임정수 회장을 만나고 온 선생께서는 나에게 실향민을 테마로 한 작사를 20편 주문했다.

당시 공연윤리위원회 심의번호가 8810~G223으로 지구레코드사에서 발매된 〈실향민의 노래〉는 1989년 6월에 카세트테이프로 제작되었고, 앞뒷면으로 18편을 실었다.

빨간 머플러를 즐겨 목에다 둘렀던 선생은 칠순의 나이에도 불구하고 빨간 머플러처럼 정열적으로 작곡과 편곡을 했고 전편이 모두 내 맘에 쏙 들었다.

조경희란 신인 가수에게 취입시킨 신곡 메들리 〈실향민의 노래〉는 다음과 같다.

'해당화 아바이', '백두산 천지', '영변 진달래', '아오지 나루터', '경의선 막차', '여의도에서 찾은 누이', '개마고원', '낭림산 귀촉도', '대동강 이별', '송도의 몸부림', '잃어버린 칠석', '중강진 풍경', '그리운 모정', '흥남부두', '녹 슬은 훈장', '속절없는 세월', '만포진 나그네', '휴전선 150마일'

선생은 2005년 10월 27일 86세를 일기로 세상을 떠나시기 전까지 젊은 날의 레코드 메카였던 스카라 계곡과 후배들의 사무실이 모여 있는 낙원동을 오가며 소일하셨다.

찬바람이 거리에 찾아들 때면 선생께서는 으레 그 빨간 머플러를 목에 두르고 당신이 만든 하숙생이 되었다.

인생은 나그네 길/ 어디서 왔다가/ 어디로 가는가/ 구름이 흘러가듯/ 떠돌다 가는 길에/ 정일랑 두지 말자/ 미련일랑 두지 말자/ 인생은 나그네 길/ 구름이 흘러가듯/ 정처 없이 흘러서 간다

'강촌에 살고 싶네'의 작사가 김설강 선생님

김설강金雪江 선생은 1986년 오아시스레코드사에서 처음 대면했고 충무로에 있는 가요반세기 작가동지회에서 종종 뵈었다.

아담한 키에 안경을 쓴 선생께선 깐깐한 성격으로 자존심이 대단한 분이셨다. 만년에 구로 제1공단 입구에서 한글 대사전을 만드는 일을 하셨다. 나와 이호섭을 각별히 이뻐하셨던 선생은 당시로선 돈이 안 되던 작사가의 길보다는 출판 일을 호구지책으로 택했고 나훈아가 불러서 공전의 히트를 친 〈강촌에 살고 싶네〉는 취미삼아 쓴 습작품이라고 하셨다.

2002년 7월 7일 돌아가시기 전까지 같은 이북 출신으로 망향의 설움을 나누던 하숙생의 작곡가 김호길 선생과 비록 히트는 못 냈지만 많은 편수의 작품을 함께 했다. 나는 선생께서 가요계와 소통하는 몇 안 되는 사람 중의 하나였고 특히 저작권에 관한 문제는 언제나 나에게 자문을 구하셨다.

나와 김호길 선생이 콤비를 이뤄 망향의 설움을 달래는 〈실향민의 노래〉란 신곡 메들리를 발표하자 충격을 받으시고는 당신께서도 향수를 달래는 수십 편의 작사 묶음을 김호길 선생에게 전달했다.

날이 새면 물새들이/ 시름없이 날으는/ 꽃 피고 새가 우는 / 논밭에 묻혀서/ 씨 뿌려 가꾸면서
땀을 흘리며/ 냇가에 늘어진 버드나무 아래서/ 조용히 살고파라/ 강촌에 살고 싶네
해가 지면 뻐꾹새가/ 구슬프게 우는 밤/ 희미한 등잔 밑에/ 모여앉아서/ 다정한 친구들과/ 정
을 나누며/ 흙 내음 마시며/ 내일 위해 일하며/ 조용히 살고파라/ 강촌에 살고 싶네

—김설강 작사, 김학송 작곡, 나훈아 노래 '강촌에 살고 싶네'

뽕짝은 아무나 하나

춘천시 남산면 강촌2리(2005. 7. 16 제막)

이 노래의 노래비는 춘천에서 가까운, 강촌역이 있는 강촌이란 마을에 세워져 있다. 선생은 이북 개마고원이 있는 부전령 출신인데 수소문을 한 결과 지명이 일치하는 이곳에 건립했다고 한다. 강촌은 어떤 특정한 곳이 아니고 강을 끼고 있는 모든 마을이다. 의미를 확장하면 우리가 찾는 마음의 고향이기도 하다.

나는 강마을에서 태어나고 자랐기 때문에 강과 강마을을 테마로 한 노래들을 여러 편 썼다. 그 중에서 〈실향민의 노래〉 음반에 실린 작품 하나를 소개한다.

뗏목 실어 흘러가는/ 두만강 푸른 물은/ 삼상봉 굽이치고/ 넘어 온 천삼백리/ 조약돌 줏어 모아 달리던 강변에/ 소꿉장난 꿈이 어린 아오지 나루터/ 지금은 꿈에서나 가보는 내고향/ 사공아 네 아느냐/ 아오지 나루터를

이리 꾸불 저리 꾸불/ 국경선 돌아가는/ 두만강 물줄기는/ 유랑의 천삼백리/ 물망초 피어나는 노을 진 강변에/ 도란도란 등을 끄는 아오지 나루터/ 지금은 잊혀져간 추억의 내고향/ 꿈마다 찾아간다/ 아오지 나루터야

—김병걸 작사, 김호길 작곡, 조경희 노래 '아오지 나루터'

'선창'의 가수 고운봉 선생님

내가 연신내에서 살던 때였다. 연신내 로터리엔 아리조나 스탠드바가 있었는데 나는 거기서 선생을 만났고 우리는 친해졌다. 1980년대 말은 스탠드바가 성업하던 시절이었고 서울 강북에서는 주택가를 제외한 상가건물 두세 개 건너 하나씩은 이 스탠드바가 있었다.

선생의 무대 순서가 끝나면 우리는 가끔 대합국물과 오뎅이 있는 포장마차로 이동하여 이런저런 가요계 이야기로 우정을 적셨다. 선생께서는 술은 거의 입에 대지 않으시고 주로 당신의 추억담을 안주 위에다 얹어주었다. 술을 자제한 연유는 아마도 당신보다는 젊은 아내를 배려한 사랑이었으리라.

울려고 내가 왔던가/ 웃을려고 왔던가/ 비린내 나는 부둣가에/ 이슬 맺힌 백일홍/ 그대와 둘이서 꽃씨를 심던 그날도/ 지금은 어디로 갔나/ 찬비만 나린다

이 노래는 고운봉 선생의 최고 히트곡이자 나라를 뺏겼던 우리 민족에게 무한한 위로를 준 자조 섞인 노래다. 선생의 친형인 고명기 작사의 '선창'은 1941년에 발표됐다. 암울한 시절에 노래로나마 망국의 한을 달랬을 그 무렵 '선창'의 2절 가사는 분위기를 반전시켜 나라의 독립과 민족의 자존 회복을 독려한다.

울려고 내가 왔던가/ 웃을려고 왔던가/ 울어본다고 다시 오랴/ 사나이의 첫 순정/ 그대와 둘이서 희망에 울던 항구를/ 웃으며 돌아가련다/ 물새야 울어라

희망이 절망이던 시절. 첫사랑은 유린당하지 않은 조국이요, 부두는 이 나라 강산이

고 삶의 일터이며 이슬 맺힌 백일홍은 나라 잃은 백성을 말함이요, 찬비란 눈물이다.

그러나 2절에 이르러 작사가는 삼천리 방방곡곡에 고한다. 울어 본다고 빼앗긴 나라며 국권이 다시 오지 않으니 동포여 일어나 주권 독립을 쟁취하라. 그리하여 찬비만 내리는 항구에 다 같이 손잡고 희망을 심는 나라, 울며 떠난 고향을 이제는 웃으며 돌아가자고 강력한 메시지를 띄운다.

선생은 연예계에서 베스트 드레서로 언제나 잘 다려진 옷에 목에는 형형색색의 스카프를 두르고 와이셔츠 깃이 화려한 멋쟁이였다.

선생의 노래 중에 '국경의 부두'와 '강남의 추억' 등 알 듯 모를 듯한 노래들이 있긴 하지만 평생을 '선창' 그 한 곡으로 버티며 그 한 곡으로도 충분한 명성과 원로의 자리를 굳건히 지킨 별이다.

선창이 발표되던 1941년은 선생이 나이 21살이다. 본명이 고명득인 선생은 충남 예산이 고향인데 지방을 순회하는 곡마단의 북소리에 이끌려 집을 나왔고 그해 태평레코드사에 입사하여 만주 일대로 순회공연을 하면서 가수로 출발한다.

1940년 봄 일본 오사카로 건너가 '신의주 부두', '아들의 하소'를 불렀고 다음해에 OK레코드사로 스카우트되어 불후의 명곡인 '선창'을 취입했다.

'선창'은 일제하에서 학생운동을 하던 형인 고명기가 피신생활을 하면서 동생에게 고향의 추억을 그리며 적어 보낸 가사다.

선생께서는 노년에도 밤무대를 전전하면서 생활을 땜질했다. 또래의 가수들 모두가 가난하게 살다 갔지만, 선생의 낙천적인 성격은 가난을 아랑곳하지 않았다.

"이봐 김 군, 호시절에 태어난 걸 복으로 알고 열심히 창작해. 그래도 나는 후회는 없어. 만주로 남도 항구로 안 가본 곳이 없어. 어찌 보면 궁상맞긴 했지만 그래도 낭만이 있었잖아. 그 시절이 좋았어…"

그날따라 선생의 물기어린 안경너머로 광활한 만주 벌판이 펼쳐지고 곡마단의 날나리 소리와 깃발이 펄럭이고 있었다.

'웃으면 다시', 아리랑 손경태 사장님

녹음 중에 한 사람이라도 웃으면 무조건 다시다.

"에에에! 다시. 마, 미안한데 한 번 더 가자고."

지금은 고인이 되신 아리랑음반의 손경태 사장님은 철두철미한 당신 소신이 있다. 무장공비가 와서 총부리를 겨누어도 양보 못 하는 자기 원칙이 있었다. 반주음악이든 노래 녹음이든 녹음이 있는 날이면 전날부터 절대로 부정 타는 언행은 삼가고 말수를 줄이신다. 그리고 녹음실에 들어서면 반드시 두 손을 합장하고 간단한 의식을 챙긴다. 녹음을 무사히 끝낼 수 있게 해달라고 부처님과 천지신명께 발원하는 모습이 매우 경건하다.

손 사장님의 철칙 중에 당신께서 직접 참관하지 않으면 안 되는 일이 있다. 아무리 유능한 디렉터가 있어도 반주음악과 노래와 믹싱 녹음만큼은 손수 챙기신다. 당신 맘에 들지 않으면 맘에 들 때까지 새로 작업하신다.

우리 바닥에서 이미 통과(?)된 손 사장님 특유의 버릇이 있다. 녹음할 때 특히 반주음악을 연주할 때 누군가가 웃으면 무조건 다시 해야 한다. 웃는 사람이 연주가든 녹음기사든 심지어 뒤에서 구경하는 누군가라 하더라도.

의심병이 유별 심했던 손 사장님은 녹음 중에 누군가가 웃으면 틀려서 그런 줄 안다. 아니 그렇게 믿고 싶은 건지도 모른다. 그래서 우리는 손 사장님 프로를 녹음할 때면 웃음이 나와도 꾹 참는다. 공연히 긁어 부스럼 만들기 싫으면 입에 자물쇠를 채우는 게 상책이다.

어느 날 청량리녹음실에서 연주를 하던 중 기타를 치는 이유신 씨가 갑자기 웃었다. 옆에 있던 섹스폰의 강승용 씨는 내막도 모르면서 따라 웃었다. 귀신을 속이지 그 웃음을 그냥 넘길 손 사장님이 아니었다.

"아 ,미안하지만 다시, 다시!"

뽕짝은 아무나 하나

손경태, 봉철, 이명희, 송운선, 반야월, 김지평 1993 – 필자의 아들 돐잔치에서

이유신 씨는 연주를 실수해서 웃은 게 아니라고 설명했고 강승용 씨도 절대로 그래서 웃은 게 아니라고 거들었지만 이미 당신 원칙에 익숙한 손 사장님은 끝내 두 사람의 항복을 받아내고 재녹음을 했다.

손 사장님이 화장실을 간 사이, 채수근 사장은 "그러게 왜 웃어가지고 사서 고생을 하냐?"고 핀잔을 주었고 이유신 씨 왈.

"아니 그렇잖아도 손 사장님 프로니까 절대로 웃지 말자고 어금니를 물었는데 무슨 조화인지 웃음이 더 나오더라고. 내 그래서 얼핏 생각했지. 저 영감님 한 번 놀려주자고."

아리랑 손 사장님은 군에서 제대하자마자 전우였던 지금의 봉소리사 봉철 사장님과 함께 가요계에 들어와 SP판의 재료를 제일 먼저 개발하신 개척자이시다. 봉철 사장님은 오아시스레코드사를 설립하여 경영하셨고 손 사장님은 빽판을 찍으셨다. 아리랑음반의 초창기에는 남백송, 김용만을 이후 임성훈, 박경희, 조용희, 이용복, 신웅, 나이테, 황정숙, 황영희, 김민성 등 많은 가수를 배출시켰다.

당신께서 인정하지 않으면 이유가 필요 없는 막무가내 사장님. 연주하다 웃으면 다시 사장님. 녹음이 끝나면 마스터 테이프를 녹음실에 보관시키지 않고 누구를 믿느냐며 언제나 보자기에 싸서 댁으로 가져가시는 사장님. 어음이 난무하던 이 바닥에 현금 아니면 거래를 하지 않던 사장님. 세상없는 사람이 와서 뭐라고 하여도 한 번 굳힌 마음은 절대로 재고하거나 번복하지 않는 사장님. 그렇지만 콩을 팥이라 하여도 필자의 말만큼은 무조건 믿어주시던 사장님. 녹음실에다 당신만 신는 실내화를 지정해 놓고 의자에 앉을 때도 신문지를 깔고 앉으시던 손경태 사장님.

아, 그렇게 깔끔을 떠시던 당신께서 일흔 다섯에 먼저 가신 사모님 곁으로 홀연히 가셨다. 제가 크게 한 번, 아니 몇 번이고 웃어볼 테니, 사장님! 녹음실에서처럼 "아~ 다시! 다시!" 벌떡 일어나시면 안 되는지요?

'네 잎 크로바'를 찾는 만년소년 이인선 작사가

서너 달이 흘렀다. 백방으로 수소문했지만 이번만큼은 선생을 찾는 데 실패했다. 양재동 어딘가에 자취를 하며 염색공장에 나간다는 당신의 말씀을 직접 들은 것도 벌써 수삼 년 전 일이다. 절친한 친구인 김성룡 선생한테는 연락이 갔으려니 하여 물어보았으나 최근엔 통 보질 못했다고 하신다.

"김 형! 나 이인선이예요. 김 형이 보고 싶어 왔어요. 여기 공항이에요."

울먹이는 목소리는 분명 선생이 맞았다.

"이번엔 아주 안 들어갈까 해요. 미국은 외로워서 못 살겠어요."

나는 언제나처럼 말했다.

"선생님, 서울 도착하시면 아무 때고 전화주세요."

그러나 더 이상 전화는 오지 않았다. 선생께서는 언제나 20여 년이나 어린 필자를

김 형이라고 부르며 무척 예뻐해 주셨다. 후배 작사가
는 조용하와 필자밖에 모른다며 당신께서 벗하시는 3
인방 구로환, 김성룡, 유대천이 선생께서 만나는 전
부셨다.

작사가 이인선. 선생은 배호가 명성을 날리던 무렵
아세아레코드사의 전성기 시절에 전속이 되어 당시 전
우, 정두수, 하중희와 함께 최고로 잘 나가던 작사가였다.

〈꽃 타령' 김영종 곡, 김세레나 1969.〉, 〈네 잎 크로바' 김영종 곡, 이규항 1968.〉,
〈돌아가는 삼각지' 배상태 곡, 배호 1967.〉, 〈비오는 남산' 배상태 곡, 배호 1969.〉,
〈파도' 김영종 곡, 배호 1968.〉, 〈추억의 오솔길' 나음파 곡, 남일해 1967.〉, 〈팔도기
생' 허현 곡, 김부자 1971.〉, 〈이정표 없는 거리' 정민섭 곡, 김상진 1970.〉 등이 선생
의 히트송이다. 선생의 작품세계는 다분히 감성적이다. 그러면서도 선이 굵다. 간결한
문장을 즐겨 사용하지만 호흡이 거칠고 남성적이다.

선생은 매우 낮은 톤으로 말씀하시어 언뜻 잘못 들으면 울먹이는 톤이다. 서울 태생
인데도 도회적이기보다는 목가적이며 산골 처녀마냥 수줍음이 많은 순정파다.

1980년대 가족을 따라 미국으로 이민을 가신 선생은 '네 잎 크로바'를 찾기는커녕 향
수를 이기지 못하고 해거리로 한 번씩 귀국하여 몇 달씩 당신이 지치실 때까지 서울에
계시다가 출국하곤 하신다. 애주가인 선생이 술기운으로 떠받들기에는 고국의 풍물이
너무도 낯설고 서울은 무거웠다.

자존심이 강하셔서 당신의 사생활을 공개하진 않았지만 들리는 소문에는 선생의 단
칸방엔 온 사방이 술병으로 가득하다고 한다. 누가 일러 인생을 나그네라 했던가. 미국
에 가도 나그네요, 고국에 와도 나그네인 선생의 설운 처지에 마음이 아리다. 술과 시와
추억과 인정이 그리운 이 시대의 마지막 보헤미안은 서울 변두리 어디선가 쓸쓸히 꽃잎
을 접으며 언제 발표될지 기약조차 아득한 노래를 만들고 계시리라.

"김 형, 내가 전화하면 막걸리나 한 병 사줘요."

나는 눈물이 울컥 솟았다. 사람이 얼마나 그리웠으면 저리 말씀하실까.

'선생님 언제든 부르세요, 술시중이 아니라 신선 만나러 간다고 생각할래요.'

아, 만년소년 같으신 이인선 선생님! 여권처럼 작사 노트를 가지고 다니시며 내게 자랑하시는 해맑은 만년소년 이인선 선생님. 다음번에 귀국하실 땐 노래가사 말고 건강을 가득 안고 오십시요. 이규항 아나운서가 불렀던 스윙. 선생의 '네 잎 크로바'를 불러본다.

네 잎 크로바 찾으려고/ 꽃 수풀 잔디에서/ 해 지는 줄 몰랐네/ 당신에게 드리고픈/ 네 잎 크로바/ 사랑의 선물/ 희망의 푸른 꿈/ 당신의 행운을/ 당신의 충성을/ 바치려고 하는 말/ 네 잎 크로바 찾으려고/ 헤매는 마음/ 네 잎 크로바

—이인선 작사, 김영종 작곡, 이규항 노래 1968 아세아레코드사

〈춘추회〉와 신당동 가라오케

갈대는/ 갈대끼리 모여 살아야 한다고/ 마음 약한 누군가가 용쓰는 밤이면/ 돌아눕지 못하고 제 살 허는 갈대/ 1991년 장마가 물러가던 여름 끝 무렵/ 못 믿을 세월 잊어먹을까봐/ 춘추회 선배들은 신당동 네거리에/ 가라오케 집을 열어 서로의 안부를 확인했다/ 휘어질 바에야/ 차라리 부러지는 갈대의 순정을/ 알아듣기 쉽게 누가 말할 수 있냐며/ 뜬금없는 화두로/ 한 잔 더를 조르는 친구를 뿌리치고/ 꺼억 꺼억 목 쉰 오리처럼 돌아오는 밤/ 네온 빛에 쓰러지는 내 긴 그림자/ 가을 하늘 높아 갈수록/ 나는 자꾸 퇴폐의 시를 썼다

—김병걸 제3시집 『달빛 밟기』 의 '갈대의 순정'

가요계의 전설 같은 쟁쟁한 선배님들의 모임이 있다. 〈춘추회〉다. 봄이나 가을이나 그 사이에 있는 여름이며 겨울까지 1년 내내 모이자고 해서 춘추회春秋會다.

뽕짝은 아무나 하나

박춘석, 송운선, 오민우, 이철혁, 이용일, 정두수, 박대림, 배상태, 고사남, 정주희, 윤익삼, 남봉룡, 라음파 등 60~70년대 가요계를 석권했던 작사가와 작곡가들이다. 훗날 막내로 나이 차이가 제법 나지만 조운파가 가세했다.

신당동 네거리에는 이 춘추회에서 운영하는 가라오케 가게가 있다. 상호가 '현대영상가요'였고 88올림픽 무렵에 차린 이 업소에서 생긴 수익금의 30%를 불우한 환경에 처한 동료 가요작가를 돕는 데 썼다. 그간 도움을 받은 동료로는 '미워도 다시 한 번'의 작사가 김진경 선생과 '노랫가락 차차차'의 김성근 작곡가 등이 있다.

노래하는 주점 '현대가요영상'은 노래방 문화가 정착되지 않았던 시절부터 일본 제일흥상에서 제작된 경음악(반주음악용) 가라오케를 설치하고 술을 팔았다. 춘추회 선배들은 기금을 출연, 회원 중에서 한 사람을 선임하여 가게를 운영하게 하였는데 1991년 이 무렵엔 남봉룡 선생이 운영하고 있었다. 나는 그곳에서 가라오케란 낯선 기기를 처음 구경했다. 어쩌면 우리나라에서 업소 영업용으로는 선배들의 가게가 효시嚆矢가 아니었나 싶다.

선배들의 가게를 들르게 된 연유는 경북 문경 출신의 김정익이 추진위원장이었던 '제3회 배호가요제'가 장충단공원에서 열렸고 코미디언 조정현이 사회를 본 이날 노래자랑에서 남봉룡, 서승일, 조운파 선생과 내가 심사를 봤는데 행사가 끝난 다음 뒤풀이를 거기서 했기 때문이다.

2009년 6월 18일 오전 11시 10분경, 남봉룡 선배님에게 전화로 물어본즉 그 가게는 6년 정도 운영했다고 한다. 아! 2012년 현재 춘추회 15인 멤버 중에 박춘석, 이용일, 고사남, 라음파, 이철혁 선생은 작고하셨고 안타깝게도 배상태 선생은 수년

여야성 윤익삼 이용일 님과 필자

째 와병으로 자리보전을 하고 계신다.

나는 신당동 네거리를 지나칠 때면 〈춘추회〉를 떠올리며 우정이 빛났던 선배님들의 호시절을 상상해 본다.

내 팔자에 숨어있던 아줌마 37명

내 팔자에 아줌마 37명이 숨어 있었다니, 그 서른일곱 명 아줌마 땜에 정의송이만 노가 났다. 이게 무슨 뚱딴지같은 말인가. 히스토리는 이랬다.

이태호의 히트송 '사는 동안'을 작곡한 나의 콤비였던 김효성은 그의 나이 마흔두 살인 1998년 3월에 요절하면서 나에게 유언하기를 보문동에 열어둔 '주부가요교실'을 없애지 말고 맡아서 유지해 달라는 거였고 나는 그의 유지를 받들 것을 약속했다.

당시 정경순 아줌마가 회장으로 있는 주부가요교실의 멤버는 37명이었고 사무실에서 밥을 해먹을 만큼 가족적인 분위기로 연대감이 대단했다.

이때만 해도 주부가요교실은 초창기였고 주부들은 노래를 배운다는 목적 외에도 집안이란 일상에서 탈출하는 일종의 해방구 같은 의미로 가요교실을 찾았다. 새로 산 옷도 자랑하고 가족사에 관한 잡다한 수다로 카타르시스를 하는 소통과 하소연의 광장 같은 역할을 하던 곳이 바로 주부가요교실이다.

나는 이미 주부가요교실의 개척자인 '박현진가요교실'과 '김창하노래교실' 등을 드나들면서 가요교실이란 메커니즘의 속성을 훤히 파악하고 있었기 때문에 내가 직접 운영할 수도 있었지만 나보다 더 유능한 누군가를 찾아내어 '보문동 주부가요교실'을 인

계해야 했다.

처음으로 대면한 서른일곱 명의 아줌마 부대는 죽은 김효성을 보듯 나를 반겼고 우리는 일찍이 세상을 뜬 김효성을 아쉬워하며 이 교실을 결단코 사수하자고 결의를 다졌다.

아, 내 팔자 속에 이 아줌마들이 들어 있었다. 몇 사람을 제외하곤 나보다는 연상인 이들의 결의에 찬 단결과 가요를 사랑하는 비장한 사명감까지를 읽은 나는 이 아줌마들을 버릴 수 없었다. 나는 가요교실의 강사로 내 고교 후배인 장호광과 정의송을 놓고 고민을 하다가 정의송을 적임자로 낙점했다.

장호광은 이미 '박현진가요교실'에서 다년간 강사로 쌓은 노하우가 강점이었고 정의송은 김혜연의 〈서울대전대구부산〉이란 곡으로 이름을 알린 강점이 있었다. 그러나 나는 앞으로의 작품까지를 포석하여 정의송를 택했다.

정경순 회장은 처음엔 정의송을 나이가 어리다며 탐탁지 않게 여겼지만 나는 그만한 선생도 구하기 힘들다며 설득했다.

이후 정의송도 두어 번 나에게 고충을 호소하며 가요교실을 접으려 했다. 그때마다 나는 김효성과의 약속을 상기하며 정의송을 달랬다.

개업식을 하던 날 장소가 협소하여 시영음반의 문규현 사장과 새샘음반의 문병초 사장, '카스바의 여인'을 부른 가수 윤희상. 월드음반 정찬용 사장, 유통업을 하던 우진석 사장 등 많은 축하객들이 정의송과 함께 홍은동 나의 집으로 이동하여 날밤을 새웠다.

순간순간 곡절도 많았지만 정의송은 나름대로 교실을 잘 운영했고 특히 정경순 회장의 노력은 눈물겨울 만큼 희생적이었다.

정의송은 이 노래교실에서 수양어머니를 만나게 되고 많은 도움을 받았다. 전농동 뷔페에서 나는 '모자 결연식'의 사회를 봐주며 분위기를 띄워주었고 수양어머니 외에도 가요교실 멤버들은 정의송을 신주단지 모시듯 위했다.

아무튼 정의송은 이 가요교실에서 가수 입문의 음반제작과 많은 히트곡의 생산 등 기반을 일으켰고 그 아줌마들과 만 8년을 함께 했다.

김효성의 2년과 정의송의 8년, 그리고 지금의 장태민 6년 등 오랜 역사를 자랑하는 이 노래교실은 창설 멤버들을 여전히 주력군으로 두고 그간 들락날락한 회원까지 약 120여 명이 거쳐 갔다.

사람의 팔자는 알 수 없는 거지만 만약에 정의송이 나의 제안을 거절했다면 그가 겨냥했던 가수의 길은 준비가 덜 된 열악한 조건상 고난의 길이었으리라.

보문동에서 신설동으로, 그리고 현재의 청량리로 이어진 가요교실은, 지금의 강사인 장태민 역시도 정경순 회장과 내가 상의하여 영입하였다.

내 팔자에 숨어 있던 37명의 아줌마들은 식구를 50명으로 불려 멤버 전원이 2004년 명동 롯데호텔 크리스털볼룸에서 있었던 내 시집 『낙동강』 출판기념회에 1인당 십만 원씩을 갹출醵出하여 오백만 원을 쾌척해 주었다.

본인의 피나는 노력이 밑바탕이 되었겠지만 절대적인 응원군 서른일곱 아줌마들이 있었기에 정의송은 성공을 축적했고 아름다운 이 아줌마들은 헤어지지 않고 오늘까지 조직을 가꾸고 있어서 나는 큰 보람을 느낀다. 아울러 김효성에게도 낯[面]이 선다.

며칠 전인 2009년 6월 10일에도 연예협회 창작분과에서 주최한 시흥시 정왕동 뒷 방울 저수지 낚시대회와 당일 15시 30분 같은 장소에서 월드TV 안영일 감독이 녹화하는 가수들의 공연에 이 노래교실 30여 명이 서울에서 일부러 참석하여 자리를 빛내 주었다.

내 팔자에 숨어 있는 아줌마 37명은 또 어떤 인연으로 나와 만날까?〈2009. 6. 14〉

아! 한산도韓山島 선생님

사단법인 한국연예예술인협회 가요창작분과위원회에서는 1988년 6월 2일 가요창작인 회보인 '노래샘music fountain'을 첫 발간하여 가요계 발전에 한몫을 하고 있었는데 필자는 편집위원이었다.

뽕짝은 아무나 하나

'노래샘'의 창간 무렵엔 기자 출신의 작사가인 윤익삼을 주간으로, 조용하, 김주명 선배와 나, 그리고 양현아가 편집위원으로 원고를 조달했고 몇 년 후 주간으로 조용하 선배를 모시고 유정, 김주명, 이장순 선배와 송영숙 기자, 그리고 필자가 부지런히 기사를 날랐다. 편집진은 무보수로 봉사하였고 김병환, 최남구, 조영근, 김상욱으로 이어지는 분과위원장들은 '노래샘' 발간의 유지를 위해 백방으로 뛰어다녔다.

'노래샘' 1991년 송년호 44쪽에는 필자가 한산도 선생님에 대해 기명記名으로 쓴 글이 실려 있는데 옮겨본다.

어떻게 지내십니까? ―작사가 한산도 편

6척이 넘는 키에 맘씨 좋은 이웃집 아저씨 같은 선생과 마주 앉으면 안온해진다. 은자隱者이신 채 일세를 풍미했던 고수高手. 우리 가요계의 거목인 선생은 1932년 일본 동경에서 태어나 중학교 1학년까지 그곳에서 살다가 해방되던 해에 귀국했다.

부산에 안착한 선생은 곧바로 부산중학교에 편입하였고 6·25 때는 헌병 문관으로 근무했다. 본명이 한철웅인 선생이 가요계와 연을 맺은 건 1952년이었고 당초는 한종명이란 예명의 가수로 데뷔했다.

당시 음반업계는 부산에 밀집해 있었고 선생께서 레코드를 낸 데는 역시 삭사가이신 야인초 선생이 사장으로 있는 부산 영도의 〈코로나레코드사〉였다. 야인초 작사, 백영호 작곡의 〈고향 아닌 고향〉이 선생의 데뷔곡이었고 전후 부산에서 크게 히트한 노래이다.

당시 인기 절정의 선배 가수는 현인, 박재홍 등이었고 손인호, 방운아, 남백송, 허민 등이 후배 내지는 비슷한 연배라고 한다.

한산도 하면 백영호가 생각나고 두 사람을 떠올리면 이미자李美子가 연결된다. 이 세 사람 가인歌人의 만남은 불후不朽의 명작을 알리는 출발점이었고 훗날 가요사에 큰 획을 긋는다.

콤비 작곡가 백영호와는 가요계를 한 날 한 시에 노크했으며 두 사람의 대조적인 성격처럼 좋은 하모니를 이뤄내는 데 성공했다. 우리 가요의 백미라 할 '동백아가씨'를 비롯하여 '울어라 열풍아', '여자의 일생', '추억의 소야곡', '지평선은 말이 없다', '빙점', '동숙의 노래' 등등 그들의 콤비 작품은 내는 쪽쪽 히트했으며 두 사람의 손을 거친 작품은 무려 500여 편에 이른다.

1960년대 가요계는 선생의 이름으로 도배되었고, 서민적이면서도 깊이 있는 선생의 작품은 음반가에서 별칭하기를 '황금덩어리'라고 할 정도였다.

그러나 그 영광의 뒷켠에 아롱진 선생의 눈물과 암울한 세월을 아는 이 또한 그리 많지 않다. 25년간의 투병생활. 하반신 마비로 문 밖 출입을 못 한 선생의 25년 세월은 가히 귀양살이였다.

6·25 이전 공을 차다가 왼쪽 다리를 다치고 2년간 고생했던 관절염이 재발하여 급기야는 두 다리를 아예 쓰지 못하게 되었고 어쩌면 그 은둔의 세월이 주옥의 작품으로 보상되었는지도 모른다.

1986년 서울대 부속병원에서 두 다리의 관절을 제거하고 인공 관절을 이식하는 수술에 성공하여 지금은 걸어 다닐 수 있게 되었으며 그 덕분에 근간에는 모친이 계신 일본에도 다녀오셨다.

선생은 작사 이전에 가수였고 또한 작곡가였다. 익히 알려진 진송남의 '덕수궁 돌담길'과 '바보처럼 울었다'는 히트 넘버다. 그 두 곡의 히트를 내며 그해 미아동에 한옥 한 채를 장만하였다.

선생의 처녀작은 1952년 송민도가 부른 작사·작곡의 '애수'이고 10년 후인 1962년에 '동백아가씨'를 만들었고 현재까지 선생의 이름으로 700여 편의 작사와 100여 편의 작곡을 발표하셨다.

흔한 말로 잘 나가던 그 시절 똑 같이 작품을 한 작곡가 백영호는 레코드사에서 환대를 받았으나 선생은 제 대접을 받지 못하는 시련을 겪어야 했는데 거동 못 하는 자신의 몸 탓이라며 서운함을 떨치신다.

뽕짝은 아무나 하나

수많은 히트작과 함께 선생께서 일조한 가요활동 가운데 빼놓을 수 없는 보람은 정두수鄭斗
守라는 걸출한 작사가를 입문시킨(1968. 덕수궁 돌담길) 걸 잊지 않으신다.

아마 초단의 바둑을 즐기시는 선생의 희디흰 손과 호박넝쿨이 뜰을 덮은 갈현동 자택의 베
란다 끝에 걸린 노을이 유난히도 아름다운 하오. 등받이 없는 나무 의자에 걸터앉아 악보에다
통기타의 선율을 그리는 선생의 모습이 아름답다.

슬하에 사내아이 형제를 두어 장남은 화가이고 둘째는 구도자의 길을 걷고 있다. 아직도 작
품에 대한 열정이 여전하셔서 기회가 닿는 대로 발표하겠다고 소리 낮춰 말씀하신다.

나는 가끔 갈현동에 들러 선생님의 바둑 친구가 되어 주었다. 큰 아들 결혼식 때 신
랑신부를 위해 축시를 낭독하고 원고를 표구해 주기도 하였다.

선생께서는 다리 수술 후 종로 〈가요작가협회〉에 종종 들르곤 하시다가 수원으로 이
사를 갔는데 아파트 목욕탕에서 넘어져 다시는 볼 수 없으시다. 선생께서 쓰러지시던
날 새벽 사모님께서는 제일 먼저 나에게 비보를 전해왔고 나는 수원의 장례식장으로
달렸다. 뒤늦게 달려온 선생의 후배인 남국인, 임석호, 진송남이 빈소를 함께 지켰다.

아! 자애로우셨던 한산도 선생님. 당신께서 정두수 선생님을 데뷔시키셨으니 내게
는 사조師祖가 된다. 한산도, 정두수 그리고 나. 우리 내리 삼대는 열 번을 다시 태어나
도 만나야 할 숙명의 관계다.

"선생님, 하늘나라에서는 슬픈 노래는 짓지 마셔요. 밝고 힘찬 노래만 만드세요. 아
셨지요?"

선생님의 명복을 삼가 발원發願한다.

가요계의 대부를 잃다 – 아! 손진석 사장님

아! 오아시스레코드사 손진석 사장님께서 이승을 떠나셨다. 내게는 아버지 같은 존

오아시스레코드사 손진석 사장님

재였던 당신께서 작고하셨다는 비보를 신일동 작곡가에게 전해 받고 나는 하늘이 무너지는 슬픔에 휩싸였다. 일요일 날 〈내 인생에 최고의 히트〉를 부른 가수 임동한의 장녀 결혼식차 대구에 내려가 있던 나는 서둘러 고인의 영결식장인 신촌 세브란스병원으로 달렸다.

2011년 3월 13일 오전 9시 40분 향년 83세를 일기로 타계한 손진석 사장은 우리나라 가요계의 산 증인이자 당신의 청춘을 바쳐 대중가요 위에 우뚝 섰던 거목 중의 거목이셨다. 음반 산업이 퇴조하여 기획사 체제로 바뀌기 전인 2000년까지만 하더라도 고인께서 운영하던 오아시스레코드사는 지구레코드사와 함께 가요계를 양분하며 한 시대를 풍미한 국내 최고의 히트 메이커였다.

오아시스레코드사의 역사는 가요 역사 그 자체다. SP판에서 LP시대를 거쳐 카세트 테이프의 등장과 CD, 그리고 DVD로 이어지는 음반 역사에서 수많은 노래와 가수들을 배출시키고 가요 작가들의 요람이기도 했던 오아시스는 문예부 응접실에 대기하는 그 자체가 가요계의 중심에 진입한 셈이었다.

나는 이 오아시스레코드사에 1986년 1월 입사하여 이듬해 가을까지 문예부에서 근무했다. 고인과 나의 운명적인 만남은 한 편의 드라마였다. 1985년 MBC 강변가요제 대상을 탄 '그대 먼 곳에'의 가수 〈마음과 마음〉의 김복희를 전속시키려고 갔다가 가수 대신 내가 캐스팅되는 아이러니는 우리 바닥에서 회자膾炙되는 일화 중 하나다.

나는 근무기간 동안 〈나훈아의 20년〉, 〈한 마음의 모든 것〉, 〈가을노래 모음집〉, 〈그 시절 그 노래 53집〉 등 수백 타이틀의 편집음반을 기획하였고 고인의 사랑을 듬뿍 받았다. 내가 프리랜서를 선언하며 독립하려고 사표를 내자 받아주지 않았다. 거푸 세 번을 내자 수리하고 퇴사 후에도 한동안 봉급을 보내오셨다.

필자가 근무하던 1986년 오아시스는 문예부와 외국부를 기획 파트로, 프레스 공장뿐만 아니라 디자인실과 쟈케트 인쇄실, 비디오 부서와 사내 식당을 갖추고 직원이 247명

뽕짝은 아무나 하나

이나 될 정도로 전성기를 누리며 음반업계에서 최고의 사세를 자랑했다.

고인의 개인적인 불행한 사건으로 거의 망하다시피 했던 회사를 청계천에서 지금의 안양으로 1981년에 옮겨 회사를 재건했고 급기야는 1985년 주현미, 김준규가 부른 메들리 테이프 〈쌍쌍파티〉를 제작하여 당시 지방 도매상에서 음반을 구입하려고 회사 근처에다 차량을 세워두고 하루 전날부터 대기하는 전대미문의 대박을 치며 회사를 중흥시켰다.

EMI, WEA, ANGEL의 라이선스를 가져 회사 내에 외국부를 둘 만큼 팝 음반을 주도하였으며 80년대 중반부터 〈오아시스 비디오〉 파트를 만들어 회사 본관 4층에 또 하나 꿈의 궁전을 차리기도 하였다.

서울대학교 사범대 영문학과를 나온 수재인 고인은 경주가 고향이며 연길에서 소학교를 나왔다. 1958년 봉철 사장으로부터 오아시스레코드사를 인수하여 53년 동안 총 2,700여 종의 국내 음반과 이종환의 〈밤의 디스크 쇼〉와 오미희, 김미숙의 시 낭송 음반 및 1,500여 종의 해외 라이선스 음반을 만들었다.

가수를 고르는 안목이 뛰어났던 고인은 남진과 나훈아를 발굴하였으며 이외에도 박건, 이상열, 김상희, 조미미, 김세레나, 김부자. 송대관, 이수미, 바니걸스, 설운도, 주현미 등 수없는 유명가수들을 길러냈다.

오아시스를 거치지 않고서는 가수의 족보에 오를 수 없을 만큼 오아시스레코드사는 우리나라 가요의 산실이었고 가수의 등용문이었다.

오아시스를 거쳐 간 가수들을 살펴보면 최갑석, 김용만, 송춘희, 최희준, 현미, 정원, 오기택, 박일남. 남일해, 김하정, 한상일, 성재희, 최숙자, 조애희, 조영남, 김추자, 장현, 신중현, 남미랑, 김태희, 이수미, 방주연, 배성, 서수남. 하청일, 리타김, 양미란, 김준, 이영숙, 선우영, 전창규, 최동길, 정훈희, 하춘화, 김상진, 박우철, 한세일, 신호, 박인희, 이용복, 홍민, 김훈, 김미성, 쿨씨스터즈, 투코리안스, 박영진, 김영준, 임재우, 둘다섯, 한국일, 조용희, 김동아, 김인순, 박경희, 김연자, 숙자매, 현숙, 진보라, 김만준, 한마음, 국보자매, 서울패밀리, 이태호, 편승엽 등 1,000여 명은 족히 된다.

오아시스레코드사는 신인가수들을 부지런히 길렀고 유명가수가 되면 으레 지구레코드사에서 스카우트해 갔다. 이 구도는 영원히 바뀌지 않은 우리 가요사의 그림 중 하나다.

가요작가들 가운데도 오아시스 출신이 가장 많다. 전속으로 있었거나 데뷔를 했던 박시춘, 김부해, 이인권, 김학송, 민인설, 김인배, 이호, 마상원, 김희갑, 김기웅, 김영광, 정주희, 진남성, 심형섭, 박정웅, 정풍송, 남국인, 정진성, 임종수, 정종택, 오영원, 신대성, 박종수, 박원, 유성민, 장욱조, 정민섭, 김정일, 이현섭, 박성규, 박성훈 등의 작곡가들과 황우루, 김중순, 진원, 엄진, 김지평, 정귀문, 조용하, 노왕금, 김동찬, 조운파, 신상호, 박건호, 이경미, 김병걸 등의 작사가들이다.

3일장으로 치러진 장례는 발인 전날 밤 필자가 방명록으로 확인한 가요작가와 가수들이 80여 명에 불과해 실망했다. 조화를 보내온 나훈아, 현철, 태진아, 설운도, 박상철 등의 가수들이 여러 명 있었지만 대단히 실망스럽고 분노할 만한 결과에 참석한 조문객들은 죄인이 되어 상주 볼 면목이 없었다.

문상을 온 가수들은 남진, 박건, 송대관, 이수미, 조용희, 주애라, 하춘화, 현숙, 옥희, 남미랑, 김부자, 유지성, 김태희, 우설민, 박정식, 국보자매 등이며, KBS TV 〈가요무대〉를 연출했던 원형걸 전 PD와 스포츠조선의 석광인 기자와 최성근 전 MBC 편성국장, 조성국 매니저 등이 필자의 눈에 띄었다.

가요작가들은 대다수가 오아시스 출신으로 오민우, 지명길, 정풍송, 김영광, 유성민, 박종수, 신일동, 임종수, 심형섭, 박정웅, 조용하, 장욱조, 이동훈, 김상욱, 신상호, 박훈아, 왕준기, 정경천, 박성훈, 오동식, 이호섭, 추세호 등이다.

신인에게 판을 제일 잘 내준 사장님으로 불리는 손진석. 음원등록을 하면 월 5천만 원 이상은 수입이 보장될 터인데도 그렇게 하면 음반의 가치 상실과 음반시장의 실종을 우려하여 끝까지 음반에 대한 애정을 고수하며 기울어진 회사를 안고 계셨던 고집쟁이 사장님.

사람들과 대화하기를 즐기며 해박한 지식으로 무장한 달변을 뽐내며 유별 잔정이 많으셨던 고인은 최희준의 '하숙생'과 정원의 '허무한 마음', 쟈니리의 '뜨거운 안녕', 남일

뽕짝은 아무나 하나

해의 '빨간 구두 아가씨', 나훈아의 '사랑은 눈물의 씨앗', '가지 마오'와 김추자의 '님은 먼 곳에', 김태희의 '소양강 처녀', 조미미의 '바다가 육지라면', 이수미의 '여고시절', '내 곁에 있어주', 둘다섯의 '긴 머리 소녀', 설운도의 '잃어버린 30년', '다함께 차차차', 주현미의 '비 내리는 영동교', 서울패밀리의 '내일이 찾아와도' 등등 주옥같은 가요를 가장 많이 만들어낸 가요계의 대부이시다.

가수 발굴과 가요 창달의 음반업을 천직으로 알고 독거노인의 처지임에도 죽을 때까지 온몸으로 회사를 껴안았던 고인의 큰 족적은 길이길이 후세에 전해지리라. 고인의 사망은 한국가요의 한 축이 무너진 것이며 레코드사 1세대의 퇴장만이 아니라 레코드사의 종언을 고한 것이며 자칫 수만 곡의 음원이 사장死藏될지도 모르는 대중문화의 실종으로 이어지지 않을까 저어된다.

〈장미가요제〉와 전재학

"아우야, 이 벤츠 말이야. 너 가져. 옆구리에 찰과상을 입긴 했어도 속은 말짱해. 형이 미국으로 가는데 네게 주고 싶어. 암말 말고 네가 타."

작곡가 전재학. 그는 엉뚱하기로 소문난 폼생폼사의 전형적인 모델이다.

한때 신인 이영화를 서울국제가요제에 출전시켜 당신의 작품인 '저 높은 곳을 향하여'로 그랑프리를

안고 당시로서는 희소가치가 있던 워키토키같이 생긴 모토로라 휴대폰을 들고 툭하면 특수대 대장(?)을 호출하던 럭비공 같던 형. 어디로 튈지 아무도 모른다고 해서 별명이 럭비공인 재학이 형은 누구보다도 인정이 많았다.

누가 옆에서 펌프질만 하면 쌍코피가 터져도 기꺼이 돈키호테가 되어주던 그가 십여

년 전 우리 곁을 떠나 미국으로 간 뒤 우리는 얼마나 심심했는지 모른다.

괌에서 무슨 기독교 재단의 대학교 학장인가 총장을 맡았다는 정체불명의 소문이 날 아들었고 분명한 사실은 목사가 됐다는 것이었으며 몇 년 전 귀국하였을 때 아닌 게 아니라 목사 풍모가 넘쳤다. 이미 목소리부터 공명을 거느린 적당한 비브라토와 찰진 음색, 그리고 감동의 파장을 그리기에 안성맞춤인 톤의 굵기가 설교하기에 딱 맞아 평소부터 나는 '저 형님 목사체질인데……' 하며 점찍어 놓은 터였다.

2002년 비가 억수같이 퍼붓던 어느 늦은 여름밤. 나는 재학이 형 전화를 받았다. 괌에서 온 국제전화였다. 그날따라 그곳에도 비가 내렸다. 대학교 내에 숙소가 있는데 너무 외로우니까 한 번 다녀가면 안 되겠느냐는 지극히 인간적인 부탁이었다. 물론 괌에 오면 비행기 표도 끊어주겠다고 하였다.

재학이 형이 타고 다니던 연식이 좀은 되어 뵈는 벤츠는 논현동 어느 호텔 사장이 타던 차였는데 형의 말에 의하면 선물 받았다고 했다. 애물단지인 이 차를 팔기도 뭐 하니까 내게 주려 했지만 당시로선 유지비가 겁이 났던 나는 거절했다. 중고차라서 고장이라도 나면 수리비를 감당할 자신이 서질 않았던 것이다.

폼 잡기를 즐겨했던 형은 기회 날 때마다 나를 병풍 세우려 곳곳에서 호출하였고 나는 그런 호사한 형의 이벤트에 바람처럼 달려가곤 했다.

아무튼 이 돈키호테 같은 형은 용인 '자연농원'에다 5월에서 10월까지 매주 일요일마다 갖는 '장미가요제'란 큰 이벤트를 따냈다. 1989년 이 가요제를 만들어 '장미가요제 추진위원장'이란 공식 직함을 가진 그는 제4회 대회 때부터는 SBS방송과 스포츠서울에서 주최하는 것으로, 1992년 5월 3일 SBS라디오 공개방송으로 한 단계씩 업그레이드가 된 가요제를 열었다.

나는 1990년부터 이 대회의 심사위원으로 나갔으며 박춘석, 최남구, 김상욱 등의 선배들이 주로 심사를 봤다.

1989년 첫 대회에서 대상을 탄 양승철과 1990년의 박석주, 1991년의 전해옥 등 가요제에서 뽑힌 가수들이 음반 제작에 돌입했고 재학이 형은 〈홍진기획〉이란 개인 음반

뽕짝은 아무나 하나

기획사를 운영하며 강남구 청담동에 있던 〈장미가요제〉 사무국을 오가며 가요제 추진위원장으로서 막강한 지위(?)를 누렸다. 형 스타일에 딱 맞았다.

내가 작사를 하고 당신께서 작곡을 한 '그날이 오면'을 부인인 김신덕 가수에게 취입시켜 방송홍보는 물론이고 특히 장미가요제에 단골 가수로 모셨다. 기라성이란 예명의 가수로 출발하여 작곡가로 변신, 1990년에서 1994년까지 재학이 형은 전성기를 구가하며 자신의 트레이드마크인 폼생폼사를 유감없이 보여주었다.

재학이 형이 없는 서울은 한 옥타브 낮아진 열기로 시들해지고 우리 가요계는 점점 더 피폐해진 어려움 속에 모래알로 흩어졌다. 제2의, 제3의 〈장미가요제〉는 요원한가, 영영 물 건너가고 말았단 말인가. 아 이벤트 부킹의 귀재 재학이 형을 꿈에서 모셔 오기라도 해야 한단 말인가!〈2008. 9. 28〉

고향 뜸부기 이기윤

해마다 열리는 재경 의성향우회 송년의 밤 행사에 이기윤 회장은 장학금으로 거금을 내놓는다. 2012년 4월 18일 그의 고향인 의성군 단북면 체육대회에서 그는 행사비용 일체와 장학금으로 5천만 원을 쾌척했다. 이미 여러 해를 후원하다 보니 단북면에서는 그를 명예면장으로 추대했다.

이날 공연에 나는 송해 선생님을 모시고 참석

하여 함께 노래공연을 했다. 이기윤 회장은 성공한 사업가로 몇 년 전 엘토 섹스폰을 배웠고 엘프 반주기를 싣고 다니며 음악을 즐기는 지독한 가요 마니아다.

나는 이 친구에게 기념 음반을 권유했고 1년여 시간 뜸을 들이던 그는 결심이 서자 내게 곡을 주문했다. 나는 장고에 들어갔고 한 달 후 '뜸부기'를 선보였다. 기윤이는 이

노래에 빠졌고 지인들과 백두산 여행 때도 반주음악 시디를 가지고 가서 부를 만큼 애
착을 가지며 자랑했다. 노래 제목도 '뜸부기'에서 '어느새 내 나이'로 수정을 요구했다.

> 뜸부기 우는 논둑길을 따라서/ 뉘엿뉘엿 노을에/ 수건 한 장 걸치고/ 돌아오던 우리 아버지/
> 어느새 내 나이 아버지되어/ 다시 찾은 이 들판에/ 아~ 뜸부기 소리/ 내 맘을 또 울리네
> 얼룩송아지 엄마 찾는 고갯길/ 너울너울 바람에/ 치맛자락 날리며/ 장에 가던 우리 어머니/ 어
> 느새 내 나이 어머니되어/ 다시 찾은 이 고갯길/ 아~ 뻐꾸기 소리/ 내 맘을 또 울리네
>
> —김병걸 작사 · 작곡 '어느새 내 나이'

곡과 가사를 여러 번 수정하였다. 쟁기, 호미까지 동원했던 가사를 손질하여 확정하
기까지 나는 일부러 시골을 찾아 서정을 충전했다.

저만치 논둑길을 걸어오는 아버지가 보인다. 논에선 뜸부기가 속절없이 울어댄다.
쟁기를 짊어진 아버지가 목에 수건 한 장을 걸치고 노을이 되었던 그날, 나는 어디에
있었는가?

단북은 큰 산이 없고 야트막한 민둥산만 있는 안계에서 다인, 단밀로 이어지는 평야
지대다.

꼭두새벽부터 장에 가기 위해 길을 나선 어머니. 언제부터 따라 왔을까? 야산 고개엔
뻐꾸기가 앞서거니 뒤서거니 울면서 어머니의 잰걸음과 나래 짓을 맞추었으리라. 어머
니가 가는 장은 아마도 안계장이었으리라.

기윤이를 연습시키기 위해 근래 나와 작업을 많이 하는 작곡가 김인철에게 레슨을
맡겼고, 기왕지사 연습을 시킬 바엔 곡까지 주문하였는데 기윤이는 두 곡 다 맘에 들
어 했다.

> 어디서 살면 어떠냐/ 어어 어떠냐/ 정들면 내 고향이지/ 무엇을 한들 어떠냐/ 어어 어떠냐/ 어
> 떻게 사느냐가 정답이지/ 어차피 뜬구름 잡고 사는 인생/ 내일이 있다고 오늘 큰소리/ 곧 죽어

뽕짝은 아무나 하나

도 큰소리 떵떵 치면서/ 사랑에 산다/ 희망에 산다/ 나는 나는 산뜻한 남자

─김병걸 작사, 김인철 작곡 '산뜻한 인생'

삶은 때로/ 나를 배신하고/ 내 뜻과 다르게/ 나를 데려 가지만/ 미워하지 않으리/ 원망하지 않으리/ 꾹꾹 참고 내 길을 가리라/ 저 바람 부는 벌판에/ 들풀처럼 살아도/ 쓰러지지 않고/ 꽃을 피우리라/ 한 번뿐인 내 인생/ 사랑하며 살테야/ 웃으면서 살아갈테야

삶은 때로/ 나를 재촉하고/ 감당도 못하게/ 나를 울게 하지만/ 비겁하지 않으리/ 매달리지 않으리/ 당당하게 내 길을 가리라/ 저 바람 부는 벌판에/ 들풀처럼 살아도/ 쓰러지지 않고/ 꽃을 피우리라/ 한 번뿐인 내 인생/ 사랑하며 살테야/ 웃으면서 살아갈테야

─김병걸 작사, 김인철 작곡 '들풀처럼'

무엇인가에 쫓기어 사는 것이 인생이다. 자꾸만 재촉당하는 게 우리네 일상이다. 그런 인간사의 궤적을 그리는 가요는 질곡의 역사를 걷는 삶의 무늬다. 무늬는 살아온 세월이고 자취다. 누구나 내 삶을 비루하지 않게 하기위해 뜻을 세우고 각오를 다지며 노력한다. 사랑도 고향도 삶이 그리고 머문 자리다. 시골에서 올라와 누구보다 열심히 노력하여 성공한 기윤이가 아름답다. 큰손으로 선행하는 자세도 아름답고 매사 최선을 다하는 그에게서 삶의 향기가 난다.

올 여름 〈볼라벤〉과 〈덴빈〉 두 번에 걸친 태풍으로 퇴촌 별장의 아흔아홉 그루 소나무가 쓰러질까 봐 걱정하는 그에게 나는 이렇게 말했다.

"자네, 나무가 걱정되더라도 행여라도 나무 밑엔 가지 마시게…. 나무는 잘못 되면 다시 심으면 되지만 안전사고 알지? 추석 때까지 시디를 빼려면 연습이 중요하니 별장 출입을 줄이시게."

이날 기윤이는 아직도 구형 휴대폰을 가진 내가 안쓰러웠는지 최신형 스마트폰 갤럭시3를 선물했다. 괜히 음반을 냈답시고 사서 고생이라며 투덜대는 그에게 나는

"노래는 아무나 하는가. 억만금인들 재주를 사겠는가. 천복인 줄 알고 즐기시게나."

기부천사인 그의 여정에 노래가 또 다른 위안이 되고 자랑이 되었으면 좋겠다.

술을 사랑했던 작곡가 신대성

유난히도 술을 사랑했던 작곡가 신대성. 술을 보약이라고 부르며 술상 앞에 앉으면 보약먹자고 표현하던 신대성. 식사 때면 의례히 소주 한두 병은 곁들여야 밥알을 넘기곤 했던 애주가인 그는 자신의 마지막 작품인 송해 선생의 〈나팔꽃 인생〉처럼 짧은 생을 살다가 2010년 12월 26일 63세를 일기로 타계했다.

10대 후반부터 보드카를 안주머니에 넣고 다닐 정도로 술만 보면 욕심을 냈던 그는 손바닥이 너무 붉어 필자가 늘 "형님. 형님과 저와 이호섭이가 손바닥이 이래 붉은데 이거 간에 문제가 있는 거 아닙니까?"라고 걱정하면 "간하고는 아무 상관없다."는 말로 당신의 건강을 자신했다.

생을 마감하기 며칠 전 마장동 자택으로 필자를 호출한 그는 필자가 가져간 발렌타인 30년산과 맞먹는 비싼 술 조니 워커 johnnie walker〈Blue Label〉 스카치위스키를 보고 눈이 반짝였다. 암수술 후 복수가 차서 형의 말대로라면 하루에 몇 동이씩 물이 몸을 빠져나갔다고 하는데 이미 뼈와 가죽만 남은 얼굴에는 죽음의 그림자가 짙게 드리워져 있었다.

지난여름 같은 술을 송해 선생님에게 선물한 적이 있었는데 그 소식을 들은 그는 만날 때마다 필자에게 한 병을 부탁했다. 당신 건강을 핑계로 나는 미루고 미루다가 호출을 받고 가수 류기진이가 구해다 준 위스키를 집으로 가져갔던 것이다.(사실 이 술은 '전국노래자랑' 팀과 뚜껑을 따기로 정한욱 작가와 약속한 술이었다.)

가요작가들 중에는 애주가가 많은데 열거하면 고 전우 작사가와 진고산, 박진하 작곡가가 있었고 필자의 스승인 정두수 선생님과 김종한, 김병환, 이인선, 김영광, 김호남, 정진성, 신대성, 원희명, 박훈아, 박성훈, 박은표, 김동주, 정경천, 노왕금, 유진, 이현섭, 김기표, 이범희, 장경수, 이호섭 등을 꼽을 수 있다.

술이 세기로 말하면 필자도 손가락 안에 들어간다. 지금은 끊었지만 6년 전까지만 하더라도 밤만 되면 도강하여 강남에서 매일같이 양주를 두세 병씩이나 비우고 새벽녘에야 강북 집으로 귀가하곤 했다.

필자가 주로 갔던 술집은 가수 조용희 누나가 운영하는 신사동의 〈옛 친구〉와 가수 소라가 운영하는 논현동의 〈J&S〉가 주무대였고, 〈하루〉, 〈템테이션〉, 〈샹그리라〉 등 강남 일대를 누비며 노래 솜씨를 자랑하는 가무를 즐겼었다.

본명이 최시걸인 안동 마뜰 출신의 신대성 형은 필자와는 고교 선후배 사이다. 안동 중학교를 나와 지금의 한국생명과학고등학교로 이름이 바뀐 명문 안동농림고교에 진학했지만 1학년 때 서울로 전학을 왔고 고교를 졸업하자마자 가수가 되고자 노래학원을 드나들며 음반도 냈다. 운이 좋아 스무 살 때 레코드사에 전속이 되어 월급을 받아 동료들에게 자주 술을 샀다. 필자도 청년시절에 그가 라디오 공개방송에서 배호의 '파도'를 리메이크하여 부르는 걸 들은 기억이 난다. 힘을 주고 목을 누르며 호흡이 약간 짧고 비브라토를 잘게 잘게 써는 창법이었다. 끝내 가

수로서는 빛을 보지 못하고 작곡가로 멋지게 변신했다.

60년대 말 당시 오아시스레코드사의 동료였던 송대관에게 '세월이 약이겠지요'를 주어 작곡가의 명함을 내밀었다. 그의 전성시대는 송대관의 영광과 함께 펼쳐졌는데, 1976년 '해뜰날'로 송대관은 가수왕을 차지했고 덩달아 히트 작곡가로 부상했다. '해뜰날'의 여세를 몰아 역시 송대관의 '부탁', '모습이'로 '해뜰날'과 함께 3곡이 무려 53주나 가요차트 1위를 차지하는 대기록을 남겼다.

작곡가로서 그다지 많은 편수를 남기진 않았지만 우리가 기억할 수 있는 노래로서는 수연의 '첫사랑'과 '높은 하늘아', 석지훈의 '당신은 나의 운명', 김경남의 '산 제비', 최완규의 '먼 훗날', 오성희가 부른 '딸의 마음' 등이 있으며 나와 같이한 작품으로는 수연의 컴백곡인 '나는 당신의 여자'가 있다. 이 노래는 처음엔 최진희가 불러 잠시 전파를 탄 적이 있고 이후 이수진이 부르기도 했다.

또한 필자와는 '울산아리랑'의 오은정 데뷔 음반을 같이 만들었는데 1986년 '여자의 마음'과 '달리는 인생'이 방송을 탔으며 이태호의 '잊으라면 잊어주마', 임춘화, 김경남의 '내 고향 안동', 윤사월의 '제비원아지매' 등이 있으며 남원시에서 촉탁한 '남원의 찬가'를 함께 만들어 1천만 원의 상금을 받기도 했다. 그리고 4년 전 〈KBS TV 전국노래자랑〉 이미지송인 송해 선생의 '나팔꽃 인생'을 필자의 작사에 곡을 붙였다.

한때 KBS TV 〈도전 주부가요스타〉에서 필자와 같이 심사를 봤고, 〈전국노래자랑〉 프로그램에서도 함께 심사위원으로 활동했으며, 그는 임종수 씨 이후로 최장수 심사위원을 역임했다.

안동 출신인 가수 장우, '천리 먼 길'의 작곡가 박현우, '저 강은 알고 있다'의 작사가 유동일 선생과 영주 출신의 작사가 석송과 필자 등 동향인과 가까이 교우했던 신대성. 평소엔 말수가 적었으나 상대를 설득시키는 비즈니스의 천재였다.

영화배우 뺨치는 출중한 외모로 가요계에선 신사로 불리었던 그는 수술 후 1년을 못 버티었다.

한 달이면 회복하여 노래자랑 심사를 함께 보자고 하던 그의 마지막 바람은 끝내 겨

뽕짝은 아무나 하나

올바람이 되어 하늘로 갔다. 20년 연상이신 송해 선생께선 지금도 "동서라 남북 없이 발길 닿는대로 바람에 구름 가듯 떠돌이 세월이 몇 해이던가" 당신의 히트송인 '나팔꽃 인생'을 저렇듯 신나게 부르고 계시는데…….

한양대 영안실에서 영결식 날 목을 다쳐서 병원 신세를 져야 했던 필자는 가 뵙지도 못했는데 풍산 가는 안동공원묘원에 안장했다고 하니 고향 가는 길에 꼭 들러야겠다. 묘소에다가 나팔꽃씨라도 뿌려 애도해야겠다. 평소 친형처럼 대해주며 어디서든 내 편이 되어주셨던 그 정을 어찌 다 헤아리랴고 그리 바삐 가셨단 말인지.

"이 아우는 날벼락 소식에 망연자실할 따름입니다. 작사가 김상길이가 우리 사이를 너무너무 부러워하며 저에 대한 형의 사랑을 늘 칭찬하곤 했답니다. 부디 극락왕생하시기를 발원, 또 발원하옵니다." 〈2011. 3. 9〉

울산의 가요 지킴이 한기철

"학성공원의 오솔길도 울기등대의 불빛도 태화강의 대나무숲 바람소리도 내게는 다 노래로 들린답니다."

한기철은 울산의 가요 지킴이다. 1969년 여러 방송의 노래자랑에서 입상하며 남국인 선생께 사사, 가수의 길을 구했으나 끝내 가수가 되질 못하고 낙향하여 울산에서 방송국 악단장을 지냈으며 〈새소리예술공연단〉을 만들어 후배 가수를 육성하는 데 매진하며 대리만족한다.

필자, 한기철, 김동찬 – 2012. 한국음반녹음실에서

그간 배출한 제자는 배주리, 금낭화, 김옥선, 최미주 등 수십 명에 이르며 지금은 대한가수협회 울산지회장을 맡고 있다. 나는 작품을 같이 하면서 허밍하는 그의 노래 실

력을 가늠할 수 있었고 썩히기엔 아까운 노래였다.

2012년이 되자 한 선생은 행사 파트너인 마당발 최미주와 김미옥, 이연희를 앞세워 내게 작품을 의뢰하였다. 그래서 맞춰 준 가사가 미리 그려진 멜로디에 얹은 〈바쁜 여자〉와 〈키쓰〉, 〈무지개 세상〉, 〈억새〉 등 4편이다.

세상에서 제일 비싼 선물은/ 나의 키쓰라며/ 초대하던 그대 젖은 입술에/ 눈을 감아버린 밤/ 내 가슴을 치던 고동소리가/ 너무도 커서 너무도 커서/ 듣고 말았네/ 아 숨기지 않을래/ 내 마음을 들켰으니까/ 사랑한다고 좋아한다고/ 마음껏 표현하면서/ 여행도 가고/ 쇼핑도 하며/ 내일을 약속할 꺼야/ 누가 뭐래도 내 가슴에는/ 그대만이 유일한 사람/ 잊지 마세요/ 그대 인생의/ 한복판엔 내가 있단 걸

−최미주 노래 '키쓰'

첫차로 못 오시면/ 막차라도 타세요/ 기다리는 이 마음을/ 울리지 말고/ 며칠 전부터 내 마음/ 풍선처럼 부풀어 올라/ 나도 몰래 싱글벙글/ 콧노래를 불렀죠/ 영원히 영원히 당신에게/ 사랑받고 싶어서/ 미용실에 맛사지에 하루 종일/ 왔다 갔다 바쁜 여자/ 하늘이 두 조각 난다해도/ 나에게 사랑은 당신뿐이야/ 당신이 못 오시면/ 밤새워 걸어서라도/ 내가 당신 만나러 갈께요

−최미주 노래 '바쁜 여자'

서울 작곡가가 자동차를 개발할 때 지방 작곡가들은 자전거를 만진다. 다 그런 건 아니지만 이 풍경은 상당히 고착화되어 있으며 더 큰 문제는 반주음악을 만드는 데 최선을 다하지 않는다는 데 있다. 안타까운 소탐대실 小貪大失이다.

그러나 한기철 작곡가는 풍성한 반주음악을 위하여 몸을 사리지 않는다. 히트곡을 담보하기 위해 투자를 아끼지 않는 지혜를 실천한다.

훈녹음실에서 최미주는 한껏 욕심을 냈다. 울산에서는 나름대로 자기 구역을 갖고 사는 그녀는 성격이 활달하여 일을 치는 솜씨가 여간 노련한 게 아니다. 그 부지런함만큼

뽕짝은 아무나 하나

성공하는 가수가 되었으면 좋겠다.

2013년 1월 19일 훈 녹음실에서 '무지개 세상'을 염수연이 취입했다. 부디 히트곡이 되어 한선생의 한을 풀어 주었으면 좋겠다.

그리고 해마다 그가 여는 〈태화강 가요제〉가 큰 가요제로 발전하기를 기도한다.

〈2013. 1. 23〉

'보리밭'의 박화목 시인

'보리밭' 박화목 선생의 이승은 만년소년인가. 세상살이를 소꿉장난으로 여겼나 보다. 홍제천변 삼거리 간호대 골목 어귀에 있는 선생의 자택은 수리를 안 해서 흉가처럼 을씨년스럽다.

겨울철이면 석유통을 들고 보일러 기름을 사러 가던 선생을 길에서 자주 만났다. 선생님 댁은 원래는 길가에 있었는데 당신께서 차 소리가 시끄럽다며 뒷집과 조건 없이 맞바꾸셨다. 사람들이 바보짓 했다고 나무라도 괜찮았다. 내가 편하면 제일이라며 선생께선 대수롭잖게 넘겼지만 이 일화는 회자되어 선생의 인품을 더욱 고결하게 만들었다.

나와는 개천 하나를 건너 살면서 수다방에서 가끔 차를 나누곤 했다. 십여 년을 한국음악저작권협회의 총회나 모임이 있는 날이면 내 차로 모셨다.

2005년 7월 9일에 돌아가셨는데 생전에 당신께선 두 권 남은 책이라며 2003년 마지막으로 낸 『시인과 세월』(창조문예사)이란 시집을 내게 선물하셨다.

"김 이사, 김 이사가 보면 좀 심심할 거야. 내 유년시절의 기억을 더듬었거든. 나이가 드니까 고향생각뿐이야."

이북이 고향이신 선생께선 실향민의 한을 안고 살았다. 북한말 특유의 빠른 스피드와 짧게 끊어치는 어투가 다소 공격적이긴 하여도 낮은 톤이라 얼핏 들으면 내용을 놓치기 쉽다. 나와는 음악저작권협회뿐 아니라 같은 서대문문인협회 회원인지라 자주 볼 수밖에 없었고 자식처럼 대해 주셨다.

보리밭 사잇길로 걸어가면/ 뉘 부르는 소리 있어/ 발을 멈춘다/ 옛 생각에 외로워/ 휘파람 불면/ 고운 노래 귓가에/ 들리어 온다/ 돌아보면 아무도 뵈이지 않고/ 저녁놀 빈 하늘만/ 눈에 차누나

이 노래는 원제목이 '옛 생각'이었다. 선생의 작품 중 '보리밭'과 '과수원길'이 가곡과 동요로 발표되었는데 보리밭은 조영남과 문정선이 가요로 불러 대중적인 노래로 자리 잡았다. '과수원길' 역시 서수남 하청일이 불러 크게 알려졌다.

선생의 시에 보면 보통문普通門, 보통강이 등장하는데 아마도 그곳이 고향인 것 같다. 대성산과 버들강변에서 추억을 그리워하는 시들이 눈에 든다.

선생이 떠난 이듬해 나도 홍제천을 떠나 사직동으로 이사를 왔지만 가끔 홍은동을 지나노라면 선생의 모습이 눈에 선하다. 재작년 여름 홍제천에서 서대문문인협회의 걸개 시화전을 열었을 때 전 회원이 선생의 집을 방문하였다. 그러나 굳게 닫힌 대문은 묵묵부답이었고 우리는 서운한 발길을 돌렸다.

재개발을 목 터져라 외쳐대는 달동네도 있고/ 개발되면 알몸으로 쫓겨날까봐/ 포크레인 못 들어오게 길에 드러누운 동네도 있다/ 얼마 전에 세상 뜨신 과수원길 박화목 선생은/ 홍제천 간호대 길이 너무 시끄럽다며/ 뒷집과 당신 사는 앞집을/ 조건 없이 맞바꾸셨다/ 선생이 바보짓 했다고/ 사람들이 쑤군거리는 그날/ 개울 건너 홍은동 455번지 일대/ 재개발조합에선 승인 났다고/ 온종일 나팔 불었다/ 홍제천 다리목/ 선생의 시간이 서 있다/ 재개발이나 이사를 꿈꾸지 않는 시간이/ 뒷짐 지고 서 있다

—김병걸 시 '박화목 선생님'

‘첫차’로 대박을 낸 서울씨스터즈는 이어 ‘뱃고동’을 냈지만 바다까진 점령하지 못했다. 김종민 씨는 내게 다시 육지로 컴백할 작품
을 주문했고 나는 첫차의 여운을 물고 ‘청춘열차’를 만들었던 것이다. 이 의도는 보기 좋게 적중하였고 방송의 각종 가요프로에서 오
프닝 곡으로 단골이 되었다.

— 〈‘청춘열차’는 방실이 혼자서 불렀다〉 본문 중에서

03

절차탁마와 영광의 순간들

담배 세 갑 태운 첫줄 12자 조항조의 '사나이 눈물'

지금 가지 않으면 못 갈 것 같아/ 아쉬움만 두고 떠나야겠지/ 여기까지가 우리 전부였다면/ 더 이상은 욕심이겠지/ 피할 수 없는 운명 앞에/ 소리 내어 울지 못하고/ 까만 숯덩이 가슴 안고/ 삼켜버린 사나이 눈물/ 이별할 새벽 너무 두려워/ 이대로 떠납니다

돌아서서 흘린 내 눈물 속에/ 우리들의 사랑 묻어 버리면/ 못 다 부른 나의 슬픈 노래도/ 바람으로 흩어지겠지/ 피할 수 없는 운명 앞에/ 소리내어 울지 못하고/ 까만 숯덩이 가슴 안고/ 삼켜버린 사나이 눈물/ 아침이 오면 너무 초라해/ 이대로 떠납니다

—김병걸 작사, 이동훈 작곡, 조항조 노래 '사나이 눈물'

언제 들어도 감동이 뭉클한 노래로 참 잘 불렀다.

'남자라는 이유로'로 입지를 고른 뒤 조항조는 오랜 무명의 그늘을 벗고 연이어 '사나이 눈물'을 발표하여 방송사가 주는 10대 가수상을 수상, 명실 공히 최고 가수 반열에 올라선다.

조항조와 나의 만남은 '사나이 눈물' 훨씬 이전으로, 1990년 찬불가에서 시작된다. 당시 조항조는 가창력은 있으되 운이 따라주지 않는 가수로 늘 주위의 안쓰러움을 사

곤 했다. 그가 처음으로 가요계를 출발한 것은
〈서기 1999년〉이란 보컬이었고 이 보컬 팀은
1970년대 말 '포구'란 노래로 명함을 내밀긴
하였으나 이후 저조한 활동으로 팀이 해체되었
다. 조항조는 절치부심 속에 주로 내가 작사하
고 당시 한국연예협회 창작분과위원장이던 조
영근이 작곡한 찬불가를 부르고 다녔다.

이 무렵 한명숙, 명국환, 남강수, 김활선, 조
항조, 머루와다래, 하윤주, 김흥국 등의 불자
가수들은 너도나도 한두 곡씩 찬불가를 취입하고 산사음악회 공연을 다녔다.

조항조와는 또 다른 인연이 진즉부터 있었는데, 나를 호칭하기를 꼭 김대감이라고 부
르던 아세아레코드사의 박성호 전무는 기회 있을 때마다 "김대감, 우리 원표(조항조 본명)
알지요? 노래 너무 아깝지 않아요. 아, 어떻게 좀 해봐요." 하면서 조항조를 어필했다.

항조 형한텐 매우 죄송한 이야기지만, 이때 나는 박 전무에게 "잘 알지요. 그런데 비
음이 너무 많아요. 그냥 찬불가나 열심히 부르라고 하세요."라며 시큰둥한 반응으로 외
면했다.

만날 사람은 기어
이 만나는 걸까. 아니
면 부처님의 가피가
계셨을까. 조항조는
나의 오판을 복수라
도 하듯 박우철이 먹
다가 버린 '남자라는
이유로'를 기세 좋게
히트시키며 때마침

사나이 눈물 3인방

뽕짝은 아무나 하나

불어 닥친 IMF의 강력한 지원 속에 일류가수로 환골탈태換骨奪胎하고 있었다.

한 송이 국화꽃을 피우기 위해 봄부터 소쩍새가 그리도 울었다더니만 조항조와 나와의 만남이 무르익고 있었다.

나는 '남자라는 이유로'에서 작사한 김순곤이 화자話者를 울리지 않았던 데 주목하고 '사나이 눈물'에서도 끝까지 화자의 눈물을 밖으로 드러내지 않으려고 애썼다.

그래서 2절 첫 소절에 "돌아서서 흘린 내 눈물 속에"가 처음엔 "돌아서서 감춘 내 눈물 속에"였다. 취입 과정에서 어감이 〈감춘〉보다는 〈흘린〉이 더 낫겠다는 주위의 여론으로 바꾼 것이다. 그래서 하는 수 없이 화자를 울리고 말았지만.

가요는 취입과정에서 가사나 멜로디가 일부 수정되기도 하며 그럴 경우 대부분은 가수가 수정 동의를 걸어온다. 나는 그래서 취입 때는 반드시 현장에 가서 체킹checking을 한다. 이미 멜로디와 가사가 완벽한 궁합이라고 작사가와 작곡가가 합의를 봤다 하더라도 노래하는 가수의 발음이나 느낌 같은 데서 더 적합한 말과 코드 내에서의 수정 멜로디를 작사자가 찾아내기도 하므로 반드시 관여하는 것이 질 높은 안전을 담보한다.

조항조는 느낌이 강한 가수다. 우리는 이런 가수를 끼가 많다고 부른다. 그리고 자기고집이 많은 가수이기도 하다. 오랜 음악생활을 통하여 체득한 필링이다.

'사나이 눈물'의 "아쉬움만 두고 떠나야겠지"와 "더 이상은 욕심이겠지"는 "아쉬워도 이젠 떠나야겠죠"였고, "더 이상은 욕심이겠죠"였는데 조항조는 '죠' 발음을 아주 싫어했다. 그래서 내 동의를 구한 뒤 수정했다. 즉석 애드리브ad lib였다. 당초 내가 노렸던 뜻에서 한 치는 어긋난 것 같아 마뜩치는 않았지만 어차피 부르는 가수의 입맛에 맞아야 하니까 기분 좋게 양보했다.

지금 와서 되돌아보면 고치길 참 잘했다는 생각이 든다. 항조형은 가사를 보는 안목도 뛰어나다. 곡보다는 가사를 더 중요하게 여기는 가수이다. 조항조는 최선을 다해서 이 노래를 취입했고 우리 모두의 소망대로 대박을 냈다.

'사나이 눈물'의 원래 제목은 '이대로 타인'이었다. 그런데 우리 바닥의 귀신이라 할 신촌뮤직의 장고웅 사장께서 음반기획자로서의 권리를 내세워 '사나이 눈물'을 제안했다. 나는 이미 이 제목은 나훈아의 노래도 있고 하여 꺼렸는데 장 사장의 주장대로 남자 시리즈로 가는 것도 괜찮다 싶어 수락을 했다.

아무튼 서교동 녹음실에서 "지금 가지 않으면 못 갈 것 같아" 이 첫 소절을 빼내는 데 나는 담배를 무려 세 갑이나 피워야 했다. 고치고 또 고치길 수십 번이나 거듭했다.

혓바닥엔 돌기가 돋고 입에선 더운 단내가 났다. 점심나절에 시작한 작업이 어느덧 저녁을 넘기고 있었다. 작곡이 먼저 된 관계로 한 코 한 코를 박는 뜨개질처럼 가사를 깁어야 하는 어려운 작업이었지만 나는 스스로 만족하며 소파에 몸을 던졌다.

그날 조항조의 취입을 구경하러 온 신출내기 여류작사가에게 "바로 이거야! 이게 바로 고수야 고수!" 장고웅 사장의 환희에 찬 칭찬에 안도하며 그제서야 나는 졸린 눈을 붙였다.

제목이 세 번 바뀐 이태호의 '사는 동안'

좋은 노래는 언젠가는 뜬다. 이 말은 가요바닥에 정설로 통한다. 가사와 멜로디와 가수의 노래가 삼위일체로 딱 맞아 떨어지면 누가 뭐래도 히트감이다.

그러나 가요는 홍보 싸움이다. 아무리 좋은 노래라도 홍보하지 않으면 대중들이 알 턱이 없고 설령 홍보를 한다손 치더라도 가문 날 가랑비 몇 방울 떨어지듯 하면 성과를 기대할 수 없다. 하루에도 수백 곡씩 쏟아져 나오는 신곡의 홍수는 제한된 방송 프로그램에서 선별될 수밖에 없고 이 피나는 생존경쟁에서 살아남으려면 상당한 전략이 요구된다.

모든 곡이 다 그런 건 아니지만 대다수의 노래들은 엄청난 PR비가 투자되어 비로소 대중의 귀와 눈에 띄는 것이다. 마치 몇 만 년 전의 별빛을 오늘 보게 되는 것과 다를 바 없다. 별빛의 거리만큼 가요 또한 우리 앞에 서기까지 여러 과정의 세월이 요구되며 가수들의 눈물어린 고생이 밑바닥에 깔려있다.

뽕짝은 아무나 하나

있으면 있는대로 없으면 없는대로/ 내 몫만큼 살았습니다/ 바람 불면 흔들리고 비가 오면 젖은 채로/ 이별 없고 눈물 없는 그런 세상 없겠지만은 / 그래도 사랑하고 웃으며 살고 싶은/ 고지식한 내 인생/ 상도 벌도 주지 마오
기쁘면 기쁜대로 슬프면 슬픈대로/ 뿌린 만큼 살으렵니다/ 가진 만큼 아는 만큼 배운대로 들은대로/ 가난 없고 그늘 없는 그런 세상 없겠지만은/ 그래도 사랑하고 웃으며 살고 싶은/ 고지식한 내 인생/ 상도 벌도 주지 마오.

–김병걸 작사, 김효성 작곡 '사는 동안'

2009년 5월 현재 시점으로 봐서 노래방이나 유흥주점의 인기 순위 100위^(한국음악저작권협회 자료 집계) 안에 드는 '사는 동안'은 참으로 사연이 많다. 노래 제목이 '상과 벌'에서 '애오라지'로, 다시 '사는 동안'으로 세 번씩이나 바뀌는 곡절이 숨어있다.

이 노래는 1988년에 가사가 먼저 창작되어 작곡이 된 작품으로 맨 처음 제목이 '상과 벌'이었다. 작곡을 한 김효성은 그의 나이 마흔도 되기 전에 불치의 병으로 1998년 3월 27일에 요절하였다. 나와는 최수정이 불러 홍보한 '당신의 앵무새'를 비롯하여 다수의 작품을 함께 하였는데 그의 곡은 다 나의 작사다.

경기도 원당에서 태어나 가수의 꿈을 키웠지만 작품자로 후퇴하여 대리 만족을 하며

'돌아와요 부산항에'를 쓴 황선우의 작곡실에 더부살이를 하다가 보문동에 자그만 사무실을 열어 '주부가요교실'을 운영하던 중에 급서(急逝)했다.

그는 죽기 전에 나에게 자신의 주부가요교실을 맡아줄 것을 소원했고, 나는 그의 유지를 받들어 그가 관리하던 40여 명의 주부 회원들을 지금은 유명한 작곡가가 되었지만 당시로선 햇병아리이던 정의송에게 인계하였다. 정의송은 중간에 몇 차례 도망가려 하였지만 그럴 때마다 내게 호된 꾸지람을 듣고 주저앉았다. 결국 정의송은 거기서 기반을 잡고 입지를 키웠다.

단아한 인품에 상대에 대한 배려가 뛰어났던 김효성은 이 '상과 벌'을 신주단지 모시듯 아꼈으며 언젠가는 반드시 대한민국 가요사에 명작으로 우뚝 서게 할 테니 두고 보라며 자신했다. 가수 이태호와 아주 절친했던 그는 노래를 연습시켰고 1989년 이태호의 매니저인 조동산은 이태호를 오아시스레코드사에서 아세아레코드사로 전속을 옮기면서 이 노래를 타이틀로 하는 음반을 냈다.

그러나 운명은 이 노래 대신 함께 취입한 '책상 위에 뚝뚝뚝'을 홍보 곡으로 선정했고 결국 노래 제목이 말해주듯 이태호는 눈물만 흘리다가 '미스고'로 쌓은 명성을 깎아먹고 말았다.

'상과 벌'은 김호남의 편곡으로 정통 트로트였으며 이태호는 정말이지 노래를 기가 막히게 잘 불렀다. 그래서 그랬던 걸까. 몇 년 뒤 조동산과 결별을 한 이태호는 현대음반으로 소속을 옮기면서 '상과 벌'을 '애오라지'로 제목을 바꿔 새 음반을 냈고 열심히 홍보하여 어느 정도는 노래를 알리는 듯했다.

그러나 이 무슨 운명의 장난이던가, 이태호는 성대 결절이 와서 목을 수술하게 되었으며 이 노래는 또 다시 수면 아래로 가라앉고 말았다.

그러다 십 수 년의 세월이 흘러 2005년 이태호한테서 전화가 왔다.

"선생님 한 번 만나시죠?"

우리는 창신동에 있는 '숨어 우는 바람소리'를 작곡한 김민우 선생 사무실 옆 2층 다방에서 만나 '애오라지'를 제목부터 바꾸자는 데 의견일치를 봤다. 이태호는 새 제목으로 '사는 동안'을 제의했고 나는 기꺼이 동의했다. 그리고 리듬을 느린 트로트에서 템포가 있는 디스코로 편곡하기로 결정했다. 이태호는 재빨랐고 순식간에 새 음반이 나왔다.

2006년 말과 2007년 초 경인방송의 iTV와 아이넷TV의 인기가요 순위 프로그램에서 '사는 동안'이 드디어 1위에 등극하고 있었다. 이태호의 화려한 컴백이었다.

우리는 증명했다. 홍보만 제대로 하면 "좋은 노래는 언젠가는 반드시 뜬다!"는 것을.

〈2009. 5. 13〉

악사들을 웃겨버린 설운도의 '다함께 차차차'

1991년 여름 안양 오아시스레코드사 2층 A스튜디오. 편곡자 송태호의 손을 떠난 20인조의 악보는 졸속이었다. 그러나 오늘날 최고의 명편곡가로 올라서는 송태호의 천재성이 발휘되는 현장이기도 했다.

드디어 '다함께 차차차'의 연주 순서가 되고 연습용 합주가 시작되었다. 퍼스트 기타를 치는 백전노장 능구렁이 이유신 선생이 장미 담배를 입안에서 빙빙 돌리며 키득대기 시작했다. 짠짠짠 짜잔짜짜자 짠짠짠/ 짠짠짠 짜자짜짜짜 짠짠짠~~~. 악사들이 모두 다 박장대소 했다. 지독한 복고풍에 조금은 시골스런 전주였다.

그도 그럴 것이, 녹음 당일 날 녹음실에서 한 시간 전에 건네받은 곡조를 당혹해하며 송태호는 담배 한 대 물 겨를도 없이 오선지를 그렸던 것이다. 아마도 며칠 전에 악보를 주었더라면 지금의 전주와는 다르게 편곡됐을지도 모른다. 악사들은 웅성웅성하며 이 곡 참 재미있다며 약간은 조소를 보냈고 우리는 내심 "그래 웃어라, 실컷 비웃어라" 두고 보면 알 일이라며

마음을 달랬다.

나는 소파에 앉아 10분 만에 가사를 메웠다. 이호섭은 악보에 "근심을 털어놓고 다함께 차차차/ 슬픔을 묻어놓고 다함께 차차차" 이 대목만은 이 말이 좋으니 건드리지 말고 앞뒤를 맞춰 달라고 주문했다.

맨 처음 이호섭이 내게 건네준 악보엔 인트로 가사가 이렇게 적혀 있었던 것으로 기억된다. "아무리 돈돈 하는 세상이지만~~~" 하는 돈 노래였다.

어차피 잊어야 할 사랑이라면/ 돌아서서 울지 마라/ 눈물을 거둬라/ 내일은 내일 또 다시/ 새로운 바람이 불 꺼야/ 근심을 털어놓고 다함께 차차차/ 슬픔을 묻어놓고 다함께 차차차/ 잊자 잊자 오늘만은/ 미련을 버리자/ 울지 말고 그래 그렇게/ 다함께 차차차

어차피 돌아서간 사람이라면/ 다시는 생각마라/ 눈물을 거둬라/ 내일은 내일 또 다시/ 새로운 바람이 불 꺼야/ 근심을 털어놓고 다함께 차차차/ 슬픔을 묻어놓고 다함께 차차차/ 잊자 잊자 오늘만은/ 미련을 버리자/ 울지 말고 그래 그렇게/ 다함께 차차차

                           —김병걸 작사, 이호섭 작곡, 송태호 편곡, 설운도 노래 '다함께 차차차'

정적이던 설운도를 움직이는 가수로 변신시키며 대한민국 최고의 히트곡은 그렇게 탄생하였다. 작사와 편곡이 졸속으로 제작된, 그러나 그 졸속의 끝은 잘 계산된 천재들의 그림대로 국민가요로 피어났다. 천재 이호섭 만세! 천재 송태호 만세! 천재 설운도 만세! '다함께 차차차'!!

아, '다함께 차차차'의 위력은 실로 대단했다.

이 노래만큼 오랜 기간동안 열풍을 이끈 노래도 드물다. 술집에서는 물론이요, 수천

♩♪♫
뽕짝은 아무나 하나

개가 넘는 메들리 음반의 타이틀 송으로 도배한 '다함께 차차차'는 당시 언론에 실린 기사만해도 수백 개가 넘는다. 음악저작권협회에서 지금의 분배 방식이 당시에 적용되었더라면 이호섭과 나는 빌딩 몇 채는 너끈히 샀을 것이리라.

'옹기'엔 4명의 가수가 들어 있다

추녀 끝에 한자락 노을을 걸고/ 오늘도 가슴을 풀었구나/ 수더분한 몸매로 담 밑에 앉아/ 투정 없이 살아 온 여염집 여인/ 세상살이 싱거우면 소금을 담아/ 말없이 건네주는 말없이 건네주는/ 그대 옹기여

목덜미도 다소곳 눈웃음 짓고/ 오늘도 주인을 닮았구나/ 다시 봐도 은근한 얼굴을 하고/ 어디서나 만나는 정다운 여인/ 세상살이 무심하면 속으로 울고/ 말없이 살아가는 말없이 살아가는/ 그대 옹기여

—김병걸 작사, 김수환 작곡 '옹기'

대갓집 마님이나 부잣집 안방마님을 도자기로 보고 장삼이사張三李四인 범부의 아낙을 옹기로 표현한 이 노래는 주인이 네 번이나 바뀌는 기구한 사연이 얽힌 노래다.

이 곡은 목포 문화방송에서 주최한 1989년 '난영가요제'에서 동상을 수상한 노래다. 가요제에 출전했던 숭실대 국문과에 다니던 황정숙이란 학생이 이 곡의 첫 번째 주인이고 이어 메들리 〈갑순이의 가요나들이 1집~5집〉으로 주가를 올린 문주란 아류의 전주 출신 유갑순이 오아시스레코드사에 전속되면서 이 노래를 탐내며 연신내 내 집에까지 쳐들어와 악보를 뺏어가서 취입하니 그 두 번째 주인이 되었고 그녀는 잠간 동안 방송활동을 하다가 일본으로 건너갔다. 세 번째 주인은 염수연(당시 27세)이다.

1988년 인기리에 방송된 TV연속사극 '하늘아 하늘아'의 주제가와 '사랑의 자리', '사

랑은 무죄'로 장래성 있는 기대주로 각광을 받은 염수연은 1991년 도일하여 킹레코드사와 전속계약을 맺고 2년간 일본에서 활동했다. 귀국하자마자 그녀는 세원음반에서 지구레코드사로 소속을 옮겼다. 1993년 6월 매니저인 최동일이 기획한 지구 전속 기념 앨범에서는 이 '옹기'를 타이틀곡으로 모셔갔고 알 만한 사람은 알 만큼의 홍보를 하던 중 갑자기 가수가 증발했다.

1994년 5월 9일 〈일간스포츠〉에 "화려한 컴백, 염수연의 옹기", 1994년 5월 11일 〈스포츠서울〉에 "염수연 옹기로 침체 트로트계 희망", 1994년 5월 15일 〈스포츠조선〉에 "염수연, 오랜만이에요"라는 기사가 눈길을 끈다.

주현미의 바이브레이션에다 김지애의 비음과 창 가락의 창법까지를 가미한 염수연은 이 '옹기'로 장르의 폭을 확장하며 작곡가와 나에게 보물단지로 사랑을 받았지만 세

뽕짝은 아무나 하나

월이 한참 흐른 훗날, 사랑에 빠져 가수를 포기했다는 출처 불명의 소문이 우리의 마음을 더 아프게 했다. 참으로 팔자가 기구한 '옹기'였다. 나는 '도자기'로 쓰지 않은 걸 후회하면서 박복한 '옹기'를 기억에서 지워갔다.

1997년 여름, 김수환 작곡가한테서 연락이 왔다. 드디어 '옹기'의 진짜 주인을 만났으니 그리 알고 제목만 바꿔 달라고 했다. 여러 날을 고민하던 나는 '옹기 여인'으로 조금 더 구체화했다.

김정은. 전남 영암 출신의 가수다. 트로트가 요구하는 기본기가 잘 다져진, 장조인 메이저 곡에 장기가 있는 그녀는 '옹기 여인'을 의욕적으로 홍보하기 시작했다. 이번이 제발 마지막이 되기를, 더는 이 '옹기'에 가수들의 한이 서리지 않기를 바라며 나도 한 소절 뽑아본다.

"추녀 끝에 한 자아아라아악 노오으으를 거어얼고 오늘도오 가슴에에~~."

'청춘열차'는 방실이 혼자서 불렀다

끝없이 불타오르는 가슴엔 사랑이 차고/ 싱그런 이야기로 펼치는 내일이여/ 장미빛 젊은 영혼이 만나는 간이역마다/ 고독한 너와 나는 오늘도 꿈을 꾼다/ 그러나 누가 멈출까 달리는 청춘의 열차/ 바람찬 언덕너머 꽃피는 에덴으로/ 아 차표없이 가는 인생이여/ 머물 곳이 따로 없다 해도/ 사랑하는 그대 함께 가는/ 너와 나의 청춘열차여

－김병걸 작사/ 이응도 작곡/ 서울씨스터즈 노래 '청춘열차'/ 서울음반 1987

'청춘열차'는 방실이 혼자서 세 번 더빙했다. 가수는 세 명인데 혼자서 다 불렀다. 이 노래는 분명 서울씨스터즈가 부른 히트곡인데 그렇다면 방실이 좌우에서 흔드는 미끈한 팔등신 미녀 둘은 벙어리 마이크였던가.

사실이다. 이 비밀은 무덤까지 가져가자고 서울씨스터즈를 키운 매니저 김종민 씨

가 내게 먼저 제의해 놓고 어떤 자리에서 털어 놓고 말았던 비화 중의 비화다. 그림상으로 좌우에 세워놓았던 두 명의 자매는 립싱크였다. 가창력이 신통치 않았던 두 사람 대신에 방실이가 화음 처리까지 1인 3역을 했던 서울씨스터즈는 '희자매' 이후 최고의 트리오였다.

혼자보다는 세 사람이 그림이 나오는 건 당연지사. 밤무대는 물론이고 각종 공연에서의 상품 가치를 위해 서울씨스터즈는 브랜딩되었고 방실이는 울며 겨자 먹기로 세 몫의 노래를 해야 했다. 물론 멤버를 교체하여 해체될 때까지 함께한 박진숙, 양정희 두 파트너의 가세로 립싱크의 고민이 다소 해소되기는 했지만.

자기 이름의 영문 이니셜을 딴 JM프로덕션의 김종민 사장은 달변에다 배포가 큰 사나이였다. 누구든 그와 마주 앉으면 농락당하기 일쑤였고 목적을 위해서라면 한 시간이고 두 시간이고 자근자근 장황한 그의 화술에 진이 빠져 너도 나도 백기를 들고 만다.

나는 김 사장과 불가원불가근의 관계를 지속하고 있었다. 서울씨스터즈의 '청춘열차'가 내 작품이고 또 나중에 현당이라는 예명으로 성공한, 당시는 선희준이란 신인가수를 내가 김 사장에게 소개했기 때문에 멀리 할 수도 없었고 가까이 하자니 만날 때마다 뭔가를 양보해야 하는 찜찜함이 싫었다. 결국 서울씨스터즈와 현당의 작품료는 단 한 푼도 받질 못했다.

'첫차'로 대박을 낸 서울씨스터즈는 이어 '뱃고동'을 냈지만 바다까진 점령하지 못했다. 김종민 씨는 내게 다시 육지로 컴백할 작품을 주문했고 나는 첫차의 여운을 물고 '청춘열차'를 만들었던 것이다. 이 의도는 보기 좋게 적중하였고 방송의 각종 가요프로에서 오프닝 곡으로 단골이 되었다.

뽕짝은 아무나 하나

그도 그럴 것이 '청춘열차'는 우리나라 성인가요 중에서 반주음악을 컴퓨터로 시퀀싱한 최초의 노래다. 공전의 히트를 친 드라마 〈모래시계〉의 뮤지션 최경식이 편곡하고 시퀀싱한 이 노래는 방실이의 장기를 잘 살려내 시종일관 순풍에 돛을 달았다.

한때, 벙어리 마이크로 시늉만하는 두 사람을 병풍으로 두고 코러스와 본인의 화음이 든 반주테이프를 쓸 수밖에 없었던 방실이는 몇 년 후 '서울탱고'로 홀가분하게 솔로로 변신했다. 이어 그녀는 '돌고 도는 돈돈돈'과 '슬픈 보헤미안', '아 사루비아'와 '뭐야 뭐야'로 입지를 굳건히 다지고 2007년 나와 이호섭 콤비의 '괜찮아요'를 노래하던 중 쓰러졌다.

나는 조항조, 류기진과 함께 그녀가 입원한 분당 병원에 들렀다. 방실이는 내 손을 잡고 하염없이 울었다. 나도 눈시울을 적시며 이렇게 위로했다.

"방실아 오빠가 너한테 '괜찮아요'란 노래를 괜히 준 줄 아니. 노래 제목대로 넌 곧 괜찮아질 꺼야. 힘내! 그리고 옛날에 넌 세 몫을 했어. 왜 '청춘열차' 말이야, 얼른 일어나 신나게 한 번 달려보자 우리!!"

박현빈의 '고래'는 어디에 숨었나?

2012년 여름. 드디어 노래가 나왔다. 1년여 동안 서너 명이 달라붙어 편곡을 여섯 번이나 했다. 홍익선 사장의 끈질긴 승부였다. 최종적으로 김정묵이 캐스팅되었고 우리의 바람대로 역동적인 음악이 모습을 드러냈다. 박현빈은 열창했다. 일산에 있는 뮤지션 최승찬의 녹음실에서 믹싱했다.

고래는 박현빈이 소속된 인우프로덕션이 고르고 고른 작품이다. 이 작품을 부킹하기 위해 곡을 쓴 노상곤은 인우프로덕션에 수십 번을 드나들었고 편곡의 완성을 위해 머리가 빠질 정도로 신경을 썼다.

놓친 고기는 언제나 고래였지/ 오늘도 고래는 보이지 않고/ 꽁치만 잡히는 바다엔/ 성난 파도가 나를 삼키네/ 나의 고래 너는 어디에 있니/ 나의 고래 너는 어디 숨었니/ 생각만 해도 가슴 설레는 이름/ 안고 싶은 내 사랑 고래/ 수평선에 아침 해가 다시 뜨고/ 바람마저 내 편이 되는 날/ 운명처럼 나를 찾아온 고래야/ 내가 너를 안으마

박현빈은 특유의 용트림을 자랑하면서 샤우팅했다. 살아 움직이는 포효 같은 신곡 '고래'는 주위의 호평 속에 같은 음반에 실린 '춘향아'와 함께 방송되고 있다.

나오라는 고래는 아니 나오고 꽁치만 잡히는 가난한 나의 바다를 그린 이 가사는 수년 전에 썼다. 뒷부분은 원래 "아침 해가 뜨고 바람마저 내 편이 되는 날 고래 너를 맞으러 내가 가리라"였다. 가사를 놓고 작곡을 하다 보면 수정이 불가피한 때도 있다. 작곡자의 흐름이 있기 때문이다.

수년 전 '한국음원저작권협회' 회장 선거에 인우프로덕션 소속이던 가수 김상배가 도전하였고 나는 참모가 되어 그를 도왔다. 이런 인연으로 홍익선 사장과 나는 부쩍 가까워졌고 수시로 내왕을 했다.

노상곤과 홍 사장은 같은 나주 출신으로 '고래'를 잡으러 동행을 한 것이다. 차세대 성인가요를 잇는 선두주자인 박현빈의 화려한 변신이 '고래'이기를 염원한다.

〈2012. 9. 18〉

우수어린 임주리의 '사랑한 후에'

어느 해 여름. 우리 가족은 임주리 씨 가족, 1986년에 내가 데뷔시켰던 가수 제갈승 부부와 매니저, 그리고 영화배우 하재영 씨와 함께 안면도로 여름 피서를 간 적이 있다.

뽕짝은 아무나 하나

이때는 임주리가 나의 작품인 '사랑한 후에'를 한창 홍보하고 있었는데 라디오에서 흘러나오는 이 노래를 서해안에서 듣는 감흥은 남달랐다.

－김병걸 작사, 정의송 작곡 '사랑한 후에'

나는 제목을 '고작'으로 하자고 하였지만 발음하다 보면 자칫 '고자'로 들린다고 반대
하여 다소 생뚱한 제목인 '사랑한 후에'를 가수 요구대로 결정했다. 원래는 1절만 있는
가사였는데 임주리는 굳이 2절 전반부를 본인이 쓰고 공동 작사를 제안했다. 이 노래
는 이명주가 먼저 취입한 노래다. '짐이 된 사랑'이 히트하자 후속곡으로 '사랑이 가네'
를 타이틀로 한 음반을 냈는데 그 안에 이 노래
가 수록돼 있다.

임주리는 1994년 '립스틱 짙게 바르고'의 대
박으로 그해 연말 서울가요대상과 10대가수
상, 대한민국영상음반대상 골드디스크상을 받
으며 화려하게 컴백했고 1995년 KBS 연말 가
요대상을 수상했다. 여세를 몰아 1996년엔 일
본 아오모리시 초청 콘서트를 연 바 있다. '야

절차탁마와 영광의 순간들

곰례야'란 연속극 주제가로 일찍이 가창력을 인정받았으나 결혼하여 주부로 살다가 서정적인 '립스틱 짙게 바르고'로 일약 최고의 가수로 도약했다.

이후 '백만 송이 장미', '사랑할 때와 용서할 때', '사랑의 기도' 등으로 활동하다가 2000년 '사랑한 후에'를 발표, 꾸준한 인기를 과시했다. 현재는 '천번만번'을 부르는 명진의 일을 보는 심혜련이 당시 활발한 매니지먼트로 방송 차트의 상위 곡으로 부상하여 좋은 노래로 선정되었다.

임주리의 목소리는 은희, 김연숙, 심수봉, 최유나와 함께 우수를 지니고 있다. 강렬한 흡입으로 노래의 마술을 거는 대단한 힘이 있다. 언제든지 좋은 노래를 레코딩할 충분한 자격을 지닌 그녀의 또 다른 변신과 화려한 날개 짓을 기대한다.

서주경의 '벤치'엔 몇 명이나 앉을까?

2010년 서주경의 '벤치'는 보기에도 좋았을까? 앉기에 편했을까? 서주경의 말대로라면 이 나라 온 국민이 앉을 것 같다. 출발이 산뜻하다. 예감이 좋다. 대박 칠 것 같다. 김동찬 선배를 비롯하여 많은 작품자들과 가수들이 '벤치'의 가사가 좋다고 칭찬한다. 필자는 임종수 작곡가로부터 악보를 건네받고 가수가 정해지지 않은 상태에서 가사부터 썼다.

내 무릎에 털썩 앉아봐/ 언제나 너의 벤치로 살 꺼야/ 아무 때라도 허전하면/ 내 가슴에다 기대봐/ 가다가/ 길 가다가/ 피곤해지면 내게 와/ 너만이 나의 주인이잖아/ 너만 쉬어가도록/ 너 올 때까지 기다릴게/ 비를 맞고 와도 돼/ 술 취해서 와도 돼/ 나는야 너의 벤치야 (아침 일찍

뽕짝은 아무나 하나

와도 돼/ 저녁 늦게 와도 돼/ 나는야 너의 벤치야.)

2011년 3월 첫 득남(得男)한 서주경은 몇 달 간 TV를 쉬었지만 라디오에선 '벤치'가 여전히 강세다. 한국연예협회 석현 이사장은 이 노래의 왕팬이 되었고 노래방 18번으로 접수했다. 주부가요교실에서도 난리법석이다. 징조가 좋다. 이제 5월이면 라일락 향기와 함께 이 노래도 천지를 진동하리라.

서주경은 성인가요계의 여자가수 중 선두에 선 카리스마 넘치는 가수다. 탁월한 리듬감과 속 소리를 다스릴 줄 아는 출중한 테크닉을 지녔다.

남국인 선생의 '발병이 난대요'로 데뷔하여 주목을 받긴 하였으나 빛을 보지 못하던 중 1996년 카자흐스탄에서 열린 IBU국제가요제에 출전하여 금상을 받았는데 참가곡이 '당돌한 여자'였다.

장윤정의 '꽃'을 쓴 신예 작곡가 임강현은 '먼 그대'를 부른 이세훈에게 몇 곡을 들려주었는데 그 중 하나가 '당돌한 여자'의 멜로디였다. 이세훈은 이 곡을 서주경에게 추천했고 서주경이 소속된 기획사의 조은 사장은 작사가 강은경에게 가사를 의뢰했고 강은경은 서주경의 카리스마를 연상하며 당찬 여자의 면모를 그린 지금의 '당돌한 여자'를 완성했다.

주위에선 이 노래의 절정 부분인 "이런 나 당돌한가요, 술 한 잔 사주실래요"를 언급하며 작사가가 술을 잘 마시는 줄 알지만 강은경은 술을 입에도 대지 않는다.

이 노래는 몇 년이 가도록 반응이 없어서 가수나 작곡자가 포기한 상태였다.

그러던 중 숯불화로처럼 서서히 달구어진 히트 열풍은 2000년이 되자 아마추어가 〈전국노래자랑〉에 들고 나오면서 뜨겁게 확산되어 2011년 현재 노래방 애창곡 순위 10위권을 달리는 최고의 히트송으로 부상했다.

서주경은 이 노래를 발판으로 김난영이 부른 '살랑살랑'을 개사한 '쓰러집니다'로 확실한 자리매김을 하였고 여세를 몰아 '벤치'를 냈다.

한국음반 녹음실에서 믹싱 작업을 마치고 문을 여는데 눈이 펄펄 내리고 있었다. 축복이었을까. '벤치'는 우리의 기대를 채워주면서 이 나라 온 국민을 무릎에 앉히고 있다.

"주경 씨, 그러다 무릎 짓무르겠어!"

20년째 신곡인 김세레나의 '이대로 영영'

—김병걸 작사, 이호섭 작곡, 김세레나 노래 '이대로 영영'

이 노래는 1993년 8월에 지구레코드사에서 제작된 노래인데 김세레나의 20년째 신곡이다. 2013년 현재까지 그렇다는 얘기이고 앞으로 또 얼마의 기간을 울겨먹을지 아무도 모른다. 아니 김세레나 본인도 모른다. 이 말은 더 이상의 곡을 받을 필요도 없이 이 곡만큼 자신에게 안성맞춤인 노래는 없다는 뜻이다.

화려하면서도 열정적인 김세레나의 공연은 나이를 무색케 하기에 충분하고 언제나 관중들이 당신의 품으로 뛰어들게 유도한다. 손 마이크를 머리위로 던졌다가 몸을 한 바퀴 빙그르르 회전하여 마이크를 회수하는 그녀만의 전매특허인 스테이지는 보는 이로 하여금 스릴을 제공한다.

특유의 콧소리로 간드러지는 그녀의 '이대로 영영'은 벌써 20년째 신곡으로 통한다. 그도 그럴 것이 1년에 고작 손꼽을 정도로 얼굴을 내비치는 그녀한테서 새 노래가 무언지를 기억해 내기란 전문가가 아니고선 힘들다.

화려한 쇼가 막바지에 이르면 김인수, 성
인식 두 콤비 사회자의 익살이 절정에 이르
고 "이번엔 제 노래 새로 나온 신곡 '이대로
영영'을 들려 드리겠습니다." 김세레나의 멘
트를 끝으로 쇼는 막을 내린다.

나와 이호섭 콤비는 김세레나에게 '이대
로 영영' 외에도 왈츠곡인 '김포발 12시 15
분'과 '부기우기 인생', '사랑노래 뱃노래'를
함께 취입시켰다.

'이대로 영영'은 처음에는 '영영'이 제목이
었는데 취입을 마치고 나니까 나훈아가 동
일 제목 '영영'을 방송하여 하는 수 없이 앞

에다 '이대로'를 넣어 '이대로 영영'으로 인쇄했다. 김세레나는 평소에는 방송활동을 잘
안 하는 편이고 해마다 추석 명절이나 5월 어버이날 또는 연말에 호텔이나 큰 야외무대
를 잡고 단독 리사이틀을 한다.

이 리사이틀에 파이널 송으로 언제나 '이대로 영영'을 부른다. 해가 갈수록 맛이 우
러나오는, 그래서 천년만년 울겨먹을 〈이대로 영영〉은 영원한 김세레나의 레퍼토리다.

"세레나 누님! 정말 고맙습니다. 앞으로 20년, 30년 노래 제목이 말하듯 '이대로 영
영' 영원히 이 노래를 불러주세요. 그리고 노래방 반주기에 빠져있는 거 아시지요?"

'찬찬찬'은 2년간 인기순위 1위였다

'찬찬찬'에 관한 일간지와 잡지의 보도는 1994년부터 1996년까지 무려 3년을 도배
하다시피 하였고 MBC TV에서 탤런트 박영규가 사회를 보던 가요프로에서는 매주 인

기곡의 순위를 발표하였는데 기억이 확실치는 않지만 거의 1년 이상 '찬찬찬'이 1위를 차지하였다. 전무후무한 기록이리라.

〈트로트를 살립시다〉란 주제의 〈스포츠조선과 KBS 2FM 공동 캠페인〉에서 일간지 박스box로 [편승엽의 '찬찬찬' 김병걸 작사, 이호섭 작곡]을 다루었다.

트로트를 라틴뮤직과 접목시킨 선두주자 이호섭과 소프트 보이스의 편승엽이 동맹한 90년대 초반의 트로트 대표곡으로 불려진다. '서울 민들레'로 데뷔한 편승엽은 이 노래로 창법의 혁신을 가져오며 트로트계의 차세대 주자로 부상했다. 플라멩고의 전형적인 스타일을 도입한 전주 역시 이 노래가 히트하는 데 견인차가 됐다. 이 노래는 26일 오후 6시부터 방송되는 KBS 2FM 〈이금희의 스튜디오 891〉에서 소개된다.

1996년 1월 20일 〈스포츠서울〉 13면에 [TV 볼 만한 프로] 박스에는 편승엽의 사진과 함께 역시 '찬찬찬'을 띄우고 있다.

[트로트가요 베스트10 편승엽 '찬찬찬' 1위]란 헤드라인으로 〈MBC 트로트 청백전 MTV 밤11시 35분〉 MBC가 침체된 트로트의 부흥을 위해 새로 기획한 정통 트로트 쇼. 가수 출신 MC 박상규와 하지은 아나운서가 진행을 맡았다. 남녀 출연 팀이 청백 양 팀으로 나뉘어 네 번에 걸쳐 노래로 대결한다. 청팀에는 태진아, 설운도, 송대관, 윤수일. 백팀에는 심수봉, 최진희, 현숙, 문희옥이 나온다. 트로트 가요 베스트 10에서는 1위를 차지한 편승엽의 '찬찬찬'이 소개된다.

1995년 6월 25일 〈일간스포츠〉 홍덕기 기자가 실은 [스타… 스타…]라는 기사의 내

뽕짝은 아무나 하나

스포츠서울 13

TV 불만한 프로

'트로트가요 베스트10' 편승엽 '찬찬찬' 1위

□…MBC트로트청백전 〈MTV 밤 11시(35분)〉 MBC가 침체된 트로트의 부흥을 위해 새로 기획한 정통 트로트쇼. 가수출신 MC 박상규와 아나운서 하지은이 진행을 맡았다. 남녀 출연팀이 청백 양팀으로 나뉘어 테마에 접혀 노래로 대결한다. 청팀에는 태진아 설운도 송대관 윤수일, 백팀에는 심수봉 최진희 현숙 문희옥이 나온다. 트로트가요 베스트10에서는 1위를 차지한 편승엽의 '찬찬찬'이 소개된다. 앙코르트로트무대에서는 원로가수들의 명곡메들리로 청백대결을 펼치는데 청팀은 배호의 '누가 울어'와 '안개낀 장충단공원' 등을 부르고 백팀은 이미자의 '동백아가씨'와 '섬마을 선생님' 등의 메들리를 들려준다.

◆'MBC트로트청백전'이 선정한 '트로트가요 베스트10'에서 1위를 차지한 '찬찬찬'의 가수 편승엽.

용은 다음과 같다.

노래방에서 폭발적인 인기를 끌고 있는 '찬찬찬'은 93년 8월에 발표되어 지난해 말부터 인기를 끌기 시작하여 올 초에는 다운타운가의 정상을 누리고 있다. 서울보다 지방에서 인기를 얻기 시작한 '찬찬찬'은 지난주 KBS 2TV 〈가요 톱10〉에서 10위에, MBC 〈우정의 무대〉의 설문조사에서 군인들의 애창곡 1위를 차지했다. 더구나 지자체를 앞둔 요즘 '다함께 차차차'와 함께 가사를 바꿔 선거 로고송으로 최고로 잘 팔리고 있다. 마포고교 핸드볼 선수 출신이며 180cm, 80kg의 당당한 체격에 의외로 미성인 그는 남자 트로트계를 이끌어 갈 새 재목으로 확실한 자리매김을 하고 있다.

1995년 6월 12일 조선일보 ['찬찬찬' 군인들 즐겨 불러]

군인들이 스트레스를 풀 때 가장 많이 부르는 노래는 '찬찬찬'인 것으로 조사됐다. 이 같은 사실은 MBC TV 〈우정의 무대〉가 청주의 공군 3579부대 병사 780명을 대상으로 실시한 설문조사 결과 밝혀진 것. 그 다음이 '잘못된 만남', '날개 잃은 천사', '포기하지 마', '남자답게 사는 법' 등의 순이었다.

이외에도 〈일간스포츠〉에서는 "스포트라이트, '찬찬찬' 편승엽. 남자 트로트계 걸물 등장"이라며 김의명金義明 기자가 극찬을 하고 있다. '찬찬찬'은 필자가 스크랩한 기사만 해도 수십 종에 달한다.

편승엽은 1991년 〈'서울 민들레' 김병걸 작사, 김다양 작곡〉으로 데뷔했다. '찬찬찬'이 처음으로 1위를 달릴 때 2위는 김영배의 '남자답게 사는 법', 3위는 김수희의 '운명', 4위는 설운도의 '너만을 사랑했다'가 랭크되었다.

가수 김수희가 경영하는 〈희레코드사〉에서 출반한 '찬찬찬'은 과거 송대관의 '해뜰 날'을 능가하는 방송순위 최장수 1위 인기곡으로 가요사의 한 페이지를 장식하며 국민가요로 우뚝 서 있다.

산삼 대신 장뇌삼 두 뿌리를 캔 주용아의 '심봤다'

가요제의 입상 예상은 출전자끼리 먼저 안다. 규모가 큰 일부 대회는 합숙훈련을 하기도 하지만 대다수가 몇 차례의 리허설을 하기 때문에 연습과정을 거치면서 우열이 드러나고 분위기를 감지한다. 〈92 MBC 강변가요제〉에서는 역대 유래가 없는 2개의 상을 한 가수에게 수여했다. 그렇게 할 수밖에 없는 이유가 있었을까? 나는 지금도 그 부분에 관해서는 궁금증이 풀리지 않고 있다.

〈92강변가요제〉는 남이섬이 아닌 춘천에서 열렸다. 문화방송 본사에서 연출은 하였지만 춘천MBC에서 주관을 했다. 호반의 도시 춘천은 가요제의 열기로 수일 전부터 달아올랐고 이호섭과 나는 대회 이틀 전부터 춘천에 머물면서 우리가 출전시킨 주용아를 격려했다.

드디어 대회를 알리는 팡파레가 울리고 우리가 출전시킨 명지실업전문대의 주용아는 한복에 소형 부채를 들고 화려한 가창력을 뽐내며 전국에 생중계되는 TV화면에 '심

뽕짝은 아무나 하나

봤다'를 꽂았다. 장내를 뒤흔든 우레와 같은 박
수와 함성은 단연 압권이었다.

출전자들의 열띤 경연이 끝나자 우리는 '심봤
다'가 당연히 대상일 줄 알았다. 그러나 최종 발
표는 의외의 결과로 장내를 술렁이게 만들었다.
'심봤다'는 심을 보긴 봤는데 산삼이 아니고 장
뇌삼이었다. 대상은 춘천에서 예선을 거쳐 올라
온 춘천 학생에게 돌아갔다.

대회가 춘천에서 열렸으니 춘천문화방송의 입김대로 춘천 출신에게 대상을 주어야
한다고 누군가가 떼를 쓰며 압박을 가했다는 풍설이 순식간에 돌았다. 그날따라 입상
자 발표가 지연되었는데 아마도 뒷말에 대한 봉합으로 '심봤다'에 2가지 상을 주기로
결정했던 것이 아닐까 추측한다.

결국 주용아의 '심봤다'는 본상인 〈동상〉과 연유 모를 〈특별상〉이란 2개의 상을 동시
에 수상하고 말았는데 나와 이호섭과 주용아는 웃을 수도, 울 수도 없는 처지에 쓴웃음
을 대회장에 남기고 귀경버스에 올랐다. 밤하늘의 왕방울만한 별들이 우리가 탄 버스
차창에 매달려 함께 달리고 있었다.

심봤다/ 백일홍 피는 날까지/ 심볼까/ 대문 열고 마당 쓸고/ 대문 열고 마당 쓸고/ 심볼까/ 오
늘도 땀을 쏟는다/ 봤냐 봤다/ 봤냐 봤다/ 심봤다!/ 심봤다!/ 그 말 한 마디/ 내 운명 바꿔놓을/
바꿔놓을 그날이/ 한 번은 온다네/ 심봤다 심/ 심봤다 심/ 심봤다/심봤다/ 그날이 저기 보인다

–김리경 작사, 이재필 작곡, 주용아 노래 '심봤다'

나와 이호섭은 각기 딸과 아들 이름으로 대회에 출전하였다. 규정은 아니지만 대학
생 가요제에 프로 작가는 출전을 안 하는 것이 통례였다. 훗날 주용아를 〈킹레코드사〉
에 전속시켜 음반을 만들면서 본명을 되찾아 김병걸 작사, 이호섭 작곡으로 정정했다.

이 작품은 1987년 여름 오아시스에 근무할 때 회사 버스로 퇴근하면서 구상을 하였다. 서울역쯤 왔을까 갑자기 '심봤다'의 전반부 악상이 떠올랐고 나는 곧장 이호섭을 호출했다. 다행히 한남동이 멀지 않았고 이호섭은 추리닝 바람으로 바람처럼 달려왔다. 서울역 맞은편 서소문동 지하 다방에서 이호섭은 후반부 곡을 완성시켰고 우리는 쾌재를 불렀다.

'심봤다'는 정두수 작사교실에서 만난 진주 출신의 송준하(본명 송정식)가 1988년에 이호섭 편곡으로 음악을 넣었고 '혹심'이란 작품과 함께 오아시스에서 취입을 하였으나 음반을 만들던 중 일본으로 건너갔다. 4년 뒤 나는, 고등학교 2학년 때부터 데리고 있던 주용아에게 연습시켜 강변가요제란 산을 등반했고 산삼 한 뿌리 대신 씨알이 굵은 장뇌삼 두 뿌리를 캤다.

소리꾼 이명주의 등장과 '짐이 된 사랑'

1995. 11. 11 〈스포츠조선〉 "뽕짝 '짐이 된 사랑' 발표"

1995. 11. 15 〈연예영화신문〉 "줏대 있는 트로트 가수 이명주"

1996. 2. 5. 〈일간스포츠〉 "무명이여 안녕! ……햇볕 쨍−이명주의 '짐이 된 사랑'"

이명주의 등장은 가요계의 큰 수확 중의 하나다. 일찍이 전주 비사벌 여고를 다니면서 남도민요를 섭렵하고 이후 성창순 명창한테서 판소리를 사사했다. 창을 했기 때문에 그녀의 노래는 힘이 남다르고 소리를 모을 줄 안다. 소리를 내지르고 거둬들이는 뮤트 테크닉을 자유자재로 구사한다. 동문수학을 한 〈천년바위〉 박정식의 말에 의하면 이명주는 판소리나 창에서도 재주가 뛰어나 주위의 사랑을 많이 받았다고 한다.

나는 1987년 오아시스레코드사에서 이명주를 처음 봤는데 그때는 이름이 유혜자였다. 1986년 〈당신은 아시나요〉로 데뷔하였고 본명을 쓰면서 김용만 곡인 〈세상살이 뭐

♩ ♪ ♫
뽕짝은 아무나 하나

그런 거지〉와 조동산 작사 원희명 작곡의 〈백갈매기〉를 2집 음반으로 낸 무명가수였다.

시원시원한 가창력은 커리어를 읽기에 충분했고 오랜만에 만나는 가수다운 가수였다. 그러나 이명주는 간헐적인 방송활동을 하면서 그저 노래 잘 하는 무명가수로 머물러 있었다. 무슨 이유였는지는 모르지만 세월은 그렇게 흘렀고 1995년 여름 반바지에 운동화 차림으로 나는 그녀와 인연을 시작했다.

이태원의 '고니'를 쓴, 드라마 음악의 귀재인 작곡가 김현 씨가 나를 호출했다. 동네 기원에서 바둑을 두다가 달려간 곳은 청담동 〈청음녹음실〉이었고 그곳에 이명주가 기다리고 있었다. 그리고 나는 한곡의 반주음악을 들어야 했고 그 자리에서 쓴 가사가 바로 '짐이 된 사랑'이다. 내가 가사를 완성시키는 과정을 지켜보던 듀오 〈영과 영〉 출신인 작곡가 김정호는 연신 입을 귀에 걸었다.

아, 진정 이명주는 타고난 선수였다. 처음 대하는 가사를 꼭꼭 씹어가며 밥알 하나 침 한 방울 흘리지 않고 입에 넣었고 완벽하게 취입을 끝냈다. 너무도 들뜬 나머지 음반의 프로듀서를 자처한 김현과 이명주와 김정호, 그리고 이명주의 매니저이자 친동생인 유규상과 녹음기사 정문원 이렇게 우리 일행은 일식집으로 옮겨 만찬을 즐겼다.

사랑만 고집했던 어리석은 난/ 당신이 전부였는데/ 나는 당신의 장난일 뿐/ 사랑은 사치였나/ 내 대신에 누가 있을까/ 나 떠난 그 빈자리/ 추억마저 남이 된 지금/ 그리움을 묻고 가지만/ 다시 한 번만 물어봅시다/ 왜 내가 짐이 됐나요
사랑만 고집했던 지난날의 난/ 당신이 전부였는데/ 나는 당신의 장난일 뿐/ 사랑은 사치였나/ 이젠 누가 나를 대신해/ 당신을 고집할까/ 지난날을 되짚어 보면/ 눈물뿐인 사랑이지만/ 다시 한 번만 물어봅시다/ 왜 내가 짐이 됐나요

–김병걸 작사, 김정호 작곡, 이명주 노래 '짐이 된 사랑'

무명탈출이었다. 보사노바 리듬에 고급스런 가사는 수많은 여성들을 울리며 히트곡으로 부상했고 이명주는 방송 스케줄이 쇄도하는 즐거운 비명을 질렀다. 뿐만 아니라 곡을 쓴 김정호 역시 작곡가로서의 데뷔작을 홈런으로 장식했다.

당신 같은 바람둥이가 나 떠난 그 자리를 그냥 비워뒀을 리 만무하지. 벌써 누군가를 앉혔겠지 하는 절묘한 가정 설정과 2절에 "이젠 누가 나를 대신해 당신을 고집할까" 또 어떤 골빈 년이 나처럼 당신한테 순정 바쳐 세월 바쳐 충성하고 있을까 하는 가정이 절정을 이루는 이 노래는 그 해 KBS의 '좋은 노랫말' 대상을 수상하여 홍보에 한몫을 했다.

이 노래를 시작으로 이명주와 나는 이후 '사랑이 가네'와 '오빠' 그리고 '사랑한 후에' 등의 작품을 같이 했다. 한때는 마포에서 〈엘리뮤직〉이란 음반사를 등록하여 함께 〈이명주의 디스코하이웨이〉 등 여러 기획물 음반을 제작하기도 했다.

이명주의 등장은 가요계의 큰 수확의 하나로 그녀는 '보고 싶어요'와 '사랑타령', '어머니'란 우월한 노래로 진가를 증명해 보이고 있다. 오늘의 이명주를 만든 교두보가 '짐이 된 사랑'이다.

'분교'에 반해 한 달 앞당겨 귀국한 황제 나훈아

기억니은 잠이든 교정에/ 맨드라미 저 혼자 피다가/ 아이들이 그리운 날은/ 꽃잎을 접는다/ 계

뽕짝은 아무나 하나

절이 오는 운동장마다/ 깃발처럼 나부끼던 동무여/ 다들 어디서 무얼 하고 있는지/ 옛날 다시 그리워지면/ 텅 빈 교실 내가 앉던 의자에/ 나 얼굴 묻는다 늑목 밑엔 버려진 농구공/ 측백나무 울타리 너머로/ 선생님의 손풍금 소리/ 지금도 들리네/ 지붕도 없는 추녀 끝에는/ 녹슨 종이 눈을 감고 있는데/ 다들 어디서 그 소리를 듣느뇨/ 추억 찾아 옛날로 가면/ 몽당연필 같은 지난 세월이/ 나를 오라 부르네

나는 고향에 가면 반드시 내가 다녔던 초등학교를 가본다. 오선당을 내려오는 솔향기 짙은 산자락이며 교사 뒤편에서 만고풍상을 견딘 지금은 너무 늙어버린 감나무. 아무리 고쳐 봐도 잘 생긴 교장선생님의 사택과 6학년 때 담임이셨던 김복만 선생님의 빨래가 널린 목화밭 옆 사택의 파란 슬레이트 지붕. 아 맨발로 달리던 저편 강냉이 솥을 걸었던 철봉이 있는 운동장. 그리고 녹슨 종과 제멋대로 자란 나팔꽃에 숨어드는 그날의 함성소리. 운동회 날이 아니어도 좋아라, 소풍가는 날이 아니어도 설레라, 교정에 서면 그날인 듯 내 가슴이 뛴다.

'고향역'의 작곡가이신 임종수 선생이 응암동 사무실에서 건네준 악보는 나를 흥분시키기에 충분했다. 피아노 선율에 날아다니는 무수한 풍경들이 나를 손짓했다. 당장 가사 붙이는 작업을 시작하고 싶었지만 이 곡을 부를 가수가 천하에 나훈아란 말에 부담이 왔다. 그리고 오래 밑그림을 구상하는 쫓김도 싫지 않았다.

세월은 내 마음보다 먼저 가고 한 달이 또 갔다. 초봄에 건네받은 악보가 주머니를 드나들며 시든 꽃잎이 되어갔다. 나는 옛날의 위용을 잃고 분교로 전락한 초등학교를 찾았다. 그리고 많은 말들을 교정 여기저기에 던지며 추억에 젖었다. 분꽃이며 나팔꽃이 기지개를 켜는 화단 가득 맨드라미가 잠자리를 부르고 있었다. 어디선가 손풍금 소리가 나고 나는 진작부터 교실에 있었다.

여름이 오고 가요황제 나훈아는 나를 들뜨게 했다. 임 선생님의 말에 의하면 미국에 체류 중인 황제에게 전화로 '분교' 가사를 불러주니까 홀딱 반했다며 도대체 이 글을 쓴 놈이 어떻게 생겨먹었느냐며 일정을 앞당겨 한 달이나 먼저 귀국하겠다고 한다.

황제와 나는 조용히 알 듯한 미소로 서로의 마음을 전했고, 당신의 건물이기도 한 타워호텔 앞 〈아라기획〉에서 짜장면을 같이 시켰다.

얼마 후 한국음반 녹음실에서는 2절의 전반부를 노래하는 코러스단 초등학생들이 봄 병아리들처럼 재잘거렸고 드디어 '분교'는 그 모습을 드러냈다.

"그대가 다시 부르라면 다시 부를 테니 기탄없이 말해보시라."

황제의 여유에 나는 그럴 필요까진 없다며 미소로 동의해 주었다. 녹음을 마치고 일식집으로 자리를 옮긴 뒤 황제는 가만히 내 어깨를 치시며 좋은 노랫말이 나오거든 언제라도 연락하라며 나에게만은 특별히 문을 열어주겠다고 약속했다.

1년 후 황제께서 만든 〈벗〉이란 음반에 '발코니에 앉아서'란 나의 작품도 맛깔나게 불러주셨다.

크기만 했던 학교가 분교가 되고 어쩌면 폐교가 되는 슬픔처럼 내 인생의 지도에서 지워진 풍경은 없는지 그것들을 잃고 살아도 괜찮은 건지 가끔씩 라디오에서 흘러나오는 '분교'를 들으며 나는 깊은 생각에 잠긴다.

2012년 8월 17일. 면민체육대회 관계로 모교인 쌍호초등학교 교장실에 초대된 나는 제28대 고종걸 교장 선생님과 환담 중에 이런 말을 들었다.

"김 선생님 혹시 나훈아의 '분교'란 노래를 아시는지요? 그 노래를 누가 썼는지, 저는 마치 우리 학교를 그린 것 같아 모델이 어느 학교인지 궁금하답니다."

옆에 있던 김미숙 선생님이 거들었다.

"'분교가 우리 교장선생님 18번이에요."

이 기막힌 우연에 놀란 내가 "바로 이 쌍호초등학교가 모델이고 쓴 사람이 나"라고 하자 두 선생님은 믿기질 않는 듯 말문을 잃었다. 그리고 "이런 경사가 있냐"며 그 자

리에서 사진을 찍었고 현관에 걸어두겠다는 말과 함께 곧바로 코팅까지 해서 나에게
도 한 장을 빼주었다.

"이 교정에다 '분교' 노래비를 세우는 건 어떻겠냐?"고 내가 넌지시 떠보자 교장선생
님은 "폐교만 되지 않는다면 고려해 보겠다."고 당신 일처럼 기뻐하셨다.

동창회 모임 때 교가처럼 불리워지는 '분교'는 내 작품의 자존심이다.

〈'85 MBC 강변가요제〉와 이순길

여름은 불볕더위를 내뿜었고 남이섬 선착장은 아침부터
북새통을 이루며 장터처럼 붐볐다. 사람들은 불어난 강물로
배를 띄우기에 신이 났고 수상스키의 행렬이 물보라를 날렸
다. 섬 입구에서부터 손님을 마중 나온 남이섬 마차는 이국
의 정취를 풍겼다.

1985년 제6회 강변가요제는 '남이섬' 중앙 잔디밭에 무
대를 차렸고 하늘에다 애드벌룬으로 축제 분위기를 띄웠다.
대회가 열리기 며칠 전부터 합숙을 한 출전 팀들은 호텔 마
당가에 둘러앉아 기타를 치거나 안무 연습에 몰두했고 힐끔
힐끔 상대전력을 살피고 있었다. 작곡가 이응도와 필자 역
시 호텔에다 여장을 푼 뒤 우리가 출전시킨 강남사회복지
대 1학년생인 이순길을 점검하며 결전의 순간을 기다렸다.

'끝없는 사랑'. 우리가 내세운 출전곡명이다. 슬로우 트로
트인 이 노래는 요즘말로 하면 발라드다. 초등학교 때부터
눈여겨보며 재주를 인정해온 필자는 이순길의 탁월한 가창
력과 감성적인 곡의 수준을 믿으며 틀림없이 대상은 우리

것이라며 자신에 찼다.

건국대생인 혼성 듀엣 〈마음과 마음〉은 남자인 임석범 군과 리드보컬인 김복희 양으로 구성되어 '그대 먼 곳에'로 출전했다. 이 노래는 다소 앞뒤가 엉성한 가사였지만 대학생으로선 보기 드물게 지독한 허스키인 김복희의 파워 넘치는 노래만큼은 이순길과 경합을 벌이기에 충분했다. 당시 건국대에서는 이 〈마음과 마음〉 외에도 장상환 군이 결선에 올라 '그대 마음 되어'란 솜사탕 같은 노래로 무장을 하였고 그 두 팀은 나를 무척 따르며 많은 것을 상의했다.

필자는 그들이 기대하는 것만큼 유명한 인사도 아니었고 더구나 가요제에 있어서는 거의 문외한이었다. 그런데도 여러 팀들이 필자를 형처럼 따랐다. 이들은 한결같이 이순길의 놀라운 노래 실력을 감탄하며 대상 후보로 점찍고 있었으며 이순길을 데리고 있는 필자를 뛰어난 매니저로 착각하였다. 아무튼 필자는 이순길의 입상을 믿어 의심치 않으며 메달의 색깔에 신경을 곤두세웠다.

'85 강변가요제는 결국 〈마음과 마음〉의 '그대 먼 곳에'가 대상을 차지하면서 막을 내렸고 이순길은 아쉽게도 동상에 머무르고 말았다.

이 대회는 막강한 실력파들이 대거 운집하였는데 그 면면을 살펴보면 지금 봐도 대단한 멤버였다. 금상은 '밤에 피는 장미'의 어우러기, 은상은 '지난 여름밤의 이야기'를 부른 권진원, 장려상은 '민들레 홀씨 되어'를 부른 박미경이 차지하였고 이하 입상자는 '색종이나라'의 〈장수하늘소〉 등 그야말로 쟁쟁한 엔트리entry였다.

훗날 권진원은 싱어송 라이터로서 '살다보면' 등 소프트한 노래로 팬들의 꾸준한 사랑을 받았고 박미경은 십여 년이 흐른 후 '이브의 경고'와 '이유 같지 않은 이유' 등 다이내믹한 노래로 정상을 누렸다.

대회 당일까지도 현장 분위기는 '끝없는 사랑'이었다. 몇 번의 리허설을 거치면서 남이섬 곳곳마다 구경을 온 마니아들이 "Endless Love"를 외치고 다녔다. 필자는 작곡가 최종혁 선생과 최희준 가수 등 심사위원들을 찾아다니며 공손히 인사하고 '끝없는 사랑'을 어필하려 애썼다.

드디어 막이 오르고 이순길은 무대에서 실수 한 번 없이 열창했다. 어느 기성가수가 저처럼 잘할 수가 있을까. 그러나 너무 잘 부른 것이 오히려 화근이 될 줄이야. 나중에 들은 얘기지만 노래를 너무 원숙하게 불러 프로인 줄 알았고 그것이 감점 요인이 되어 동상으로 미끄러졌다고 했다.

비록 동상에 그쳤지만 본상에 입상한 이순길은 그의 부모와 함께 흥분했고 상금과 부상으로 받은 전축 세트와 트로피를 안고 썰물 같은 인파속으로 사라져 갔다. 이응도와 나는 트로피 한 번 만져보지도 못하고 방송국 차량의 귀퉁이에 짐짝처럼 실려 서울로 왔다.

남이섬에 며칠 묵으면서 가지고 갔던 돈은 바닥이 났고 우리는 입을 한 다발이나 내밀고는 풀죽은 얼굴로 할 말을 허공에 뿌렸다. 그날따라 남이섬에서 서울 길이 몇 천리는 되는 것 같이 멀었고 밤벌레들은 극성스레 울어댔다.

노래반주기에는 작사자가 '김병걸' 또는 '길섶'으로도 되어 있다. 필자의 예명이 당시엔 급조한 '길섶'이었다. 자세한 규정은 모르겠지만 대학생 가요제에 프로작가가 참가하는 것이 금지된 것으로 알고 일부러 이름을 숨긴 것이다.

1984년 가을. 이응도는 자신이 작곡한 악보 하나를 필자에게 건넸고 필자는 이순길을 겨냥하여 '끝없는 사랑'을 썼다.

천호동에 〈파도성작곡실〉이 있었고 이 사무실에는 잠을 잘 수 있는 방이 한 칸 있었다. 파도성의 작곡으로 필자가 작사한 '노을 속으로 떠나간 사랑'과 '흑룡사의 봄'을 부른 경남 거창 출신의 오균아란 가수가 이 방에 기거하고 있었다. 오균아는 자신의 고향인 거창경찰서에 근무하던 이순길 아버지와 친하게 지내면서 그의 딸을 방학 때면 상경하게 하여 가수 수업을 시키고 있었다.

필자는 이 사무실을 드나들면서 이순길을 보게 되었고 비록 초등학생이지만 여느 프로가수를 뺨치는 출중한 가창력을 지닌 이 꼬마를 주목하게 되었다. 이순길은 패티김의 '초우', '못 잊어', '추억 속에 혼자 걸었네' 등의 레퍼토리와 장조의 슬로우 곡에 탁월한 감각을 지닌, 나이보다는 훨씬 세련되고 깊이 있는 곡들을 소화해내는 천재였다.

필자가 상경하여 작곡가를 꿈꾸는 진천 출신의 조덕상이란 친구와 대림동에서 자취를 하고 있을 때였는데 옆 골목에서 피아노를 가르치면서 전파상을 하는 공업전문대 출신의 이응도를 알게 되었다. 그 후로 우리 셋은 죽이 맞아 가요계를 기웃거리며 날마다 세트처럼 붙어 다녔다.

창신동 작곡가 김민우 선생 사무실에서 필자가 바둑을 두고 있는데 이응도가 찾아왔다. 좋은 곡을 하나 썼는데 누구 줄 사람 없느냐며 가사를 붙여 달라며 악보를 내밀었다. 나는 순간 이순길을 떠올렸고 천호동 〈파도성작곡실〉로 이동하여 오균아와 상의한 끝에 이순길을 대학가요제에 출전시키기로 합의하였다.

우리는 이순길의 부모를 만나 이순길을 아무 대학이라도 괜찮으니 입학만 시켜달라며 졸랐고 이순길의 부모 역시 딸의 가수활동을 염원하고 있던 차라 반대할 이유가 없었다. 이미 전년도에 강변가요제를 통하여 이선희를 벼락 출세시켰으니 강변가요제는 스타 등용문이 되어 있었고 우리는 이 강변가요제를 노리고 있었다.

이순길李順吉. 그녀만큼 노래를 찰지게 부르는 가수도 흔치 않다. 충분한 호흡과 아련한 메아리를 거느린 그의 노래는 늦가을 바람소리 같은 쓸쓸한 분위기를 자아낸다. 필자가 가요계에서 만난 보기 드문 가수 중 한 명이다.

강변가요제 입상 후 지구레코드사에서 제1순위로 픽업하기로 필자와 약속하였으나 기득권을 쥔 오균아는 아세아레코드사로 이순길을 전속시켰다. 아세아레코드사로 간

♩ ♪ ♫
뽕짝은 아무나 하나

이순길은 선곡의 실패와 관리의 부재로 가요계에서 퇴장하고 말았다. 천재가수였던 그녀를 아쉬워하는 필자와 이응도의 마음속에 끝없는 사랑을 심어 놓은 채….

주현미의 '그 다음은 나도 몰라요'와 정주희

가수 주현미와 작곡가 정주희 선생의 인연은 아주 특별하다. 반드시 만나야 할 운명이라고 시나리오에 있었던 걸까. 1984년 오아시스레코드사에선 오아시스를 반석 위에 올려놓은 두 가수 나훈아와 조미미 중 한 사람인 조미미에게 메들리 음반을 요청했고 길동에 위치한 작곡가 김준규녹음실에서 정주희 D800 올갠 독주에 맞춰 2따블을 녹음하기로 되어 있었다.

그러나 가창료에 이견을 보인 조미미는 끝내 나타나지 않았고 당시 오아시스레코드사의 문예부장이던 작곡가 박성규는 신출내기 대타 가수를 궁여지책으로 내세워 녹음에 들어갔다. 이 신출내기 가수가 나중에 크게 일을 냈으니 바로 주현미다. 우리나라 음반 역사상 미증유의 판매고를 올린 주현미의 〈쌍쌍파티〉 시리즈는 단일품목의 공식적인 기록으로도 2,000만 장이 넘게 팔렸다.

주현미의 자지러지는 노래를 녹음한 김준규는 젊어 한때 부산에서 진송남 등과 함께 방송국 전속가수로 활동했던 저음이 일품이었는데 주현미가 녹음한 똑 같은 반주음악에 자신의 목소리를 실었다. 남자와 여자의 음(key)은 3도가 차이난다. 그렇지만 하이키의 주현미와 여자 키에 가까운 김준규는 공교롭게도 키가 맞았다.

요즘은 채널 녹음이 등장하여 콘솔녹음기에서 듀엣 또는 소절 소절마다 주고받는 식의 노

래로 편집이 가능하지만 당시로선 독립된 녹음물을 하나로 묶을 수 없었다. 박성규는 두 녹음물을 오아시스로 가져와 4마디마다 주현미와 김준규의 노래를 번갈아 짜깁기하는 가위질을 시작했고 테이프와 테이프를 잇는 몇 날 며칠에 걸친 노력 끝에 드디어 하나의 품목이 탄생하게 되었다.

두 사람이 마치 한 날 한 시에 주고받기식의 노래를 한 것처럼 편집된 음반 〈쌍쌍파티〉는 때맞춰 카세트테이프의 플레이가 장착된 마이카 시대의 무한한 질주와 함께 선풍적인 인기를 끌며 불티나게 팔렸다. 당시 자가용이든 화물차량이든 〈쌍쌍파티〉 테이프가 없는 차는 없었다고 봐야 한다.

오아시스에선 애초에 주현미 혼자서 부른 녹음물을 주현미의 〈리듬파티〉로 이름 지어 이 음반 역시 수십만 장을 팔았다. 이 사건 이후 올갠 반주음악을 연주한 정주희는 메들리 업계의 연주로서는 1인자로 20여 년을 활동하며 3천여 따블을 연주하여 돈방석에 앉았다. 그의 연주는 담백하면서도 잔 기교를 부리지 않는 정석 플레이로 오리지널 편곡을 최대한 지켜주어 향수를 부르고 편안함을 주었다.

이미자의 전국 투어 디너쇼에 단골 아코디온 연주자로 악단에 합류한 정주희는 게스트로 가끔씩 우정 출연하는 주현미와 담소하게 되었고 〈쌍쌍파티〉의 추억을 떠올리며 서로에게 감사하는 우정과 신뢰를 쌓게 된다.

2009년 초 아직도 길거리에 쌓인 잔설이 바람에 표표히 날리는 신당동 정주희 선생의 아파트 앞에서 필자가 정 선생으로부터 건네받은 CD가 있었으니 제목이 '사랑이 너무 깊었나'란 노래다. 오영아란 무명 여가수가 부른 '사랑이 너무 깊었나'는 이렇다.

떠난 님을 기다리는/ 나는야 물망초/ 이슬에 젖어 눈물에 젖어/ 이 한밤을 지새우네/ 잊으려고 했는데/ 잊으려고 했는데/ 미련이 남아 미련이 남아/ 이렇게 울고 있어요/ 사랑이 너무 깊었나/ 사랑이 너무 깊었나

뽕짝은 아무나 하나

4, 4, 3, 3 조금은 단조롭고 심심한 자수였다. 완전개사 의뢰를 주문받은 필자는 이 심심함을 깨는 데 주안을 두고 자수를 늘리더라도 부점을 주어 주현미 특유의 튕기는 바운스를 주고 싶었다. 그리하여 첫 줄부터 리모델링에 들어갔고 마침내 4, 5, 3, 4의 〈그 다음은 나도 몰라요〉 가사가 완성되었다.

두 번 다시 안 올 것처럼/ 발걸음 뚝 끊더니/ 후회한다고 믿어달라고/ 두 손 싹싹 비는 당신/ 가라한 적 없어요/ 보낸 적도 없어요/ 용서할 마음도 사랑할 마음도/ 추호도 없지만/ 생각할 시간을 줘요/ 그 다음은 나도 몰라요

두 번 다시 안 볼 것처럼/ 전화도 안 받더니/ 후회한다고 사랑한다고/ 눈물 글썽 비는 당신/ 가라한 적 없어요/ 보낸 적도 없어요/ 용서할 마음도 사랑할 마음도/ 추호도 없지만/ 생각할 시간을 줘요/ 그 다음은 나도 몰라요

들뜬 마음으로 달려간 필자는 신당동로터리에 있는 다방에서 정주희 선생을 불러내 흡족한 미소를 주고받으며 색다른 커피 맛을 즐겼다.

타악기를 치는 레코딩 주자 박영용한테서 전화가 왔다.

"주현미 신곡 김 선생이 썼지? 하도 멋들어져서 누가 가사를 붙였느냐고 물어봤어. 왜냐? 이 노래는 과거 다른 가사로 녹음한 적이 있어 기억하고 있던 멜로디였거든. 정주희 선생 왈, 김병걸 그 귀신이 이렇게 인물을 확 바꿔 놓았지 뭐야~ 하더군."

주현미는 한국음반 스튜디오에서 몇 번 허밍을 한 뒤 곧바로 취입에 들어갔고 정주희 선생과 나는 주현미의 매니저인 김선기 사장과 함께 모니터를 하면서 그녀의 간드러진 노래에 감탄사를 연발했다. 주현미의 등장은 가요계의 축복이다.

송대관의 '큰소리 뻥뻥'

송대관의 재기는 놀라웠지만 치밀한 그의 계산력은 언제나 적중했고 그런 그의 지략이 수십 년을 정상에 군림하도록 만든 원동력이다. 그는 선곡에 관한 한 최고의 안목을 지녔다. 노련한 그의 선곡 능력은 언제나 새로움을 선보이며 장기 집권하도록 이끌었다.

필자와 송대관의 인연은 오아시스레코드사로 비롯된다. 같은 회사의 식구이다 보니 자연스럽게 접촉할 기회가 많았다. 미국에서 돌아온 그는 '혼자랍니다', '정 때문에', '차표 한 장'으로 멋지게 재기하였고 그 인기에 편승하여 필자의 작품인 '큰 소리 뻥뻥'도 인기 대열에 합류했다.

이 노래는 원래 요절한 가수 허준이 부르기로 예약이 되었던 곡이다. 허준은 필자가 자주 나가던 〈파도성작곡실〉에 단골로 드나들며 필자와 우정을 쌓았다. 그때가 1980년대 초반 이었고 당시 필자는 한미한 작가였지만 허준은 필자의 두터운 가요 정보와 안목을 높이 사 반드시 필자의 작사를 받겠노라고 철석같이 약속을 했다.

세월이 흘러 1980년대 후반 허준은 이 노래를 연습하던 중 지병으로 소천召天했다. 임자를 잃은 '큰 소리 뻥뻥'은 작곡을 한 박현진과 필자의 노트 속에서 잠자고 있었는데 송대관이 깨워주었다.

갈 테면 가라 해놓고/ 큰소리 뻥뻥 쳐놓고/ 돌아서서 울어야 했던/ 이 마음 너는 모른다/ 잠자는 호수 같은 내 가슴에/ 사랑의 돌을 던지고/ 마음대로 가버린 너/ 멋대로 떠나간 너/ 잊어주마 너 보란 듯이/ 오늘도 큰소리 뻥뻥 칠 거야

갈 테면 가라 해놓고/ 큰소리 뻥뻥 쳐놓고/ 온몸으로 울어야 했던/ 이 마음 너는 모른다/ 잠자

뽕짝은 아무나 하나

는 사막 같은 내 가슴에/ 이별의 낙타를 타고/ 마음대로 가버린 너/ 멋대로 떠나간 너/ 웃어주 마 너 보란 듯이/ 오늘도 큰소리 뻥뻥 칠 거야

송대관은 단조의 노래를 즐겨 부른다. 아니 단조만 골라서 부른다. 무슨 연유인지는 모르지만 자기원칙이 있다. 아무튼 마이너 곡에 대한 고집이 대단한데 '큰 소리 뻥뻥'은 '효심'과 함께 그가 부른 두서너 장조의 곡 중 하나다.

강남 팔레스호텔 커피숍에 나타난 송대관 형은 박현진과 필자에게 소정의 작품료와 함께 '큰 소리 뻥뻥' CD를 건네주었다.

"동생 고마워. 열심히 해볼게. 제목대로 큰소리 뻥뻥 치고 다닐껴."

필자는 흥분했고 커피가 코로 들어가는지 입으로 들어가는지 거푸 리필을 했다.

이후 필자는 작곡가 정의송을 데리고 송대관의 집으로 가서 '옥이'를 들려주었고 '옥이'는 김명곤이 편곡하여 오아시스레코드사에서 취입을 하게 되었는데 노래 도입 부분 반 박자 때문에 정의송과 언쟁을 하던 송대관이 기분이 상했다며 접어버리고 밑에 깔려던 박현진의 '네 박자'를 대신 타이틀로 하여 대박을 쳤다.

아, 필자와 송대관의 밀월은 그렇게 끝이 났고 박현진은 '인생은 생방송'까지 콤비를 이뤄 명작을 발표했다.

2011년 7월 송대관 형한테서 전화가 왔다.

"동생. 우리 한 판 할 때가 된 것도 같은데……이번엔 말이야, 가사가 나오는 대로 가수 진성한테 한 번 맡겨봐."

번지 없는 노래비 '서울아 평양아'

아니, 여기는 '서울아 평양아'가 서 있을 자리인데 왜 '잃어버린 삼십년'이…? 임진강을 바라보며 서 있는 노래비는 '서울아 평양아'가 아니고 여의도에 있어야 마땅할 '

잃어버린 삼십년'이었다. 번지를 잘못 찾은 이 노래비를 두고 나와 서대문문인협회 회원들은 이구동성으로 한 마디씩 했다. 억울하지 않느냐고 누군가가 내 염장을 질렀다. 나는 혼잣말로 그랬다.

"설운도가 현철보다 끗발이 센가 보지 뭐."

1992년 2월 13일 목요일자 〈스포츠서울(제2047호)〉과 〈일간스포츠(제6946호)〉에 이기종, 장순호 두 기자의 보도로 현철의 노래 '서울아 평양아' 기사가 크게 실렸다.

"이산가족 가슴 울려 현철의 '서울아 평양아'"와 "실향민 향수 달랜다"란 타이틀의 기사내용을 보면 남북화해 무드를 타고 통일을 염원하는 대표적인 노래라고 소개하

뽕짝은 아무나 하나

고 있다.

나는 동백아가씨의 작곡가 백영호 선생과 함께 유럽을 거쳐 월남한 귀순가수 김용의 '아! 평양아'를 정부기관에서 촉탁 받아 발표했고 김용은 한동안 이 노래를 방송했었다. 그러나 창법이 대중가요에 맞지 않았던 김용은 이내 가수활동을 접고 〈평양냉면〉 체인점을 전국에 확장하면서 사업가로 변신했다.

이때 노래를 들었던 박현진은 저런 가사 하나만 만들어 달라고 내게 주문하였고 나는 '아! 평양아'를 보강한 가사를 써서 작곡을 맡겼다. 1991년 가을, 현철의 지구레코드사 전속 기념음반에 '서울아 평양아'가 타이틀로 결정되었다.

이북5도청과 실향민 단체에서는 이 노래를 80년대 초 설운도의 '잃어버린 삼십년' 이후 90년대의 대표적인 통일 염원 노래로 지정하였다.

눈 감고 걸어가도 반나절 거리가/ 사십년을 걷는구나 / 서울에서 평양까지/ 평양에서 서울까지/ 보이느냐 들리느냐/ 만나 볼 그날이/ 부르다 목이 메인 한강아 대동강아/ 만나보자 만나보자/ 지금도 늦지 않았다/ 서울아 평양아

금 하나 그어놓고 너는 너 나는 나/ 사십년을 울었구나/ 서울에서 평양에서/ 평양에서 서울에서/ 보이느냐 들리느냐/ 만나 볼 그날이/ 오늘도 목이 메인 한강아 대동강아/ 만나보자 만나보자/ 지금도 늦지 않았다/ 서울아 평양아

−김병걸 작사, 박현진 작곡, 현철 노래 '서울아 평양아' 1991. 8 지구레코드사

눈감고 가도 반나절 거리인 서울에서 평양을 가는 데 56년을 걷고 있다. 앞으로 또 얼마나 걸어야 할지 아득하다. 남북은 화해무드를 조성하여 이산가족의 상봉을 주선하고는 있지만 이 또한 얼마나 지속적으로 정착이 될런지 장담할 수 없다.

나는 개성이 보이는 대성리에서 하늘을 찌를 듯이 경쟁하며 서 있는 남북한의 국기

봉탑과 비무장지대의 녹슨 철길을 보면서 분단의 비명을 듣는다. 이제 남과 북은 저 깃발 대신에 '만나보자 만나보자'는 노래, 진작부터 온 민족의 가슴에 메아리로 사는 노래 '서울아 평양아'를 하늘 가득 걸어야 하리라.

국가 시책으로 마땅히 세웠어야 할 '서울아 평양아' 노래비가 아직까지도 번지를 못 찾은 채 6 · 25나 8 · 15에 구색이나 맞추는 요식의 노래로만 이 나라 산하를 떠돌고 있음을 통탄하면서 지금이라도 정부에서는 피맺힌 나의 간망懇望에 눈을 돌려줄 것을 호소한다.

현철 형님, 뭐하고 계십니까? 〈2006. 5. 3〉

'땡벌'의 강진과 '남자는 영웅'

1986년 봄. 오아시스의 1층 사무실엔 벌써 몇 시간째 꼼짝 않고 소파에 몸을 묻은 무명가수가 있었다. 훤칠한 키에 말수가 적은 이 무명가수는 이 무렵 음반 산업의 어엿한 주류를 이루던 메들리음악을 편곡하는 김종한을 따라와 손진석 사장님에게 선을 보이는 날이었다. 이름이 강진이라고 했다.

강진은 여러 번을 그렇게 들락날락하며 손 사장님의 눈도장을 기다렸고 나는 그런 그가 안쓰러워 이런저런 말도 건네 보고 커피도 권하곤 했다.

세월은 흘러 몇 년이 지나고 해가 바뀌었건만 강진은 보이지 않았다. "나훈아 색깔만 빼면 꽤 괜찮은 노래였는데……" 나와 강진의 인연은 거기까지가 다인 줄 알았다. 나중에 알고 보니 강진은 그해 겨울 일본으로 건너가 데이치쿠 프로덕션에 3년 전속이 되었고 일본에서 3장의 앨범을 내었다.

뽕짝은 아무나 하나

전속기간이 끝나고 귀국한 그는 철저한 나훈아 모창가수로 밤무대를 전전하며 제도권 진입의 기회를 엿보고 있었다. 나훈아의 노래를 가장 완벽하게 닮은 가수는 나진기와 강진이었고 밤업소에서는 출연료가 엄청나게 비싼 나훈아를 대신해 나훈아의 향수를 전하는 데는 강진을 따라올 가수가 없었다.

저절로 뜬 노래다. 속된 말로 자연뽕인 이 노래는 강진이 1994년도에 취입한 곡이었는데 14년이 흐른 2008년 노래강사들로부터 애창되더니만 음성적으로 전파되어 노래방의 인기곡으로 부상했다

중고등학교 시절부터 가수 소리를 들을 만큼 노래를 잘 불렀던 강진은 가수의 꿈을 안고 상경하였으나 번번이 좌절하고 호구지책으로 밤무대를 전전했다.

그러나 드디어 강진에게도 기회가 오고 있었다. 1994년 구정을 막 지난 어느 날, 평소 친하게 지내는 당시 롯데백화점에 음반을 독점으로 납품하는 유통회사 〈산돌〉의 이종길 사장한테서 가수를 구해보라는 연락이 왔다. 나는 누가 좋을까 궁리하다가 강진을 떠올렸다. 이종길 사장은 당시로서는 거금인 수천만 원을 준비했고 우리는 가수 만들기에 착수했다.

작사는 내가, 작곡은 콤비 이호섭, 편곡은 송태호, 녹음실은 예음스튜디오, 녹음기사는 이훈, 음반발매사로는 (주)예음. 모든 게 일사천리였고 1994년 5월에 '삼각관계'와 '어느 구름에 비 들었는지'를 앞뒷면의 머리 곡으로 출반을 했다. 이때 만든 음반의 뒷면 하단에는 이렇게 적혀 있다. 산돌 이 사장 사무실 주소다.

강진 매니지먼트| 서울시 중구 장충동 1가 54-1 분도빌딩 501호.

프로듀서엔 김석준이라고 적혀 있는데 아마도 이 사장과 합자한 사람인가 보다. 처음엔 뒷면의 머리곡인 '어느 구름에 비 들었는지'를 PR했다. 세상살이의 격언 같은 이 말은 음반가에서는 즐겨 쓰는 상용어다. 가사는 다음과 같다.

6개월쯤 밀다가 우리는 전략회의를 소집했고 홍보 곡을 호쾌한 남자의 기상을 그린 '남자는 영웅'으로 교체했다. 예상은 적중했고 일명 '라일라이 차차차'인 '남자는 영웅'은 화려한 편곡과 밀고 당기는 강진의 장기를 유감없이 펼치면서 크게 어필했고 메들리에서도 주요 레퍼토리로 자리 잡았다. 강진은 이 노래 '남자는 영웅'으로 비로소 방송가수가 되었다.

'남자는 영웅'으로 하체를 만든 강진은 '화장을 지우는 여자'로 두 팔을 만들고 기어이 '땡벌'로 화룡점정, 그림을 완성했다.

저 넓은 세상을 향하여/ 두 주먹을 불끈 쥐어라

−김병걸 작사, 이호섭 작곡 '남자는 영웅'

1994년 5월 30일 〈스포츠서울〉과 〈일간스포츠〉에서는 "트로트 바람 일으키겠다−
강진 '남자는 영웅' 내놓고 맹렬 대시", "전통가요계의 새로운 영웅 강진"이라고 소개
하고 있다.

기진아, 그 사람 아직도 못 찾았니?

철없이 사랑했던 날은 가고/ 무작정 사랑했던 날도 가고/ 이제는 정리다 정리/ 마음에 와 닿
는/ 진실 하나 찾으러 갈 꺼다/ 왜 이별했나 묻지를 마라/ 당신도 사연 있잖아/ 예쁜 여자 만
나면 멋진 남자 만나면/ 아직도 뜨거운 가슴이 있다/ 눈물도 있고 정도 있다/ 내 생에 마지막
정열/ 그 사람 찾으러 간다
날마다 봄날인 줄 알았던 나/언제나 청춘인 줄 알았던 나/ 이하(후렴)～～～

−김병걸 작사, 이충재 작곡 '그 사람 찾으러 간다'

"아직도 못 찾았대요? 류기진이 그 친구."

위트 있는 조크다. 이 인사를 받고 사는 지도 벌써 4년이 다 되어 간다. 잘못 들으면 뭘 그렇게 오래 미느냐는 비아냥일 수도 있다. 그렇다. 류기진은 이 노래를 끈질기게 붙잡고 있다. 애시당초 놀기 삼아 시작한 가수생활 목숨 걸 꺼 뭐 있냐며 짐짓 여유를 보이지만 이 친구만큼 집요하고 질긴 예는 본 적이 없다.

기진이와 나는 사회 친구다. 늦게 만났지만 우리는 불알친구라도 되는 양 가까워졌고 날마다 죽이 맞아 갔다.

민증을 까지 않아도 우리는 갑장이었고 생각이며 배포가 척척 맞았다. 수년간을 우리는 서울 땅이 좁다며 밤이면 곤죽이 되도록 가무를 즐겼다.

기진이는 남도南道 사람답게 창 가락도 한 대목쯤은 하면서 남인수와 이상열의 노래를 즐겨 불렀고 톤이 좋았다. 어릴 적부터 가수의 꿈을 키우고 일찍이 전라도 고흥에서 서울로 유학 와서 서라벌고등학교에 다녔다. '집시 여인'의 이치현과 '내일을 기다려'를 작곡한 김준기가 그의 고교 동기들이다.

부모님의 반대로 가수의 꿈을 접고 사업을 시작한 그는 재무구조와 매출이 탄탄한 중소기업의 사장이다. 항시 가슴속에 가수의 열망을 안고 살았던 그는 나를 만나자 잊고 살던 또 다른 자신을 발견하게 되었고 취입을 권유하는 나의 제안에 "물 만난 고기"였다.

우리는 이미 오십 문턱의 나이였지만 마치 20대 시절로 돌아간 것처럼 열정적으로 음반 작업에 몰두했다. 인천에서 회사업무를 마치기가 무섭게 기진이는 대치동 사무실에 들러 하루에 서너 시간씩 맹훈련을 했고 나는 그의 무서운 늦바람에 혀를 내둘렀다.

음반에는 '그 사람 찾으러 간다' 외 '남자가 사는 이유', '그랬다', '원하지 않는 이별', '지키지 못한 사랑'을 신곡으로 실었다. 내친김에 우리는 기진이가 평소 즐겨 부르는 '난이야', '가슴 아프게', '추억의 소야곡' 등 18곡을 추억의 노래란 타이틀로 CD와 카세트테이프를 제작했다.

간 크게도 데뷔 음반을 두 장이나 동시에 냈다. 운 좋게도 취입 당시 때마침 오아시스 녹음실에 볼일 차 들렀던 나의 스승인 작사가 정두수 선생님께서 노래를 들어 보시고는 당신이 소장하고 있던 남진의 '가슴 아프게'와 나훈아의 '물레방아 도는데' 오리지널 반주음악을 빌려 주셨다.

기진이는 30년 맺힌 한을 풀기라도 하듯 엄청난 PR을 했다. 전략도 좋았고 그의 계산이 적중했다. 음반이 나온 지 4년이 된 지금도 그렇지만 '그 사람 찾으러 간다'는 1년

뽕짝은 아무나 하나

차부터 월 400회란 놀라운 횟수를 기록하며 라디오방송을 휩쓸고 있다.

열심히 활동한 기진이는 2006년도 원음방송국에서 주는 남자부문의 신인가수상을 받았고 이 노래는 2007년도 〈전국DJ연합회(회장 한용훈)〉에서 올해의 작사상으로 선정되어 수상했다. (작곡상 부문은 장윤정의 '첫사랑'이 선정되었다.)

4년 동안 줄기차게 그 사람을 찾고 다니는 기진이에게 또는 나에게 주위에선 아직도 그 사람을 못 찾았느냐고 묻는다. 흥겨운 폴카 리듬에 전주 들어가기 전에 카텐자로 베이스 초크가 일품인 '그 사람 찾으러간다'의 그 사람은 아마도 기진이와 내가 평생을 찾아야 할는지도 모른다.

어쩌면은 영원히 못 찾는 신기루이거나 허상 같은 그리움일지도 모른다. 그렇지만 기진이는 오늘도 전국을 누비며 목메게 그 사람을 찾고 있다. "기진아 신발 문수 보인다. 더 빨리 뛰어!" 〈2008. 7. 16〉

'남남북녀'와 김지애의 전성시대

'물레야' 1986, '무명초' 1988, '얄미운 사람' 1989, '몰래 한 사랑' 1990, '미스터 유' 1991, '남남북녀' 1992로 이어진 김지애의 전성시대는 허무하게 무너졌다. 이국에서 날아온 그녀의 비보. 믿기지 않는 그녀의 사고는 다행히 목숨은 건졌지만 몸은 이미 만신창이였다. 나는 그녀가 귀국했다는 소식을 듣고 그녀가 속했던 거성레코드사 김철영 사장을 찾아갔다.

2000년 겨울. 눈이 펑펑 오던 날 신정동 모 카페 2층 창가에서 만든 이호섭 작곡의 '데킬라'를 그녀에게 취입시키기 위한 발걸음이었지만 김 사장 얘기로는 김지애가 도저히 새 음반을 낼만한 형편이 아니라고 말했다.

1992년 3월 30일 일간스포츠 12면 〈금주의 히트송〉으로 김지애의 '남남북녀'를 실었다. "애틋한 맛 풍기는 허스키 매력"이란 헤드라인으로 악보와 함께 실린 기사 내용은 다음과 같다.

창작메모

신부감귀한 農村현실 풍자

「남남북녀」의 작사자 김 병 걸

시골에 노총각이 많은 것은 이제 보편적 현상이 돼 버렸다. 시골 처녀들은 서울로, 서울로 향한다.

그런데 이 와중에도 기막힌 아이러니를 경험한다. 시골 「시어머니후보」들의 생각 때문이다. 이들은 자신의 딸은 서울로 진출하기를 바라고 며느리는 서울에서 시골로 역류하기를 바란다. 절저한 이중의 의식이며 이율배반이다. 이…

같은 「프리부정」은 이들 뿐만 아니라 우리 모두에게서 공통적으로 드러난다. 「남자는 남북 연 고향에서 / 남마다 초라히 잊혀져 가고 / 여자는 북쪽 서울 서울로 / 날마다 초라히 멀어져 갔네… / 키보다 더 높은 그리움들이 / 남자의 가슴을 때리고 가도 / 여자는 빌딩 숲 나비를 찾아 / 두고 온 첫사랑을 지워야 하네…」

요즘 김지애가 널리 관심을 끌고 있는 뉴트로곡 「남남북녀」는 바로 이곳에 따른 우리 농촌현실을 담은 세태풍자 가요다. 이 노래는 5년 전에 작사했다. 당시 신문을 보고 농촌총각의 심각한 결혼문제에 눈물 때 단숨에 썼다. 나도 경북 안동의 농사꾼 아들로 태어났기에 남다른 입장이기도 했다. 오랫동안 잠자고 있던 이 노래가 김지애의 「궁합」이 맞아 빛을 보게 됐다.

트롯 톱싱어 김지애의 '남남북녀'가 상반기 바람을 몰고 올 조짐이다. 팝트롯 풍의 〈남남북녀' 김병걸 작사, 박현진 작곡〉는 디스코와 고고를 믹스한 듯한 독특한 리듬감각으로 중장년 트롯 팬층은 물론 젊은 층에까지 어필하고 있다. 장가가기 어려운 농촌의 현실을 소재로 농촌 총각과 도시로 떠난 처녀를 남남북녀에 비유해 세태풍자가요로 타이밍이 잘 맞는다. '남남북녀'는 김지애의 색깔 있는 목소리와 화려한 리듬감이 절묘하게 어울려 뉴트롯 특유의 애틋한 맛을 낸다. ─(중략)

김지애의 대표곡으로 꼽히는 '얄미운 사람'과 비슷한 색깔이면서도 오히려 가슴깊이 파고드는 허스키의 매력이 더 물씬 느껴지는 곡이라는 평이다.

특히 곡 중간에 업 템포로 이어지는 '첫사랑을 지워야 했네'에서 김지애의 가늘게 떨리는 비브라토가 섹스어필하는 것이 특징이다. ─(중략)

올 들어 이렇다 할 인기곡이 떠오르지 않고 있는 가운데 '남남북녀'가 트롯 중흥의 활력소가 될 수 있을 것으로 기대된다. 〈장순호 기자〉

1992년 3월 7일 동아일보 〈창작메모〉 기사에는 "신부감 귀한 농촌현실 풍자"란 제목 밑에 '남남북녀'의 작사자 김병걸에 대해 기사화하고 있다.

시골에 노총각이 많은 것은 이제 보편적 현상이 돼버렸다. 시골 처녀들은 서울로, 서울로 향한다. 그런데 이 와중에도 기막힌 아이러니를 경험한다. 시골 시어머니 후보들의 생각 때문이

뽕짝은 아무나 하나

다. 자신의 딸은 서울로 진출하기를 바라고 며느리는 서울에서 시골로 역류하기를 바란다. 철저한 이중적 의식이며 이율배반이다. 이 같은 표리부동은 우리 모두에게 공통적으로 드러난다.(이하 남남북녀 가사)

요즘 김지애가 불러 히트하고 있는 뉴트로트곡 '남남북녀'는 바로 이농에 따른 우리 농촌현실을 담은 세태풍자 가요다. 이 노래는 5년 전에 작사했다. (중략)

오랫동안 잠자고 있던 이 노래가 김지애와 궁합이 맞아 빛을 보게 됐다. 〈김상기 기자〉

1992년 5월 8일 여성신문 제173호 기사

(남남북녀 가사 8줄) 최근 화재가 되고 있는 김지애의 '남남북녀'는 노래 내용이 농촌의 아픔을 비교적 정확하게 반영하고 있는 데다 가락도 경쾌해서 음반이 발매되자마자 반응이 무척 좋은 편이라고 음반제작자 측에서는 말한다 .

사랑하는 남자를 농촌에 남겨두고 서울로 올라와 매춘여성이 되기까지의 과정이 농촌 총각의 애달픈 기다림과 대비되면서 강한 이미지를 만든다. (중략)

노랫말을 지은 김병걸 씨는 '청춘열차', '다함께 차차차', '서울아 평양아' 등을 발표한 중견 작사가다. 농업학교를 나와 농촌문제에 관심이 있었던 그는 "노래에 시대성과 역사성을 담되 한국적인 정서를 표현함으로써 사람들의 심금을 울린다"고 설명한다. (하략)

1992. 8. 26 일간스포츠 기사.

'남남북녀' 김지애 인기 꾸준

단정한 헤어스타일에 넥타이와 까만 양복으로 각인된 김지애의 영화는 화무십일홍
이었다. 주현미도, 최진희도, 김수희도, 심수봉도 저렇게 비까번쩍 방송이며 무대를 휘
젓고 다니고. 심지어 일흔이 넘으신 현미 누님도 아직 건재하건만 며칠 전 〈가요무대〉
에 나온 왜소해진 그녈 보고 나는 마음이 아팠다. 나와 김지애는 이런저런 인연이 많은
사이이기 때문에 심정이 착잡하다.

한때 우리들의 꽃이요 연인이었던 김지애. 이대로 그냥 추억의 가수로 보내기엔 너
무도 아깝다. "지애 누나, 부디 힘내요! 다시 예전처럼 그 도도한 모습을 보여줘요!! "

비오는 밤의 교신 '도시의 피에로'

4,5,5,4,5, 줄 바꾸고 4,5,5,4,5 다시 줄 바
꾸고 3,3,4,3,5~~~~~

여름비가 창을 치는 1987년 초여름 어느 날.
수화기에선 알 수 없는 숫자가 전달되고 나는
노트에 4줄을 채우며 볼펜을 끄덕였다. 작사가
한테서 이 난해한 숫자들은 애인처럼 잘 지내
야 할 숙명의 숫자들이다.

"삼촌, 아셨죠. 제목과 내용은 알아서 해주

♩♪♬
뽕짝은 아무나 하나

시고요, 도회 티 나게 젊은이의 고뇌면 더 좋
겠네요.”

가수 박혜성은 조금은 흥분한 목소리로 연
신 뭐라고, 뭐라고 주문했다. 하이틴 스타 가
수 박혜성의 대표곡인 ‘도시의 피에로’는 그
렇게 탄생되고 있었다.

박혜성. 계은숙을 일약 스타덤에 올린 그
유명한 ‘노래하며 춤추며’를 지은 김현우 작
곡가가 발굴한 박혜성은 당시 고교 2학년이
었다. 1980년대 중후반은 ‘사랑의 불시착’으
로 박남정의 인기가 하늘을 찌를 때였고 ‘스
잔’의 김승진이란 또 다른 하이틴 가수가 ‘
유리창에 그린 안녕’으로 급부상할 무렵이었
다.

대학생가수 박혜성(동국대 연극
영화과 1년)의 신곡 ‘도시의 삐에
로’(김병걸작사 박혜성작곡)가 큰
인기를 모으며 히트곡으로 떠오르
고 있다.
그의 2집앨범에 담긴 이 노래는
지난해 9월에 발표된 것인데 큰폭
으로 뛰어올라 요즘 뮤직박스 전국
DJ연합회 인기순위등에서 모두 10
위권에 들어 있을 정도로 강세.
박혜성은 한영고 3학년이던 86
년 ‘경아’로 데뷔, 고교생가수 데뷔
붐을 일으키며 하이틴스타로 급성
장했는데 특히 용모가 수려해 많은
여고생팬을 갖고 있다.
데뷔곡 ‘경아’에서 발랄한 템포
로 청소년층에 크게 어필했던 박혜

하이틴 스타 박혜성 ‘도시의 삐에로’ 히트

뮤직박스차트등 10위안에 진입

“1만명규모 팬클럽회원 더늘릴래요”

성은 이번 앨범에선 대학생다운 성
숙한 분위기로 자작곡의 깊이를 느
끼게 해준다. 악기연주와 작곡실
력을 함께 갖춘 것도 박혜성의 장
점.
박혜성은 어릴때부터 CF모델로
활동했고 고교시절인 85년 제6회
대한민국청소년연극제에서 우수연
기상을 타는등 각분야에 뛰어난 팔
방미인으로 노래에 대한 욕심도 누
구못지 않다.
하루 팬레터가 200~300 통이
넘을 정도로 열광적인 팬을 많이
갖고 있는데 현재 1만명인 팬클럽
회원을 더늘려 전국규모의 조직으
로 확대할 계획이라고. 〈장사국기자〉

귀공자같이 수려한 외모에 눈가에 끼가 자글자글한 박혜성은 누가 봐도 탐이 나는 스
타 감이었고 주위의 바람대로 데뷔곡인 ‘경아’를 히트시키며 방송국에서 경쟁적으로 모
셔가는 스타로 발돋움했다.

작곡가 김현우는 통기타 하나를 메고 울산에서 상경하여 오랜 무명생활의 설움을 계
은숙을 통하여 한 방에 날려버리고 계은숙의 출세작인 ‘노래하며 춤추며’를 비롯하여 ‘
기다리는 여심’, ‘나에겐 당신밖에’, ‘바람은 왜 불었나요’ 등 일련의 계은숙 히트송과 허
윤정의 ‘관계’, 허인순의 ‘밀밭 길의 추억’과 김미성의 ‘상처’, 현숙의 ‘멋쟁이’ 등 많은 히
트곡들을 연타로 봇물 터뜨리듯 쏟아낸 당시로선 최고 인기 작곡가였다.

이 무렵 신당동 김현우 사무실에는 나 외에도 작사가 윤익삼 선생과 장경수와 김상길
이 부지런히 노래가사를 날랐고 이은하의 매니저인 노만프로덕션의 박영걸 사장과 세
광출판사 출신의 김상만이 가수 및 작품 헌팅을 위해 드나들었다.

　박혜성은 운 좋게도 김현우의 눈에 들었고 1년 간 훈련을 거쳐 음반을 냈고 매니저 역할까지 겸한 김현우의 열정적인 노력으로 타이틀송인 '경아'는 폭발적인 인기를 얻었다. 박혜성은 명일동 삼익 아파트에 살았는데 서울시 강동구 명일동 박혜성 정도만 주소가 적혀도 편지가 무사히 배달될 만큼 그 인기가 중천에 뜬 해같이 높았다.

　그의 집 아파트 베란다엔 배달된 편지와 팬들이 보내온 인형을 위시한 갖가지 선물 꾸러미가 가득했는데 일주일에 한 가마니 분량은 족했다. 그런가 하면 어떻게 알고 찾아왔는지 아파트 주차장부터 입구까지 하루 수백 명의 중고교 여학생들이 몰려와 진을 쳤다.

　박혜성의 어머니 친정집이 내가 다닌 중학교 동네였기 때문에 박혜성의 부모님과 나는 자연스레 친해졌고 오아시스에서 지구레코드사로 발매회사를 옮긴 박혜성은 2집 준비에 들어갔고 나는 작사 요청을 받게 되었다.

　이때는 이미 김현우 형과 박혜성이 결별한 뒤였지만 애초에 〈김현우작곡실〉을 출입하면서 알게 된 박혜성이었기 때문에 예의상 먼저 김현우형의 승낙이 필요했고 성격이 호방한 김현우 형은 흔쾌히 허락해 주셨다.

　아무튼 박혜성의 2집 음반은 그렇게 시작되었고 피아노를 제법 치던 박혜성은 본인의 자작곡을 꼭 발표하고 싶다며 내게 작사를 의뢰하였는데 그 곡이 바로 '도시의 피에로'다.

　피아노는 잘 치지만 그때까지만 해도 기보 능력이 없던 박혜성은 머릿속에 멜로디를 저장했다가 비오는 그날 밤 내게 노랫말의 숫자를 불러 준

박혜성 아빠와 1986

뽕짝은 아무나 하나

것이다. 4,5,5,4,5~~~.

늦은 밤 그것도 비오는 밤에 교신하는 숫자들의 나열. 얼핏 오해하자면 마치 간첩들의 접선 암호 같았다. 아마도 정보기관에서 도청이라도 했다면 영락없이 붙잡혀 갈 만한 사건(?)이질 않은가.

숫자를 다 적고 나서 피아노에 흐르는 곡은 발라드였다. 그리고 '도시의 피에로'로 박혜성은 방송사에서 '올해의 가수상'을 수상했다.

일요일의 남자 '나팔꽃 인생' 송해 선생님

일요일 정오 뉴스가 끝나면 어김없이 TV를 장악하고 딩동댕 실로폰 소리와 함께 시작되는 최고 인기 프로 '전국노래자랑'. 오프닝 시그널 음악이 끝나면 예의 그 걸쭉한 목소리.

"전국~ 노래자랑~안녕하세요~안녕하세요. 다시 한 번 안녕하세요~~. 일요일의 남자 여러분의 송해 인사드립니다."

팔순 노구를 이끌고 때로는 출연자와 같이 넘어지기도 하고 때로는 마다않고 닭살 도는 재롱도 떨며 온 국민을 TV 앞에 붙들어 놓는 '국민MC' 송해 선생은 나이와 촌수에 상관없이 우리 모두의 '국민 오빠'다.

최장수 프로그램인 '전국노래자랑'은 단순한 노래자랑이 아니라 국민화합을 이끄는 전령사다. 땡이 있어 오히려 더 재미가 있는 이 프로의 간판은 당연히 송해 선생이며, 어쩌면 송해 선생을 위한 프로그램인지도 모른다. 누구든 이 기막힌(?) 사실에 시비를 걸지 못한다.

송해 선생님은 영원한 나의 가수다.

1987년 서울음반에서 KBS 라디오 MC와 DJ 13인의 노래를 옴니버스 음반으로 출반한 적이 있는데 DJ 출신인 지명길 작사가가 기획한 이 앨범에는 윤형주, 황인용, 장유진, 왕영은, 배한성, 송영길, 김희애, 오미희. 허참. 임성훈, 최화정, 강부자 등 내로라하는 방송 진행자들이 저마다 한 곡씩 가수로 대거 참여하였고 송해 선생 역시 정통 트로트의 '망향가'란 노래를 취입하였다.

꿈길이 아니면 고향은 먼데/ 해마다 설날이면 해마다 추석이면/ 가슴이 메입니다/ 살아생전 어머님께 엎드려 문안드릴지/ 흘러가는 저 구름아 내 고향에 가거들랑/ 그리운 어머님께 보고픈 어머님께/ 안부나 전해다오

—김병걸 작사, 정주희 작곡 '망향가' 1절

송해 선생은 설날이나 추석인 명절 프로에 출연하면 눈물 그렁한 얼굴로 이 노래를 부르시곤 한다. 고향이 황해도 재령으로 1·4후퇴 때 부모형제를 두고 홀로 월남한 본명이 송복희인 선생은 1927년에 태어나 해주예술학교를 나와 1955년 '창공악극단'의 가수로 연예계에 들어왔다.

흑백TV시절 〈명랑극장〉과 〈웃으면 복이 와요〉 등 코미디 프로에 박시명과 콤비로 사랑을 받았던 선생은 동시대에 같이 활동하며 고인이 되었거나 은퇴한 서영춘, 구봉서, 배삼룡 등과는 달리 공백기 없이 순탄하게 자신을 관리해 왔는데 〈전국노래자랑〉은 올해로 만 30년째 사회를 보

뽕짝은 아무나 하나

송해 선생님과 안동 실내 체육관 대기실에서

고 있다. 중간에 잠시 마이크를 놓긴 했으나 그 어느 누구도 선생만큼 이 프로를 살리
진 못했다.

방송사에선 하는 수 없이 선생을 다시 모셨고 선생은 기대에 부응하며 최고 인기프
로로 이끌고 있으며 방송에서 사회자의 역할이 얼마나 소중한지를 여실히 증명해 보
이고 있다.

종로구 낙원동에서 후배들에게 만남의 광장을 만들어주려고 일부러 사무실을 열고
구수한 입담과 인정으로 나이를 잊고 사는 선생은 역시 전국노래자랑 프로에서 십 수
년을 심사하고 있는 신대성 작곡가와 의기투합하여 당신의 노래를 세상에 내놓게 되었
다. 작사 의뢰를 받은 나는 며칠을 고민하다 '일요일의 남자'를 제목으로 하는 지금의 '
나팔꽃 인생'이란 가사를 전해주었다.

(안녕하세요. 안녕하세요. 일요일의 남자 송해송～～～) 동서라 남북 없이 발길 닿는 대로/ 바
람에 구름 가듯 떠돌이/ 세월이 몇 해이던가/ 묻지 마라 내 가는 길을 / 구수한 사투리에 이
마음이 머물면/ 나팔꽃 같은 내 인생/ 풍악소리 드높이고/ 안녕하세요. 안녕하세요/ 우리 함

아, 누가 일러 인생을 나팔꽃이라 했던가. 아침에 피어나 저녁에 지고 마는 너무도 짧은 영광의 나팔꽃. 비록 찰나의 순간을 살더라도 찬란해야 했던 나팔꽃의 안간힘을 우리는 안다. 전국을 떠돌며 노래만 파는 것이 아니라 지역의 전설과 구수한 인정까지를 묶어 파는 이시대의 진정한 이야기꾼이며 웃음의 전령사인 송해 선생은 나팔꽃인지도 모른다.

그러고 보니 송해 선생께선 내가 작사한 노래만을 불렀잖은가.

"김병걸이가 내 주인이잖아." 하시며 나를 띄워주시는 선생은 영원한 나의 가수다.

2012년 10. 29~11. 4 〈주간한국〉 표지 상단에 〈최고 광고모델〉 된 세계 최고령 MC 송해 광고. 선생님께서는 "죽는 날이 은퇴하는 날"이라고 말씀하신다.

메들리로 히트 난 현철의 '아낌없이주리라'

1992년 여름 서울 청담동 궁전예식장. 현철 형은 납치하듯 나의 팔목을 잡고 역삼동 한국음반 스튜디오로 향했다. 이날 작곡가 남국인 선생의 장남 결혼식에 참석한 우리는 예식이 끝나자마자 점심도 먹지 않고 곧바로 녹음실로 직행했다.

이미 반주음악을 떠놓은 상태였다. 나는 몇 번을 왕복해서 듣고는 번갯불에 콩 구워 먹는 작사를 했다.

어쩌다 어쩌다가/ 당신이 내 운명을 돌려놓았나/ 처음 본 그날

부터/ 나는 나는 주었다/ 모든 걸 주었다/ 사랑을 기다리는 외로운 가슴에/ 이별의 발자욱은/
남기지 말아다오/ 당신이 원한다면 내가 가진 모든 걸/ 아낌없이 다 주리라

어쩌다 어쩌다가/ 당신이 내 인생을 바꿔놓았나/ 만나던 그날부터/ 나는 나는 주었다/ 모든 걸
주었다/ 사랑을 기다리는 외로운 가슴에/ 이별의 발자욱은/ 남기지 말아다오/ 당신이 원한다
면 내 인생을 주리라/ 아낌없이 다 주리라

–김병걸 작사, 현철 작곡 '아낌없이 주리라' 1992

5분 만에 끝낸 작사다. 즉석에서 백지에 그린 이 작사로 현철은 노래를 취입했고 그
날 믹싱작업까지 마쳤다. 모든 게 일사천리였다.

이 노래는 왕왕 나와 이름이 같은 고 최병걸의 작품으로 둔갑하기도 한다. 최병걸은
1978년 '난 정말 몰랐었네'로 인기 대열에 합류했지만 1988년 서른여덟에 요절한 가
수다.

최병걸은 '아낌없이 주련다'란 영화주제가를 부른 적이 있는데 음반 제작자들이 나
와 동일인물로 혼동하고 그의 작품으로 오해한 것이다. 그러고 보니 최병걸은 나의 바
로 밑에 동생과 많이도 닮았다.

이 노래는 공식적으로 현철의 두 번째 자작곡 히트송이다. 첫 번째 곡은 '앉으나 서나 당신 생각'이다.

'아낌없이 주리라'를 발표할 무렵 현철의 인기는 하늘을 찔렀고 아무 곡을 불러도 히트하는 절정에 있었기 때문에 이 노래 역시 폭발적인 반응을 보이며 히트곡으로 부상하는 듯했다. 그러나 현철은 짧은 기간을 홍보하다가 철수했고 후속곡으로 '보고 싶은 여인'을 밀었다.

나는 '아낌없이 주리라'를 살리기 위해 방법을 모색했고 활로를 메들리음반에서 뚫었다. 메들리 제작자들을 찾아다니며 선곡을 비즈니스 했다.

나의 노력이 가상했던 걸까. 노래는 날개를 달았고 메들리 음반에 단골 레퍼토리가 되었으며 기어이 히트곡이 되었다.

지금도 만나면 현철 형은 나에게 엄지손가락을 세우며 "야! 대단한 순발력이었어. …"

뽕짝은 아무나 하나

작사가는 작곡가를 잘 만나야 재주를 맘껏 펼칠 수 있다. 가수가 미리 정해지면 작사가는 지도에 없는 길과 고개를 만들어낸다. 가수가 가져다주는 가사가 있고 작곡이 그려주는 가사가 있다. 작사가만이 아는 보너스이고 창작동기다.

이호섭과 나. 성장과정과 가요계 입문, 그리고 작가로서 동병상련한 우리는 영원히 콤비일 수밖에 없는 숙명의 사이인가 보다.

—〈눈물까지 나눠 마신 콤비 이호섭〉 본문 중에서

콤비네이션Combination

나는 박현진의 '울어라 열풍아'가 더 좋다

나는 그의 성공을 예견할 수 있었다. 작품을 향한 끈질긴 노력과 가수 부킹의 놀라운 집념은 게으르기 그지없는 가요계를 쉽사리 접수할 수밖에 없었다. 1987년 눈발이 날리는 겨울날 '동대문녹음실' 사장인 작곡가 겸 연주가인 신철수의 소개로 박현진은 나를 찾아왔고 녹음실이 있는 창신동에서 첫 대면을 했다.

"안녕하세요. 박영환입니다."

나보다는 몇 살 위인 그는 풋내기 작곡가였지만 누구도 따라올 수 없는 열정을 지녔고 각오가 대단했다. 당시만 해도 그는 최진희의 〈바람에 흔들리고 비에 젖어도〉란 가요제 입상곡이 전부인 신예였다.

나는 이미자의 '울어라 열풍아'보다 박현진의 '울어라 열풍아'가 더 좋다. 그의 노래는 투박하면서도 서정이 깊다. 그는 기타를 배우며 젊어 한때는 가수의 꿈을 키웠다.

이 시대 성인가요의 아티스트 중 최고를 꼽으라면 나는 박현진을 첫손에 꼽는다. 실력과 노력이 20년을 넘도록 정상을 지키게 하였고 실적 또한 최고다. 그가 쏟아낸 무수한 히트곡은 성인가요를 살찌웠고 큰 동력이 되었다.

'봉선화 연정', '서울아 평양아', '남남북녀', '큰 소리 뻥뻥', '신토불이', '99.9' 등 초

뽕짝은 아무나 하나

기의 히트작에 이어 '네 박자', '있을 때 잘해', '보고 싶어요' 등의 히트를 거쳐 최근에는 박상철의 '자옥아', '무조건', '황진이'와 둘째아들 박구윤이 부른 '뿐이고'가 인기가도를 질주하고 있다.

박현진과 전국노래자랑 심사

강원도 원주에서 대작사가 조명암 선생의 따님이 살던 산막을 리모델링하여 근사한 별장으로 바꾸는 데 성공, 하늘이 부러울 것 없이 산다. 원주에서 터 잡고 사는 작곡가 원종락과 우리 셋은 가끔 어울리곤 하는데 나는 이 별장에 두 번이나 초대되었다.

라이벌인 박성훈의 곡조가 창 가락에 여성스럽다면 박현진의 멜로디는 다분히 남성적이다. 공격적이면서도 난이도가 낮고 적당한 서정을 거느리고 있어 부르기가 편하다. 초기엔 주로 나와 작업을 했고 우리는 20여 편을 세상에 내놓았다. 그리고 파트너를 김순곤과 김동찬으로 바꾸더니 요즘은 직접 작사까지 한다.

막걸리같이 걸쭉하면서도 질박해 뵈는 그는 각종 방송에서 특유의 어눌한 입담으로 프로그램의 감초 역을 잘도 해낸다. 비록 히트하진 못했지만 우리가 함께 만든 작품 중에 현철의 '민들레 홀씨'란 노래가 있다.

청국장 밥 한 술에/ 푸석 잠을 깨우고/ 꼭 한 번은 만나야 될/ 당신을 찾아서/ 민들레 홀씨 되어/ 떠나가는 내 청춘/ 어디까지 가야만 하느냐/ 당신 없인 죽은 목숨인/ 나만 홀로 남겨두고/ 얼굴도 모른 어느 길목/ 이름도 모르는 어느 길목/ 당신도 나처럼/ 민들레가 되었나/ 민들레 홀씨 되었나

이 노래는 원래 '검은 눈물'이란 가사로 씌어졌다.

너 떠나간 그날부터 내 가슴 한복판에/ 얼어버린 폭포 같은/ 내 울음이 있었다/ 믿어선 안 될

사람/ 알면서도/ 사랑했던 내가 미워라/ 이 모두가/ 내 탓이라면/ 괴로워도 달게 받으마/ 넘어선 안 될 산이라면/ 건너선 안 될 강이라면/ 내 너를 잊으리라/ 검은 눈물 삼키며/ 깨끗이 잊어주리라

박현진과 나와의 인연은 짧았지만 굵직한 작품을 가요사에 남겼다. 현철, 송대관, 김지애, 이창용 등의 히트곡을 함께 만들었다.
"형, 아직 형의 시대가 20년은 더 갈 것 같으니 우리 새로 한 번 만납시다!"

눈물까지 나눠 마신 콤비 이호섭

나 어디든 떠나가야 해/ 꿈을 찾아 가야해/ 외로워도 힘들어도/ 어디든 가야해/ 더 큰 세상/ 더 넓은 세상/ 꿈을 찾아 가야해/ 외로워도 힘들어도/ 어디든 가야해/ (랩)짊어진 꿈이 무겁다 해도 빵과 바꾸는 바보는 싫어~

이호섭과 만나 호연지기를 키우고 눈물까지 나눠 마시던 초기 작품 중의 하나다. 이때만 해도 랩이란 용어가 가요에 없었고 우리가 처음으로 시도했다. 이 노래는 MBC 92강변가요제 출신의 주용아가 킹레코드사에 전속이 되면서 불렀는데 주용아가 가요제에 출전하기 훨씬 이전에 만든 작품이다.

이 무렵에 우리는 "이미자

이호섭과 함께

뽕짝은 아무나 하나

도 임춘애도 유관순도 못되는 여자/ 그래도 난 네가 좋아/ 내 마음은 네게로 간다.”(‘이웃집 여자’)라는 파격적인 노래도 만들었다. 가히 모험이었고 우리는 보기 좋게 실패했다. 너무 앞서 간 탓이리라.

이호섭과 나는 국민가요를 같은 시기에 두 곡이나 탄생시켰다. 지금의 방식으로 저작료를 분배하였다면 우리는 떼돈을 벌었으리라. ‘다함께 차차차’와 ‘찬찬찬’은 90년대 초 최고의 히트곡이다. 여길 가도, 저길 가도 이 두 노래의 메아리는 밤낮없이 울렸고 〈차차차〉와 〈찬찬찬〉 이름의 노래방, 노래연습장, 단란주점 간판이 전국에 매달렸다.

이호섭과 내가 만든 노래는 이밖에도 무수히 많다. 김세레나의 ‘이대로 영영’과 신웅의 ‘안녕이라 말해도’, 방실이의 ‘괜찮아요’, 이혜미의 ‘도깨비 방망이’와 주용아의 ‘심봤다’, 그리고 발표한 지 16년 만에 대박이 터진 강진의 ‘삼각관계’가 있다. 요즘 고속도로 휴게소에 가면 신유의 ‘시계바늘’과 함께 강진의 ‘삼각관계’가 대세다. 노래자랑에 출전하는 사람들이 제일 많이 신청하는 곡이다.

이호섭과 나는 닮은 점이 상당히 많다. 노래 창법이나 취향은 다르지만 지향하는 바가 같아 눈빛만 봐도 서로를 안다. 생각이 비슷하니 싸울 일이 없다. 콤비로 일을 하다 보면 다툼도 있을 법한데 우리는 1985년에 처음으로 만나서 지금까지 단 한 번도 속상한 적이 없다. 가령 작품비가 4백만 원 생겼으면 2백만 원씩 나누면 될 일을 꼭 “네가 백만 원 더 가지라.”고 싸운다. 인사치레의 양보가 아니다.

작품을 같이 한다는 건 보통의 인연이 아니다. 마치 부부 같은 존재다. 그래서 나는 이호섭을 생각하면 가슴이 설렌다. 그가 컴퓨터를 배운다고 작품을 등한시할 그 무렵과 방송에 미쳐 작곡을 미뤘을 6년을 나도 덩달아 쉬며 기원에다 나를 묻었다. 그때 우리가 부지런 떨며 딴짓거리 안 했더라면 히트곡 열 편 이상은 건졌을 것이다. 그것이 늘 후회로 남는다.

이호섭의 곡조는 여성스럽다. 특히 띄워놓고 꺾어지며 잡아 돌리는 절정을 자주 구사한다. 반면에 나는 점핑하는 도약과 저음으로 뚝 떨어지는 수직 낙하를 즐기는 편이라 선호하는 가수가 각자 있다. 남성적인 나의 작품 패턴은 이호섭에게 또 다른 멜로디를 부여하고 그의 여성적인 섬세함은 나의 가사를 미려한 세계로 유도하곤 한다. 그래서 우리는 찰떡궁합인가 보다.

내가 작사가로 절정에 있을 90년대 초 누군가가 그랬다.

"네가 부럽다. 넌 한 손엔 박현진이고 또 한 손엔 이호섭이냐?"

작사가는 작곡가를 잘 만나야 재주를 맘껏 펼칠 수 있다. 가수가 미리 정해지면 작사가는 지도에 없는 길과 고개를 만들어낸다. 가수가 가져다주는 가사가 있고 작곡이 그려주는 가사가 있다. 작사가만이 아는 보너스이고 창작동기다.

이호섭과 나. 성장과정과 가요계 입문, 그리고 작가로서 동병상련한 우리는 영원히 콤비일 수밖에 없는 숙명의 사이인가 보다.

빌딩에 걸린 노을이/ 슬퍼지는 저녁이면/ 가슴이 작은 사람들은/ 이삿짐에 몸을 싣는다/ 변두리에서 더 변두리로/ 사랑했던 서울을 싣고/ 간다 간다 눈물 삼키려/ 미나리 배추밭 몇 번을 지났나/ 내 사랑 씀바귀/ 씀바귀

우리의 가난과 절망을 노래한 '씀바귀'다. 도시의 그늘은 겨울이면 더 짙다. 이 노래는 무명가수가 불러 묻혀 버렸지만 석양이 창가에 물드는 저녁나절이면 나 혼자나 알아듣는 노래로 부른다.

오미희는 진짜 꿩이었다

박인환의 시 '목마와 숙녀'는 김기웅 작곡에 통기타 가수였던 박인희가 낭송하여 대단한 성공을 거두었다. 이때가 1970년대 중반이었고 이후 이렇다 할 낭송시가 음악과 함께 출반된 예는 드물었고 1970년대 말 내가 군대에 가기 전에 아름출판사의 임무정

사장이 제작하고 정공채, 정두수 두 형제분과 내가 편집한 〈명시의 고향〉이란 음반이 유일무이했다. 나중에 들은 얘기로 처음에는 고전했지만 공전의 히트를 치고 임 사장은 광화문에 녹음실까지 차리고 외화 더빙을 전문화하는 등 적잖은 부를 챙겼다고 한다.

그 당시 나는 을지로 4가에 있는 〈문학예술사〉 건물 다방에서 〈문학예술사〉의 사장인 이탄, 이우석 시인과 소설가 송영, 시인 문덕수의 조카 문무연 편집장 등과 입대 송별회를 하였는데 그 자리에서 임 사장 부부는 낭송 음반이 나오기까지 서너 달 동안 변변한 보수도 받지 않고 고생한 나의 노고를 치하하고 봉투를 내밀었다.

임 사장은 제작비에 전 재산을 투자하다 보니, 김 군이 알다시피 지금은 너무너무 힘이 든다며 차비 정도만(기억으로 십만 원인가 그랬다) 봉투에 넣었으니 부디 이해해 달라고 하면서 제대하고 오면 보상하겠다며 나를 달랬다. 군에서 제대하고 나는 물어물어 임 사장네 광화문 녹음실을 찾아갔지만 돈독이 올랐는지 언제 봤냐는 식이었다.

문전박대를 당한 나는 언젠가는 나도 낭송음반으로 보란 듯이 복수하겠다고 다짐하면서 돌아섰다. 눈물이 돌았다. 어른이 되어 처음으로 경험한 배신의 상처는 너무 아팠다. 나는 그때의 수모를 상기하기 위해 크기가 가로 세로 한 자는 족히 되는 비닐박스로 만들어진 〈명시의 고향〉을 30년 넘도록 소장하다가 재작년에 집을 이사하면서 버렸다. 그리고 임 사장을 용서했다. 내 풀에 내가 주저앉은 것이다.

드디어 기회가 왔다.

'내 그땐 돈이 없어 제작은 꿈도 못 꿨다만, 시詩를 고르는 데서부터 내레이션까지 내

능력을 다시 한 번 발휘할 거야.'

각오를 다진 나는 시를 쓰기 시작했다.

〈명시의 고향〉에선 소월, 미당, 청마, 육사, 영랑, 목월 등 이미 익히 알려진 시들만 편집하였지만 이번엔 콘셉concept을 달리하리라. 도종환? 이혜인? 김용택? 곽재구? 그래. 도종환이 좋겠다. 아무래도 낭송엔 제격일 테니까. (나는 도종환의 시집을 수십 번도 더 읽었다.)

결정을 내린 나는 한 달을 처박혀 시만 생각했다. 시를 위한 시여서도 안 되고 너무 어려우면 실패는 불문가지不問可知. 나를 양보해야 했다. 에라, 그냥 시든 연애편지든 형식에 구애받지 말고 쓰자며 욕심을 버리고 나니 맘이 편했다.

'그해 겨울의 연가', '흐느끼는 램프', '가으내도 겨우내도', '그래도 만나야 합니다', '헐벗은 맹세', '혼자 남은 술래', '순정 따는 포구', '술보다 독한 눈물', '사랑에서 이별까지', '귀가', '섹스폰 부르스', '내가 얼마나 더 외로워져야', '장미의 축배', '사랑나귀', '편린', '건널 수 없는 강', '달맞이꽃', '겨울소나타', '접혀진 페이지' 등 19편을 〈시가 있는 카페〉란 타이틀로 한 음반이 1989년 2월 오아시스레코드사에서 출시되었다.

배경음악은 '흑인 올훼'를 비롯하여 '러브스토리', '라스트콘서트', '보니와 클라이드의 발라드' 등 명곡들과 '내일이 찾아와도', '스잔', '사랑하는 너를 위하여' 등 국내 곡의 경음악으로 오아시스레코드사의 외국부에 근무하는 백미영 씨가 선곡하여 진행되었고 내레이터narrator로 KBS 라디오 〈가요광장〉의 DJ 오미희를 캐스팅했다.

나는 국내 성우 중에서 김세원을 제일 좋아한다. 쓸쓸함이 덕지덕지 묻어나는 그녀의 목소리를 늦은 밤에 들으면 가슴이 서늘해진다. 비에 젖은 머릿결 같고 가을걷이가 끝난 들판에 부는 바람소리 같은 보이스와 발음할 때 끝음절이 꿀 바른 찰떡처럼 쫀득쫀득한 그녀의 속삭임은 언제 들어도 우수에 젖게 한다.

이미 〈명시의 고향〉에서 황원, 유기현, 박웅, 배한성, 김종성, 장유진, 김세원, 이선영, 김수희 등 이십여 명의 내로라하는 국내 최고의 성우들과 호흡을 맞춰본 나는 그 중에서도 단연 김세원의 낭송이 가슴에 남았고 나는 그녀의 절대적인 팬이었다.

뽕짝은 아무나 하나

수소문을 해보았지만 김세원은 도저히 선이 닿질 않았다. 고민을 하고 있던 차에 〈스포츠서울〉 연예부 장사국 기자가 오아시스에 들르게 되었고 나는 써놓은 시를 보여 주었다. 장 기자는 멋진 시라고 하면서 차라리 오미희가 어떠냐고 내게 제의했다.

"김 형, 꿩 대신 닭이라고, 김세원이나 오미희나 컬러가 거기서 거기 아녜요?"

일순 나는 두 사람의 보이스를 비교했다. 아! 절묘했다. 오미희가 김세원보다 스피치의 속도가 조금 빠르다는 것 말고는 정말 엇비슷했다.

그 다음날 장 기자는 나와 오미희의 만남을 주선했고 내 시를 읽어본 오미희는 기분 좋은 얼굴로 승낙했다.

1989년 여름 이윽고 녹음이 시작되었다. 오아시스 b스튜디오에서 가수 김종찬의 동생인 김종덕이 엔지니어로 콘솔Console에 앉고 나와 백미영과 오미희는 하루 종일 작업했다. 나는 연출을 보면서 큐 사인을 보냈고 오미희는 내 기대를 채워주면서 환상적인 낭송을 했다.

갑자기 그녀가 위대해 보였다. 약간은 덤벼드는 급한 스피치 빼고는 어디 하나 나무랄 데 없는 완벽한 낭송이었다. 〈시가 있는 cafe〉는 대박을 예고하며 릴 테이프에 차곡차곡 우리들의 흥분된 희망까지 레코딩했다.

꿩 대신 닭이라던 오미희는 닭이 아니라 꿩이었다. 내가 열망한 잘 생긴 꿩이었다. 진짜 꿩이었다. 오미희 만세!

그런데 이 시들이 요즘 인터넷에 유안진, 박인환, 김신용의 시로 둔갑하여 시 낭송가들이 즐겨 낭송하고 블로그마다 탑재되어 있다. 〈2009. 3. 16〉

신작로 같은 정두수 선생님과 나

삐뚤삐뚤 덜덜거리는 비포장도로 같다. 일본식 한자漢字인 신작로新作路 같다. 먼지바람 폴폴 날리고 그 먼지 사라지면 민들레며 앉은뱅이 꽃들이 소담하게 흩어져 핀 한갓

진 시골길 같은 사람이 바로 작사가 정두수鄭斗守 선생님이시다.

우리 가요 역사상 가장 위대한 작곡가라 할 박춘석과 콤비를 이뤄 당대 최고의 가수이던 이미자, 남진, 나훈아, 문주란, 하춘화를 비롯하여 은방울자매, 김상진, 백남숙에게 멋진 시를 바쳤던 한국 가요의 큰 산맥이신 정두수 선생을 필자가 스승으로 모신 지도 어언 36년이 되었다.

1966년. 경상남도 하동에서 작사집 노트를 들고 당시 히트 제조기이던 한산도 선생을 찾아가 그해 진송남의 '덕수궁 돌담길'로 데뷔했던 정두수. 그로부터 20여 년이 흐른 어느 봄날 경상북도 안동에서 역시 작사집 노트를 들고 서울 성동구 자양동 정두수 선생을 찾았던 필자. 동경東京과 하동河東과 안동安東. 동녘 동東자가 들어있는 고장에서 자란 공통점이 있는 우리 셋은 운명적인 만남을 통하여 가요의 꽃을 피웠다.

한산도 선생님은 말수가 적고 아주 조용조용한 분이시다. 일본에서 태어나 부산에서 자랐다. 한종명이란 본명의 가수로 출발하여 작곡을 하던 선생은 축구를 하다가 다리를 다쳐 40여 년을 누워서 사시다가 만년에 의족 수술을 하고 몇 년 간 거동을 하던 중 1998년 아파트 화장실에서 넘어져 뇌진탕으로 돌아가셨다. 참으로 불행한 삶을 살았다. 그래서 선생의 작품을 보면 노랫말이 처연하다. 끝까지 반전이 없다. 어쩌면 천형天刑 같은 자신의 신세를 노래 가사로 학대했는지도 모른다.

'여자의 일생', '동백 아가씨', '동숙의 노래', '지평선은 말이 없다', '울어라 열풍아', '바보처럼 울었다', '빙점', '잊을 수 없는 연인' 등 어둠의 그림자가 짙게 드리워져 있다. 콤비를 이루셨던 작곡가 백영호가 물고 온 영화 대본을 놓고 누워서 기타를 퉁기며 가사를 만들었던 선생은 손로원의 뒤를 잇는 가장 서민적인 작사가다.

앞서 활동했던 김문응, 김운하, 천봉의 뒤를 이어 선생과 견주는 월견초, 하중희, 전우, 이인선,

변훈, 정두수 선생님과 (세종홀)

뽕짝은 아무나 하나

이용일, 김중순, 김진경, 황우루 등 뛰어난 작사가들이 있었지만 히트작에 있어서는 선생에 비할 바는 아니었다.

선생께서는 필자를 당신이 데뷔시킨 정두수의 애제자라 하여 유난히도 아껴주셨다.

경상남도 하동군 고전면 성평리에서 태어난 정두수 선생은 대동아전쟁에 징용으로 끌려가 전사한 삼촌에 대한 그리움을 급기야 우리 가요의 백미 중 백미인 나훈아의 '물레방아 도는데'로 승화시켰다.

돌담길 돌아서며 또 한 번 보고/ 징검다리 건너갈 때 뒤 돌아보며/ 서울로 떠나간 사람/ 천리 타향 멀리 가더니/ 새봄이 오기 전에 잊어버렸나/ 고향의 물레방아/ 오늘도 돌아가는데
두 손을 마주 잡고 아쉬워하며/ 골목길을 돌아설 때 손을 흔들며/ 서울로 떠나간 사람/ 천리 타향 멀리 가더니/ 가을이 다가도록 소식도 없네/ 고향의 물레방아/ 오늘도 돌아가는데

목소리가 커 십리 밖에 있어도 알아들을 수 있는 선생은 지리산과 섬진강과 팔십 리 하동포구를 사랑한 서정시인이다. 슬하에 다혜, 지혜, 선혜 딸 셋을 두었는데 딸들이 좋아하는 물건이 눈에 띄면 신분증을 맡겨놓고 사다 줄 만큼 자식 사랑이 끔찍하시다.

'마포종점', '흑산도 아가씨', '과거는 흘러갔다', '마음 약해서', '그리움은 가슴마다', '한 번 준 마음인데', '가슴 아프게', '공항의 이별', '대관령 아리랑', '하동포구 아가씨', '감나무골', '고향의 그 사람'. '아랫마을 이쁜이', '목화아가씨', '삼백 리 한려수도', '아

정두수, 남진

네모네', '마음이 고와야지', '그 사람 바보야요', '뜻밖의 이별', '시오리 솔밭 길' 등의 작품으로 최희준, 배호, 진송남, 조용필, 와일드캐츠, 여운, 정훈희, 강소희, 태진아, 펄 씨스터즈, 김부자 등의 가수들에게서 무수히 많은 히트곡을 낸 정두수 선생님께 필자는 작사가가 되고 싶다며 몇 편의 가사를 동봉한 편지를 고등학교 때 올렸다.

　우편으로 보내오신 『알기 쉬운 작사법』이란 2권의 책과 원고지에 굵은 만년필로 쓰신 선생님의 답장은 이러하다.

　— 우리나라는 작곡가는 많은데 작사가가 귀합니다. 김 군의 작품을 보고 놀랐습니다. 훌륭한 작사가를 미리 보는 듯하여 매우 기쁩니다. 정진하면 최고의 작사가가 되리라고 봅니다. 앞으로 좋은 인연 맺게 되기를 바랍니다. 1975년 봄 정두수 —

소라는 해변에서 파도를 기다리고/ 나는 님을 보낸 정거장에 서 있네/ 저 멀리 뱃고동은 수평

뽕짝은 아무나 하나

선에 잠들고/ 산을 넘는 기적소리 내 가슴에 머물건만/ 돌아오는 길을 잊어버렸나/ 님은 어

이 아니 오시나

−1975 〈기다림〉

당시 필자가 정 선생님에게 보낸 가사 중 하나다. 지금 보면 그다지 평가하고 싶지 않은 졸작이다. 가곡歌曲 같은 노랫말을 즐겨 썼던 필자에게 지금의 방향으로 이끌어준 사람들은 작곡가들이다. 시를 써서 그런지 가사가 너무 곱다며 똥(?)을 묻히라고 이구동성으로 주문했던 것이다.

필자는 정두수 선생님과 수십 년을 함께하면서 이것저것을 닮아갔다. 같은 경상도 출신이라 억양이며 톤이 흡사하여 때로 사모님께서 필자의 전화를 받고는 "당신이에요?" 하고 착각하신다.

40대 초반에 작사는 절필하고 SBS 라디오에서 가요 프로그램의 대본을 쓰시다가 이제는 그 일마저도 놓으시고 젊은 날 꿈이었던 시를 쓰며 산천경계를 구경 다니는 선생님이 부럽다.

언제나 제자가 잘 되기만을 기원하는 당신의 사랑만큼 모시지 못하여 늘 죄송스럽다. 내일은 담배 대신, 맥주 대신 추억 한보따리를 싸서 하남으로 선생님을 뵈러 갈까. 먼지 바람 폴폴 날리는 신작로와 별이 우르르 쏟아지는 신작로는 옛말이 되고 말았지만 선생님과 필자의 마음속에는 작사가란 외길 신작로가 오늘도 숨차게 뻗어 있다.

〈2011. 6. 5.〉

시영레코드사 문규현 형에게

돌아오란 말은 못 하겠습니다. 형이 이 바닥을 뜬 후 음반시장은 엄동설한입니다. 봄이 죽어버린 한겨울 벌판입니다. 이런 일이 있을 거라고 예상하고 미리 떠난 형이지만,

나는 그래도 설마 했었습니다. 이제 집을 나서도 갈 곳이 없습니다. 대다수의 음반사가 문을 닫고 말았습니다.

지구도 무너지고 아세아도 기력을 잃은 채 하남으로 내려가고 태광, 반석, 한일, 유니버설, 태양, 뉴서울, 킹, 맘모스, 서일, 대도, 효성 등 이루 헤아릴 수도 없는 많은 회사들이 문을 닫았습니다. 설사 상호가 살아 있더라도 하청 받은 CD를 찍어주거나 그도 아니면 서류상에나 존재하는 유령 같은 회사로 전락하고 말았습니다. 보따리 장사치라고 놀림 받으며 메들리를 제작하던 유수의 PD사들도 한두 명만 남고 판을 걷었습니다.

형과의 첫 만남이 생각납니다. 1992년도던가요? 은평구 신사동 문화레코드사에서 신맹식 사장 소개였지요. 형이 만든 첫 번째 기획물이 〈자동차놀이마당〉이었지요. 형은 씩씩했지요. 고속도로를 석권하고 휴게소마다 형이 만든 음반의 노래들이 빵빵 활개를 쳤지요.

형은 사세를 확장하며 음반가에 새로운 강자로 떠올랐고 급기야는 송대관, 최유나, 위일청, 박진도를 소속으로 두었으며 이외에도 내가 기획한 김연숙, 이명주 등 양질의 가수들 음반을 두 말 않고 제작해줄 만큼 성성했지요.

아, 형과 내가 누군가의 꾐에 빠져 수억 원을 날리고 세상 원망 대신 차분하지 못했던 우리 자신을 탓하며 반성하던 그때, 나는 큰 산 같은 형의 의연함에 놀랐지요.

우리가 십 수 년을 형, 아우하며 보낸 그 세월이 한없이 그립습니다. 음반가에 봄날이었던 그때가 부럽기도 하지만 그보단 서로 죽이 맞아 하루라도 안 보면 좀이 쑤시던 그 우정이 그리운 거랍니다.

규현이 형, 지금도 누군가와 형 얘기를 하다 보면 형의 후덕함과 개운했던 일처리를 평가하곤 합니다. 사람은 든 자리보다 난 자리가 표가 난다고 하지요. 형이 떠난 빈자리가 얼마나 컸던지 이 아우는 한동안 망연자실하며 함께 있을 때 소홀했던 것을 퍽이나 후회했습니다.

규현이 형, 그래 불가마는 잘 됩니까?

형이 음반사를 청산하고 그곳 광주에 24시 불가마를 연다고 했을 때 형의 사업적 감각을 못 믿는 건 아니었지만 마음 한 편엔 걱정이 들었답니다.

그러나 아무리 사정이 어려워도 덤핑 판매는 내 사전에 없다고 버티던 형의 원칙과 매사 공과 사를 분명히 했던 그 반듯한 처신을 상기해보니 그곳에서도 존경받는 사업가가 되었을 거라고 믿습니다.

규현이 형, 이제 이 바닥에 다시는 돌아오지 마세요. 희망이 절벽인 걸 잘 아시잖아요. 그렇지만 이 아우는 아직도 작사가로서 정점을 찍지 못했기 때문에 이 바닥을 떠나지 못합니다. 죽는 그날까지 노래를 만들 겁니다.

오늘밤은 유난히 별이 밝군요. 형이 있는 광주도 그렇겠지요? 혹시라도 저 별들을 보고 있다면, 다정했던 우리의 그날들을 나처럼 추억해 주셔요. 형 이 바닥엔 절대로 돌아오지 마세요. 그곳 불가마가 훨씬 따뜻할 테니까요. 안녕!

2007년 11월 7일 합정동 사무실에서 병걸 올림

현철 사단의 쓰리 박과 나

현철 사단이 있었다. 2000년도 초반까지는 이 현철 사단이 모여 서로 윈-윈 하며 파워를 과시하였다. 물론 현철 사단은 지금도 개인 한 사람, 한 사람을 놓고 보면 그 위세가 가볍지 않지만.

국민가수이자 트로트의 황제인 현철에게 작품을 대주는 작곡가 세 명이 있었으니 묘하게도 성이 다 박朴 씨다. 박현진, 박성훈 두 박격포에 박은표를 얹어 쓰리박이라 부르며 거기에다 나를 합하면 현철 사단이 된다.

박성훈은 〈현철과 벌떼〉 시절부터 멤버로 참가하여 어려운 시기를 함께 헤쳐온 현철의 가신이다. 역시 부산에서 청년기를 보낸 박현진은 나중에 합류하였고 박은표는 맨 나중에 가세하여 한동안 〈현철뮤직〉이란 구의동 사무실의 지킴이가 되었다.

나는 이 쓰리박과 작품을 번갈아 하며 현철의 충직한 작사가로 몇 장의 음반 작업을 함께 했는데 마치 전속 작사가 같았다.

박성훈은 현철의 오늘을 견인한 '사랑은 나비인가 봐'를 비롯하여 '보고 싶은 여인', '싫다 싫어', '내 마음 별과 같이', '산데리아' 등을 주었고 박현진은 '봉선화 연정', '서울아 평양아', '내 청춘의 한 페이지', '우리 함께 춤을', '사랑의 가방을 짊어지고' 등의 작품으로 날개를 함께 달았고 박은표는 '인동초', '배반의 부르스'를 발표했다.

박성훈은 경남 창녕이 고향이고 박현진은 경북 청송, 박은표는 경주 안강이다. 현철과 우리 다섯은 보리문둥이들이라 만나면 시끄러워도 뭔가 일을 내곤 한다.

박현진과 박성훈, 나와 이호섭. 우리 넷은 우리끼리 4인방이라 칭하며 가끔 역적모의 (?)를 한다. 언제나 성인가요의 정상을 지키기 위해 선의의 경쟁을 하면서.

나는 현철의 노래 중에 쓰리박과의 합작인 '내 청춘의 한 페이지', '서울아 평양아', '민들레 홀씨', '우리 함께 춤을', '산딸기 누이', '산데리아', '인동초' 외에도 현철 작곡인 '아낌없이 주리라'와 이호섭 작곡의 '돌아서 가세요' 등을 작사했다.

작곡가 박은표와 함께 – 2008 KBS 별관

박성훈과 전국노래자랑 심사

뽕짝은 아무나 하나

한때 쓰리박과 나는 KBS TV의 〈도전 주부가요 스타〉에서 함께 심사를 보기도 하였다. 아직도 합작한 미발표작이 즐비한 쓰리박과 나. 다시 뭉쳐 현철의 중단 없는 인기 레이스에 또 얼마만큼의 기여를 할 건지. 아마도 그날이 서로의 스케줄에 또 있으리라고 본다.

현철 사단이여, 영원하라! 쓰리 박 형님들이여, 건재하시라.

프로 중의 상프로 임종수 선생님

'고향역'의 작곡가 임종수 선생은 프로 중에서도 상프로다. 필자는 선생만큼 직업의식이 투철하고 작품에 대한 자부심이 대단한 작곡가를 본 적이 없다.

겨냥한 가수에게 집요한 압박으로 항복을 받아내고 취입을 성사시키는 것에서부터 노래 지도와 편곡 그리고 PR에 이르기까지 안 하고는 못 배길 정도로 당신 자신이 앞장서서 이끈다. 그리고 발표한 작곡이 히트하지 않으면 가수와 가사를 몇 번

임종수 선생님과(2012. 11. 성남아트홀 – 대기실)

이라도 바꾸어 기어이 세상에 알린다. 가히 프로 중의 상프로다.

필자와는 십수 년 전부터 손발을 맞춰 콤비시대를 열었는데 둘이서 만든 노래는 나훈아의 '분교', 문희옥의 '사랑이 남아 있을 때', 나미애의 '오디오 비디오', 허송의 '양수리', 소라의 '소라의 추억', 그리고 근자 서주경의 '벤치'와 재우의 '악어의 눈물'이 있다.

임 선생님은 가사를 먼저 받고 곡을 쓰기보다는 곡을 미리 써놓고 작사가에게 가사를 의뢰하는 경우가 더 많은데 이제까지 선생이 상대한 작사가는 서너 명으로 알토란같은

작사가들뿐이다. 조운파, 김순곤, 필자와 작업을 하며 과거 월견초 작사로 '대동강 편지'가 있고, 조동산과 '빈 지게', 이건우와 '애가 타'를 만들기도 했다.

"왜 가사 붙이기 쉬운 멜로디는 조운파 선배나 김순곤을 주고 어려운 멜로디만 제게 주는 겁니까?"

필자가 따지니까 숨도 안 쉬고 받아친다.

"그러니까 김병걸이지, 왜겠어!"

정치적인 발언이지만 이 대답도 프로 중의 상프로다.

더는 물어보지 않았어/ 사랑하면 왜 안 되는지/ 애써 외면하던 눈빛이/ 무얼 말하는지 난 알아/ 그만 만나자고 안 해도/ 더는 미련 갖지 않을께/ 그간 잘 해주지 못한 게 너무 많아/ 자꾸 맘에 걸려/ 여자는 세월에 과거를 묻으며/ 다시 또 사랑하지만/ 남자의 사랑은 바람이 아니라/ 눈물 눈물이어라/ 나 정말 잊을 수가 있을까/ 그간 잘 해주지 못한 게 너무 많아/ 자꾸 맘에 걸려

곧 발표될 신작으로 '물어보지 않았어'다. 처음에 이 작품은 지금보다는 몇 소절이 더 길었는데 선생께서 뒷부분을 잘라냈다. 선생은 '자꾸 맘에 걸려'로 제목을 정하자고 했는데 필자가 반대했다. 악보를 건네받고 조항조가 부른다기에 날밤을 새며 쓴 작품이다. 신인가수가 부를 거라며 음악까지 넣었다. 디스코와 슬로우 템포 두 가지 버전으로 편곡했다.

일류들이 지향하는 〈음악의 완성도를 높이는 작업〉은 실로 눈물겹다. 필자 역시도 엄청난 스트레스를 받으며 편곡에 신경을 쓴다. 편곡은 언제나 열에 일곱은 실패로 끝나지만 반주음악이 나오기까지의 편곡자 결정에서부터 당일 날 녹음실에서 받는 긴장과 부담은 피를 말리는 시간의 연속이다. 필자는 그냥 작사가가 아니라 음반제작을 지휘하는 프로듀서이기 때문에 책임이 곧 스트레스다.

뽕짝은 아무나 하나

사모님이 지병으로 오래 앓으시다 돌아가셨는데 선생께서는 지극 정성으로 아내를 간병했다. 필자는 그 같은 정성에 덩달아 눈시울을 적셨으며 임종 직전 강남 삼성의료원에 입원한 사모님께서 통풍까지 겹쳐 대낮에도 담요를 덮는 아픔을 지켜보았다. 그런 와중에도 선생은 주옥같은 멜로디를 오선지에 그렸다.

당신께서는 2011년 본인의 칠순을 기념하는 자서전인 『너희가 트로트를 아느냐』를 출간했다. 비록 나이는 칠순이지만 작품에 대한 열정만큼은 여느 20대 못지않다. 코미디언을 뺨치는 유머 감각과 빼어난 노래 솜씨와 기억력의 천재이신 선생은 천상 작곡가이며 철두철미한 작가정신으로 무장된 본받을 선배이시다.

순창에서 익산으로 통학하면서 기차에 대한 향수가 많았던 선생은 나훈아의 '고향역'을 그렸고 익산역은 선생의 작품을 기려 역 이름을 '고향역'으로 바꿨다. 역에 가면 이 노래가 하루 종일 울려 나온다. 코스모스가 한들거리는 철로에 교복을 입고 걸어가는 선생의 모습이 연상된다. 오로지 작품만을 생각하고 사시는 선생의 여생에 축복이 가득하길 합장한다.

'와룡회'의 강석 선배와 두 가수

'와룡회臥龍會'란 육군 보병 제50사단 문화선전대 출신 전우회의 이름이다. 문화선전대는 육군의 연예대로 대다수 문선대는 군악대를 겸하기도 한다. 문선대는 1년에 4번의 공연을 하며 사단 예하 연대나 대대를 근 한 달 동안 순회하며 지역민들까지 초대하여 공연을 벌이는 위문공연단이다.

나는 논산 훈련소에 입소하여 2군사령부에서 후반기 교육을 13주 받고 70훈련단 대구지단으로 배치되었으나 사령부 건물을 같이 쓰던 50사단에서 탐을 내고 전출시켰다. 50사단에서는 나를 정훈부에서 쓰기 위해 병과 변경을 참모총장에게 품신하여 수송에서 보병으로 바꾼 뒤 정훈으로 최종 재가를 받아 문선대로 발령을 냈다.

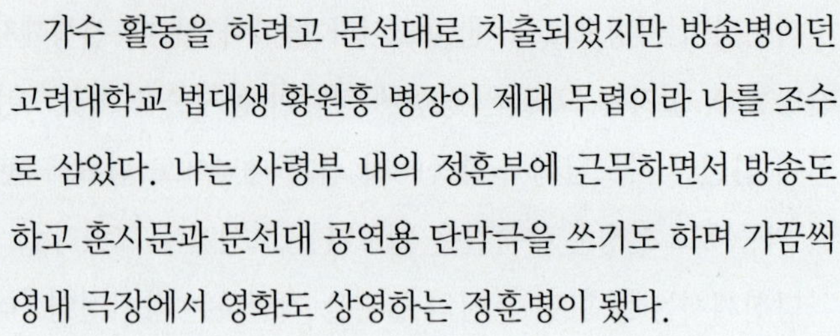

강석의 낭송음반

가수 활동을 하려고 문선대로 차출되었지만 방송병이던 고려대학교 법대생 황원흥 병장이 제대 무렵이라 나를 조수로 삼았다. 나는 사령부 내의 정훈부에 근무하면서 방송도 하고 훈시문과 문선대 공연용 단막극을 쓰기도 하며 가끔씩 영내 극장에서 영화도 상영하는 정훈병이 됐다.

와룡회는 전역한 출신 전우들끼리 우정과 추억을 나누는 친목단체이고 MBC 문화방송의 간판인 〈싱글벙글 쇼〉를 진행하는 강석 동기들이 주축이 되어 있다. 이 와룡회 출신으로는 강석을 비롯하여 전영록의 ‘애심’을 작곡한 김용기, 미사리 라이브 카페 〈열애〉의 사장이자 윤시내의 매니저로 지난날 가수였던 오오균, 진주의 음악인 이정수 등의 선배들, 그리고 나와 〈소리나라음반〉의 허범정 사장, 고인이 된 〈현이와 덕이〉의 장현, 부산 〈마이다스〉의 밴드마스터 심호섭, 마산에서 공연 이벤트사 서라벌이벤트를 운영하는 오명규 등 수십 명에 이른다.

나는 이 인연을 이어 강석 선배와는 오랜 날을 교우하며 지낸다. 강석은 1990년 아세아레코드사에서 나의 시 ‘돌배넢두리’와 ‘어머니’ 등 20편을 낭송하여 〈생의 길목에서〉란 타이틀의 음반을 내기도 하였다.

대구에서 올라온 가수 신웅은 음반을 한 장 내기는 하였으나 별다른 성과 없이 서초동에서 가요학원을 하고 있었는데 나는 가끔씩 그곳에 출입하곤 했다. 당시 신웅의 가요교실엔 고인이 된 탤런트 임성민과 하동진이 노래를 배우고 있었다.

문선대에서 가수이면서 트럼본을 불었던 허범정은 전역 후 나를 찾아왔고 나는 당시 최고의 음반사인 오아시스레코드사에 전속을 시켜주었다. 허범정은 일가족이 배를 타고 월남한 김만철 일가의 탈출기를 그린 TV연속극 〈따뜻한 남쪽나라〉의 주제가를 부르는 등 몇 장의 앨범을 냈으나 성공하지 못했으며 훗날 나는 그를 메들리음반 제작자로 변신을 시켜주었다.

신웅의 가창력을 높이 산 나는 메들리음반을 주력하는 아리랑음반의 손경태 사장에게 전속을 시켜 '안녕이라 말해도'를 타이틀로 하는 신보 음반을 내주었다. 이때 만든 '안녕이라 말해도'를 PR하기 위해 나는 강석 선배를 찾았고 강 선배는 처음에는 신웅이 나이가 많다며 탐탁지 않게 여겼지만 내가 제작한 음반이라고 하니까 방송 홍보에 팔을 걷어부쳤다.

신웅은 〈안방메들리〉로 밀리언셀러를 기록하며 메들리계의 최고 가수로 군림했고 강석 선배와는 그 인연을 계기로 강석 작사, 신웅 작곡의 '무효'라는 좋은 노래로 열매를 맺었고 나는 기쁜 마음으로 강 선배를 음악저작권협회에 가입시켜 주었다.

가수 편승엽이 내게 와서 두 장의 음반을 냈는데 '서울민들레'와 '찬찬찬'이다. '찬찬찬'이 나온 뒤 나는 강석에게 신웅처럼 또 부탁을 했고 선배는 기꺼이 편승엽을 밀어주었다. '찬찬찬'이 국민가요로 부상하기까지는 역시 강석의 공이 지대하다고 할 수 있다.

신웅과 편승엽은 강석이 단장으로 있는 〈회오리축구단〉의 멤버가 되어 팀워크를 다졌다. 오늘날의 신웅과 편승엽을 있게 해준 강석의 멋진 센터링과 어시스트Assist에 다시 한 번 머리 숙인다.

〈와룡회〉는 요즘도 회동한다. 대본이나 악기 대신 군대 시절의 추억을 들고.

스카라극장은 없어졌지만 스카라 계곡은 살아 있다. 이 일대를 가요인들은 스카라 계곡이라 부른다. 영화인의 거리인 이곳을 작사가
반야월은 '스카라 계곡'이라 이름 짓고 70년 가요인생을 당신의 삶처럼 화려하게 펼쳤다.

— 〈반야월이 종언한 스카라 계곡〉 본문 중에서

05

사람은 가도 노래는 남아

반야월이 종언終焉한 스카라 계곡

　스카라극장은 없어졌지만 스카라 계곡은 살아 있다. 이 일대를 가요인들은 스카라 계곡이라 부른다. 영화인의 거리인 이곳을 작사가 반야월은 '스카라 계곡'이라 이름 짓고 70년 가요인생을 당신의 삶처럼 화려하게 펼쳤다.

　20010년 12월 3일 정동일 서울 중구청장은 한국가요작가협회가 청원한 '가요인의 거리'를 수리하고 명보극장에서 을지로3가 네거리까지 400미터를 '가요인의 거리'로 지정했다. 바람이 몹시도 차던 겨울날 우리 가요작가 30여 명은 김병환 회장의 지휘 아래 명보극장 앞에서 "가요인 거리"를 선포하였고 쟈니리, 신행일, 박일준, 이은하, 현당, 이명주 등의 가수가 축하공연을 펼쳤다.

　음반계의 쌍두마차인 〈지구레코드사〉는 당시 수도극장이었던 스카라극장 건너편 인현목욕탕 2층에 있었고 〈오아시스레코드사〉는 중앙우체국 뒷길 충무로 입구 수도피아노사 2층에 있었는데 이 두 음반사가 가요인들을 스카라 계곡으로 불러들였다. 1950년대부터 작곡가 박시춘이 차린 〈오향영화사〉가 충무로2가에 있었는데 대한레코드작가협회는 더부살이를 했다.

　가요작가들은 아지트였던 종로4가 〈향락다방〉에서 이곳으로 무대를 옮겨 스카라, 폭포수, 영산, 무지개, 국제다방을 전전하며 반야월 선생의 표현대로 "손에 묻은 밥풀 정도의 작품료"를 통째로 다방에다 뿌렸다. 그리고 이 일대는 방석집과 대폿집도 많아 영화인과 가요인들이 한데 섞여 예술과 낭만을 노래했다.

1956년 4월에 〈대한레코드작가협회(회장 김교성, 이사장 박시춘)〉가 만들어졌는데 이것이 오늘날의 〈한국연예예술인협회〉의 모태다. 이후 1970년 7월 4일 '한국가요반세기작가동지회'가 그 명맥을 이었고 나는 가장 어린 나이로 김현우, 신대성 형과 함께 1986년에 청회원이 되었다. 1980년대 말에 손목인, 반야월, 정성수, 하중희 등이 주축이 되어 종로YMCA 뒤 명휘원 빌딩에서 "하나도 작품, 둘도 작품, 셋도 작품"이라는 회훈會訓을 걸고 〈한국가요작가협회〉를 발족했다.

스카라 계곡에는 한때 삼각지에서 옮겨온 〈한국가요작가협회〉와 〈한국가요작가동지회〉, 그리고 반야월이 새로 만든 〈한국전통가요사랑뿌리회〉가 지원다방 4층에 포진했고 그 옆방은 〈한국정통가요보존회〉가 간판을 매달았다.

3회 대한민국연예예술대상, 시상자 반야월 선생과 나 – 1996

뽕짝은 아무나 하나

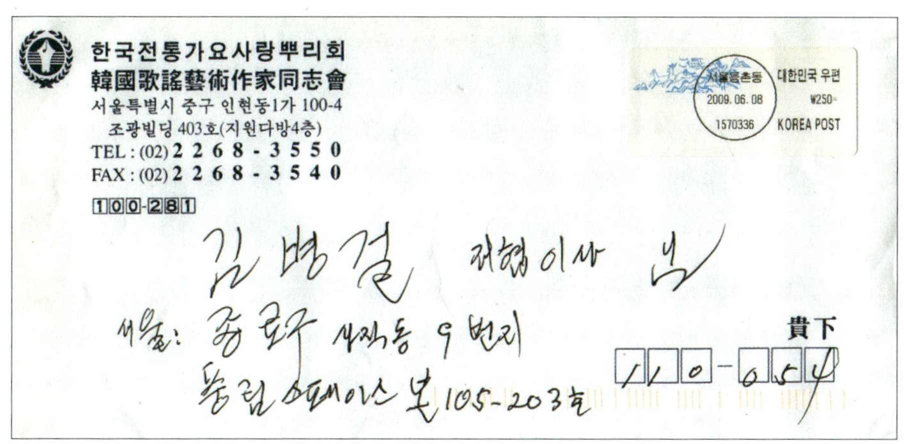

반야월 선생 육필

2012년 3월 27일 작사가 유호와 함께 우리 가요의 1세대 터줏대감이셨던 작사가 반야월 선생이 95세를 일기로 타계하였다. 이는 반야월 한 사람의 퇴장이 아니라 스카라 계곡을 사랑하며 70여 년을 지켜온 '전통가요의 종언'을 의미한다.

선생께서 91세이던 무렵 가요작가협회에서 내가 여쭈었다.

"선생님 연세가 올해 어떻게 되시지요?"

"왜! 아직도 백 살에서 아홉 살이 모자라."

욕심을 내시는 선생이 얼마나 귀여우시던지 나이가 들면 아이가 된다는 말이 허언이 아님을 확인했다. 선생께서는 나를 부를 때 언제나 〈김 작사〉라고 불렀다.

"내가 작사라고 부르는 사람은 죽은 '전우'하고 몇 안 돼."

1986년 선생이 회장으로 있던 〈가요작가동지회〉에서 충주호로 함께 여행을 간 적이 있는데 이때부터 나는 30년을 가요작가들 세계에서 막내가 되어야 했고 철마다 나들이에 동행해야만 했다. 2012년 10월 19일 을지로4가 일진빌딩의 504호 창광문화사에서 음반쟈켓의 교정을 보고 명보극장과 지원다방 앞을 지나며 나는 반 선생님을 떠올렸고 주마등처럼 스치는 선생과의 추억에 걸음을 멈추었다.

"아 그랬지. 2007년 가요작가협회 포항지부 현판식에 같이 간 게 선생과 마지막 여행이었단 말인가……."

선생은 수많은 히트곡을 지었는데 가사에 재수, 분이, 금봉, 철수, 복돌이, 두형이, 혜숙, 정순, 박영감 등 사람을 자주 등장시켜 친근감을 끌어올린 작사가다. 필생을 견준 유호 선생의 작품이 문학적으로는 평가받지만 선생의 작품은 서민적이고 대중적이어서 더 많이 불리어진다. 왕평, 고려성, 조명암, 박영호, 이부풍, 김운하 등 내로라하는 문장가들의 작품과는 달리 반야월은 추상적이던 과거형의 가사를 움직이는 현재의 풍경으로 그려낸 탁월한 작사가다. 특히 의성어나 의태어를 조화롭게 구사한 최초의 작사가다.

평생을 종신회장으로 불리던 반야월 선생의 퇴장과 함께 '가요인의 거리'마저 낙엽처럼 쓸쓸해진 스카라 계곡을 지나며 지난날 이 거리를 활보하던 가요작가들 박시춘, 조춘영, 김호길, 백영호, 이명희, 유노완, 김설강, 김진경, 이재현, 김성근, 이민우, 신대성……그 이름도 찬란한 가신님들을 불러본다.

60, 70년대 콩쿨대회 추억

"아니 저 가시내가 언제부터 저렇게 노랠 잘 했다냐? 저러다가 진짜 풍각쟁이로 나서는 거 아니여?"

구경 온 동네 누나와 형들은 열광했고 내숭쟁이 앵두나무 우물가 순이가 정열의 스테이지를 선보인 콩쿨대회는 두고두고 회자되는 빅뉴스로 인근 마을을 떠돌았다.

공터에다 석유 드럼통을 여러 개 밑에다 세워놓고 마루나 두꺼운 널판지를 위에 얹으면 스무 명이 뛰어도 거뜬한 무대가 됐다. 나무 막대기로 포장을 둘러친 뒤 풍선 몇 개 매달고 먹 글씨로 '무슨무슨 콩쿨대회'라고 다이아몬드 접은 종이를 오려 붙이면 준비 끝. 이윽고 무대에 밤이 찾아오면 사회자의 날선 오프닝 멘트가 트럼펫처럼 날았다.

"남인수가 울고 가고 남일해가 울고 가고 남진이 울고 가는 OO콩쿨대회. 아, 그리고

뽕짝은 아무나 하나

보니 다 남씨였구나! 오늘은 누가 이 남씨들을 제치고 주인공이 되려는고? 여러분이 궁금한 만큼 저 또한 무척이나 궁금합니다. ……."

필자의 어린 시절 노래자랑을 콩쿨대회competition라고 불렀는데 당시 콩쿨대회 남자 출전자의 단골 노래는 지방에 따라 다소 차이가 있긴 하여도 백야성의 '잘 있거라

남일해 선생과 함께 – 2010

부산항'과 남진의 '미워도 다시 한 번'과 "끝없는 푸른 바다 수평선 저 너머로 외로이 떠나가는 흰 돛대 조각배냐. 아~ 항구에 뿌린 정이 그립더냐, 야속더냐, 인생은 고해란다. 오고 가면 끝이란다."라는 최갑석의 '인생무정'과 위키리의 '눈물을 감추고', 손인호의 '짝사랑'과 '해운대 엘레지' 등이 서너 차례씩 무대에 올려졌다. 가끔은 남인수의 '고향의 그림자'와 남일해의 '이정표', 정원의 '허무한 마음'과 안다성의 '사랑이 메아리 칠 때'도 등장하곤 했다.

여성 출전자들이 자주 들고 나오는 곡명은 이미자의 '섬마을 선생님'이 가장 많았고 최숙자의 '그러긴가요'와 박재란의 '푸른 날개', 그리고 권혜경의 '산장의 여인'과 남정희의 '새벽길', 최양숙의 '황혼의 엘레지'가 단골이었던 것으로 기억된다. 분위기 짙은 허스키 보이스들의 노래는 언제나 인기였는데 성재희의 '보슬비 오는 거리'와 문주란의 '동숙의 노래', 양미란의 '당신의 뜻이라면'과 이숙의 '눈이 내리네'도 빼놓을 수 없는 단골 레퍼토리였으며 패티김의 '연인의 길', '사랑의 세레나데'는 가창력 좋은 선수들이 선호하는 곡이었다.

70년대에 들어오면서 배호의 '돌아가는 삼각지'와 나훈아의 '해변의 여인'이 인기였

으며 차중락의 '낙엽 따라 가버린 사랑'과 백호빈의 '낙엽은 지는데', 그리고 이승연의 '잊으리'와 패티김의 '사랑은 영원히'가 입상을 휩쓸었다.

농번기는 피하고 농한기인 겨울에 주로 콩쿨대회가 열렸는데 시내나 읍내에서는 극장에서, 그리고 면소재지나 시골마을에서는 학교운동장 또는 개울가 백사장이나 곡물창고가 있는 공터에서 열리곤 했다.

1년에 한 차례씩 거의 빼먹지 않고 열리는 콩쿨대회는 드럼, 베이스, 멜로디 기타, 아코디언 등 주로 4인조가 가장 많았고 규모가 큰 대회는 섹스폰이나 트럼펫, 트럼본 등 나팔악기를 쓰기도 했다.

60~70년대의 겨울 풍경 속에는 척사대회와 함께 콩쿨대회가 끼어 있으며 노래의 고수들은 고향 인근에서 열리는 콩쿨대회를 찾아다니며 상금이나 상품을 노리곤 했다.

불어인 콩쿠르를 잘못 표현한 이 콩쿨대회에 나가 필자는 여러 번 입상한 적이 있다. 당시 필자가 고른 출전곡은 '낙엽은 지는데'와 배호가 불렀던 박춘석 작곡의 '울면서 떠나리'를 리바이벌한 엄용섭의 '기적 슬픈 새벽길'이었으며 이석의 '두 마음'과 방운아의 '여수야화'도 들고 나갔다.

중학교 3학년 무렵 쌍호초등학교 앞 냇가 다리 밑의 백사장에서 겨울 찬바람을 맞아가며 배호의 '황금의 눈'을 불러 1등을 한 기억이 새롭다. 그리고 고등학교 2학년 때 풍산극장에서 문주란의 '파란 이별의 글씨'로 역시 1등을 거머쥐었다.(당시만 해도 이성의 노래를 들고 나오는 출전자는 없었다.)

아 그런 동경과 에너지가 오늘의 나를 만들었나 보다.

안마을 청우리에서 하루에 한 번만 오는 버스를 타고 어머니 손을 잡고 단북 외갓집을 가던 날이 5살이었다. 당시 차 안에서 흘러나오던 유행가에 반해서 가수를 꿈꾸었고 훗날 작사가가 되었다. 다섯 살이 뭘 알았겠냐고 반문할지 모르지만 필자는 그랬다. 그때 배운 노래를 평생 간직하고 산다.

노래에 관한 한은 천재였던 필자는 한 번 들은 멜로디나 가사는 머릿속에 그대로 저

뽕짝은 아무나 하나

장되었다. 중학교 때 놀라운 능력을 확인한 필자는 고등학교에 들어가자마자 통기타부터 샀고 안동 시내 '영남여관' 아들인 김진방한테서 기타를 배웠다. 김진방은 선천적인 신체의 결함에도 기타의 달인이었다.

염원하면 꿈은 이루어진다고 했던가. 필자는 기어이 가요작가가 되었고 가슴 한 편에 후회와 아쉬움으로 남아 있는 '가수의 꿈'은 대리만족하고 산다.

초등학교 6학년 때 동구 밖 병철이 형님네 못둑에서 나일론 잠바를 입고 불놀이를 하다가 화상을 입고 죽은 아이(이름이 기억나지 않는 우리 집 머슴의 아들) 집에서 호야를 추녀 끝에 달아놓고 콩쿨대회를 흉내 내다가 불이 나 지붕을 홀랑 태워먹었던 기억이 난다. 당시 필자와 또래인 호찬, 병기, 이렇게 우리 셋은 널판지에다 못을 박아 고무줄을 매고 기타를 대신하였으며 깡통을 지게 작대기에 매달아 마이크로 사용하고 공책이랑 연필 타스를 상품으로 내걸고 초등학생들을 상대로 동네 콩쿨대회를 열었다.

참으로 대담한 발상이었고 생뚱한 행동이었다. 간밤의 화재 소식을 접한 학교에서는 비상이 걸렸고 전교생이 집합한 조회 때 교장 선생님께 불려나간 우리 셋은 단단히 혼구녕이 났었다. 다행히 필자가 공부를 제일 잘하는 학생인지라 화장실 청소란 가벼운 벌만 받고 더 이상의 처벌은 받지 않았다.

지금도 가을걷이가 끝나고 찬바람이 나뭇잎을 굴리는 계절이 오면 띵가띵가 울리는 어린 시절 콩쿨대회가 떠오른다. 다시는 갈 수 없는 먼 이야기가 되고 말았지만 눈을 감으면 그날 불렀던 노래가 하늘로 날아오른다. 추억의 파편들이 모래알처럼 박힌 콩쿨대회 무대가 세워졌던 냇가에는 콩쿨대회보다 더 화려한 내 유년의 꿈들이 냇물로 흘러간다.

한국음반녹음실 사라지다

합동반주음악을 녹음하던 한국음반녹음실이 사라졌다. 2012년 4월이 되자 한국음반의 이춘희 사장은 역삼동에 있는 자사 건물 3, 4층에 설치된 A, B스튜디오를 철수시켰다. 시설로 봐서 국내 최고의 레코딩 스튜디오인 한국음반녹음실은 성인가요의 반주음악을 뜨던 자존심 같은 존재였다. 필자는 이 날벼락 소식을 접하고 무척 놀랐다. 〈한국레코딩스튜디오협회〉 변성복 회장의 말처럼 "친척 큰 어른을 잃은 기분"이었다. 가요인들은 마치 뒤통수라도 한 대 얻어맞은 양 경악했다.

가히 한국가요의 산실이라 해도 과언이 아닐 정도로 한국음반녹음실의 위세는 대단했었다. 1985년에 건물을 지으면서 개장하여 수많은 히트곡을 고정시켰다. 처음 윤원준으로부터 시작한 녹음엔지니어는 최고의 기사들로 채웠고 진관섭, 김광호, 이훈희, 김일택, 김성진 등 여러 보조기사들이 이곳을 거쳐 독립했다.

1985년엔 4층 녹음실뿐이었으나 1992년도에 3층 녹음실을 증설하였는데 윤원준이 잠시 예음녹음실로 옮기면서 박영호가, 그리고 프리랜서로 이 훈 씨를 거쳐 붙박이 윤원준이 녹음실 총책으로 현재까지 27년 동안 자리를 지켰다. 윤원준, 홍성호 투톱 시스템으로 운영된 한국음반녹음실의 애환은 우리 가요사의 먹지와도 같다.

필자와 한국음반의 인연은 1985년 이순길의 '끝없는 사랑'으로 시작된다. 당시 한국음반은 심수봉이 전속되어 있었고 그해 〈MBC 강변가요제〉의 판권을 한국음반이 따내면서 '끝없는 사랑'이 입상곡으로 취입을 하게 되었고 필자는 작품자로서 참여하게 되었다.

이후 이자연, 제갈승, 오은주, 강진, 주용아 등의 가수들과 〈의성사랑노래〉 음반을 녹음했다. 그리고 나훈아의 '분교'와 서주경의 '벤치'와 주현미의 '그 다음은 나도 몰라요', 배금성의 '시계추'와 '제일 먼저', 그리고 김용임의 '스킨십이 좋아' 등의 신작들을 녹음했다. 아마 수십 명에 2백여 곡은 되는 것 같다.

필자가 2012년 4월 11일 윤원준 형에게 전화를 넣었는데 갈 곳을 정했냐고 물으니 조만간 장충녹음실로 옮길 거라며 아쉬워했다. 온라인으로 이동한 음반산업의 쇠락으로 유수의 음반사들이 문을 닫고 레코드 가게마저 사라진 이때 대형 녹음실이 하나둘 문을 닫아 마음이 씁쓸하다. 이제 한국음반을 대신한 장충, 예음, 훈녹음실 등으로 녹음이 분산·배치될 것이다.

낙원동 사람들은 다 어디로……

　낙원동은 악기상가다.

　도로 위에 올려 지어진 상가아파트는 허리우드 극장과 123카바레만 있는 게 아니다. 악기를 파는 가게가 즐비할 뿐 아니라 구직과 날일을 잡는 악사들이 죽치며 대기하는 삶의 현장이기도 한 곳이다.

　고령화 사회가 도래하면서 탑골공원과 종묘공원 일대를 배회하는 노인네 천지로 변해버린 낙원동은 얼굴을 많이 바꾸고 말았지만 지금도 작곡사무실과 연예기획사가 더러 버티고 앉아 있다.

　그 많던 사람들은 다 어디로 간 걸까? 가요의 메카로 자리 잡았던 낙원동. 필자가 이

초록회 송년회(2010. 아카시아 호텔)

낙원동을 드나든 지도 어언 30년이다. 인사동을 지나 YMCA 뒤편 명휘원 빌딩에 터를 잡았던 〈한국가요작가협회〉는 결국 서승일 선생이 회장이 되자 당신의 사무실인 낙원동으로 협회를 옮겨버렸다.

협회 이름도 〈한국가요작사작곡가협회〉로 잠시 바꾸었다가 도로 원위치 했다. 위층에는 이은하를 키운 매니저 박영걸의 노만기획이 마포에서 이시와 송창식의 매니저이자 일본에서 인기 있었던 탤런트 고故 박용하의 아버지인 박승인과 가수 홍세민, 김뻐꾹 선생, 고인이 된 작곡가 김화경 등의 출입이 잦았다.

같은 건물 맨 꼭대기 층에는 '울지 마라 가야금아'를 작곡한 가수 출신의 박남춘 선생이 주부가요교실을 수십 년째 열고 있다.

건너편에는 작사가 김성욱 선생과 〈동요협회〉 회장을 지낸 작사가 유정 씨가 출입하는 〈노영준음악실〉이 있고 부산초밥 건물 2층에는 원로연예인들로 구성된 〈상록회〉의 송해 선생 사무실이 있고 4층에는 무대 스트립 걸 등 무용수를 공급하는 이종윤의 〈대진기획〉이 있다. 한때 이 옆 건물에는 '사랑의 역사'를 불렀던 가수 유지성이 운영하는 메들리녹음실과 태평양레코드사가 있다가 강남으로 이사를 갔다. 낙원상가에는 김희진, 문영일이 공동으로 운영하는 기획사가 수년간 있었다.

한창길의 미니 녹음실과 김뻐꾹 선생의 민요교습소와 허현 작곡실 그리고 김영광, 김동주 콤비의 사무실, 박건노래교실과 유성민, 백창민 작곡실. 커브를 돌아 종로3가의 이수하, 이승준 작곡실과 선소리의 대가 황용주 선생의 사무실과 종로2가의 라운 작곡실이 있었다.

종로오피스텔을 돌아들면 컴퓨터음악을 하는 편곡가 조파조와 사진기자 고상구의 합동사무실이 있었고 뒤편에는 역시 가수들의 쟈켓 사진을 찍는 장명수 사진관이 수년간 있다가 철수했다.

파고다극장으로 가는 길목엔 오피스텔이 있는데 주점 〈먹고 갈래 지고 갈래〉는 '오동동타령'의 가수 황정자의 아들인 김민수가 지배인으로 있으며 건물 두 개를 지나면 무명가수들의 집결지인 양훈의 〈효사랑가요제〉 본부가 있고 종로가요제를 주최하는 가

뽕짝은 아무나 하나

수 김도현이 회장으로 있는 〈정통가요협회〉 사무실도 이 근처에 있었다.

2011년 3월이 되자 구舊 파고다극장 2층에는 노년층을 겨냥하여 식당 겸 노래판을 벌이는 대형 라이브 무대 〈파고다 타운〉을 만들어 〈먹고 갈래 지고 갈래〉와 열띤 경합을 벌이며 낙원동의 새로운 문화를 주도하고 있다. 사각으로 길 건너에는 우리나라에서 군부대 표창을 무려 2천여 회나 받은 군 위문공연단장 김종수의 노래주점인 〈스타하우스〉가 있고 오늘도 누군가가 커피를 마시며 지나는 행인을 체크하고 있다.

음반이 불티나게 팔리던 8~90년대 〈명곡사〉란 도매점이 있었고 같은 건물 2층에는 음반기획사인 손오현의 〈맘모스음향〉이 있었으며 작곡가 김수환이 함께 있었다. 이 〈맘모스음향〉에는 이동기, 백승태, 이박사, 오은주 등이 전속되어 있었다. 또한 남인수의 아류인 '여인우정'의 신해성이 낙원동에다 〈한국서정가요협회〉 본부를 두고 〈남인수가요제〉를 열었으며 사무실을 쪼개어 '허무한 마음'의 오민우 선생이 가수 발굴과 노래 지도를 했다.

어디 이뿐이었겠는가. 낙원동 일대는 필자가 가요계에 뛰어들기 전부터 수많은 작곡가들이 진을 치던 곳이다. 2011년 현재도 녹음과 가요 행사를 찍어 DVD를 만드는 김준녹음실과 유성민, 박건, 박남춘, 전동인, 노영준의 음악실이 그대로 있고 몇 년 전 이동훈 작곡가가 이곳에다 새로 둥지를 틀었다. 연예기획사를 하는 여종구 씨는 낙원오피스텔에서 프로모팅을 하고 있고 이 사무실에는 한국연예예술인협회의 석현 이사장과 연기분과 김소웅 위원장, 오정길 회장과 김태랑, 박해정, 필자 등이 가끔씩 모여 정담을 나누는 곳이기도 하다. 연예인의 의상을 전문적으로 만드는 최호성의 〈미스터최〉가 낙원동에 수십 년째 건재한다.

그런가 하면 2천 원짜리 국밥집이 기역자로 굽어진 골목 지하실에는 iTV전속 악단장 박찬일과 단원들의 연습실이 있는데 박 단장이 회장이고 100여 명의 트로트가수가 참여하는 〈초록회〉의 사무실이기도 하다.

강남으로 옮겨 간 서승일 작곡실은 1980년대에서 2000년대까지 가요작가들의 사랑방이었다. 이미 작고한 작사가 이용일 선생과 만요가수이자 현숙의 매니저였던 김상범, 윤수일의 매니저인 김성일, 작곡가 남성과 음반프로듀서인 한도, 이현섭, 최남구, 김우택, 김민우, 박현우, 성대중과 필자 등은 이 사무실의 단골멤버였다. 건너편에는 야생화 박사인 작사가 김태정의 사무실과 와일드캐츠의 매니저였던 정용규의 사무실이 지금도 있다.

낙원동에 술집을 차린 가수도 더러 있다. 십여 년 전에는 태민이란 코털가수가 라이브주점을 운영하였으며 지금은 역시 무명가수인 정필녀가 〈가요무대〉란 라이브 단란주점을 열어 로맨스그레이들의 노래무대를 제공하고 있다. '오라리오'를 부른 〈훈이와 슈퍼스타〉의 훈이는 라이브주점 〈7080라이브〉를 차려 낙원동 사람으로 신고를 했다.

국일관 2층 〈로맨스파파〉에는 유·무명 가수들이 대거 출연하여 올드팬들의 향수를 파는가 하면 건물 지하에는 최동권 녹음실이 있다. 길 건너에는 〈정통가요보존회〉의 사무실이 있고 옛 우미관 자리인 〈파노라마〉는 〈가요작가동지회〉와 반야월 회장의 〈가요사랑뿌리회〉의 회의장과 매주 한 번씩 공연되는 흘러간 가수들의 노래무대이기도 하다.

인사동 골목 초입의 식당 〈동원뷔페〉는 한때 여종구 씨가 '울어라 열풍아'를 깃발 나게 열창하는 원정순 가수와 동업하여 가수지망생들과 노래 잘하는 가요 마니아들을 모아 국일관에서 하던 공연을 수평이동하기도 하였으나 별 재미를 보지 못해 접었다. 지금은 YMCA옆 〈풀코스〉란 단란주점을 운영하며 매주 토요일엔 〈정통가요보존회〉와, 일요일은 김수영 씨가 이끄는 〈배호사랑기념사업회〉 및 김유정, 김현순, 성정미, 전도전, 윤용 등 20여 명의 가수가 뭉친 〈서울예술단〉이 일요일에 노래잔치를 벌인다.

〈동원뷔페〉는 2012년부터 강명삼이 이끄는 〈장충예술단〉이 옮겨와 〈서울예술단〉으로 이름을 바꾸고 주말마다 5시간씩 공연하고 있다.

악기상가를 끼고 운현궁으로 가는 골목 못 미쳐 〈오싱〉이란 주점이 20년 넘게 장사를 하고 있는데 김영광 작곡가가 단골이며 주인은 일본에서 활동하다 돌아온 무명 여가수다. 나는 이 집을 가끔 드나들었는데 LD 가라오케가 들어온 초창기인 1995년 무렵으로 기억되며 주인인 여가수는 윤복희의 '여러분'을 기막히게 잘 부르는 실력파였다.

가요작가들이 가장 많이 모이는 곳이 낙원동이다 보니 〈약속다방〉과 〈폴링〉, 그리고 〈포시즌〉 등의 찻집은 연일 만원이었고 〈한국음악저작권협회(komca)〉 임원 개선 선거가 있는 해면 회장 후보자들이 이 낙원동에다 선거 캠프를 차리곤 했는데 지명길, 신상호, 김영광, 정태호 등의 선배들이다. 선거가 12월에 치러지는데 11월부터 낙원동은 술판이 벌어지며 투표권을 가진 작사가, 작곡가들이 선거 열기를 부채질하며 거리를 메웠다.

술과 노래와 악기와 낭만이 흐르는 낙원동은 그대로인데 사람들은 다 어디로 간 걸까? 이곳을 무시로 드나들며 가요의 꽃을 피웠던 가요작가들. 그들이 그립다. 이름이라도 한번 불러보자.

박시춘, 백영호, 김호길, 박춘석, 김진경, 이명희, 김성근, 하중희, 한산도, 이용일, 한도, 최남구, 이동원, 정휘화, 강석화, 김상범, 박진하, 신대성, 진고산, 남성, 서정근…… 아! 이들은 모두 하늘나라로 가셨다. 그곳에서도 노래가 필요했나 보다.

수많은 가요인들이 부침하고 명멸해간 낙원동은 수도 없는 곡절을 간직한 채 오늘도 가무로 흥청댄다. 튜닝하는 금관악기와 테스팅하는 목관악기 소리를 뿡뿡대면서…….

〈2011. 2〉

잘 나가던 카바레 B밴드

가까운 동료들이 카바레 B밴드로 날리던 시절이 있었다. B밴드란 캄보 이상의 합주 A밴드가 아닌 올겐으로 독주하는 것을 말한다. 이 B밴드는 노래반주기가 나오고 노래방이 생기면서 사양길을 걸었으며 지금은 찾아보기조차 힘들다. 물론 아직도 카바레는 엄연히 존재하고 숫자는 줄었지만 혼자서 건반을 치는 B밴드는 어쩌다가 만나는 그리운 풍경이 되고 말았다.

개발붐이 한창이던 70~80년대 스탠드바에서 이 B밴드는 보증금을 내면서까지 업소에서 고정되길 원했고 나와 가까운 B밴드 중에 김민성, 오세욱, 유을성, 박은표, 김현한, 나영수, 진철, 이원갑 등이 밤무대의 앙상블로 유명했다.

나는 춤을 추지도 못하지만 카바레를 멀리하는 일종의 콤플렉스 같은 기억을 지니고 있다. 카바레마다 화장실엔 화장실 웨이터가 있었고 이 웨이터는 손님이 등만 보이면 잽싸게 옷에 묻은 이물질도 닦아주고 향수를 뿌리며 때로는 가벼운 안마까지 서비스 한다. 볼일을 다 마치고 돌아서면 기다렸다는 듯이 하얀 쟁반에 물수건을 건넨다. 이때 쟁반에는 이미 누군가가 날렸다고 증거를 보여주는 만 원권 지폐서부터 오천 원과 천 원짜리 몇 장이 눈에 띄게 얹혀 있다.

나는 집에 돌아갈 차비밖에 없는 구차한 처지를 한탄하며 뒤통수가 간지러워야 했다. 눈치 없는 웨이터의 친절에 화답을 못 해 체면을 구긴 나는 이 피할 수 없는 절차가 싫어 누가 카바레에서 만나자고 하면 일부러 핑계를 대곤 피했다.

김민성은 연주 실력보다 노래를 맛깔나게 잘 불렀는데 나는 그의 노래가 좋아서 〈뽕짝 365일〉, 〈서울 파트너〉, 〈가요 펀치〉, 〈부르스 맨〉 등 여러 따블의 메들리 음반을 내주었다. 얼마 전 광명시 네거리에서 단란주점을 냈는데 파리만 날리고 있었다.

현재 KBS관현악단의 단원으로 〈가요무대〉에서 아코디온을 연주하는 유을성 씨는 메들리 연주도 몇 따블 해주었고, 특히 1985년 미아리 대지극장 뒤 감자탕골목에 있는 스탠드바 〈두리두리〉에서 B밴드로 반년을 함께 일했다. 나는 그 〈두리두리〉에서 잠시 영업 사장을 하던 때이기도 하였다. 당시 유을성 씨는 미국으로 이민 갔다가 되돌아오자마자 나하고 일했다.

나는 당시 하룻밤에 최소 20곡의 노래를 불렀다. 손님의 오부리 신청이 뜸해지면 유을성 씨가 "다음은 사장님을 모시겠습니다."라는 멘트로 툭하면 나를 무대로 불러냈는데 그때나 지금이나 나만 보면 "왜 가수를 안 하냐?"고 의아해 한다.

현철의 '아미새'와 '따오기'의 작곡가인 나영수 형은 부산 포항 대구 등지에서 노래와 연주로 날렸다. 90년대 초 내가 작사한 '지나'(김성유 곡)와 '남자의 술잔'(구로환 곡)을 아세아레코드사에서 출반하였다.

뽕짝은 아무나 하나

건반악기를 3단에서 5단까지 세워놓고 지루박에서 디스코로 다시 부르스로 30분씩 하룻밤 새 몇 타임을 연주하던 B밴드. 큰 업소에서는 리믹스 판을 돌리는 DJ에게 일자리를 내주고 소형업소에선 노래반주기에 쫓겨난 연주인들이 낙원동 악기상에 가보면 화투나 훌라 게임으로 시간을 죽인다.

다시 반전되는 세월은 없는 걸까. 천호동 〈둥근달〉 카바레 B밴드였던 현한이와 남한산성 〈곡을계곡〉으로 D800을 싣고 가서 오부리 사회를 보며 일당을 챙겼던 1983년 여름이 눈에 잡힌다.

삼류극장 아도로꾸쇼

사전에 찾아봐도 인터넷을 검색해 봐도 〈아도로꾸쇼〉에 관한 정보가 뜨질 않는다. 내가 잘못 알고 있었나 해서 누군가에게 물어보니 역시 〈아도로꾸쇼〉가 맞다고 한다. 그래서 용어를 〈아도로꾸쇼〉로 한다.

〈아도로꾸쇼〉는 어트랙션attraction으로 극장에서 손님을 끌기 위해 영화와 영화 사이 짧은 시간에 공연하는 것을 말하는데 일본식 영어 발음으로 아트락숀이며, 아마도 이를 〈아도로꾸쇼〉라고 한 것 같다.

을지로 4가에 있는 지금으로 말하자면 프로덕션인 김만두金萬斗 형 사무실에서 프레스리 이재근 형과 홍성찬과 나는 지방 극장쇼의 찌라시(포스터) 출연진 선정에 끼고 싶어 왔다 갔다 하며 똥마려운 강아지처럼 부산을 떨었다. 1983년 여름, 비가 억수로 쏟아지던 그날 답십리 명문극장에 따라가 소위 말하는 〈아도로꾸쇼〉를 관람했다.

사이키 조명이 들어오면 사회자의 걸쭉한 입담과 화려한 소개로 댄서들의 캉캉 춤이 시작되고 반짝이 옷을 입은 무명가수 서넛이 분위기를 고조시키고 아다마(주연) 가수가 남녀 한 명씩 대미大尾를 장식한다.

〈아도로꾸쇼〉는 60년대 말에서 80년대 초까지 존재했던 우리의 문화 풍경 중 하나다. 이 〈아도로꾸쇼〉를 거쳐 큰 가수도 여럿 있는데 가수들이 구차하고 고생했던 과거를 숨기려는 경향이 많아 이름을 거론하진 않겠다.

개장 이래 단 한 번도 개봉영화를 돌린 적 없는 변두리 삼류극장도 나름대로의 전통과 족보를 가지고 있다. 일류극장의 다양한 관객과는 달리 엉큼한 생각을 가진 젊은이들 일색인 삼류극장은 화면 상태나 영화의 수준은 그다지 관전 포인트가 아니다. 누구하고 같이 갔느냐, 그 어두컴컴한 곳에서 서로를 얼마만큼 공감했느냐, 그리고 이후 시간은 또 어떻게 기획을 할 건지가 더 중요하다.

펄씨스터즈 매니저였던 정용규 단장이 동남아 공연에서 막 돌아온 와일드캐츠의 '마음 약해서'를 TV브라운관이 아닌 극장 쇼에서 팬들에게 직접 소개하던 날, 천호동 〈파도성 작곡실〉에서 정 단장과 일단의 쇼 진행 스텝진과 오균아 형과 나는 화양리 〈동부극장〉에서 올리는 와일드캐츠 쇼 준비로 정신이 없었다.

물론 나의 역할이래야 잔심부름 또는 연락책 정도였지만 당시는 삐삐나 휴대폰이 없던 시절이라 연락병의 역할도 영 허드렛일은 아니었다.

삼탄강에서 홍성찬과 – 1984

천호동에 있었던 〈파도성작곡실〉은 한동안 나의 아지트였다. 군에서 제대한 후에도 이 사무실에 죽치고 앉아 장밋빛 미래를 구상하며 연예계 사람들과 어울렸다. 작곡가 오민우 선생님과 탤런트 김진해, 이정웅, 임채무, '목련꽃 그늘 아래서'를 부른 가수 허준 등의 형들과 자주 만났으며 나진기와 듀엣으로 활동하는 김해남 형도 더러 만나곤 하였다.

나는 이 무렵 신당동에 작곡실을 내고 있던 김현우 형과 몇 편의 작품을 같이 하였는데 김

뽕짝은 아무나 하나

미성의 '상처'와 김용임의 '가을엔 혼자 있어요' 등이다. 또한 조덕상과 친구 송준하에게 '장보고'란 노래를 취입시키기도 하였으며 고인이 된 태양음향(당시 태양음향은 길옥윤, 박춘석, 김성진 세 사람이 합자한 음반사임) 김성진 사장께서 내게 형사들의 고단한 삶을 그린 작사를 주문하는 등 미미하나마 서광이 비치기 시작할 무렵이기도 하였다.

또한 영화배우 신일룡의 4촌 동생인 조정현을 싱어로 경원대생들이 주축이 된 보컬 〈해마〉에게 '이어도'를 주어 〈대학생 보컬 경연대회〉에서 금상을 탔다. 이 '이어도'란 작품은 현재는 TV 다큐멘터리 프로의 배경음악을 하는 신윤식이 불러 한동안 방송 인기곡으로 머물렀다. 그룹 〈해마〉에게 다시 '3박4일'이란 작사를 주어 가요제에 출전시켰다.

"울안에 짐승이 두고 온 밀림을 생각하는 날/ 등 뒤에 배낭을 짊어진 우리는/ 미끄럼틀 같은 도시의 언덕을 내려갔네/ 멀리서 바라보면 황홀한 우리~~~~"

이응도가 작곡한 이 노래를 시작으로 '3박4일' 팀은 대학가요제와 강변가요제에서 거푸 떨어지고 해체되었다. 이후 조정현은 '그 아픔까지 사랑한 거야'로 크게 떠오르더니 이 바닥을 아예 떠나고 말았다. 송대관이 불러 히트한 '큰소리 뻥뻥'을 연습하던 허준과 파도성은 마흔도 못 살고 요절하였다. 이 두 형의 짧은 생에 나는 인생의 무상함을 느끼며 한동안 넋을 놓고 살았다.

아! 서울역 사각으로 맞은 편 다다미방이 촘촘한 하숙집에서 〈아도로꾸쇼〉를 위해 남대문시장에서 사온 액세서리를 무대복에 달며 키 재기를 하던 김재수, 송준하, 코미디언 홍우래 모두 다 그립다. 서대문로터리 〈화양극장〉과 〈천호극장〉, 〈대지극장〉, 〈동부극장〉, 〈파고다극장〉, 〈청계극장〉 등 변두리 삼류극장을 떠올리면 〈아도로꾸쇼〉를 기획하던 형들과 출연진이던 삼류가수 몇몇의 얼굴이 낮달처럼 떠오른다.

신곡 메들리 불패不敗의 시절

"어째 그라유, 어째 그라유, 시방 날 울려놓고 ~"로 시작하는 '천방지축'은 문희옥을 탄생시킨 노래다. 1986년 여고생이던 문희옥은 〈오동잎〉의 작곡가이자 안타프로덕션 대표인 안치행 선생에게 픽업되어 〈천방지축〉을 비롯한 20편의 코믹송 〈사투리디스코〉 음반을 발표했다. 당시까지만 해도 무명의 작곡가 지망생이자 호시탐탐 가수의 기회를 엿보던 이호섭이 작사를 하고 안 사장이 작곡과 프로듀서를 겸한 이 음반은 경이적인 히트를 치면서 문희옥을 세상에 알렸다.

특히 이호섭은 이 음반을 계기로 비로소 진가를 평가받고 그 무렵 〈쌍쌍파티〉와 '비 내리는 영동교'로 일약 신데렐라로 욱일승천하는 주현미의 음반작업에 캐스팅되는 행운까지 안았다. 그리고는 '짝사랑', '잠깐만', '어제 같은 이별', '추억으로 가는 당신' 등 일련의 히트곡을 보장받았다. 이를 계기로 이호섭은 자신의 끼를 확인시키며 순풍에 돛을 달고 탄탄대로를 걸었다.

역사는 참으로 아이러니하여 그 문희옥이 지금은 나의 작품인 '사랑이 남아 있을 때'를 열창하고 있으며, 이호섭은 나와 찰떡 콤비로 영욕榮辱을 함께한다.

안타프로덕션은 태광음반의 PD사로 있었는데 역시 태광음반의 상호를 쓰는 아리랑음반의 손경태 사장은 〈사투리디스코〉의 성공을 보고 작

♩ ♪ ♫
뽕짝은 아무나 하나

사가를 나로 결정한 뒤 당시 오아시스레코드사에 근무하는 내게 SOS를 쳤다.

며칠 후 나는 '무등산 수박'을 비롯한 '말죽거리 복덕방', '호랑이 담배 먹던 시절' 등 60여 편의 가사를 손 사장이 지정한 김민우 작곡가에게 넘겨주었고 창신동 네거리에 있는 김민우 선생의 사무실에서 우리는 만족할 만한 곡을 완성시켰다. 〈김준규녹음실〉에서 정주희, 이유신, 강승용 세 사람의 연주로 황정숙이 부른 〈팔도유랑〉이란 음반을 출시했다.

〈팔도유랑〉은 문희옥의 〈사투리디스코〉와 경합하며 인기를 부채질했고 신곡 메들리 불패不敗라는 신화를 이어갔다. 이후 손 사장은 나와 손잡고 김민성, 황영희, 황정숙, 신웅, 주용아 등의 가수들에게 수십 타이틀의 메들리 음반을 취입시켰고 나는 기획과 디렉터로서의 주가를 올렸다.

이 무렵 내가 작사한 신곡 메들리 작품은 〈팔도관광〉, 〈갑순이 가요나들이 5집〉, 〈서울파트너〉, 〈이승하의 가요특급〉, 〈실향민의 노래〉, 〈봉선이의 해금가요〉, 〈메기병장 동작 그만〉 등 20여 따블 분량의 400여 편에 달하며 김호길, 김민우, 정주희, 김다양, 이동훈, 신철수, 구로환, 김수환, 김종한, 장현준, 진정훈, 김충식 등의 작곡가들이 적게는

1~2 따블에서 많게는 4~5따블까지 곡을 붙여주었고 김민성을 비롯하여 십여 명의 남녀 가수들이 참여하였다. 비록 메들리 음악으로 발표하였으나 그 중에는 아끼는 작품도 있고 더러는 훗날을 기다리며 나의 바인더 북에 대기하고 있다.

　신곡 메들리가 불패이던 그 시절이 그립다. 음반산업의 퇴조에 휩쓸려 역사의 뒤안길로 사라진 추억이 되어 더 그립다.

이창용은 갔지만 노래는 남아……

　무얼 그리 서둘러 갔을까? '당신이 최고야'로 데뷔하여 주목받던 유망주인 그는 이후 두 장의 앨범을 더 내고 2009년 3월 12일 서른여덟에 소천했다. 그의 비보를 전해 듣고 나는 생전의 이창용을 떠올렸다. J&S에서 하던 말.

"선생님은 정말 고수세요. 제가 태어나 가장 멋있는 노래를 들었습니다."

　나의 노래에 반했던 그는 자사 직원들을 이끌고 정기적인 회식 자리마다 임종수 선생과 나를 초대하곤 했다. 인연이 있었던 걸까? 이창용은 내가 작사한 박현진 곡의 '비감'이란 노래를 취입하였는데 잠시 홍보하다가 태진아가 운영하는 기획사에 전속되어 태진아 곡인 '여보'를 밀었다.

젖은 눈으로 그대 나를 보지 마/ 이토록 아픈 게 사랑이라면/ 나 그대 그대그대 그대를/ 만나지 않았을 거야/ 바람 불면 그대 생각날 거야/ 모래알로 부서진 사연들이/ 이제는 강물처럼 흘러간/ 가버린 옛날 옛날이/ 건널 수 없는 강이 되고만 지금/ 되돌아 올 수 없는 사랑/ 너무나

뽕짝은 아무나 하나

변성용이 편곡한 이 작품은 제목이 말하듯 슬픈 노래다. 이창용은 혼을 실어 노래했고 지금은 금영이나 태진 노래반주기에 잠들어 있다. 아주 가끔은 내가 깨워서 부른다.

"~~되돌아 올 수 없는 사~랑~~"

그가 보고 싶다. 나와는 더 많은 인연을 쌓을 수도 있었는데 참 아깝다. 이창용의 죽음은 가요계의 손실이다. 이창용은 1992년 KBS 〈전국노래자랑〉에서 최우수상과 1993년 MBC 〈남편가요제〉에서 대상을 받으며 가요계에 나와 2004년 '당신이 최고야'로 신인가수상을 휩쓸었다.

비록 이창용은 갔지만 그의 노래는 남아 선거철이면 이 골목 저 골목에서 로고송으로 '당신이 최고야'가 방방 울려퍼진다.

하윤주의 '춘몽'은 지금도 아련하다

1960년대 최고의 편곡가였던 라음파 선생의 편곡 유작이 된 〈선시禪詩〉 불음가요는 총 14편으로 김병걸 작사, 조영근 작곡으로 공연윤리위원회 심의번호가 9104-G113이며 하윤주가 9곡, 남강수 선생이 5곡을 불렀다. 1991년 5월 아세아레코드사에서 제작하였으며 나와 조영근 선배는 갑1과 갑2가 되어 인세계약을 맺었다.

불자인 조 선배와 나는 창작 찬불가를 세상에 내기로 작정하고 기존의 노래와는 성격이 다른 선시를 불음가요로 만들었다.

나는 고려시대에서 조선시대 까지 유명한 고승들이 남긴 시를 발췌하고 가사로 바꾸기 위해 한 달을 작업했다. 일단 한 구절이라도 내 느낌과 소통이 되면 디자인한다는 골격을 세우고 고려시대 의천, 충지, 혜심, 보우대사와 조선시대 도안, 일선, 태능 스님의 글을 각색 했다. 말이 역사지 실제는 내가 90%를 쓰고 없는 제목을 만들어 붙였다. 판매에 도움이 될까 싶어 나는 나를 역사자로 표기했다. 1991년 3월 화양리 아세 아레코드사 녹음실에서 라음파 선생은 오케스트라 반주로 편곡하여 곡이 요구하는 느 낌을 극대화시켰다.

하윤주는 김국환이 불러 히트한 '바람 같은 사람'을 맨 먼저 부른 가수다. 1992년 킹 레코드사에 픽업된 하윤주는 가창력이 매우 뛰어난 볼륨 있는 실력파다.

하윤주는 사찰 도량道場에서 불음가요를 보급하고 찬양하는 불자가수였고 우리의 기 대대로 감동적인 노래를 그려냈다. 특히 '춘몽春夢'이란 작품에서 전주에 코러스 대신 직접 구음口音으로 호소하는 그녀의 노래는 부처님의 가피加被였을까 천상의 소리였다.

음반 출시 한 달 만에 편곡비와 악단비 등을 다 갚고도 남을 만큼 돌풍을 일으켰다. 남강수 선생은 지금도 나와는 가까이 지내며 여러 행사장에서 자주 마주친다. 특히 안 동 관련 행사에는 단골로 초청되는 안동시 홍보대사이시다. 단아한 인품처럼 차분하고 청명한 음성으로 '추일서정'과 '참선명', '빈 조롱' 등을 노래하였는데 마치 선생께서 선 계仙界에 계시는 듯하다.

LP속지 겉면에 조영근, 하윤주, 남강수, 나, 우리 네 사람의 연필 드로잉drawing이 있 고 뒤집으면 14편의 가사와 선시에 대한 나의 인사말이 있다. 요점을 옮겨본다.

글자 그대로 시란 〈절에 있는 말〉이란 뜻이다. 이는 곧 불가의 행법行法과 말이 인간 심성을 가 장 적절히 그려낸 시가 되는 셈이다. 이 음반에 수록된 선시들은 고려, 조선시대의 유명한 고 승들이 탈속하여 선계를 노래한 글이다.

한문으로 된 선시를 역자譯者의 짧은 학문과 식견으로 노랫말에 가깝게 개사를 했다. 원작을 쓰신 고승들이 혹시 꾸지람이나 주지 않을까 민망스럽다. 제목도 역자의 마음대로 붙여 보았 는데 얼마나 접근했는지 부끄럽다. 고마운 분은 곡을 붙여 세상과 만나게 해 준 조영근 님이 시다. 이처럼 훌륭한 곡을 그려주었으니 이보다 더 큰 보시布施가 어디 있으랴. 우리의 고유가 락인 오음계의 궁상각치우만을 엮어 염주 알 꿰듯 노래로 만드신 열정과 지극한 보리심에 찬 사를 보낸다. 노래를 불러주신 남강수 선생과 하윤주 양에게도 감사의 인사를 드린다. 두 분

♪ ♪ ♬
뽕짝은 아무나 하나

의 노래 역시도 큰 보시이리라.

음반을 제작해주신 박경춘 사장님과 아세아레코드사의 발전을 합장合掌하며……

2001년 7월 김병걸 합장

사바의 부귀영화/ 그 모두는 봄꿈이요/ 만나고 헤어짐과 살고 죽음은/ 물에 뜬 거품처럼 허망하여라/ 극락에서 노닐 마음/ 그것 하나 말고는/ 생각하면 내가 할 일/ 무에 또 있으리

―김병걸 글, 조영근 곡 '춘몽'

올 때도 나보다 먼저 오더니/ 갈 때도 나보다 먼저 갑니까/ 사모하던 님이여 사모하던 님이여/ 홀연히 먼 길을 혼자 갔군요/ 나 또한 여기 오래 머물겠는가/ 이 뜬세상 나그네 집 같은 것/ 가고 머문 자취를 돌이켜 보지만/ 아, 티끌만큼도 얻을 수 없어라

―김병걸 글, 조영근 곡 '만가'

명예와 부귀에 마음을 두지만/ 그 길은 벼랑길 이끼보다 미끄럽네/ 알기 쉬운 세상길 그 법法이 따로 있나/ 공문空門에 묘한 비결 절로 열려 있느니

―김병걸 글, 조영근 곡 '무심가'

대나무 그림자가 뜰을 쓸어도/ 먼지 한 점 일지 않고/ 어허라 휘영청 달빛이 바다를 뚫어도/ 그 바다 위에는 흔적이 없네

―김병걸 글, 조영근 곡 '묵상'

저 큰 호수가 만萬 이랑이 넘지만/ 바람이 자면 물결도 따라 자고/ 그러나 사방 한 치 우리네 마음에는/ 언제나 천 길도 넘는 물결이/ 무시無時로 무시無時로 일고 또 이네

사람은 가도 노래는 남아

—김병걸 글, 조영근 곡 '욕심'

피면 떨어지고 지면 다시 피는 길을/ 내 몇 번이나 그 길을 돌아왔던가/ 이 몸을 이승에서 제도濟度하지 못하면/ 다시 어느 생에서 내 몸을 구제救濟하리

—김병걸 글, 조영근 곡 '보리심'

아지랑이 날아가는 푸른 언덕에/ 세월이야 가든 말든 나는 또 혼자/ 누더기 한 벌이면 내 인생은 족해/ 향로에 피는 연기 마주한 마음으로/ 아 돌담에 무성한 이끼 같은 목숨/ 아서라 그 뉘도 내게 묻지를 마오/ 나는 일찍이 세상일을 모른다오

—김병걸 글, 조영근 곡 '유유자적'

얕은 두레박으로 깊은 우물 다 건질까/ 짧은 지팡이로 먼 길을 떠났구나/ 첩첩한 세상길 저문 언덕에/ 나 오늘도 길 잃은 소/ 갈 길을 묻는데/ 누가 나를 부르뇨/ 누가 나를 부르뇨/ 돌아보면 빈 바람소리

—김병걸 글, 조영근 곡 '허명'

마음이 부처이거늘/ 구태여 왜 밖에서 찾으려 하나/ 모든 일 다 버리고 곰곰이 보면/ 길이 다 막혀 철벽같은데/ 다니거나 섰거나 앉거나 누웠거나/ 한 치의 세월도 허송치 말고/ 마음의 물결을 고르게 하리

—김병걸 글, 조영근 곡 '참선명'

구름을 차고 노는 하늘에 학이/ 만리건곤萬里乾坤을 한눈에 굽어보네/ 구천九天 가을 달 아래 그 소리 떨치나니/ 누가 너를 붙들어 조롱에 매어두리

—김병걸 글, 조영근 곡 '빈 조롱'

♩♪♫
뽕짝은 아무나 하나

뜬구름 그 자체는 본래가 공堂이고/ 본래 공인 것은 바로 저 허공이다/ 허공에 구름이 일고 사라지나니/ 일고 사라지나니/ 일고 사람짐은 온 데 없는/ 본래가 공인 것을

─김병걸 글, 조영근 곡 '허공'

추녀를 둘러싼 대나무밭에/ 나즉한 빗소리 귓결에 차고/ 골짜기에 우거진 단풍잎에는/ 어느덧 여름 가고 가을이 가을이/ 아리따운 꽃잎은 새벽이슬에 우는데/ 쓸쓸해라 또 한 잎 꽃이 지네

─김병걸 글, 조영근 곡 '추일서정'

나팔 부는 트리오 〈휘파람새〉

우리나라 가요 역사상 최초로 나팔 부는 여성 트리오 가수가 등장했다. 원 트럼본, 투 트럼펫으로 짜여진 〈휘파람새〉는 고교 3학년 때인 1988년에 팀을 결성한 갓 스무 살 동갑내기들로 팔등신 미인들이다.

콤비 사회로 유명한 〈유쾌한, 이슬기〉의 이슬기 씨는 MC 생활을 접고 마포 불교방송 뒤편에다 코미디언 손철 씨와 함께 연예프로덕션을 차리고 이벤트 사업에 뛰어들었

다. 삼태기 멤버인 김한만, 가수 김홍조, 이미테이션 가수인 조영필 등 여럿을 데리고 군부대 공연을 위주로 각종 공연을 많이 기획했다. 말솜씨만큼이나 사업 수완도 좋았던 이슬기 씨는 어느 날인가 어디서 말괄량이 처녀 셋을 데려왔고 이들이 바로 1991년 '몰라요'로 TV에 눈요기를 더해준 〈휘파람새〉다.

과천여고 고적대 출신인 박윤정과 염광여상 고적대 출신인 이정희, 곽인숙으로 구성된 〈휘파람새〉는 '이상해'로 데뷔했고 나는 그 음반에 정옥현 작곡의 '핑계'를 작사했다. 1990년 10월에 나온 '몰라요'는 두 번째 앨범이다.

한때는 나 하나만 사랑한다 했었지/ 서글픈 추억이 됐지만/ 샷자리샷자리 샷샷자리 가리고/ 샷자리샷자리 샷샷자리 가리고/ 그땐 정말 행복했었어/ 지금도 나를 기억하나요/ 가문 날에 콩 나듯이/ 날 기억하나요/ 몰라요 몰라요

한때는 나 없이는 못 산다고 했었지/ 흘러간 노래가 됐지만/ 샷자리샷자리 샷샷자리 가리고/ 샷자리샷자리 샷샷자리 가리고/ 그땐 정말 행복했었어/ 지금도 나를 생각하나요/ 가문 날에 콩 나듯이/ 내 생각하나요/ 몰라요 몰라요

—김병걸 작사, 이호섭 작곡 '몰라요'

♪ ♪ ♫
뽕짝은 아무나 하나

나는 이슬기 씨로부터 〈휘파람새〉의 2집 음반 작품을 의뢰받고 나의 두 콤비인 박현진, 이호섭과 짝을 이뤄 타이틀곡인 '몰라요'와 젊은 지성의 고뇌를 그린 '캠퍼스의 F학점' 및 부르스 곡으로 곽인숙의 트럼펫 솔로가 돋보이는 '군조', '비개인 오후의 빨간 지붕처럼', '사랑할 때는' 등을 취입시켰다.

〈휘파람새〉는 이색적인 게스트로 각종 가요 프로에 섭외되었고 '몰라요'는 단박에 훨훨 창공을 날았다.

MBC 〈주부가요열창〉의 초대 챔프 변해림

주부들이 TV속으로 뛰어들었다. 주부가요제가 열린 것이다. 살림만 하다가 물 만난 고기처럼 반기며 끼를 갈무리하고 있던 이 땅의 많은 주부들이 치열한 경합을 뚫고 본선에 올랐다. 본선에 오르면 TV에 나오는 것이고 주週 장원만 해도 상품이 푸짐했다. 주장원을 거쳐 3주 연승을 하면 연승자끼리 대결하는 대망의 결선무대에 진출한다.

사실 〈주부가요제〉 프로가 생긴 초창기만 해도 대다수의 출전자들은 지난날 이름 없는 가수였거나 가수 지망생들이었다.

우리나라에서 맨 처음으로 생긴 주부노래자랑이 바로 1988년 5월에 첫 방송을 내보낸 MBC TV의 〈주부가요열창〉이며 그 이후 KBS에서 〈도전 주부가요 스타〉란 유사 프로그램을 만들어 2009년까지 진행하였다. 나는 이 프로에서 허참 씨가 사회를 보던 2002년과 김동우, 이승연 두 아나운서가 사회를 본 2008년도에 1년간 심사위원을 했다.

항도 부산에서 레코드 가게를 하던 풍채가 좋은 변해림 여사(38)는 김종찬의 '사랑이 저만치 가네'로 영예의 대상을 거머쥐며 연말결선 초대 챔피언이 됐다. 풍만한 볼륨과 샹송에 어울리는 바이브레이션이 강점이었던 변해림은 월등한 실력으로 우승한다. 변해림은 제4회 때 첫 출전하여 우승으로 제주도 여행을 다녀왔고 최초로 3주 연승으로 하와이 여행을 남편과 다녀왔다. 특히 연말대상으로 탄 〈보름간의 유럽여행 티켓〉을 양로원에 쾌척하여 칭송을 받았다.

패티김이나 이미배와는 또 다른 도회적이면서 우수어린 그녀의 노래는 많은 주부들에게 롤모델이 되었고 주위의 기대에 부응이라도 하듯 오아시스레코드사에 전격 스카우트되었다. 나는 그녀의 전속기념 1집 음반의 타이틀송 작사를 맡았다. 변해림을 오아시스로 데리고 온 사람은 작곡가 임정호였고 그는 프로듀서가 되어 음반작업을 진행했다.

샹송 분위기가 물씬 나는 멋진 곡이다. 송태호의 편곡 데뷔작이기도 하다. 아코디언의 전율이 마음을 매료시키는 이 노래는 방송가에 화재를 불러일으키며 금세 신청곡이 쇄도하는 인기곡으로 부상했다.

이후 변해림은 나와 임정호 콤비의 작품으로 1987년 MBC 라디오 〈김자옥의 여자의 계절〉이란 고정프로에 〈그 아픔 사랑이었네〉란 연속극 주제가를 불렀고 근자에는 찬불가요 보급에 전념하고 있다.

세월은 가도 역사는 남는 것. 변해림은 우리 방송사와 가요사에서 주부들이 공식채널

뽕짝은 아무나 하나

에서 벌이는 가요 프로그램의 초대 챔피언으로 영원히 기록될 것이리라.

KBS 〈전국노래자랑〉과 신대성 묘소 참배

억수 같은 빗줄기는 그칠 줄 모르고 눈물인 듯 쏟아졌다. 경상북도 안동시 수동에 있는 안동공원묘원 입구에 KBS 버스를 주차하고 〈전국노래자랑〉 스텝진은 작년 겨울 하늘로 간 이곳 출신의 작곡가 신대성(본명 최시걸) 형의 묘소로 향했다. 안동시청에서 천막을 쳐놓은 묘소엔 고인의 동생인 최상걸이 미리 준비해 놓은 술과 과일 등이 차려졌고 송해 선생님을 비롯한 일행 20여 명은 경건한 마음으로 일찍 타계한 고인故人을 아쉬워했다.

무릎 밑이 흠씬 젖어버린 일행은 고인의 생전 모습을 회상하며 눈시울이 젖었고 송해 선생님은 비석을 오랫동안 쓸어안고 당신보다 먼저 간 고인을 아까워했다. 고인은 〈전국노래자랑〉 심사를 15년이나 맡아 노래자랑 31년 역사의 절반을 함께했었다. KBS에서는 특별히 안동시와 상의하여 3년 간격으로 열리는 노래자랑을 1년 먼저 앞당겨 안동편을 녹화하게 되었으며 고인의 묘소도 참배하는 순서를 갖게 된 것이다.

송해 선생님이 제일 먼저 잔을 쳤고 이어 김인엽 악단장이, 세 번째로 필자가, 뒤를 이어 작곡가 박현진과 노래자랑 작가인 정

전국노래자랑

한욱, 마지막으로 악단단원들이 참배를 했다. 필자는 노래자랑의 심사를 보기 위해 하루 전날 송해 선생님과 악단단원, 그리고 파트너 작곡가 박현진과 KBS 버스를 타고 함께 내려왔다. 단양휴게소에서 아침식사를 하던 중 송해 선생님은 "이 비는 신대성이의 눈물이야, 눈물!"

굳이 송 선생님의 말씀이 아니더라도 우리 모두는 그렇게 생각했다.

63세의 나이에 소천召天한 고인은 필자와는 고등학교 선후배 사이로 여러 작품을 콤비한 파트너였다. 비가 오다가도 고인이 심사위원으로 나타나면 언제 그랬느냐 듯 비가 그치고 당신의 히트송인 '해뜰날'의 가사처럼 쨍하고 해가 떴다는 일화는 유명하다.

운명하기 며칠 전 필자가 고인의 집을 병문안 갔더니 달력에다 노래자랑 심사하는 날을 동그랗게 표시해놓고 우리 같이 다니자며 삶에 애착을 보였다. 그런 고인이기에 필자의 마음은 더 아프다.

묘소엔 고인이 야생화 박사인 김태정과 탐방했던 백두산 정상에서 찍은 사진과 바람처럼 살다간 고인의 여정旅程을 두 줄의 글귀로 다음과 같이 돌판에 새겼다.

"고달픈 인생길. 희망을 노래하다 가는 아름다운 귀향길. 당신을 향한 한없는 그리움을 이 작은 비석에 새깁니다."

공원묘지가 다 그런 거지만 묘소가 너무 작아서 "그렇게 잘 생기고 키가 컸던 형도 이처럼 작은 터에 평생집을 지었군요." 필자의 탄식에 정한욱 작가는 눈시울을 적시면서 "돌아가셨다는 사실이 믿겨지질 않아요. 지금도 곁에 있는 것만 같아요."

"아차…내가 나팔꽃씨를 잊어버렸구나." 혼잣말을 했지만 후회가 밀려왔다. 묘소에 나팔꽃씨를 뿌리려고 했는데… 우리가 마지막으로 손을 맞춘 노래가 〈일요일의 남자〉 송해 송song인 '나팔꽃인생'인지라 안동 시내 어디엔가 〈나팔꽃거리〉나 〈나팔꽃공원〉을 만들어야겠다는 생각이 불현 솟구쳤다.

〈전국노래자랑〉의 녹화를 보려고 만석滿席이 6,400석인 안동실내체육관은 바닥에 의자를 놓아 1만여 명이 들어찼고 안동ANDONG이라고 쓴 하늘색 비닐 봉을 흔들며 환호하는 시민들의 열기로 가득했다. 송해 선생님은 심사위원으로 필자를 소개하면서 신대성 형에 대한 언급도 잊지 않으셨다.

"형이랑 함께 왔으면 얼마나 좋았을까, 그랬으면 노래자랑이 더 빛났을 텐데…."

무사히 녹화가 끝나고 체육관을 나서는데 최상걸 형이 다가와 두 손을 덥석 잡았다. 만감이 교차했으리라. 필자에게서 당신 형의 추억을 떠올렸으리라.

필자와 학번이 같은 FMTV 경북뉴스의 조태식 경북총국장은 녹화장에서 시종일관 필자를 에스코트했고 안동시청 전산통계 담당인 김시억金時億 친구는 저녁에 있을 초등학교 동창회에 참석하려고 대구로 가야 하는 필자를 위해 소판다리걸로 이사한 시외버스터미널까지 차를 태워주었다. 그리고 대기 중이던 체육관 귀빈실로 찾아온 친구 권오을 국회 사무총장과 행사 담당관으로 임무를 잘 완수한 필자의 고교동기인 안동시청 김자현 공보실장에게도 고마움을 전한다. 〈2011. 6. 25〉

사라진 천재 작곡가 송주호

1984년 〈MBC강변가요제〉는 이선희란 신데렐라를 탄생시키면서 막을 내렸고, 대상곡인 'J에게'는 전국을 강타했다.

그해 초겨울 여의도 맨해튼호텔 옆 오성빌딩, 쉴

틈 없이 짜인 방송 스케줄에 녹초가 되어버린 이선희는 송주호 사무실 소파에 뻗어버렸다. 도망이라도 가고 싶은 심정으로 필자의 눈과 마주친 그녀의 풀어진 눈동자는 피곤이 역력했고 안쓰럽기까지 했다.

필자는 군복무를 마치고 금호동 산꼭대기에 있는 〈후반기출판사〉를 찾아 편집실 옆방에서 피아노에 몸을 묻은, 키가 아주 작고 뿔테 안경을 낀 송주호란 젊은 작곡가와 통성명을 하고 안면을 텄다. 당시 후반기출판사는 〈뮤직라이프〉란 가요잡지와 한 달에 대여섯 권의 가요악보집을 발간하였는데 세광음악출판사와 함께 규모가 큰 음악출판사였다.

이 출판사의 편집장은 방주연의 '당신의 마음'과 이정옥의 '숨어 우는 바람소리'를 작사한 김지평이었다. 이 김 선배께서 송주호를 필자에게 중매했다. 젊은 사람들끼리 잘 해보라며.

우리는 금세 친해졌고 얼마 지나지 않아 송주호는 더부살이를 청산하고 동대문역 근처에 개인 사무실을 얻어 독립했다. 필자는 날마다 출근하다시피 드나들었고 어느 날 이선희가 오디션을 보러 이 사무실에 들렀다.

대스타의 출발은 그렇게 시작되었고 송주호는 본인의 작품이 많이 있음에도 이선희가 가져온 이세건 작사·작곡의 'J에게'를 열심히 연습시켜 가요제에 내보내 당당히 대상을 움켜쥐었다. 이선희는 강변가요제의 판권을 공개 입찰한 지구레코드사에 스카우트되었고 매니저 자격으로 송주호는 데뷔 음반의 기획을 맡게 되었다.

이미 김동아의 '산처녀'와 전영록의 '그대가 미워요', 진필의 '종합운동장' 등으로 재능을 입증한 바 있는 송주호는 신들린 듯 피아노를 두드렸고 마침내 '아! 옛날이여'와 '갈등', '소녀의 기도', 필자가 작사한 '혼자 된 사랑'을 작곡하여 이선희의 데뷔 음반을 꾸몄다. 정경천, 이호준, 방기남 등이 편곡을 담당한 이 음반은 발매와 함께 베스트 음반으로 불티가 났고 이선희는 날개를 달았다.

위의 노래 4곡은 모두 히트했는데, 한 가수의 노래가 한 앨범에서 동시에 이렇게 여러 곡이 뜨기란 하늘의 별따기다. 조용필의 음반에서나 있을 법한 일이 신인가수의 첫

뽕짝은 아무나 하나

음반에서 보란 듯이 일어난 것이다. 이는 송주호의 천재성이 빛을 발하는 순간이기도
했다.

수원 출신의 송주호는 신기에 가까운 피아노 연주와 난이도가 높은 곡을 주로 썼다.
이선희와 결별 후 청량리에서 작곡실을 몇 년 열었다가 거두고 지금은 의약재료를 취
급한다. 한때 지구레코드사에서 거액을 받고 입지를 굳히나 했더니 어떤 연유로 가요
계를 떴는지 미스터리다.

가끔 잊어버릴 만하면 불쑥 전화가 온다.

"주호 형, 이 바닥이 옛날만큼의 재미는 없게 되었지만 형이 설 땅이야 없을라구요.
그 귀한 재주를 그냥 썩히면 국가적인 손실이랍니다. 부디 돌아와 가요계를 더 풍성하
게 살 찌워주세요. 이 아우와 콤비로 오랜만에 대작 하나 남기자구요."

아! 옛날이여. 지난 시절 다시 올 수 없나 그 날, 그 날이여….

환상의 섬 신윤식의 '이어도'

KISS TV의 다큐 미니시리즈인 〈인간극장〉의 주제음악을 만든 신윤식.

그를 추억하면 지금도 신비롭다. 필자가 가요계를 넘보던 루키 시절에 만난 재주 많
은 친구다. 작사를 하거나 곡을 쓰거나 하던 조덕상, 서재남, 이응도, 박명우, 우영수,

신윤식, 그리고 가수 민혜경의 오빠인 백강기 등이 당시에 자주 만나던 친구들이다.

신윤식은 작곡가 이응도로부터 소개받은 귀공자로 피부며 액세서리까지 마치 계집애처럼 섬세하게 생겼다. 건반악기도 잘 다루고 작곡 솜씨까지 나무랄 데 없는 탤런트형 수재였다. 이응도와 필자는 이 친구의 음반을 서둘렀고 1984년 '이어도'를 타이틀로 한 LP를 세상에 내놓았다.

라디오에선 좋은 노래로 선정하여 팡팡 틀어주었다. 옐로보이스로 미성에다 얼굴까지 받쳐 준 신윤식은 우리에게 희망봉으로 떠올랐다. 그러나 그는 가수보다는 드라마 음악에 미쳐있었고 필자의 기대를 저버리고 다른 데다 꿈을 두었다.

녹번동에 작업실을 둔 신윤식은 신디사이저에 몰입하였고 마침내는 방송에 진출, 현재도 각종 다큐프로의 음악을 담당하고 있다. 서울내기인 그는 가수라는 추상적인 직업보다는 현실적인 음악감독을 택했던 것이다. 이어도처럼 신비롭기를 원한 걸까? 그는 결국 우리들에게 환상만을 남겨놓고 사라졌다.

바람이 불고 빗줄기가 거센 날이면 필자는 신윤식을 떠올리고 이어도를 생각한다. 가끔 TV에서 그의 이름이 자막에 뜰 때면 씁쓸한 기분을 떨칠 수가 없다. 가수로 좀 더 활동해주었으면 이어도는 완전히 뜨는 건데 늘 아쉬움이 크다.

작곡가 이응도는 필자와 손을 잡고 서울씨스터즈의 '청춘열차'와 이순길의 '끝없는 사랑' 및 나이테와 한혜진의 데뷔 음반을 작업하고는 영화음악에 미쳐 가요계를 떠났다. 대종상 음악상을 받는 등 지금 잘 나가는 영화음악의 대가가 되었다. '이어도' 가사가 생각이 나질 않아 전화를 하니 이 친구 왈.

"야, 내가 느닷없이 가사 뭉치를 요구할 테니 준비하고 있거라."

아, 윤식이와 응도 우리 셋이 다시 뭉칠 날이 또 올까? 〈2011.10.20.〉

혼성듀엣 〈나이테〉는 어디로 갔을까?

마른 잎 날리는 계절/ 가을이 깊어가면/ 다시 또 생각나는 너/ 지금은 어디 있나/ 저만치 겨울
을 두고/ 추억의 길을 가면/ 너와 나 푸르던 꿈이/ 너무도 아름답구나/ 사랑했어요 우우우/ 바
람 불어도/ 언제까지 나는/ 사랑했어요 우우우/ 바람 불어도/ 언제까지 너를

-'바람 불어도'

필자가 아끼는 작품 중 하나다. 이응도가 작곡한, 혼성듀엣인 나이테의 노래로 1987년 아리랑 손경태 사장이 제작한 음반이다.

어디서 발굴하였는지 이응도는 이름이 이시영이란 더벅머리 총각과 혀가 약간 짧은 발음을 내는 끼 많은 센스쟁이 아가씨 이영숙을 데려와 호흡을 며칠간 맞추더니 듀엣을 결성 5곡을 그려 필자에게 가사를 부탁했다.

그래서 만든 노래가 '바람 불어도'다. 지금 봐도 멜로디가 참 잘도 빠졌다. 필자는 흥분했고 날밤을 까며 '바람 불어도'를 완성시켰다.

필자는 손경태 사장에게 이들을 추천했고 손 사장은 흔쾌히 전속을 시켜주며 음반을 만들어주었다. 방송을 탄 '바람 불어도'는 바람이 진짜로 불었다. 노래가 신선하여 방송가의 호평 속에 새로운 듀엣이 하나 탄생하나 했는데 가수 둘 사이가 벌어져 결국에는 팀이 해체되고 필자는 이영숙을 오아시스레코드사로 이적시켰다.

오아시스레코드사 손진석 사장은 이영숙의 목소리에 홀딱 반하여 이름을 이청아로 바꾸고 솔로음반을 만들었다. 물론 음반의 디렉터는 필자였고 필자가 작사를 한 방기

남 작곡의 '사랑의 기도'를 타이틀로 전속기념음반을 냈다. 한동안 방송을 타며 '사랑의 기도'는 안전착륙을 하는가 싶었는데 어느 날 가수가 사라졌다. 아무런 흔적도 남기지 않고 증발해버린 것이다. 소문에는 열애에 빠졌고 남자친구가 가수생활을 반대하여 보따리를 쌌다고 했다.

이 무렵 오아시스레코드사에는 간판가수였던 주현미가 안타음반으로 옮기고 설운도, 송대관, 하춘화, 심수봉, 서울훼밀리, 한마음, 이태호, 김만준, 하성관, 최미미, 변해림, 오복이 등의 가수들이 전속 또는 PD사로 있었다.

해마다 마른 잎 날리는 계절이 오면 그때가 생각이 나고 나이테가 그립다. 가끔 나이테가 불렀던 '슬픈 크리스마스데이'를 들으면 괜히 눈물이 난다. 쓸쓸한 여운을 부르는 '바람 불어도'는 당시로선 모험인 시퀀싱 음악이다. 너무 앞서 가서 탈이 났던 걸까?

연락이 올 때도 되었는데 이별이 너무 길다. 무정한 놈들. 무소식이 희소식이기를 믿으며 잘 살기만을 바랄밖에……

"꼬박 하루 걸리던 서울 유학길에 신문지에 말아 노모가 건네주던 떡. 아침 첫 떡을 사오라던 심부름에 떡메를 쳐주고 사오던 떡. 떡할 매가 힘들어하면 이발사도 한 말 치고, 순사도 한 말 치고, 체보도 한 말 치고, 초등생 손자도 한 말 치고 학교에 가야 했던 우리의 떡."

—〈추억을 파는 노래 '버버리찰떡'〉 본문 중에서

06

고향 연가를 찾아

의성사랑 노래 음반을 만들다

의성義城사랑 노래가 만들어지고 음반이 나왔다. 의성군청에서 문화재 관리를 담당하는 전병해 계장이 백방으로 노력하여 정해걸 군수님을 설득시켜 결재가 떨어지던 날 나는 차를 몰고 의성으로 달렸다.

의성군에서는 의성사랑 노래 가사를 의성군민에 한하여 공모하였다. 일차 예심을 통과한 10편의 가사가 내 앞에 놓였고 나는 응모된 원고를 처삼촌 벌초하듯 대강대강 넘겼다. 기대 이하의 졸작들이었다. 그래도 전 계장은 이 중에서 뽑긴 뽑아야 하며 당선작이 없으면 가작이라도 뽑아 시상해야 한다고 방침을 설명했다.

나는 그 중에서 3편 정도를 가작과 입선으로 분류하고 대신 내가 왕창 고쳐서라도 작곡을 하여 음반으로 만드는 계약을 체결했다. 물론 내가 두서너 편을 추가로 만든다는 걸 전제로 하여 총 7편의 노래가 탄생했다.

음반작업을 위해 나는 의성을 다섯 차례 방문하였는데 천년고찰 고운사孤雲寺와 지장

♩ ♪ ♫
뽕짝은 아무나 하나

사 등 사찰을 비롯 군내 여기저기를 전 계장과 둘러보며 고향의 정취에 취했다. 특히 고운사에서 주지스님이 따라주는 보이차는 겨울 추위를 녹여 주었다.

2004년 12월에 CD로 출반된 '의성사랑 노래'는 다음과 같다.

〈'의성찬가' 김병걸 작사, 전동인 작곡, 이자연 노래〉, 〈'의성 이야기' 김병걸 작사, 이충재 작곡, 제갈승 노래〉, 〈'관수루 연가' 조창희 작사, 전동인 작곡, 오은주 노래〉, 〈'낙정 아지매' 변화원 작사, 전동인 작곡, 강진 노래〉, 〈'왜가리와 나' 전병해 작사, 이호섭 작곡, 주용아 노래〉, 〈'의성을 아십니까' 조창희 작사, 전동인 작곡, 오은주 노래〉, 〈'달곡천' 김병걸 작사, 이충재 작곡, 강진 노래〉

한국음반에서 녹음하고 선경악보사에서 악보집을 인쇄하였다. 향수를 담은 고향노래가 없음을 늘 안타깝게 생각한 의성군에서는 창작곡을 만들어 CD 3천 장과 카세트 테이프 3천 개를 제작하였다.

〈산수유축제〉를 비롯하여 〈신평 왜가리축제〉와 〈가을빛 고운축제〉, 〈국제연날리기대회〉 등 지역축제 때면 내가 만든 '의성 노래'가 산을 넘고 내를 건넌다.

빙계 계곡 구경가잔다/ 사촌마을 구경가잔다/ 마늘에 고추에 능금 유명한/ 내 고향 의성/ 남대천 맑은 물은/ 태봉산 휘돌고/ 1읍에 17개 면이 문화유적지/ 아 구수한 사투리/ 인정도 곱구나 위천 미천 물도 좋구나/ 금성산은 아름답구나/ 씨름에 고분에 향교 유명한/ 내 고향 의성/ 고운사 풍경소리/ 아침을 깨운다/ 1읍에 17개 면이 그림 같은 곳/ 아 구수한 사투리/ 인정도 곱구나

—김병걸 작사, 전동인 작곡, 이자연 노래 '의성찬가'

그 옛날 조문국召文國 이 땅에 있었네/ 수백 년을 존재했었네/ 의성군 금성면 도읍을 두고/ 사방팔방 수백 리였네/ 고운사 수정사 대곡사 지장사/ 절도 절도 많이 있고요/ 면마다 동마다 고분도 많아라/ 학덕 높은 선비의 고장/ 인재의 고장/ 의성은 인심이 너무 좋다오
마늘에 고추에 능금이 일등품/ 문익점이 목화 심은 곳/ 의성은 공룡의 화석이 있고/ 작약향기 가득하다네/ 만취당 산운마을 탑리 오층석탑/ 빙계계곡 물도 차고요/ 낙동강 굽이굽이 들녘을 펼쳤네/ 산이 높고 물이 깊어/ 살기 좋는 곳/ 의성은 씨름이 유명하다오

—김병걸 작사, 이충재 작곡, 제갈승 노래 '의성이야기'

안동사랑 노래 음반을 만들다

고교 동기인 안동시청 총괄 김자현이 낭보를 전한 그 다음날 개나리가 방긋 웃는 안동시청을 찾았고 나는 〈예총 안동지부〉 사무실에서 김연수 국장과 〈안동사랑노래 음반제작〉 계약서에 날인했다.

안동安東은 나를 길러 준 고향이다. 안동에서 나는 청운의 꿈을 키웠고 내 푸른 날은 〈시화전〉과 〈맥향문학麥鄕文學〉 동인同人 활동 등 시내 곳곳에 발자국을 찍으며 희망의 시詩로 펄럭였다.

안동노래를 처음 만든 건 1989년이다. 고향 선배인 신대성 작곡가와 '내 고향 안동'이란 노래를 만들었고 1989년 한국연예협회에서 주관한 〈89 레코딩 가수 선발 신곡 발표회〉에서 당시 안동간호전문대 출신의 갓 스무 살 임춘화에게 주어 세상에 첫선을 보였다. 이에 관한 기사는 〈노래샘〉이란 연협 가요창작분과 회보에 자세히 실려 있다.

안동시청에는 고교 동문들이 80여 명이나 근무한다. 특히 전임시장으로 정동호 동문이 시정市政을 이끌었는데 나는 안동노래 제작을 여러 차례 건의한 바 있고 2007년에 작고한 전 안동시의회 의장인 고교 동기 김성구에게 압력을 넣기도 하였다. 김 의장이

뽕짝은 아무나 하나

죽자 나는 브릿지 타깃을 총괄 김자현으로 바꾸고 집요하게 매달렸다.

때마침 KBS TV 〈가요무대〉에서 김경남이 '내 고향 안동'을 불러 안동 시민과 출향인들의 빗발치는 문의와 큰 호응이 음반 제작을 서두르는 촉매 역할을 했다.

드디어 김휘동 시장의 재가가 떨어졌고 예총 안동지부로 업무를 이관시켜 염원하던 안동 노래들이 창작되고 1만 장의 음반을 제작하게 되었다. 10월 3일 〈안동의 날〉행사에 맞추기 위해 나는 작업을 서둘렀다. 하회마을을 쟈켓의 앞면에, 뒷면에는 도산서원陶山書院을 넣은 안동사랑 음반은 총 7곡으로 채워졌다.

〈내 고향 안동' 김병걸 작사, 신대성 작곡, 김경남 노래〉, 〈제비원 아지매' 김병걸 작사, 신대성 작곡, 윤사월 노래〉, 〈부용대연가' 김병걸 작사, 이충재 작곡, 허범정 노래〉, 〈안동역에서' 김병걸 작사, 최강산 작곡, 진성 노래〉, 〈안동껑꺼이' 김병걸 작사, 김병걸 작곡, 권용욱 노래〉 등 5곡과 〈안동 자랑가' 김명자 작사, 김태곤 작곡 · 노래〉 및 안동 출신 유동일 작사의 '저 강은 알고 있다'를 이미테이션가수 임이자 양이 불렀다.

언제 봐도 반가운 말/ 이랬니껴 저랬니껴/ 칠백리 낙동강이 쉬어 가는 곳/ 중앙선 허리춤에 대대로 이어 오는/ 인정 많고 경우 바른 양반의 고장/ 안동댐 보고 가는 뱃길을 따라/ 도산서원 하회탈춤 자랑스러운/ 청포도가 익어가는 내 고향 안동/ 사랑하는 님과 함께/ 안동에 살자
또 들어도 정다운 말/ 이랬니더 저랬니더/ 영남산 산비알이 아름다운 곳/ 낙동강 줄기 따라 정 많은 사람들이/ 여지껏도 삼강오륜 지키는 고장/ 영호루 난간머리 달빛을 안고/ 안동포와 차전놀이 자랑스러운/ 청포도가 익어가는 내 고향 안동/ 정신문화 수도 안동/ 안동에 살자

-'내 고향 안동'

바람에 날려버린 허무한 맹세였나/ 첫눈이 내리는 날 안동역 앞에서/ 만나자고 약속한 사람/ 새벽부터 오는 눈이 무릎까지 덮는데/ 안 오는 건지 못 오는 건지/ 오지 않는 사람아/ 안타까운 내 마음만 녹고 녹는다/ 기적소리 끊어진 밤에

어차피 지워야할 사랑은 꿈이었나/ 첫눈이 내리는 날 안동역 앞에서/ 만나자고 약속한 사람/ 새벽부터 오는 눈이 무릎까지 덮는데/ 안 오는 건지 못 오는 건지/ 대답 없는 사람아/ 기다리는 내 마음만 녹고 녹는다/ 밤이 깊은 안동역에서

–'안동역에서'

넘어도 넘어도 다 못 가는 인생고개/ 태화산아 너는 아느냐/ 칠흑 같은 인간사가 너무 가여워/ 미륵불도 말을 잃었나/ 꽃 같은 세월이 노을에 타는 세상/ 얽히고 설킨 사연 누가 알아주나요/ 궁금해도 아지매/ 묻지 마소 아지매/ 그건 나도 모른답니다

불러도 불러도 대답 없는 사랑 노래/ 태화산아 너는 아느냐/ 바람 같은 인간사가 너무 서러워/ 미륵불도 말을 잃었나/ 나그네도 길을 가다 쉬어가는 제비원아/ 큰 바위에 새긴 얼굴 누가 전해주나요/ 궁금해도 아지매/ 묻지 마소 아지매/ 그건 나도 모른답니다

–'제비원 아지매'

시내 강변 체육공원에서 열린 〈2008 안동의 날〉 행사에 나는 귀빈으로 초대되었고 시청에서는 위생과장님을 나를 호위하는 담당으로 배정하는 극진한 배려를 해주셨다.

안동 관련 각종 온라인 사이트에 탑재된 안동 노래들 중 '내 고향 안동'과 '안동껑꺼이'는 시청 앞이나 강변공원에, '제비원 아지매'는 제비원이 있는 태화산 자락에, 그리고 '부용대연가'는 하회마을 입구에, '안동역에서'는 안동역 앞 광장에 노래비를 세워주면 얼마나 좋을까.

음반 제작을 추진해주신 김휘동 시장님께 감사드린다. 김자현 사무관, 안동예총 김연수 국장님, 그리고 참여한 가수들에게 감사드린다. 〈2008. 11. 18.〉

뽕짝은 아무나 하나

군위사랑 노래 음반을 만들다

2008년 5월 경북 군위군청에서 의뢰가 왔다. 박영언 군수께서 군위 노래를 만들어 달라고 했다.

군위군軍威郡은 면적이나 인구가 타군에 비해서 월등히 작지만 박 군수님을 비롯하여 군의회와 군청직원이 똘똘 뭉쳐 있었으며 농가수입 또한 전국에서 최고로 고소득을 올릴 만큼 살기 좋은 천혜天惠의 고장이다.

박영언 군수님은 민선 3기를 맞고 있다. 관선까지 시장 군수에 벌써 5선을 기록하셨으며 풍부한 경륜으로 군정을 펴 군민들의 신뢰를 듬뿍 받고 계셨다.

나는 노래 가사를 만들기 위해 몇 차례 군위를 찾았고 정기精氣를 받으려고 팔공산八公山(해발 1,193m)에 오르기도 하였다.

노래 가사는 쉽게 쓰기가 제일 어렵다. 특히 지역 노래는 더욱 난해하다. 지역민이나 알고 있음직한 이름이 자주 나오면 실패한 작품이 된다. 과거 목적가요目的歌謠는 군가나 교가 식으로 근엄하고 격조를 우선하였지만 요즘은 초등학생들도 동요보다 가요를 선호하는 세상인지라 시·군에서는 '목포의 눈물', '부산갈매기' 같은 가요를 만들되 '서울의 찬가'처럼 밝고 건강한 내용을 방침으로 주문한다.

산도 산도 많아라 골짜기마다/ 평화로운 마을 마을이/ 누가 누가 사나요 정다운 사람/ 만나면 반가워/ 팔공산에 뜨는 해는/ 아침을 열고/ 위천강에 마음 실어 어디로 가나/ 경치 경치 좋아라 산허리마다/ 아름다운 전설 전설이/ 사랑 사랑 내 사랑 내 사랑 군위/ 영원한 내 고향 정도 정도 많아라 사랑도 많아/ 인심 좋은 마을 마을이/ 누가 누가 사나요 정다운 사람/ 만나

면 반가워/ 아미산에 뜨는 달에/ 소원을 빌고/ 군위댐에 서린 안개 어디로 가나/ 경치 경치

좋아라 산허리마다/ 아름다운 전설 전설이/ 사랑 사랑 내 사랑 내 사랑 군위/ 영원한 내 고향

─김병걸 작사, 최강산 작곡 '내 사랑 군위'

걸어서 팔십리/ 넘어서 팔십리/ 굽이도는 팔공산아/ 너를 넘으면 어디라더냐/ 내가 찾던 군위

가 여기냐/ 너무 좋구나/ 너무 좋구나/ 사람 냄새 나는 내 고향/ 전해오는 전설마저 세월에 주

고/ 걸어서 팔십리/ 넘어서 팔십리/ 내 사랑 팔공산아

걸어서 팔십리/ 넘어서 팔십리/ 높이 솟은 팔공산아/ 너를 넘으면 한밤마을의/ 돌담길이 날 반

겨주느냐/ 너무 좋구나/ 너무 좋구나/ 사람 냄새 나는 내 고향/ 천년만년 삼존석굴 자랑하면

서/ 걸어서 팔십리/ 넘어서 팔십리/ 내 사랑 팔공산아

─김병걸 작사, 최강산 작곡 '팔공산아'

군위는 지금 화북댐 공사가 막바지에 있다. 산자수명山紫水明하고 인심이 순후淳厚한 고장이다. 우보友保에서 의흥義興을 지나 고로古老로 가는 길은 한 폭의 그림이다. 영천永川과 경계하는 화산華山(828m)은 하늘을 찌를 듯한 기세고 화수삼거리 못 미쳐 삼국유사三國遺事를 저술한 일연一然(1206~1289)국사가 말년에 주지로 있었던 명찰名刹 인각사麟角寺는 본래의 모습을 잃고 말았지만 유실遺失된 옛 건물을 복원하느라 공사가 한창이다.

나는 '내 사랑 군위'와 '팔공산아' 외에도 "군위에서 몸 바쳐 살자"란 내용의 '고향연가(김병걸 작사, 작곡)'를 지어 10월 〈군위의 날〉행사에 CD 15,000장과 악보집을 헌정했다.

군에서는 음반제작에 열을 냈고 읍내 둔치에서 열린 〈새마을지도자 연수대회〉와 팔공산 자락에서 열리는 가을잔치인 〈사과따기축제〉에도 초대해 주셨다. 음반제작에 마음을 함께 써 주신 군수님 외에도 박은표 군 의회 의장님과 김태웅 부군수님, 홍연백 총무과장님, 김운찬 사무관님에게 머리 숙여 감사를 드린다.

노래 가사에도 나오는 한밤마을 돌담길을 국가적인 사업으로 정비하고자 통 큰 박 군

뽕짝은 아무나 하나

수님께서 막대한 예산을 따오는 쾌거를 이룩했다. 홍씨들의 집성촌인 부계면缶溪面 한 밤마을을 지나 제2 석굴암이라고도 불리는 〈삼존석굴〉을 곁에 두고 해마다 개최되는 〈사과따기축제〉는 청정고랭지에서 가꾼 당도糖度 높은 사과의 우수성을 홍보하기에 조금도 부족함이 없었고 2008년 동同 행사에 초대된 나는 무대에서 두 곡의 노래로 석양 짙은 팔공산을 메아리쳤다. 〈2008〉

상주곶감 노래 음반을 만들다

이 마음 다 바쳐서 사랑하겠노라고/ 가슴에 안기어/ 뜨거운 말로/ 사랑을 맹세한 님아/ 내 잘못이 컸다지만/ 떠날 줄은 정말 몰랐다/ 아 기다린 세월/ 그리움만 안타까운데/ 돌아오는 길을 잃어버렸나/ 이별마저 비겁한 사람아

돌아오는 길을 잊어 버렸으면 안 돌아오는 것이고 잃어 버렸으면 못 돌아오는 것이리라. 온다고 해놓고 못 올 때는 그럴 사정이 생긴 것. 돌아가는 길을 막은 뭔가가 필경 있으리라. 채무진은 사랑의 상처를 깊숙이 안고 산다. 그래서 나에게 제목을 '비겁한 이별'로 하여 곡을 하나 만들어 달라고 주문했다.

돌아오지 않는 님을 기다리다 지친 사내. 이별마저 이렇게 비겁하냐고 외치는 사내의 절규를 얼마나 적절히 그렸는지는 모르지만 채무진은 어쩜 이렇게 자기 심경을 본 것처럼 잘 표현했냐며 감격했다. 배호를 모창模唱한다고 하여 '김호'라는 예명으로 대구에서 활동하던 그는 상주를 무척이나 사랑하는 열혈 상주사람이다. 상주는 삼백三白의 고장으로 누에, 곶감, 쌀이 유명하다.

나는 '상주곶감' 노래를 헌정하기 위하여 서너 차례 상주시청을 들락거렸고 1년이 걸린 2012년 8월 '상주곶감' 음반을 시청과 계약했다.

시청 산림공원과에서 담소를 나누던 중 단감은 과일로 분류되고 제사상에 오르는 감,

밤, 대추는 과일이 아니라는 사실, 따라서 감나무와 밤나무, 대추나무는 농정과의 관리 품목이 아닌 단순 나무로 취급되어 산림과에서 담당한다는 새로운 사실을 알게 되었다.

가을 햇살 입술에 물고/ 문장대에 산바람 안고/ 분바른 얼굴마다 드리운 향기/ 속살 가득 채웠구나/ 주렁주렁 가지 끝에/ 익어가는 감을 따서/ 하늘에다 매달고/ 사랑으로 빚어낸/ 쫄깃쫄깃 씹는 그 맛/ 꿀보다도 달구나/ 천하제일 상주곶감아

가을바람 가슴에 품고/ 경천대에 물소리 안고/ 분바른 얼굴마다 드리운 향기/ 속살 가득 채웠구나/ 주렁주렁 가지 끝에/ 익어가는 감을 따서/ 하늘에다 매달고/ 사랑으로 빚어낸/ 쫄깃쫄깃 씹는 그 맛/ 꿀보다도 달구나/ 천하제일 상주곶감아

–김병걸 작사, 최강산 작곡, 채무진 노래 '상주곶감'

상주시는 곶감의 홍보와 장려를 위해 외남면에 '곶감공원'을 조성했다. 공원 초입에 〈하늘 아래 첫 감나무〉인 750년 묵은 감나무를 만난다. 지금도 감이 주렁주렁 열린다고 하니 이 무슨 조화인가. 나는 그 감나무 밑에서 한참을 서 있어 봤다. 곶감공원이 조성된 2012년 8월 성백영 시장님이 참석한 가운데 작은 음악회가 열렸고 나는 귀빈으로 초대되어 열창했다. 감의 고장에 왔으니 감나무로 시작하는 노래를 선사했다.

감나무꽃이 하얗게/ 피고 지는 내 고향/ 돌담에 나란히 앉아/ 정다웠던 옥분이/ 그때는 철이 없어/ 서로 헤어졌지만/ 지금도 잊을 수 없는/ 네 모습이 그리워
바람에 별이 하나 둘/ 떨어지던 그날 밤/ 돌아올 기약도 없이/ 울며떠난 옥분이/ 지금은 추억 속에/ 서로 헤어졌지만/ 잊으려 눈을 감아도/ 생각나는 옥분이

뽕짝은 아무나 하나

30여 년 전 써놓았던 '옥분이'란 작품이다. 그간 진성, 허범정, 김민성 등이 부른 메들리엔 여러 번 끼웠으나 처음으로 반주음악을 떴다. 안동음이란 가수가 넣은 음악을 가믹싱하여 행사 때 불렀는데 반응이 아주 좋았다.

채무진은 상주의 명소인 '문장대' 노래를 제안했고 나는 두 편을 곡이 다르게 썼다.

문장대야/ 문장대야/ 내 마음을 너는 아느나/ 바람이 가는 길을/ 따라와 보니/ 마침내 네 품이구나/ 인생은 잡히지 않는 구름이더냐/ 이 골짝 저 골짝에 메아리 걸어놓고/ 문장대야/ 문장대야/ 너를 보며 나를 키운다

-'문장대1'

비바람 거느리고/ 하늘 높이 올라가/ 세상천지 내려보고/ 우뚝 선 문장대야/ 잘나고 못난 사람/ 제멋에 사는 세상/ 그 깊은 속사정을/ 알아도 그만/ 몰라도 그만/ 오늘도 너는 서 있다
바람에 길을 물어/ 굽이도는 산마루/ 산새들도 숨이 차서/ 쉬어가는 문장대야/ 미운 정 고운 정에/ 매달려 사는 세상/ 그 깊은 속사정을/ 알아도 그만/ 몰라도 그만/ 오늘도 너는 서 있다

-'문장대2'

상주시에서는 해마다 〈상주곶감축제〉를 열고 '상주곶감' 노래비를 외남면 곶감공원에 세운다.

대전의 노래 음반을 만들다

충청도 사람을 만만디manmandi라고 누가 그랬던고. 당선작을 뽑아놓고 해를 넘겨 8개월 만에 시상식을 갖는다니 세상에 이런…… 2008년 12월 대전시의회와 대전사랑시

민협의회에서 공모한 '대전의 노래'에 내가 출품한 〈'대전은 내 사랑' 김병걸 작사, 허대열 작곡〉이 최우수상으로 당선된 것이다.

상금이 500만 원인데 지역 발전을 위해 많은 공헌을 하는 계룡장학재단鷄龍獎學財團 이인구李麟求 이사장께서 희사喜捨하셨다. 2009년 1월 대전시의회 김학원 의원 방에서 나는 김 의원과 대전사랑시민협의회 강창구 부장, 한국연예인예술협회 대전지부 이광영 수석부회장과 음반 제작을 조율했다. 당선작 한 편만 제작하느냐 마느냐를 고민하던 중 나는 작품비를 안 받을 테니 응원가 한 편과 기성곡인 '대전 부르스'를 추가하여 3편을 싣자고 제의했고 이를 추진하기로 합의했다.

대전시 공식 노래인 '대전은 내 사랑'과 응원가인 〈구봉산 메아리' 김병걸 작사, 이충재 작곡〉를 민지가 부르고 '대전 부르스'는 '천년바위'의 박정식이 부르는 것으로 결정을 했다. 2009년 5월 8일 〈대전의 노래〉 음반 CD 15,000장과 악보집을 납품했고 시민들에게 배포되었다.

민지. 소월 시에 김수환이 곡을 붙인 '초혼'과 추가열 작품인 '신경 좀 써주세요'로 주가를 올리며 오랜 무명의 터널을 벗은 기대주다. 주로 대전에서 활동하며 야간업소에서 팝과 댄스 버전을 부르는 실력파 가수다.

전북 남원의 딸 부잣집에서 태어나 오랜 세월 방송가수의 열망을 품고 살아온 민지를 1996년에 만났다. 작곡가 김수환의 제자로 정작 음반은 내지 못한 안타까운 처지였는데 김수환 형은 나에게 민지를 추천하였다. 그 무렵 시영레코드사(대표 문규현)에서 주문 받은 옴니버스 메들리omnibus medley 음반에 몇 곡을 취입시키면서 민지와 나와의 인연이 시작되었다. 그리고 마포에서 가수 이명주李命珠와 음반사인 엘리뮤직을 할 때 민지에게 두 장의 메들리 음반

뽕짝은 아무나 하나

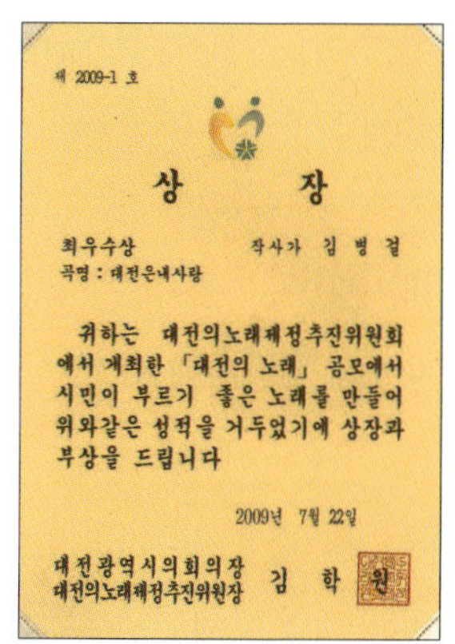
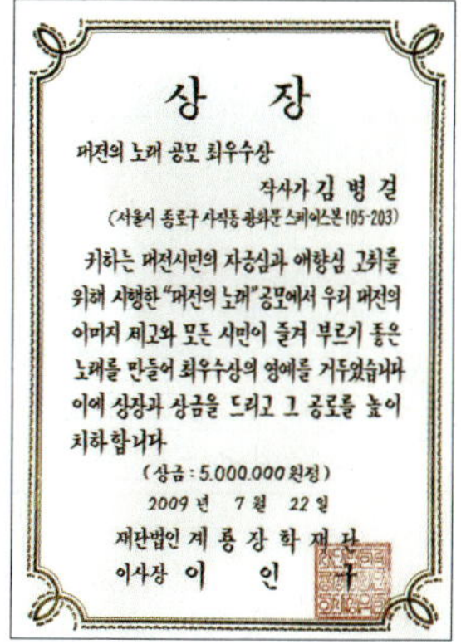

을 내주었다.

2009년 7월 22일 김학원 시의회 의장과 나는 상금을 쾌척해 주신 계룡건설 이인구 회장님을 사옥으로 찾아가 인사를 드렸다. 국회의원까지 역임하셨던 이 회장님은 과거 안응모 충남지사 시절 '충남찬가'를 만들었었는데 몇 년 간 불리다가 사라진 예를 떠올리면서 향후 보급과 애창에 대하여 우려하면서 우리를 격려해 주셨다.

오후 7시 〈서대전시민공원〉에서는 시민 2천여 명을 모아놓고 금년에 대전에서 개최되는 〈제60회 국제우주대회와 제90회 전국체전 성공 기원을 위한 대전 시민 자원봉사자 어울림 한마당〉이란 긴 타이틀의 행사가 열렸고 이선희, 박강성, 민지, 박승란, 남일이 등의 가수들이 축하 공연을 벌였다. 프로그램 속에 공모한 대전의 노래 최우수상에 대한 시상식 순서를 넣어 나에게 당선작에 대한 상장과 상금을 수여했다.

나는 행사 주최 측에 작곡가 허대열도 당연히 참석해야 되지 않느냐고 따졌지만 애초부터 작사를 공모한 것이고 작곡은 당신께서 알아서 한 일이니 작사자인 나에게만 시상을 하겠다고 통보하였다. 참으로 어정쩡한 일이었지만 방침이 그렇다니 따를 도리밖에……(그렇지만 나는 작곡가 허대열에게도 상금을 나눠 주었다).

드디어 민지의 우렁찬 노래로 '대전은 내 사랑'과 응원가인 '구봉산 메아리'는 대전 시민들에게 공표되었다. 민지의 열창으로 동영상과 함께 시민들에게 공개된 두 곡의 노래는 폭발적인 호응을 받았고 무대에서 내려온 민지는 싸인 공세에 휩싸였다.

올라가도 대전/ 내려가도 대전/ 그대를 처음 만나 마음 주고/ 꿈을 꾸는 거리엔/ 사랑이 넘친다/ 바람 불어도 눈비 내려도/ 마음의 문을 열고 다시 찾아와/ 사랑한다 말하면 처음이 되어/

가슴이 뛰는 곳/ 올라가도 대전/ 내려가도 대전/ 대전은 내 사랑

올라가도 대전/ 내려가도 대전/ 살며시 불러보면 새록새록/ 정이 드는 거리엔/ 추억이 흐른다/ 바람 불어도 눈비 내려도/ 마음의 문을 열고 다시 찾아와/ 사랑한다 말하면 처음이 되어/ 가슴이 뛰는 곳/ 올라가도 대전/ 내려가도 대전/ 대전은 내 사랑/ 영원한 내 사랑

—김병걸 작사, 허대열 작곡, 민지 노래 '대전은 내 사랑'

구봉산이 물들었나/ 빨갛게 젖어가는 단풍잎/ 산그늘 타고 흐르네/ 이리 가도 대전 저리 가도 대전/ 돌아오면 다시 그 자리/ *만나면 친구더라 우리는/ 볼수록 정들더라 대전은/ 원투 원투 쓰리포/ 랄랄라 랄라라라라 장단을 맞추어라/ 랄랄라 랄라라라라 손뼉을 치면서/ 구봉산이 떠나도록 / 다 같이 노래 부르자
구봉산이 불 붙었나/ 두 눈에 젖어오는 저 노을/ 바람에 너울거리네/ 이리 가도 대전 저리 가도 대전/ 돌아오면 다시 그 자리/* 후렴

—김병걸 작사, 이충재 작곡, 민지 노래 '구봉산 메아리'

2009년은 전국체전이 대전에서 열렸다. 그래서 이 두 곡은 대전을 알리는 체전 공식 노래로 홍보되었다. 이미 대전 월드컵 경기장과 야구장 전광판에 동영상으로 두 노래가 탑재되었다. 그리고 금영, 태진, 엘프에도 실렸다. 그리고 전국에서 모인 건각들의 가을잔치에 내가 만든 두 곡이 깃발처럼 펄럭였다.

올라가도 대전 내려가도 대전~

이리가도 대전 저리가도 대전~

한밭에 함성으로, 나아가 전국에 메아리로~.

뽕짝은 아무나 하나

예천사랑 노래를 만들다

예천읍에 사는 한국사진작가협회 예천지부장인 진기석과는 초등학교와 중학교 동기인데 나는 고향집에 갈 때마다 예천에 들러 만나본다. 동기여서 그런 걸까. 이 친구는 나의 열렬한 홍보맨이다.

"자네 예천 노래 좀 만들어보게. 군청에는 내가 다리를 놔 봄세."

2011년과 2012년 나는 2년에 걸쳐 예천군청를 드나들며 이현준 군수의 재가까지 받아 예천 노래를 만들기 시작했다. 지역이 좁아서 소재가 마땅하질 않아 고심하던 차에 예천에서 연례행사로 치러지는 〈곤충 바이오 축제〉를 떠올렸고 곤충 노래를 먼저 만들기로 하였다.

그리하여 만든 노래가 '장수풍뎅이'와 '호박벌사랑'이다. 내친김에 '예천아가씨'와 '예천에서 삽니다'를 단조와 장조의 곡으로 만들었다.

이미 지난 2011년 충주에서 열린 〈향토가요제〉에서 입상한 '삼강주막'과 윤달구가 부른 '낙동강아' 역시 예천 노래로 적합하였고 김진호, 윤옥희 등 국가대표 여궁사를 배출한 고장답게 '활'이란 노래도 만들었는데 이들을 합하면 훌륭한 〈예천노래음반〉을 편집할 수 있겠다는 계산이 섰다.

나는 가사를 쓰기 위해, 군청에 재직하다가 정년퇴임한 오상환 과장님의 안내로 〈용

문사〉와 〈금당실마을〉과 〈초간정〉을 둘러보았다. 예천문화원에도 방문하여 기존에 발표된 예천에 관한 노래들을 알아보았으며 지역 가수들이 음반으로 발표한 예천노래도 자료로 건네받았다.

술타령 한나절에/ 꺾어지는 저 세월/ 강물도 취하는가/ 비틀비틀 흘러가는 한세상/ 주고받는 게 술잔뿐이더냐/ 가슴에 정을 끄집어내어/ 삼강 합수 나루터/ 주막에 풀어놓으면/ 아 꿈같은 꿈같은/ 하루가 또 저문다
회룡포 저녁바람에/ 붉게 타는 저 노을/ 쫓기듯 사는 세상/ 한 박자만 쉬어가자 인생아/ 주고받는 게 술잔뿐이더냐/ 가슴에 정을 끄집어내어/ 삼강 합수 나루터/ 주막에 풀어놓으면/ 아 꿈같은 꿈같은/ 하루가 또 저문다

—김병걸 작사, 김인철 작곡 '삼강주막'

충과 효가 살아 숨쉬는/ 예천에서 삽니다/ 경치 좋고 살기 좋은 내 고향 예천/ 대대로 이어 삽니다/ 초간정 난간에 앉아 시 한 수 읊고/ 용문사 윤장대를 돌리고 나면/ 세상 번뇌 사라지고/ 소원을 이룬다네
백두대간 정기를 받고/ 예천에서 삽니다/ 곤충축제 엑스포가 열리는 고장/ 구경도 재미있어요/ 회룡포 백사장에서 물놀이 하고/ 석송령 그늘에서 마음 나누면/ 세상에서 최고 멋진/ 인생을 내가 사네

—김병걸 작사, 작곡 '예천에서 삽니다'

솔향기 날리던 날/ 선몽대 잔디밭에서/ 사랑을 약속해 놓고/ 내성천을 건너 간 사람/ 계절은 다시 오건만/ 어이해 잊으셨나요/ 그리움만 안타까워라/ 기다리는 순정 아가씨/ 예천 아가씨
전설이 묻어 있는/ 금당실 돌담길에서/ 손가락 걸어 놓고/ 이화령을 넘어간 사람/ 계절은 다시 오건만/ 어이해 잊으셨나요/ 그리움만 안타까워라/ 기다리는 순정 아가씨/ 예천 아가씨

—김병걸 작사, 최강산 작곡 '예천아가씨'

뽕짝은 아무나 하나

곤충 바이오 엑스포는 국가적인 축제다. 축제의 규모도 화려하고 내용 또한 알차서 관람객이 많고 학생들의 체험장으로도 각광을 받는다.

예천은 호박벌과 장수풍뎅이가 날아다니는 청정지역이다. 낙동강 지류인 내성천과 회룡포를 지나 삼강주막이 있다. 한가해 뵈는 외진 곳에 자리하고는 있지만 명소로 자리 잡은 지도 오래다. 내성천과 금천 낙동강이 만나는 곳에 사공과 길손이 숙식하며 문경새재를 넘기 전 숨을 고르던 곳이 바로 삼강주막이다. 삼강교가 놓이면서 마지막 남은 주막으로 주목받아 관광지가 된 이곳에서 나는 '삼강주막'이란 가사를 썼다.

이 꽃 저 꽃 다니면서/ 꽃가루를 날라보자/ 봄부터 가을까지 붕붕붕/ 꽃바람 안고/ 봉선화 해바라기 들국화/ 사랑을 나누는 호박벌/ 감나무 사과나무 배나무/ 사랑을 나누는 호박벌/ 귀염둥이 내 사랑/ 어디서 왔느냐고 물으시면/ 물 맑고 경치 좋고 인심 좋은/ 예천에서 산다오/ 꽃잎에 입 맞추며 붕붕붕/ 산에서 들판에서 붕붕붕/ 사랑을 노래하는/ 호박벌 사랑

—김병걸 작사, 최강산 작곡 '호박벌 사랑'

누구든지 나와라 덤벼라/ 내가 혼내줄 테니/ 꼬마장수 외뿔장수 둥글장수/ 여름밤의 왕자/ 장수풍뎅이/ 숲에서 마을로 내려와/ 누가 사나 엿보고/ 사람들 하는 얘기/ 다 듣는다 조심해/ 긴 뿔을 자랑하는/ 딱정벌레 풍뎅이/ 장수 장수 풍뎅이 장수풍뎅이/ 밤길 가다 우연이라도/ 마주치지 말아요/ 까불다간 다친다/ 장수풍뎅이

—김병걸 작사 · 작곡 '장수풍뎅이'

추억을 파는 노래 '버버리찰떡'

한때 안동농림고등학교의 교정이 있던 네거리라 하여 농고

네거리로 불리는 안동시 당북동 네거리에는 가게 이름도 정다운 '버버리찰떡'집이 있다. 안동시내에는 같은 상호를 가진 가게가 여럿 있는데 가게 외벽에 걸어놓은 현수막에 선전문구가 너무 재미있어 필자의 발길을 붙잡았으니…….

"꼬박 하루 걸리던 서울 유학길에 신문지에 말아 노모가 건네주던 떡. 아침 첫 떡을 사오라던 심부름에 떡메를 쳐주고 사오던 떡. 떡할매가 힘들어하면 이발사도 한 말 치고, 순사도 한 말 치고, 체보도 한 말 치고, 초등생 손자도 한 말 치고 학교에 가야 했던 우리의 떡."

떡을 싸서 담아주는 비닐봉지에도 80년 안동먹거리 '버버리찰떡'을 중앙에 놓고 좌우에 상기의 글귀를 새겼다.

'버버리'란 경상도 북부지방의 방언으로 벙어리란 뜻인데 떡 이름이 왜 버버리인지 정확한 이유야 모르겠지만 이 버버리찰떡은 노란 콩고물과 참깨 그리고 검은 참깨를 묻힌 세 가지 외에도 아무 것도 묻히지 않은 마른 찰떡도 있다. 경주의 '황남빵'과 강원도의 '안흥찐빵'처럼 지역을 대표하는 전통 먹거리로 발전한 것 중 하나가 '버버리찰떡'이다.

'버버리찰떡'과 '벙어리찰떡' 상표 논쟁이 벌어져 안동에는 '벙어리찰떡집'도 있다. 하지만 '버버리찰떡'이 대표성을 가지고 있다.

필자는 사랑 일변도인 성인가요의 폭을 넓혀주기 위해 유년의 기억들을 되살려 방어진의 '동동구루무'와 한동엽의 '검정고무신'이란 노래를 발표한 바 있다. 그리고 네모난 양은도시락을 주제로 한 '추억의 도시락'과 할머니 방에서 전파사로 쫓겨난 '흑백텔레비'란 노래도 만들었다.

태국 치앙마이에서 음반 취입을 하려고 날아온 닉네임이 '풍류나그네'인 신송 씨가

뽕짝은 아무나 하나

5월초 필자와 동행, 며칠간 남도여행을 하였다. 필자는 부모님 산소에 다녀오면서 병산서원과 하회마을에 들러 하회별신굿을 구경하고 안동 시내에서 노래교실을 연 이원진 여사가 귀경 선물로 사주는 버버리찰떡을 발견하고 '버버리찰떡'이란 노랫말을 지었다.

추억을 팔고 향수를 부르는 이 일련의 시리즈 가요는 아마도 좋은 결과를 얻지 않을까 기대된다.

귀경하던 중 원주에서 실버방송국 원주지사장과 대한가수협회 지부장을 맡고 있는 작곡가 원종락 사무실에 들러 '치악산 산마루에'란 가사를 써주고 원우진이 노래 취입까지 끝내는 걸 본 뒤 버버리찰떡 한 꾸러미를 꺼내 잔치를 벌이면서 '버버리찰떡' 노래를 만들었다. 한국전통가요협회 경기지부장으로 있는 정음 가수의 음반 기획을 주문받고 있던 차라 연습을 시켜봤더니 너무도 잘 맞았다.

안동 간고등어, 안동 찜닭과 함께 안동의 명물로 '버버리찰떡'이 주목받고 있다. 덩달아 필자가 만든 노래도 버버리찰떡처럼 쫄깃쫄깃한 온 국민의 입맛이 되어 히트했으면 얼마나 좋을까. 〈2011. 5. 7.〉

낙동강 사나이 윤달구의 '낙동강아'

해다오 말을 해다오 낙동강아 말 좀 해다오

아버지의 한숨이더냐/ 숨 가쁜 세월을 건너/ 칠백리 유랑의 길 낙동강아/ 너를 안고 내가 살았

다/ 바람에 부서지는 모래알같이/ 수많은 사연이 흩어지는 저 길로/ 누가 가고 누가 남았나/

말해다오 말을 해다오 낙동강아 말 좀 해다오

―김병걸 작사 · 작곡, 윤달구 노래 '낙동강아' 2009.

노래 속에 바람소리를 들어본 적이 언제였던가.
'낙동강아', 이 노래를 듣고 있으면 초겨울 스산한
바람과 눈물이 그렁그렁 묻어온다. 윤달구, 그는
늦은 나이에 음반을 냈지만 행복하다. 신인가수가
흔히들 겪는 시행착오의 상처 없이 자신이 원하는
음반을 손에 쥐었기 때문이다.

도회지로 나오기 전까지 자신을 길러준 강, 그
낙동강을 노래하는 자신이 얼마나 대견한지 한동안은 입을 귀에 걸고 다녔다. 달성군
옥포면 신당리 낙동강마을에서 태어난 본명이 윤성균인 달구는 자신의 예명대로 달구
지 같은 사내다.

대구의 옛이름인 달구벌에서 살고 달구지처럼 시골스럽다 해서 예명을 달구라고 스
스로 지었다. 녹음을 끝내고 달구는 자신이 지은 예명이 어떠냐고 내게 묻길래 나는 그
이름이 하도 정겨워 감탄했고 음반 쟈켓 교정 때 망설임 없이 족보에 올렸다.

대구시내 중심가로 부상한 반월당 네거리 동아쇼핑1층 〈박보석〉이란 금은방이 그가
일구는 삶의 터전다. "금값이 너무 올라 전같이 않다."며 줄어든 손님 걱정에 일회용 커
피를 타는 달구의 손이 풀죽어 있다.

언제 봐도 볏짚단처럼 생긴 그에게서 가수의 끼를 읽어내기란 쉽지가 않다. 그러나
그의 목소리에는 한과 신명이 겹겹이 쌓여 있다. 강마을에서 배우고 익힌 강물 같은 소
리가 난다. 질풍노도의 여름 홍수 같은 볼륨을 만들 줄도 안다. 잔잔한 호수를 그려내

♩♪♫
뽕짝은 아무나 하나

는 데는 가수로서의 경험이 더 필요하겠지만 지금의 연출력으로도 감동을 전하는 데는 충분하다.

바람을 몰고 가는 강. 때로는 낙조가 평화를 부르는 강. 달구의 노래는 강을 닮아서 좋다. 적당한 긴장 조성과 휘몰아침, 그리고 고요. 경상도 특유의 엇난 발음까지도 '낙동강아'가 요구하는 맛과 어우러진다.

필자는 장조의 곡인 '낙동강아'를 만들면서 달구의 볼륨과 길이를 재고 만들었다. 대구시 효목동에 위치한 연주인이자 나운도란 가수로 활동하는 손재섭의 녹음실에서 이 작품을 스케치했다. 동일 제목으로 당초 두 가지의 가사부터 썼는데 하나는 손재섭에게 건네주었고 하나는 필자가 직접 곡을 썼다.

손재섭은 도회적인 냄새가 나는 세련된 곡을 만들어 내게 내밀었다. 역시 장조였다. 몇 번의 저울질 끝에 달구는 내가 만든 작품을 택했다. 아마도 역시 자신처럼 강마을에서 자란 필자의 정서가 더 적정했는지도 모른다. 끌림은 실력이나 외모가 아니라 느낌이라는 말이 맞긴 맞나보다.

가수로서 성공하여 돈이 따라오면 금상첨화이겠지만 노래의 마당이 펼쳐지는 곳이면 자리를 불문하고 달구는 달구지처럼 달려간다. 그래서 봉사공연이 잦다. 한국연예협회 대구지회의 가수분과 부위원장직을 맡아 궂은일도 앞장설 뿐만 아니라 케이블방송의 가요프로그램 주선에도 열을 올리고 있어 경력에 비해서는 대구지역에서는 나름대로 영역을 확장하는 부지런한 가수다. 가게와 무대. 마음이 두 곳을 겨냥하고 있어 늘상 후달기지만 천성이 부지런하고 워낙에 노래를 좋아하기 땜에 부르기만 하면 바람처럼 달려간다. 뒤늦게 만난 노래마당에 질펀하게 자리를 깔고 앉는 것이 마냥 즐겁다.

지상파 방송홍보에 미적거리는 그가 못마땅해 닦달하는 필자에게 "형님요, 지는예 즐기는 것으로 만족합니다. 하지만 쪼매만 기다리소 마. 발동 걸리면 얼큰하게 한 번 쏴볼 낍니더!"

송림백사장을 울린 하동연가

　　정두수鄭斗守 스승께서 당신의 고향인 하동河東에서 〈정두수 작사 30년 기념공연〉을 성대히 치렀다. 1992년 4월 12일(일요일) 낮 1시에 섬진강이 도도한 하동읍 광평 송림 백사장에서 행사가 열렸는데 2천여 하동군민과 강 건너 구례 사람들이 삼삼오오 구름 처럼 모여 들었다.

　　4월이라고는 하지만 강바람이 옷깃을 날릴 만큼 세차게 불었고 서울서 내려간 가수 들과 축하객인 나와 이호섭, 장경수 등 우리 일행은 파란 제첩국물에 섬진강을 말아 먹 고는 무대 뒤 천막에서 눈에 달겨드는 모래바람을 피했다.

　　SBS 김정택 악단의 멋진 팡파레와 함께 음악평론가인 이백천의 사회로 진행된 화려 한 공연은 장장 2시간에 걸쳐 펼쳐졌고 정두수 작사로 정상을 지켰던 가수왕 남진이 ‘ 목화아가씨’와 ‘가슴 아프게’, ‘별아 내 가슴에’ 등의 노래로 테이프를 끊었다.

　　이 행사를 빛내기 위하여 우정출연을 한 가수는 남진을 비롯하여 현인 선생과 진송

남, 주현미, 설운도, 안정애, 하동진, 왕소연, 손현우. 이날은 공연 외에도 현장에서 스승께서 제작하신 '하동연가' 음반도 선을 보였는데 카세트테이프 2천 개가 순식간에 동이 났다.

이 음반에는 '하동연가', '우리 하동', '정기룡장군', '하동으로 오세요', '노량대교', '하동포구 아가씨', '하동포구 80리', '발꾸미 포구연가', '성평리 내 고향' 등 하동을 소개하는 신작을 포함 15곡이 들어 있고 주현미, 설운도, 남상규, 채성미, 손현우, 윤소원, 김지애, 신일동 등이 노래를 불렀다.

스승님은 인사말에서 "몸은 비록 떠나 있어도 하동은 생명의 요람이며 가요 작가생활 30년간 작품 무대는 줄곧 하동 산하였다"고 목이 메셨다. 웅위한 지리산과 도도한 섬진강과 금오산의 산 내음과 푸른 대밭, 작설차, 재첩국이 고향 향기로 가슴에 흐른다며 살아 있는 날까지 하동연가는 계속될 거라고 다짐하여 만장滿場 같은 박수갈채를 받았다.

나는 서울에서 맞춘 버스로 하동엘 가면서 하동노래를 한 편 작사했고 앞좌석에 탄 이백천 선생에게 보여주었다. 이백천 선생은 나와 절친한 사이였다. 이날 공연의 사회자는 당초 KBS의 김동건 아나운서가 약속되어 있었는데 나는 스승님에게 이백천 선생을 추천했다.

바다와 강이 만나는/　팔십 리 하동포구에/ 누이의 귓불이냐/ 연지빛 노을이 지면/ 은빛 백사장을 멀리 돌아가/ 얼룩소 고삐 잡은 황토길로/ 쟁기 메고 돌아오는/ 섬진강 마을 사람들 사공의 노래 흘러온/ 섬진강 그리메 잡고/ 지리산 산비알에/ 사립문 정다운 마을/ 화개 오일장에 인정을 놓고/ 청보리 오솔길로 길동무하며/ 휘파람 불고 오던/ 섬진강 마을사람들

－'섬진강 마을사람들' 1992. 4. 12. 하동 가는 버스에서

이날 저녁 나와 이호섭, 장경수는 하동읍내 하동진의 형님 집에 초대되어 성대한 만찬을 즐겼고 술 생각에 하동읍보다는 조금은 더 번화한 남해시로 발길을 돌렸다.

나도 머잖은 날 안동 MBC와 조인트하여 내 가수들을 데리고 안동, 의성, 예천 등 고

향사람들에게 스승님보다 더 크고 화려한 공연을 펼치리라 다짐해 본다. 1992년 봄이 타던 그날 섬진강변 소나무밭에서 바람에 날리고 강물로 흐르던 스승님의 '하동연가' 가 지금도 눈에 가물거린다.

만송정萬松亭에 뿌린 '부용대연가'

만송정 솔밭길에서/ 그리움을 달빛에 뿌리고/ 깎아지른 절벽 부용대 아래/ 꽃잎이 되어 흘러 간 님아/ 전설처럼 전해오는 슬픈 그 사연/ 하회탈은 알고 있는데/ 부용대야 부용대야 말 좀 해다오/ 대답 없는 님의 소식을
허도령의 꿈이 깨지고/ 하늘마저 노해서 울던 밤/ 산을 휘감고 가는 낙동강물은/ 천년을 울며 흘러왔구나/ 두고두고 전해오는 슬픈 그 사랑/ 하회탈은 알고 있는데/ 부용대야 부용대야 대 답해다오/ 쓰러져간 님의 노래를

–김병걸 작사, 이충재 작곡, 허범정 노래 '부용대연가'

부용대芙蓉臺는 하회河回마을로 들어서는 입구에 낙동강을 끼고 병풍처럼 펼쳐진 절벽

뽕짝은 아무나 하나

이다. 부용대에 오르면 하회마을이 한눈에 잡힌다. 부용대가 내린 발아래 맑은 강물이 햇살에 반짝인다. 여름이면 백사장에 피서 온 텐트가 장사진을 이룬다.

강물과 바람과 오랜 전설을 안고 온 하회마을엔 잘 보존된 가옥만 있는 게 아니다. 무형문화재인 하회별신굿이 있고 세계에서도 알아주는 하회탈이 있다. 먼 옛날 하늘의 계시로 하회탈을 만들던 허 도령을 사모하던 김 씨 처녀는 그리움을 이기지 못해 봐선 아니 되는 허 도령의 탈 제작 작업을 훔쳐보게 되고 하늘의 노여움을 사 참화를 당한 슬픈 사연이 누대累代로 전해온다.

나는 부용대에서 서쪽으로 줄기를 트는 낙동강을 따라 광덕들과 신성을 지나 쌍호雙湖들판이 시작되는 강나루 마을에서 태어나고 자랐다. 하회 입구에서 아뜨리에를 열어 민속품을 팔기도 하고 장승을 직접 깎아 전 세계로 보급하는 장승쟁이 김종흥은 내 둘째 형님의 맏사위이다. 그는 하회탈 중에서도 중탈을 쓰고 별신굿을 세계에 알리는 별신굿의 이수자이기도 하다.

2008년 10월 3일 〈안동의 날〉 행사에 헌정하고자 나는 안동시청과 예총 안동지부에서 〈안동사랑노래〉 음반제작 의뢰를 받고 2차에 걸쳐 납품하였다.

나는 내가 만든 '부용대연가'를 하회마을로 내려가 만송정에 뿌렸다. 기쁨의 눈물이 솟았다. 지역을 위해 뭔가를 할 수 있는 내가 대견했다. 이제 김광림 국회의원님과 권영세 안동시장님께서 하회 입구나 부용대 또는 만송정 어딘가에 이 '부용대 연가' 노래비를 세워주었으면 하는 간절한 염원뿐이다. 〈2010. 1. 13〉

메아리로 떠도는 고향노래 3편

1.

너도 서울 나도 서울/ 떠나간 고향에/ 무너진 초가만이/ 세월을 말해주는데/ 소꿉장난 꿈을 찧던/ 돌담 밑에 앉아서/ 뻐꾸기 울음 따라/ 피는 꽃이여/ 그 시절 동무들은/ 어디로 가고/ 맨들

맨들 맨드라미/ 너만 홀로 반기나

너도 타향 나도 타향/ 외로운 고향에/ 우물가 맑은 물은/ 지금도 고이건만/ 별을 따던 그 가을 밤/ 마루턱에 앉아서/ 벽오동 달빛 잡고/ 우는 나그네/ 그 시절 그 추억은/ 어디로 가고/ 귀뚤 귀뚤 귀뚜라미/ 너만 홀로 반기나

―김병걸 작사, 신철수 작곡, 김태풍 노래 '서울 뻐꾸기' 1988. 태광음반

2.

동수도 가고 철수도 떠난/ 고향은 허허 벌판/ 흙 묻은 손을 가슴에 얹고/ 잊지 말자 다짐한 그 날/ 술잔에 나눠 마신/ 이별이 서러워/ 기적도 멎어버린 낙동강 철교엔/ 시름없는 조각달이/ 강물에 흐르네

동수도 가고 철수도 떠난/ 고향은 허허 벌판/ 이렇게 가면 언제 또 오나/ 울먹이던 그날 밤 친구/ 술잔에 나눠 마신/ 이별이 서러워/ 기적도 멎어버린 낙동강 철교엔/ 하늘대는 버들잎이/ 손짓해 날 부르네

―김병걸 작사, 김다양 작곡, 허풍수 노래 '낙동강 철교' 1987. 대지음반

3.

미스 허/ 미스로만/ 미스로만 있어주/ 이 한 마디뿐이야/ 꽃피는 봄 돌아오면/ 네 곁으로 돌아갈 테니/ 그 누가 뭐라 해도/ 나만을 그리며/ 시집 갈 생각마저 바람에 날리고/ 그 오랜 날을/ 기다려 사는/ 첫사랑 나의 미스 허

미스 허/ 미스로만/ 미스로만 있어주/ 이 한 마디뿐이야/ 돈 벌면은 내려갈게/ 그날까지 기다려주오/ 아무리 외로워도/ 나만을 그리며/ 시집 갈 생각마저 바람에 날리고/ 그 오랜 세월/ 기다려 사는/ 첫사랑 나의 미스 허

―김병걸 작사, 이호섭 작곡, 신웅 노래 '미스로만 있어주'

1989. 태광음반

♩♪♫
뽕짝은 아무나 하나

여름 꽃들이 담 밑을 지키면 장독대를 돌아 귀뚜리는 가을을 물고 온다. 들에서 돌아온 아버지께서 장화를 벗으면 저녁을 먹는 곳. 어머니의 종종 걸음을 삽살개는 알고 있다. 천 번을 부르고 만 번을 불러도 그리운 고향. 거기 두고 온 유년의 사진들이 있다. 세월이 가도 바래지 않는 그리움이 동구 밖 미루나무로 자라고 등이 굽어버린 할머니만 애달픈 옛집에는 우리가 미처 거두지 못한 추억이 엎드려 있다.

우리 가요는 70년대까지는 고향노래가 절대적인 비중을 차지하였고 수많은 명곡들이 향수를 달래주었다. 나는 고향노래가 시들해진 메뉴로 전락한 80년대에 들어 본격적인 작품 활동을 했기 때문에 고향을 주제로 쓴, 썩힌 작품이 수십 편도 넘는다. 대중가요는 유행가이기 때문에 실기失期하면 작가의 노트에서만 존재하게 된다. 단명이 슬픈 가요의 유효기간이다.

아 애석하도다. 때를 놓친 고향노래여, 노스탤지어nostalgia여!

의성 가수들 한자리에 모이다

2012년 11월 7일 의성군청 군수실에는 의성 출신의 지역 가수들이 대거 모였다. 김복규 군수님과의 미팅을 필자가 주선하였다. 미팅을 위하여 필자는 자비로 가수들의 프로필과 사진을 넣은 4면의 팸플릿을 만들었고 군청은 물론 18개 읍면장과 농협, 의성신문, 대구경제신문 등에 500여 장을 뿌렸다.

의성은 우리나라에서 손 안에 드는 큰 군으로 마늘, 고추, 작약, 쌀, 사과 등이 많이 재배되고 그 옛날 조문국의 수도였던 유서 깊은 고장이다. 특히 씨름이 유명

하여 이준희, 이태현 천하장사와 이름 난 씨름꾼을 많이 배출했다.

그리고 〈의성마늘국제연날리기대회〉를 비롯하여 〈신평왜가리축제〉와 사곡면의 〈산수유꽃축제〉, 〈봉양자두밸리축제〉, 마늘테마파크에서는 〈세계의성마늘축제〉를 열며 의성읍에서는 전 군민이 모여 〈가을빛고운대축제〉를 즐기고, 안계면 위천에서는 〈의성쌀문화축제〉를, 구천면에서는 〈거북고을축제〉를 연다. 또한 각 면 단위로 경노잔치를 겸한 면민체육대회가 열리는 등 크고 작은 행사가 어느 고장보다 많다.

나는 행사를 위한 행사용 이벤트를 꼬집으며 이왕이면 중앙 가수 외에도 출향 가수를 자주 무대에 세워 달라는 취지에서 〈의가모義歌募〉를 결성하였다. 출향인으로 주로 대구 지역에서 활동하는 가수들 위주로 결성하였으며 의가모 멤버는 다음과 같다.

권수봉, 권영준, 김남조, 다다, 박명숙, 박일봉, 배상환, 소민우, 신우, 신일국, 양희선, 엄인영, 유이성, 이기윤, 이상철, 이수진, 주영, 진상효 등 18명이며 의성에서 활동하는 김현녀가 이끄는 여울연주단이 주축이 되어 김궁영, 김병일, 김윤정, 박상선, 이용덕 등의 향토가수들도 멤버다.

의가모의 고문진으로는 권혁만(의성신문 발행인), 김동건(변호사, 재경향우회장), 김동균(신일섬유 회장, 재대구향우회장), 김희국(국회의원), 송경태(홍일약업 대표이사), 신덕순(신안상사 대표이사), 우동기(대구시 교육감), 이근우(화진건설 대표이사), 이종훈(대구경제신문 발행인), 차점식(쉐브론 한국지사장), 황재천(안동MBC편성국장) 등 쟁쟁한 분들을 모셨다.

11월 7일 모임에 권수봉, 권영준, 김현녀, 다다, 배상환, 소민우, 신우, 양희선, 엄인영, 유이성, 이상철, 이수진, 주영, 진상효, 그리고 필자까지 15명이 참석하였다.

김복규 군수님께서는 반갑고 뜻 깊은 모임이라며 군에서 직접 주관하는 행사에 출향 가수를 중용하겠노라는 약속하여 가수들의 기립 박수를 받았다. 그리고 가수들은 나름대로 고향 발전에 기여할 몫을 찾아 배전의 노력을 기울이겠노라고 다짐했다.

군수님께서는 소회의실을 빌려주며 의가모의 회의를 주선하였고 우리는 자리를 옮겨 향후 계획을 수립하였으며 조직을 정비하는 2013년 봄까지만 필자가 회장을 맡기로 하

♩♪♫
뽕짝은 아무나 하나

고 부회장에 배상환, 총무에 엄인영을 뽑았다. 당장 코앞에 닥친 서울, 대구, 포항, 구미 등 연말 향우회 송년행사에 대거 참여하기로 결의하고 산회하였다.

의가모 의성군청 방문 – 김복규 군수님과 – 2012. 11. 7

나는 전문 코너를 진행하기 때문에 원고를 스스로 해결할 수밖에 없고 따라서 재미도 감동도 나 혼자서 연출해야 한다. 물론 평가도
독박을 써야하기 때문에. 이런저런 프로그램에서 사용된 많은 원고와 스크랩북이 내 서재 한켠에 수북하다.

              — 〈광주교통방송에 내 이름을 건 '김병걸의 그 노래 그 사연'〉 본문 중에서

<h1 style="text-align:center">07</h1>

방송에 진출하다

PBC FM 평화방송 라디오 마이크를 잡다

남산에서 내려와 명동성당 맞은편에 가톨릭 방송인 평화방송국이 있다. 전국방송인 이 FM채널은 고인이 된 최남구 작곡가가 연결시켜 나는 엉겁결에 정원선 아나운서와 더블 MC로 〈음악이 있는 곳에〉란 프로에서 '노래로 엿본 세상'이란 코너를 진행하게 되었다.

평화방송 한인경과 함께

고정 구성작가가 있기는 하였지만 어차피 가요 프로이고, 가요에 관한 정보나 지식 습득이 많을 수밖에 없는 나로서는 원고를 직접 써야 했다.

포항 MBC에서 가요 프로그램을 연출하던 선관재 프로듀서는 수년 전부터 이 평화방송으로 자리를 옮겼고 〈음악이 있는 곳에〉를 맡고 있었다.

나는 이미 1989년부터 2000년까지 혜화동 기독교방송에서 가수 최희준이 진행하는 신동원 연출의 〈다시 듣고 싶은 노래〉란 프로의 대본을 2년간 쓴 경험이 있었기에 방송편성의 맥을 어느 정도는 짚을 줄 알았고, 군에서 3년간 뉴스도 전하고 음악도 트는

〈군軍방송〉을 한 경험이 있어 진행에는 어려움이 없었다.

이런저런 잡다한 가요계 이야기와 노래에 얽힌 사연을 전하는 〈음악이 있는 곳에〉는 1시간 방송이 언제 흘러갔는지 모를 정도로 재미있었다. 영리한 정 아나는 적당히 끼어들면서 맛나게 양념을 쳐주어 프로그램을 빛냈다.

나는 1999년 5월 3일 첫 방송을 시작하여 이듬해 10월 22일까지 진행하다가 김은순 PD가 연출하는 〈할아버지 할머니 건강하세요〉란 프로로 갈아탔다. 물론 중간에 〈음악이 있는 곳에〉를 하면서 7월부터 〈할 · 할 · 건〉에 출연하고 있던 중이었다.

〈할아버지 할머니 건강하세요〉 이 프로는 나중에 조원우 PD가 맡았는데 나는 이 프로의 오랜 지킴이인 한인경 씨와 2000년 7월 23일부터 2002년 4월 12일까지 공동으로 진행하였다.

한인경 씨는 오랜 방송인답게 하나를 얘기하면 벌써 열을 알 정도로 식견이 대단했고 풍부한 캐리어는 한 치의 실수도 없었다. 한인경 씨의 넉넉하면서도 여우같은 진행과 막걸리 같이 질박한 나의 어투는 의외로 궁합이 잘 맞았고 우리는 나날이 찰떡 콤비를 자랑하며 〈할 · 할 · 건〉은 인기프로로 치달았다. 나는 한인경 씨 덕분에 방송사에서 귀한 몸이 되었다.

그러나 기록성이 아닌 연소성의 방송보다는 다른 일에 매진하고 싶어 방송사의 만류를 뿌리치고 4년간 정들었던 마이크를 놓았다.

여수MBC 라디오 〈추억이 있는 여행〉의 선장이 되다

여수문화방송에서 라디오 프로 하나를 해줄 수 없느냐는 제의가 왔다.

"일일방송 그거 지진地震납니다. 원고도 내가 직접 써야 된다면 더더욱 사양하겠습니다."

뽕짝은 아무나 하나

나는 사양하다가 결국 프로그램 진행을 수락했다. 물론 맡게 될 프로그램의 진행자가 작곡가 김현 씨였기 때문에 부탁을 거절하기가 쉽지 않았는데 여수까지 직접 내려가지 않고 전화로 30분만 진행하는 조건으로 수락을 한 것이다.

서울에서 내려간 김현과 유내경 아나운서가 진행하고 민지영 작가가 스크립터로 있는 오병종 연출의 〈3시의 다이얼〉은 〈추억이 있는 여행〉이란 코너를 마련하여 나를 선장으로 세웠다.

평화방송의 마이크를 놓은 지 얼마 되지 않은 2002년 5월부터 2004년 5월까지 2년 동안 나는 열심히 노를 저었고 여수권역에 내 목소리를 꽂았다. 사정이 여의치 않은 날은 길 가다가 아무 데서고 차를 세워 휴대폰으로 방송을 했다. 원고가 부실한 날은 재미난 가요계 에피소드로 땜질을 하기도 했다.

방송을 시작한 다음해 봄 나는 여수문화방송국을 찾았다. 이날은 '추억이 있는 여행'의 1주기였고 직접 출연하여 여수의 팬들과 인사하는 방송이었다.

야트막한 고락산鼓樂山 자락에 위치한 여수MBC는 매우 아담하면서도 주변 경관이 아름다웠다. 특히 진입도로 양편에 만개한 '명자꽃'이 나의 발길을 잡았다. 당화과인 이 꽃은 꽃 이름이 명자라서 더 정이 갔다. 나는 이 날의 감동을 기리기 위해 데니보이 이동수 작곡가가 진작부터 맡겨 놓은 악보에다 '명자꽃'을 제목으로 노래 하나를 만들었다.

왜 사랑하지 않으면서/ 왜 정을 줬나요/ 나 헤어지기 싫은데/ 명자꽃이 뚝뚝 지던 날/ 인사 없이 떠난 사람/ 돌아오지 않는 사람아/ 아니라고 하진 마세요/ 잊어도 되고/ 욕해도 되고/ 웃어도 되지만/ 사랑만은 진실이었어

1시간 방송을 마치고 스탭진은 횟집으로 옮겼고 손님들 중에 내 목소리를 알아보는 사람도 더러 있어 방송의 위력을 새삼 확인했다. 어떤 사람은 열렬한 내 팬이라면서 오후 3시 반이면 채널을 고정시키고 오늘은 저 양반이 무슨 이야기보따리를 풀려나 잔뜩 기다렸다고 한다.

여수에서 이틀을 머문 나는 돌산앞바다에 파도만 출렁인다는 노래속의 오동도와 진남시장 등 여수 여기저기를 관광하고 남해의 짭쪼름한 바닷내음을 온몸에 묻히고는 비행장으로 향했다.

광주교통방송에 내 이름을 건 〈김병걸의 그 노래 그 사연〉

TBN 광주교통방송에 내 이름자가 들어가는 프로를 하나 갖게 되었다. '김병걸의 그 노래 그 사연'이 〈달리는 라디오〉에서 1년을 달렸다.

김형주 PD가 제작하는 〈달리는 라디오〉는 여수문화방송에서 호흡을 맞춘 적이 있는 민지영 작가의 적극적인 추천으로 나를 캐스팅했고 나중에 민지영에서 김삼화로 스크립터Scripter가 바뀐 이 프로를 나는 당초 6개월의 한시적인 방송을 약속했지만 기어이 1년을 채워주었다.

2006년 10월부터 이듬해인 2007년 10월 30일까지 꼬박 1년을 방송하였는데 프로그램의 오프닝 멘트를 하는 김민숙 아나운서와 연극배우인 박규상 씨는 내 이름을 어찌나 당차게 부르던지…… 어떡하든 내게 분위기를 띄워 주려고 노력했다. 참으로 고맙게 생각한다.

지금 와서 후회가 되지만 그때 왜 로고송logo song을 만들어 주지 않았을까, 바보였던 나를 꾸짖으며 광주교통방송에 미안하다는 말씀을 전한다.

세월 따라 인정 따라 노래 따라 우리네 숨 가빴던 지난至難한 역사와 삶의 질곡桎梏을 한 겹 벗겨보면 만 가지 형상을 한 사연이 마디마디 맺혀 있다. 창가唱歌에서 오늘의 랩송까지 변천해 온 우리 가요는 바빠진 생활만큼 템포도 빨라졌다. 팝송에서나 나올 법한 멜로디와 비트a beat가 우리 가요에 접목되어 절묘하게 접이 붙여졌고 어느 샌가 우리는 그런 분위기에 익숙해지고 말았다.

뽕짝은 아무나 하나

이미 여러 방송 프로에서 가요에 얽힌 사연을 진행한 바 있는 나는 서너 달은 거저먹을 정도로 밑반찬이 넉넉하지만 1년을 끌고 가자면 재료 빈곤에 시달리게 된다. 전문가가 진행하는 방송은 충분한 자료에 근거하여야 하고 정확한 용어를 구사해야 한다. 그런 기준에 턱걸이라도 하기 위해, 더구나 재미 유발이라는 청취율의 짐까지 챙겨야 하는 나로서는 여간 부지런을 떨지 않으면 안 되었다.

일간지를 최소 3부 이상은 읽어야 하고 닥치는 대로 책자를 스크랩해야 한다. 사실 10분 이상 분량의 1년치 방송원고면 분량이 한 리어카는 된다. 방송에서 멘트를 하는 진행자는 빛이 나도 원고를 조달하는 구성작가는 생색이 나질 않는다. 그러나 프로그램의 인기와 구성작가의 역량은 언제나 비례한다.

나는 전문 코너를 진행하기 때문에 원고를 스스로 해결할 수밖에 없고 따라서 재미도 감동도 나 혼자서 연출해야 한다. 물론 평가도 독박을 써야하기 때문에. 이런저런 프로그램에서 사용된 많은 원고와 스크랩북이 내 서재 한켠을 메운다.

군대시절부터 몸에 밴 신문 스크랩 습관은 어딜 가든 하루에 한 꼭지 이상은 뭔가를 오려 와야 내가 살아 있다는 존재감을 확인한다. 이 지독한 의무감(?)에 진저리를 치면서도 먹이를 찾는 짐승처럼 주변을 두리번거린다.

2008년부터 이 코너는 작곡가 박현진이 바톤을 이어 방송하였고 나는 2010. 4. 9에서 2011. 11. 18까지 다시 마이크를 잡았다.

KBS 제2 라디오 〈노랫말을 찾습니다〉

KBS에서는 〈'96연중기획〉으로 제2라디오(603,639KHZ)에서 〈노랫말을 찾습니다〉란 슬로건Slogan 아래 한 해 동안 아마추어 작사가들이 투고한 노래 가사를 매주 심사하여 연말에 6편을 뽑아 시상도 하고 음반도 냈다.

김경태 PD가 연출하는 〈임창제, 진양혜의 희망가요〉에서는 매주 화요일 12시 15

분부터 1시 55분까지 사이사이에 '나도 작사가'란 코너를 마련, 매주 응모된 노래가사를 놓고 심사를 했는데 김지평, 이경미 두 작사가 선배와 필자가 1년간 심사를 보았다.

1996년 상반기는 진양혜 아나운서가 임창제의 짝꿍이다가 후반기 들어 임수민 아나운서로 바뀌었다. 김지평, 이경미 두 선배와 나는 전국에서 보내온 많은 가사 가운데서 엄선하면서 올바른 작사 기법에 대해서도 강의했다. 1996년 당시 연말에 뽑힌 가사를 기성 작곡가들이 곡을 만들어 총 6편을 제작하고 CD로 출반했다. 그 내용은 다음과 같다.

5월 우수작 임동후 작사, 김범룡 곡, 양진선 노래 '여자의 길'
6월 가작 장순규 작사, 박성훈 작곡, 김경남 노래 '끝없는 사랑'
7월 가작 정인옥 작사, 방기남 작곡, 서지숙 노래 '그리움'
8월 가작 오준호 작사, 정옥현 작곡, 설운도 노래 '사랑이 머무는 자리'
9월 가작 홍지숙 작사, 신대성 작곡 '스무 살 나의 일기엔'
11월 우수작 김미혜 작사, 오동식 작곡, 박윤경 노래 '눈 오는 날의 동화'
이렇게 6편이 오아시스레코드사에서 CD로 출반되었다.

가을이었다. 당시는 휴대폰 대신 호출기인 삐삐가 있었던 시절이었는데 나는 삐삐의 신호음을 진동으로 놓지 않고 그냥 열어둔 채로 방송을 하고 있었다. 녹음방송이 아닌 생방송에서 실수는 치명적이다. 그날따라 줄줄줄 명해설이 진행되고 있었는데 난데없는 울음소리 삐삐삐삐삐~~~~~~. 유리창 밖에서는 김 감독이 연신 손짓으로 나의 주머니를 가리키며 안절부절, 얼굴이 하얗게 사색이 되어 갔다.

마음이 급하면 일이 더 어깃장 난다더니 그날따라 어느 주머니인지 단말기가 잘 잡히질 않았다. 진행을 함께하는 임창제와 임수민도 사태수습이 되질 않자 난감해하며 안절부절 했다. 나는 순간 기지를 발휘했다.

"청취자 여러분! 제가 집에 애완용으로 키우는 귀뚜라미가 있는데 아 이 녀석이 오늘

뽕짝은 아무나 하나

따라 방송국 구경 온다고 기어이 절 따라왔지 뭡니까. 잠시 수선을 피워 죄송했습니다.”

임창제부터 박장대소를 했다.

“아니, 김 선생님. 우리 청취자님들 다 압니다. 눈높일 조절해 주십시오, 허엄!”

유리창 밖에서는 편성국장님이 내려와 나를 한참을 째려보더니 돌아서면서 엷은 미소와 함께 아! 엄지손가락을 불쑥 치켜세우는 게 아닌가! 나는 이날의 실수를 교훈삼아 생방 때 주의를 각별히 기울이게 되었으며 자신감을 갖는 반전의 기회로 만들었다. 후유우우우우.

가수들이 분장실에 모여 대기하는 동안 어떻게 하면 작품의 절반을 뺏을 수 있는가에 대한 비법을 드러내 놓고 논의한다고 한다. 어떤 가수는 이를 충동질하고 다닌다고 한다. 벼락을 맞을 놈들이다. 가수가 노래만 잘하면 됐지 더 무슨 욕심이냐고 핀잔을 주면 이런단다. "이 양반 아직 꿈나라구먼."

— 〈이 양반 아직 꿈나라구먼〉 본문 중에서

08

가요계에 제언提言한다

가요를 〈유행가〉라고 부르자

전라도닷컴 2007년 5월호 16쪽에는 해남의 노래하는 농사꾼 민재평 씨 애기가 실려 있다. 민씨는 전라도 해남군 현산면 조산마을 대둔산 자락 〈가나안농원〉의 주인이다. 귀농하여 그가 만든 자작곡이 '해남에 오면', '옛날 옛적', '동트는 아침'인데, 화훼 농사를 지으면서 꽃잎에 바친 아름다운 노래들이다.

해남에 오면 고구마가 있고/ 감자가 있고 양파도 있고~~~/ 해남에 오면 아줌마도 있고/ 아

저씨도 있고 할머니도 있고/ 영감님도 있는데/ 어린이만 없네 /청년들도 없네 에헤에~~~

민재평의 노래가 봄바람에 날아가 보리밭을 석신다. 얼굴 가득한 주름살이 얼핏 밭고랑 같기도 하고 오선지 같기도 하다고 황풍년 기자는 썼다. 부디 민재평 가수의 소원이 이뤄지길 기원한다.

요즘 우리 사회에선 이른바 성인가요를 통칭해서 〈트로트〉라고 부르고 있어 몹시 귀에 거슬린다. 트로트는 1920년대 중반 미국에서 반짝 유행하던 리듬이다.(전 KBS 관현악단장 김강섭 증언) 한때 우리 가요가 일본에서 건너왔다는 주장과 그 반대 의견이 서

▼

로 맞서는 대립 속에 트로트는 랩 가요의 홍수에 휩쓸려 지금은 벼랑 끝에 서고 말았다.

트로트의 역사를 알아보자.

제1차 세계대전이 발발하기 전에 미국에서 생긴 춤 폭스 트로트Fox Trot에서 기인한다. 미국에서는 1912년에서 1914년 사이에 무려 100여 종의 새로운 춤이 유행했다가 사라졌는데 그 가운데 몇 개의 춤이 동물의 이름에서 따온 것으로 그리즐리 베어Grizzly Bear, 버니 허그Bunny Hug, 몽키 글라이드Monkey Glide, 터키 트로트Turkey Trot 등이다.

당시 연예인 가운데 버논과 아일런 캐슬이란 커플이 있었다. 이들은 무도장의 댄서로 1913년에 〈선샤인 걸〉이라는 브로드웨이 쇼에 출연하여 최고의 인기를 누리던 중 이들이 쇼에서 춤춘 터키 트로트가 당시 뉴욕에서 폭발적인 인기를 모았다. 이들이 이듬해인 1914년 사교춤 교습 스튜디오 〈캐슬하우스〉를 개장해 터키 트로트 춤을 보급하자 추하고 우아하지 못하며 유행에 뒤떨어진 것이라고 비난을 받는 바람에 약간 수그러들긴 했지만 얼마 후에 이를 변형한 폭스 트로트를 소개했다.

캐슬 워크보다는 느리고 단순하며 애니멀 댄스처럼 빠른 원 스텝 춤으로 그 시대 다른 어떤 춤보다도 수명이 길어 오늘날에도 밴드들이 약혼식이나 결혼식 등 사교파티에서 장년층을 위해 왈츠와 함께 연주하는 게 보편화되었다.

이 폭스 트로트가 1920년대에 콜롬비아, 빅터, 폴리돌 등 레코드사들이 일본에 진출한 것과 때를 같이하여 우리에게 유입되기 시작했다. 1930년대는 우리 가수들이 일본에서 취입하면서 (당시 국내는 레코딩 스튜디오가 없었음) 일본어로 번안되거나 일본가요가 우리말로 번안되어 양국에서 비슷한 시기에 유행하기도 하였다. 이것이 트로트 가요의 왜색 시비의 발단이다.

—선성원의 〈일본음악이 보인다〉에서

흔히 4분의 4박자로 구성된 트로트는, 이미 음악 리듬의 한 장르가 아니라 우리 생활에 깊숙이 자리 잡은 문화적 코드다. 가요에는 〈트로트〉만 존재하는 게 아니다. 〈탱고〉나 〈맘보〉, 〈슬로우 락〉, 〈슬로우 고고〉, 〈펑키〉, 〈부르스〉, 〈고고〉, 〈칼립쇼〉, 〈차

뽕짝은 아무나 하나

차차〉, 〈트위스트〉, 〈쏠〉 등 우리에게 친숙한 리듬이 많이 있다. 그런데 성인들이 즐겨 부른다고 하여 리듬에 상관없이 모두 다 〈트로트 가요〉라고 부르는 것은 대단히 잘못된 호칭이다. 〈트로트〉는 단순히 리듬의 하나일 뿐이고 이를 성인가요의 별칭으로 관용어처럼 쓰는 것은 마땅히 시정해야 옳다.

대중음악을 미국에선 팝Pop, 프랑스에선 샹송Chanson, 이태리에서는 칸소네Canzone, 일본에선 엔카라고 하는데 우리는 〈가요〉라고 통칭한다. 일제 강점기에 붙여진 이 이름은 1920년대엔 〈통속창가〉라고 부르다가 그 후 〈유행잡가〉라고도 불렀다. 1930년대 레코드판이 출반되면서 〈유행가〉로 불렀다. 어쩌면 Popular Song을 직역해서 생긴 말 같다.

일본 내무성 발행 자료에도 1934년부터 검열제도가 생기고 1936년 8월 11일까지 유행가라고 구분한 기록이 남아 있다. 그러다 1937년 일본 방송협회에서 레코드 관련 업무 담당인 마찌다란 사람이 "방송업무 일체를 관장하는 체신국에서 유행가라는 말이 전시 체제에 어울리지 않는다."는 이유를 들어 임시변통으로 가요곡이라는 표현을 쓴 것이 정착되어 오늘날 가요 또는 대중가요라고 부르고 있다.

가요라는 용어는 분명 일본에서 생긴 말이고 노래 가歌자에 노래 요謠자가 가요라, 〈역전앞〉처럼 의미가 중첩되어 어법에도 맞지 않다. 백성들이 부르니 〈민요〉가 가장 합당한 말이긴 하나 국악처럼 민요 또한 우리 가락으로 한 장르를 차지하고 있어 그 이름도 마땅하질 않다.

지난 1991년 MBC TV 〈가요초대석〉 주관으로 "우리 가요의 이름을 찾습니다!"란 행사가 있었다. 1992년 4월 15일까지 관제엽서를 통해 응모한 이름을 받아 학계, 문화계 인사들로 심사위원회를 구성, 4월말 발표한다고 광고했다. 그러나 그 이후 흐지부지해지고 말았다.

작고한 작사가 박건호는 생전에 일단의 성인가요를 한데 묶어 〈뽕짝〉이라고 하면 어떠냐고 주창한 바 있다. 상당히 애교 섞인 순진한 발상 같다. 모두들 귓결에 흘렸지만 나 역시 조금은 흥미 있는 접근이라고 평가하고 싶다.

〈뽕짝〉이란 말이 생긴 것은 트로트의 리듬이 뽕짝~뽕짝 한다고 해서인데 어떤 사람들은 그 소리가 어떻게 뽕짝~뽕짝이냐, 쿵짝~쿵짝 아니냐고 반박하기도 하지만 트로트 노래가 가요 초창기 시절 주로 손풍금으로 연주한 경우가 많아 귀에 들리는 대로 뽕짝이라고 불렀던 것이 상용화로 굳어진 내막이다.

또 다른 일각에선 〈전통가요〉로 하자는 의견이 만만찮게 제시되었고 김지평 작사가는 사랑 애자를 써서 〈애가〉가 적합하다고 주장한다. 가요계 일부에선 〈뽕짝〉이란 표현 자체를 부정하며 가요의 위상과 품위를 훼손한다고 비판하기도 하지만 나는 꼭 그렇게만 보지는 않으며 〈유행가〉로 통일하면 어떨까 제안한다.

한때 〈유행가〉란 표현 자체에 대해 가요를 비하한다고 하여 가요계에서는 내친 적이 있지만 나는 〈유행가〉란 말이 좋다. 한 시절의 도도한 유행을 나팔바지처럼 휘젓다가 새로운 얼굴이 나타나 대세를 이루면 슬그머니 가운데 자리를 내주고 뒤켠으로 물러나고 세상이 다시 부르면 마당을 차지하는 〈유행가〉. 그게 아니라면 그냥 한 시대를 풍미하며 유행하는 노래. 글자 그대로 유행하는 노래 〈유행가〉, 이 얼마나 합당한 표현인가.

나는 우리 가요 백년사에 고하고, 일만여 가요작가에게 고하고, 세상에 고하노니 모든 장르의 대중가요를 〈유행가〉로 통일하여 부를 것을 제안한다.

노래반주기는 사유물이 아니라 나라의 문화다

노래방 반주기는 노래반주 음악과 노래 가사가 자막으로 나오는 하드웨어 hard ware 다. 음악과 영상이란 소프트웨어를 담은 기계인 이 반주기는 반주기를 제작하고 판매하는 개인회사의 사유물이다. 그러나 이 반주기가 세상에 나와 한 나라의 문화가 된 지도 어언 20여 년이 되었다.

1993년경부터 시작된 이 노래반주기의 역사는 〈아싸〉로 불리던 영풍전자가 처음으로 시장을 개척하였다. 이후 〈아리랑〉으로 불리던 대흥전자와 마이크용의 대희전

뽕짝은 아무나 하나

자, 엔터기술 등이 생겨났다. 영풍전자에 이어 업계에 뛰어든 태진음향과 금영전자는 한때 10여 개로 난립하던 경쟁사들을 물리치고 국내외를 평정하였다.

근자 SM과 코미디언 최성원이 합자한 SM 부라보란 반주기가 생겨났는데 기존의 방식에서 진일보하여 중간에서 멈출 수도 있고 리플레이도 가능하도록 편리하게 개발되었지만 태진과 금영의 아성을 위협하지는 못하고 있다.

업소나 행사에 연주인이 들고 다니는 반주기로는 엘프전자에서 만든 505, 707, 808 등과 은성전자, 미디바다, 미디컴 등 7개나 된다.

이 반주기는 오늘날에 있어서 우리 생활의 한 부분이 되었고 반주기 없는 행사는 상상할 수 없을 만큼 필수 문화가 되어버렸다. 이 노래반주기에 있어서 매우 예민한 사안인 2가지의 경우에 대하여 짚고 가자.

먼저 그 첫 번째 사안이다.

노래반주기에 싣는 노래들은 누가 선곡하여 입력시키는가? 흔히들 묻는 질문이다. 대답은 노래반주기 회사의 재량裁量이다. 선곡할 수 있는 권리를 부여하지는 않았지만 알아서 처리하니까 반주기 회사의 마음이라고 해야 옳을 성싶다.

그렇다면 이미 입력된 특정 곡을 어느 날 임의로 삭제할 수도 있는 권리도 반주기 회사에 있는 걸까? 필자의 의견은 "아니다"라고 본다. 왜냐하면 당초의 입력과는 달리 그 권리 면에서 이미 수록된 곡은 다중이 인지했고 소유했다고 봐야 하므로 사유물이 아니고 공유물인 것이다. 따라서 이 공유물에 대한 존폐의 권리는 개인의 영역을 떠났다고 봐야 한다.

더구나 수록곡을 분배자료로 활용하고 있는 음악저작권자들의 단체인 komca의 규정 때문이라도 반주기 제조사에서 임의로 중간에 누락시킬 수는 없는 것이다. 즉 이미 발생되고 있는 사유재산에 제3자가 침입하여 임의로 재단할 수 없다는 결론에 다다른다고 봐야 한다.

그러므로 툭하면 많이 불리지 않는 곡들은 언젠가는 정리해 버린다는 노래반주기사의 으름장은 그 권리가 없다는 것을 주지하기 바라며 넣을 때는 당신네 마음이었지만 뺄 권리는 없다는 것을 분명히 해둔다.

그리고 두 번째 사안이다.

필자가 언급한 바와 같이 노래반주기는 이미 공유물이고 한 나라의 문화이므로 그 내용에 있어서 왜곡되거나 변질이 되어서는 안 된다.

따라서 음악이 원곡과 다르게 입력되었다거나 자막에 나오는 가사에 오류가 있다면 제조사는 이를 즉시 바로잡아야 할 책임이 있다. 문화는 왜곡되어서도 아니 되며 훼손되거나 훼절되어서도 안 된다. 이를 방치한다는 것은 국민들에게 잘못된 정보를 주입

뽕짝은 아무나 하나

시키는 결과를 유발하므로 문화에 대한 침해행위다.

그런데 노래반주기에 입력된 가사 중 상당수가 오탈자로 잘못되어 있음을 발견한다. 필자가 알고 있는 노래만 살펴보아서 그렇지 모르는 노래까지를 합하면 오류가 수천 편은 된다고 봐야 할 것 같다.

어느 반주기를 막론하고 대동소이하게 오류로 나타나는 잘못은 한시바삐 시정되어야 한다. 필자는 업계 1위인 금영반주기에 대하여 시간 나는대로 오류 사실을 파악하고 있는 중이다. 조사 중간 중간에 서류화하여 제출하고 시정을 요구하고 협조할 생각이다.

오류는 주로 가사 내용이며 더러 작사가, 작곡가, 가수 표기에도 있고 반주기사마다 원곡과는 다른 편곡으로 우리에게 혼선을 주고 있는 음악적 오류도 발견한다. 예를 들자면 태진의 '파란 낙엽' 등을 들 수 있다. 원곡인 배호의 노래가 아닌 리바이벌한 문주란의 노래로 편곡한 탓이다. 그리고 백난아의 '금박댕기'나 정훈희의 '스잔나'는 두 회사가 완전히 다른 가사로 표기했다.

특히 월북 작가로 분류되어 금지곡으로 묶일까 봐 가사를 일부 수정하거나 작가의 이름을 바꾼 노래가 상당수 있는데 반주기에는 사실을 파악하지도 않은 채 가요책자를 보고 베낀 경우가 많다. 예를 들자면 박영호의 또 다른 필명인 처녀림을 추미림으로, 김해송을 처남인 이봉룡으로 둔갑시킨 바 있는데 해금이 된 지가 20여 년이 되었는데 아직까지도 이를 수정하지 않고 있다. 반주기사들은 장사만 알았지 문화에 대한 인식이 부족했던 것이다. 그리고 작가의 오기나 가사, 멜로디의 왜곡은 자칫 저작권법으로 보호되는 저작인격권의 성명 표시권(제12조)과 동일성 유지권(제13조)에 위반하여 법적인 추궁을 당할 수도 있다. 필자는 가요인의 한 사람으로서 진실 복원이 하루 빨리 조처되기를 촉구한다.

릴 테이프의 방치로 사라지는 음원들

　'Shamrock.' 2채널 음원 마스터 테이프의 이름이다. 'Recording tape 1/4 in x 1800 FT. /549m' 국내 최고의 음반사인 오아시스레코드사 음원을 담은 마스터테이프의 종류다. 가로 세로 한자도 안 되는 이 릴 테이프에는 한 나라의 가요가 들어 있다.

　콤팩트디스크compact-disc가 출현하면서 Reel Tape의 효용성과 가치는 상실하게 되었다. CD의 개발은 습기가 차면 부식해 버리는 릴 테이프의 치명적인 단점으로 고민하던 음반업계에 최고의 선물이었고 음원을 영구 보존할 길을 찾은 것이다.

　릴 테이프는 음질의 폭이 깎이지 않고 그대로 보존된다는 장점이 있지만 영구보존이 안 된다. 일정기간이 지나면 부식해 버리는데 40년 정도는 보관이 된다. 온도와 습도와 통풍을 잘 조절해야 하는 어려움이 따르는 릴 테이프는 둥근 플라스틱 또는 알루미늄제 바퀴에 감겨 있는 마그네틱테이프다.

　부식이 오기 시작하면 녹음기 헤드Head에 접촉하면서 생기는 잡음hiss noise이 늘어난다. 이런 순간이 오기 전에 CD나 DVD에 변환하여야 한다. CD가 개발되기 전에 'DAT Digital Audio Tape'가 있었는데 크기도 작고 보관하기 용이하여 지금도 즐겨 애용되고 있다.

뽕짝은 아무나 하나

필자는 지구레코드사에 몇몇 곡의 반주 음원을 구입하려고 문예부에 근무하는 이현섭 작곡가에게 복사를 주문하였는데 이사를 하면서 디지털 음원으로 변환하지 않아 상태도 의심스럽고 또 어디에 처박혀 있는지 찾기가 어렵다고 실토했다. 그런가 하면 오아시스레코드사는 연유는 모르겠지만 상당수의 음원들이 증발했고 일부 음원들은 복사 과정에서 릴 테이프의 부식으로 버려야 했다.

음원의 망실은 가요의 실종이고 한 나라 문화의 상실이다. 소장자는 이러한 역사적 문화적 사명을 가지지 않으면 안 된다. 사회에 대한 공유의 가치가 있는 문화물을 관리 소홀로 망실시킨다면 그 책임을 엄중하게 물어야 한다. 물론 법적인 책임까지는 아니지만 적어도 도덕적인 지탄은 받아 마땅하다고 본다.

필자도 개인적으로 100여 타이틀의 음원을 가지고 있다. 대부분이 암팩스 릴 테이프다. 카세트나 LP도 CD화해야 한다. 음원의 방치로 가요의 역사가 사라지고 문화가 파괴되는 현장을 지켜보면서 필자는 한없는 상실감에 잠겼다.

"음반사를 경영하시는 사장님들이시여, 귀하께서 소장하고 있는 음원은 개인 소유물을 넘어 국가적 자산이고 문화재라는 사실을 잊지 마시기 바랍니다. 제발 부탁드리오니 릴 테이프에서 시한부로 썩어가고 있는 음원을 디지털 파일로 지금 당장 변환해 주십시오."

〈한국가요작가연맹〉 발족에 즈음하여

콤카komca에서 개정한 새 분배 규정에 의해 저작료가 급격히 감소하자 많은 회원들이 자구책 강구에 나섰고 부당한 분배를 바로잡고 더 이상의 피해를 막기 위해 단체 결성의 필요성에 공감했다. 정치적인 단체가 아닌 불가피한 생존의 선택이다.

2006년 필자가 콤카 이사理事로 당선되어 제일 먼저 해야 할 일은 제19대 집행부 때부터 시작된 왜곡된 자료와 규정에 의해 부당하게 분배되는 연간 백억 원이 넘는 〈노래연습장 사용료〉를 제자리에 갖다놓는 일이었다. 그리고 〈유흥, 단란주점 사용료〉의 연주보고서의 철폐에 대안代案으로 채택한 온라인로그데이터의 자료 역시도 일체의 필터링filtering 과정이 없어 쉽게 부정이 개입하는 기계조작과 히팅hiting 주체主體의 편중偏重에 따른 엉터리 자료라는 사실 입증과 점유율이 절대적으로 낮은 소(on line)가 대(일반 off line)를 지배하는 모순을 한시 바삐 바로잡는 일이었다.

필자는 이 두 가지 일에 매달리면서 문광부와 이사회에서 충돌해야 했다. 지난 제19대 집행부에서 현행 방식을 도입한 당사자들인 연임 이사들과 온라인 자료에 의해 엄청난 득을 보고 이미 기득권이 되어 버린 대중 분야의 젊은 회원들을 대표하는 이사들과 분배 규정이 이래도 저래도 상관이 없다고 여긴 비대중 분야의 이사들은 필자의 줄기찬 문제 제기와 정당한 권리주장을 조소嘲笑하며 수수방관하였고 자신들의 기득권 사수를 위해 비겁하게 침묵했다.

은폐된 진실의 복원을 위하여, 주무 부처의 얼토당토않은 월권적越權的 횡포를 규탄하고 정의正義를 가장한 정보의 코쿤information cocoon에 빠져 확증편향성을 가진 문광부 일개 직원 한 사람에게 끌려 다니는 무력한 콤카에게 모니터링monitoring을 있는 사실대로 조사해보자는 정당한 권리를 주장하는 필자와 기성작가들의 자구적 모임을 '연주보고서 철폐'에 반대하는 부도덕한 세력으로 매도하고 내치려는 관의 담당과 편협한 일부 이사들에게 맞서기 위하여 필자는 2007년부터 제도권 밖의 회원들을 동원해서라도 부당한 음모를 심판하려 노력했다.

안타깝게도 콤카에서 희망을 읽어내지 못한 필자는 급기야 뜻 맞는 60여 회원들과 힘을 모아 가칭 〈한국가요작가연맹〉을 만들게 되었다. 정풍송, 남국인, 서승일, 임종수 선생을 공동대표로 추대하고 간사에 이호섭, 대외교섭위원으로 필자와 이호섭, 김순곤, 김진룡, 이건우, 정의송을 선임하였다. 동 연맹에서는 정보와 경험이 제일 많은 필자에게 동 연맹 발족의 취지문趣旨文을 맡겼고 당시 필자가 여러 날을 고민 끝에 성안成案하여 대외對外에 천명闡明한 원고는 다음과 같다.

♩♪♬
뽕짝은 아무나 하나

한국가요작가연맹 발족에 즈음하여

우리는 일찍이 이 땅에 대중예술의 꽃이라 할 가요를 태동시키고 음악 저작권리의 실현을 위해 1964년 사단법인 한국음악저작권협회(이하 KOMCA라 함)를 설립하여 오늘에 이르렀다.

그간 수많은 난관과 위기에도 우리는 창작인으로서의 긍지와 자부심을 잃지 않고 콤카의 위상제고位相提高와 저작권의 신장伸張을 위해 각고의 노력을 경주傾注했다.

사회적으로 저작권의 인식이 일천日淺한 시절에 징수원徵收源의 확충을 위해 막대한 정신적, 물리적 희생을 감수하며 전국 단위로 지부를 설치하였으며 해마다 엄청난 비용을 투자하여 이제 바야흐로 연간 일천억 원의 신탁회계 수입을 바라보는 장족의 발전을 이룩해냈다.

그 같은 발전의 밑바탕에는 소송과 투쟁의 역사가 점철되어 있으며 유명幽明을 달리하신 여러 선배님들의 선각적先覺的인 혜안慧眼과 풍찬노숙風餐露宿의 세월을 견뎌온 원로회원을 비롯한 기성작가들의 피땀 어린 희생이 콤카의 오늘을 견인牽引했다.

그런 맥락에서 어쩌면 지금의 후배들이 누리는 혜택은 무임승차無賃乘車라 해도 과언이 아닐 것이며 피폐疲弊했던 우리들의 지난날에 견주어 볼 때 이만큼의 풍요라도 안겨 주게 됨을 다행으로 생각한다.

주지하듯 매월 23일은 월급처럼 저작료가 분배되는 날이며 액수가 많건 적건 우리에게는 자부심의 날이기도 하다. 그런데 어느 때부터 봉투가 얇아지기 시작한 23일은 우리에게 좌절과 분노가 쌓이는 슬픈 날이 되고 말았다.

온라인으로 이동한 음악 유통의 변화에 따른 음반 수입의 절대적인 감소와 나날이 양산되는 가요의 증가로 인한 1/N의 곡당 단가의 하락에다 성장이 멈춰버린 지부 공연 사용료마저 왜곡된 모니터링에 의해 신탁한 저작물이 정당한 가치를 확보하지 못하고 부당하게 집행되고 있어 기성작가들이 겪는 생활 고통은 나날이 심화되고 있다.

평생을 분투奮鬪한 우리의 고귀한 가치가 충분히 상고詳考하지 않은 정책에 의해 일방적으로 훼손毁損된 작금昨今의 현실은 우리에게 이대로는 안 되겠다는 자구책自救策을 요구하고 있다.

더욱이 현실로 도래한 고령화시대는 우리에게 또 다른 노력과 준비를 주문하고 있는바 콤카에서는 이에 대한 정책적 배려가 있어야 한다고 보며 이의 실현이 곧 진정한 복지福祉라고 본다.

굳이 부연敷衍하지 않더라도 콤카를 견인해 온 기여도 측면에서 기성곡들이 가중치加重値(weight)를 받지는 못할망정 진실과 유리遊離되고 편중偏重될 수밖에 없는 현행 분배방식에 의해 모니터링에서 제외되거나 적용률에서 불이익을 받아 평가가 절하되어 전도顚倒된 신탁회계가 6년 8개월 동안 무려 1,000억 원이 넘는다.

이런 참담한 결과에도 우리는 공정한 분배의 접근이라는 궁극의 목표를 위해 감당해야 하는 과정이라고 인내하였고 자칫 세대 간의 밥그릇 충돌로 비화飛火될까 싶어 침묵하였다.

그러나 세심한 우리의 관용이 묵살된 채 이해의 당사자들끼리 조정되고 합의할 분배방식을 주무관청에서 지배하고 모니터링에서 전제되어야 할 요소들을 배제한 소승적인 정책을 이행토록 강제하였다. 특히 부당한 개정을 호소하는 콤카의 안案을 합당한 근거 없이 비토veto하고 반려하여 천인공노天人共怒할 결과를 빚어 놓고도 결과에 대한 책임은 고사하고 사과도 하지 않고 있다.

이는 콤카와 8천여 회원들을 농락하는 처사이며, 툭하면 콤카의 영업정지를 전가傳家의 보도寶刀처럼 휘두르고 있는데 이 또한 민간자율단체에 대한 심대한 월권이며 시대의 패러다임을 역행하는 전근대적인 발상이라 우리는 이를 준열히 비판한다.

따라서 주무부처는 저작물의 원활한 이용촉진과 공정한 분배를 위한 계몽과 지도 및 신탁관리단체의 올바른 집행을 위한 제도 지원에 충실해 주기를 바란다. 그러나 엄연한 사적인 영역을 침범하여 사권을 관의 입맛대로 지정하고 재단하려 함은 권력이며 횡포라고 본다. 따라서 부당한 정책을 즉각 중단하지 않으면 이에 완강한 저항은 물론이

♩♪♫
뽕짝은 아무나 하나

요, 나아가 법적 책임을 물을 수밖에 없음을 엄중 경고한다.

그리고 부당한 권력의 횡포에 단호히 대처하지 못하고 졸속에 휘둘린 콤카의 유기遺棄된 책무는 조속히 정상화시킬 것을 촉구한다.

만시지탄晩時之歎이기는 하나 우리는 콤카의 미래와 우리의 정당한 권리수호를 위해 우리의 지혜를 모으고 차제에 적극적인 단체행동을 모색하려 한다.

더 이상은 눈뜨고 장님이 될 수 없다는 우리의 결연한 의지를 대외에 고하며 왜곡歪曲된 분배정책을 올바로 개선하고자 실질적인 소유주인 우리 모두는 한마음으로 콤카의 진정한 변화와 희망을 요구하는 강력한 조직을 정비整備하여 우리의 뜻을 관철시키고자 본 연맹을 설립한다.

2008년 12월 14일

우리의 요구

가요 창작을 천직으로 알고 일생을 작품 활동에 분투해 온 우리는 지나 1964년 콤카를 설립하고 음악저작권의 실현과 협회 발전을 위하여 일로매진一路邁進해 왔다.

그간 우리들의 노력과 희생의 결과로 콤카는 연 830억 원의 신탁회계를 달성하는 장족의 발전을 이룩해 냈고 음반 산업의 퇴조에 따라 콤카는 이제 우리들의 생활을 지탱해주는 유일한 호구지책糊口之策이 되었다.

그러나 지난 제19대 집행부 때부터 잘못 집행된 분배 규정에 의해 기성곡들은 정당한 평가를 받지 못하고 분배 모니터링에서 제외되는 상대적 불이익을 받아 막대한 피해를 입었으며 신탁한 본래의 목적에서 일탈하는 참담한 현실에 직면해 있다.

이 모든 사태의 바탕은 원천적으로 온라인 로그데이터를 맹신盲信하고 여과 없는 적용을 강제한 주무부처의 오판과 그러한 관의 부당한 지시를 극복하지 못한 콤카 집행부의 한계였던 바 이를 강력히 비판하며 이제 더는 부당한 정책에 희생되지 않겠다는 우리의 결연한 의지를 대외에 고한다.

당초 2008년 8월 분배의 충격을 콤카 네트워크 설치로 해소하겠다던 집행부의 장담은 허언이 되고 기대에 반하는 절대 다수의 기성작가들의 지분이 감소하고 상위 1%가 독점 지배하는 악성적인 결과로 집행되었다.

특히 왜곡 분배를 인정하고 이를 바로잡기 위해 설치했던 〈분배제도개선위원회〉에서 10여 차례 격론 끝에 내려진 결정이 원안대로 통과하지 못하고 이사회나 주무부처에서 비토가 되어 동 위원회 노력을 무위無爲로 돌렸으며 궁여지책으로 승인된 9월 12일의 개정안 역시도 공정한 분배 확립과는 거리가 먼 개악이 되고 말았기에 우리는 결코 수용할 수 없다는 것을 천명한다.

이제 우리는 우리가 맡긴 저작물의 정당한 권리 수호를 위해 우리의 요구를 상시적으로 콤카와 주무부처에 전달하여 우리의 빼앗긴 권리와 지분을 되찾을 것이며 사적 재산의 귀속을 임의 지정하고 분배 방법까지를 강제하려는 관의 초법적인 횡포에 맞설 것이다.

따라서 우리는 개인의 재산이 지정되는 일체의 분배 규정에 관하여 전체 회원이 지배하는 대승적인 결론을 도출하는 의견 수렴의 장을 콤카에서 열어줄 것을 촉구한다.

그리고 문화관광부는 이해 당사자 간의 합의로 결정되는 분배의 정의를 무조건 승인해줄 것을 요구한다.

오토튠의 성가심과 대중 가수들

70년대까지 투채널 시대의 가수들은 취입실에서 얼마나 긴장되고 조심스러웠을까. 지금의 녹음 방식은 소절 소절마다 여러 번 불러 그 중 가장 좋은 소리를 디렉터가 골라 기계로 튜닝한 뒤 편집하는 믹싱 과정을 거쳐 음반에 고정한다. 하지만 디지털시대

뽕짝은 아무나 하나

가요작가 심우회 제주여행(1994년 여름)

가 아닌 아날로그시대에는 이런 정교한 작업은 아예 있지도 않았다. 첨부터 끝까지 가수가 해결해야 했다. 어찌 보면 참으로 잔인하면서도 간편했다.

컴퓨터가 음을 올리고 내리고 절대음정에 교정시키는 일을 오토튠Auto-Tune이라고 한다. 오토튠은 소리의 포토샵인데 양질의 녹음을 위하여 뮤지션들이 필수과정으로 채택한다.

오토튠은 미국의 안타레스 오디오 테크놀러지스사가 1997년 개발한 음을 고르는 보정용 소프트웨어다. 〈멜로다인〉이나 〈웨이브스 튠〉도 이와 비슷한 소프트웨어다. 오토튠을 남발하다 보면 자칫 기계음처럼 너무 일정하여 오히려 부담을 주는 역효과도 우려된다. 오토튠은 목소리를 기계음처럼 바꿔주는 마치 보코더vocoder의 역할과 같다고 할 수 있다.

오토튠으로 목소리나 실력을 왜곡해서 처음으로 히트를 시킨 가수는 미국의 여자가수인 셰어다. 그녀는 1998년 오토튠으로 음색을 비튼 노래 '빌리브'를 히트시켜 많은 가수들에게 영향을 미쳤다. 2000년대 중반 들어 R&B 가수 T-페인이 오토튠으로 조작한 노래를 대거 발표하면서 다시 오토튠 바람이 불었다.

현재 아이엠 T-페인이란 아이폰용 앱도 나와 있고 국내에서는 슈퍼주니어의 '쏘리쏘리'와 브라운아이드걸스의 '아브라카다브라' 같은 노래가 일부러 음성을 왜곡한 경우다. 슈퍼주니어의 '쏘리쏘리'가 히트를 치자 2PM, 비스트, G드래곤, 포미닛, 샤이니, 세븐, 2NEI 등 수많은 아이돌그룹이 오토튠을 이용했고 제국의 아이들과 유키스는 아예 음반 전곡을 오토튠 범벅으로 만들어 떡칠 논쟁에 불을 붙이기도 했다.

오토튠 논쟁은 음성 왜곡이 아니라 과도한 음조音調 보정 때문에 생겨났다. 미국 여가수 엘리슨 무어리는 음반 케이스에 "절대로 음조 보정pitch correction하지 않았음"이란 스티커를 붙여 판매하였으며, 래퍼 제이-Z는 2009년 'D.O.A. Death Of Auto-Tune(오토튠의 종말'라는 곡을 발표하기도 하였다.

2010년에는 영국의 TV오디션 프로그램인 X팩터가 출연자들의 노래를 오토튠으로 고친 사실이 밝혀져 논란이 일기도 하였고 존 메이어, 셔나이어 트웨인, 페이스 힐 같은 유명 가수들도 양질의 오토튠을 쓴다고 고백했다.

과도한 오토튠의 사용은 자제해야 한다는 가요계의 목소리가 지배적이지만 이 오토튠의 등장으로 디렉터인 작품자들만 성가시게 되었다. 일부 실력이 모자라는 가수들이 노래를 대충 부르는 경향이 늘어나면서 튜닝 작업에 기대는 음반이 더러 출반되고 있다.

장르에 상관없이 아이돌 그룹과 일부 성인가수들의 2절 없는 가사와 충분한 연습 없는 취입은 라이브 공연에 대한 심각한 후유증을 낳고 있다.

필자는 작사가 이전에 음반 프로듀서이기 때문에 노래 취입에 깊숙이 관여하고 필자의 입맛대로 노래를 재단하는 편이다. 따라서 가수들의 취입 때 필자 역시도 나중의 튜닝을 계산하여 취입을 유도한다. 악보에 맞게 여러 번의 연습을 거친 뒤 마디마디를 찍어가는 방법과 맨 나중에 가수에게 당신 하고 싶은 대로 불러보라고 한 뒤 녹음기사와 별도의 시간을 내어 음정, 호흡, 박자, 길이, 굵기, 발음, 음색 등을 고르는 정교한 튜닝 작업에 들어간다. 머리에 지진이 날 정도로 고된 작업이다. 음반이 나온 뒤 가수는 최종적으로 교정되어 고정된 노래를 따라 부르며 외워야 한다.

더 좋은 노래를 만들기 위한 작업은 부단히 강구되어야 하겠지만 기계에 의존하는 가수들의 게으름은 훌륭한 가수를 포기하는 것과 다름없다.

뽕짝은 아무나 하나

"가수들이시여, 자기 베스트를 다하시라. 그리하여 음반이나 실제 노래나 한 치의 틀림도 없는 그런 실력파 가수로 단련하라. 음치마저도 가수로 만들 수 있다고 착각하는 저 요상한 괴물 오토튠은 이 순간부터 잊어버리시라. 그대 기억에서 아예 추방시켜 버리시라."

청소년 유해음반 간담회懇談會

"안녕하세요, 김병걸입니다. 장관님 노고가 많으십니다. 음반심의가 문화관광부 소관인 줄 알았는데 여성가족부에서 다룬다니 놀랍군요. 제가 오늘 회의의 마무리 발언을 하겠습니다. 장관님께서 이 자리를 마련한 목적이 청소년 정서를 해치는 유해음반의 심의에 관하여 의견을 나눠보자는 것입니다.

첫째, 심의규제의 당위성에 관한 설명이라면 규제하십시오. 제가 봐도 얼토당토 아닌 노래들이 더러 있으니까요. 둘째, 심의 방향 설정을 위한 의견 수렴의 자리라면 규제를 완화하여 가급적이면 많이 다치지 않게 해주십시오. 셋째, 그런 작품을 쓰지 말아달라는 부탁을 하시는 자리라면 그런 염려는 안 하셔도 됩니다. 오늘 이 자리에 초청된 작사가들은 모두 자질이 최고인 작품자들이니까 안심하십시오.

제 작품의 경우를 보면 김지애의 히트송인 '남남북녀'를 북한에서 금지가요로 분류하였는데 가사의 내용은 버려진 농촌총각과 도시로 가서 에레나가 된 순희를 그린 시대의 아픔을 노래한 노래입니다. 제목만 보고 규제를 가한 것 같고요. 어느 가요제에 내보낸 작품 중 심사위원의 자질 부족으로 서류심사에서 가사가 빵점으로 처리되는 아픔을 겪은 바 있습니다. 이처럼 오해에 의해 피해를 입는 작품이 나와서는 안 된다는 말씀을 꼭 드리고 싶습니다."

2011년 8월 2일 청계천 프리미어 플레이스 여성가족부 빌딩에 있는 식당 〈한미리〉

에서는 여성가족부 청소년 매체환경과에서 주최한 〈청소년유해음반 심의 의의 및 개요〉에 따른 작사가 초청 간담회meeting discussion가 열렸다.

장관과의 오찬을 겸한 이날 모임엔 정부 측에서 백희영 장관을 비롯하여 이복실 청소년가족정책실장과 김성백 청소년대책환경과장, 맹광호 청소년보호위원회 위원장, 최관섭 청소년정책관이 참석하였으며 음반심의위원으로 성우진, 강은경, 이영희, 그리고 신상호 한국음악저작권협회 회장과 작사가를 대표하여 김동찬, 장경수, 김영아, 유유진, 최수정, 최비룡, 최갑원, 조은희와 필자가 초청되었다.

이날 회의에서 작사가들은 한 목소리로 심의 규제의 완화를 건의하면서 청소년 눈높이의 심의 잣대를 요구하였다.

정부 측에서 준비한 자료에 보면 음반 심의의 의의를 이렇게 설명하고 있다.

*대중음악은 다른 매체와는 달리 장시간 반복적으로 접촉함으로써 노래 가사를 통해 청소년의 정체성과 사회적 의식형성에 영향을 미침

–발달심리적 측면에서 청소년들은 대중스타를 통해 긴장과 갈등 해소, 현실 도피, 대리만족 등을 추구하며 대중스타를 수용, 모방하면서 의식적. 무의식적으로 동일시 과정을 경험

–따라서 폭력적 언어, 선정적 내용, 유해약물 등이 포함된 가요를 자주 접할 경우, 이에 대한 호기심이 증대되거나 친숙한 이미지가 형성될 가능성이 있음

*따라서 폭력성, 선정성, 유해약물 등이 포함된 유해음반으로부터 청소년을 보호하고 건전한 사회의식 형성을 지원하기 위한 제도적 장치 필요

*청소년 유해음반 결정. 고시 건수 증가 653건('08)→1,061건('10)

그리고 음반심의 법적근거로 청소년보호법 제7조(매체물의 범위)와 제8조(청소년유해매체물의 심의 · 결정)를 들고 음반심의 변천사를 설명하고 있다.

1967년에 제정된 음반사전심의제도에서 음반사전심의가 창작 및 표현자유를 침해하고 있다는 이유로 1991년 음반법이 폐지되었고 1999년부터 공연윤리위원회가 하

뽕짝은 아무나 하나

던 음반사전심의를 한국공연예술진흥협의회가 1991년부터 사후심의를 하기 시작하였다. 이후 음반법 폐지 및 음악산업 진흥에 관한 법률제정(2006. 10. 29)으로 음반심의 규정이 삭제되었다.

그러다가 2006. 12. 13 청소년보호위원회가 음반심의를 담당하면서 사후심의를 재개하였다. 심의대상으로는 2006년 11월 이후 발매된 곡을 대상으로 온라인 음반 사이트의 최신앨범 업로드 순서에 따라 모니터링을 한다.

또한 외부인의 신고에 의해서도 심의가 이뤄지고 있으며 2006년 이전 곡에 대해서도 30인 이상 서명 요청이 있을 경우 심의를 한다.

심의기준은 가사에 선정성, 폭력성, 비속어, 욕설, 청소년유해약물 등이 표현된 음반이며 정신과 의사, 방송프로듀서, 방송학과 교수, 청소년학과 교수, 변호사, 청소년관계전문가로 구성된 11인의 〈청소년보호위원회〉와 음반제작사, 음악작가, 음악평론가, 방송관계자, 미디어전문가, 논설위원, 시민단체관계자 등으로 구성된 9인의 〈음반심의위원회〉에서 심의한다.

백희영 장관은 청소년이 상업의 대상이 된 지 오래된 현실을 지적하면서 절대적으로 보호해야 할 책임이 사회에 있다면서 게임과 음악물의 유해물 범람을 우려했다. 필자는 작사가이자 음반심의위원인 강은경 후배한테 유해한 가요가 있냐고 물어보니 그 수효가 적잖이 있으며 내용이 매우 심각하다고 한다.

참석자들은 비전문가들이 마구잡이로 뛰어들어 가사를 쓰는 작금의 한심한 가요 풍토를 이구동성으로 비판하면서

이호섭과 함께 아름방송 심사

수준미달의 작품에 대해서는 그것이 표현 미숙이든 의도적 마케팅전략이든 합당한 규제를 가해야 한다는 데 의견을 모았다.

필자는 "작사가인 우리는 한 나라의 문화다. 때문에 사회성을 견인하고 충분히 도덕성을 견지한다. 창작의 자율성은 최대한 보장이 되어야 하며 대중들이 필터링할 수 있게 배려를 해 달라."고 거듭 주장했다.

이 양반 아직 꿈나라구먼

"작품을 줄 가수歌手가 없다. 세상에 이런 난감한 일이……."

저작권 분배 문제로 서초동 이호섭가요연구소에 모인 그날(2008. 5. 11)의 멤버는 우리나라 성인가요를 주도하는 주역들이었다.

김진룡, 김순곤, 이건우, 이호섭, 장경수, 그리고 나. 우리 여섯은 푸념 삼아 한 마디씩 했는데 골자는 아무리 좋은 작품을 써놓아도 취입시킬 가수가 없다는 것이었다. 이 이구동성異口同聲의 푸념은 작금昨今 우리 가요계의 치부恥部이며 슬픈 대세大勢이기도 하다.

가수들이 작사든 작곡이든 작품을 쓰면 안 된다는 법도 없거니와 졸작拙作을 쓴다는 가설假說도 억지다. 위대한 싱어송 라이터들의 주옥같은 레퍼토리를 우리는 기억한다.

그러나 근자 저작권료에 눈이 뒤집혀 수준 미달의 자작곡으로 승부하려는 일단의 가수들이 너무 많다는 데 문제의 심각성이 있다고 하겠다. 유행가 가사쯤이야 아무렇게 써도 된다는 저급한 인식과 작곡인들 뭐 대수이겠느냐며 마구잡이로 덤벼드는 가수나 제작자들이 우리 가요밭을 망치고 있다.

나는 요즘 성인가요 중에 도대체 무슨 말을 하는지도 모를 노래들이 버젓이 방송을 점령한 채 활개를 치고 있어 경악을 금치 못한다. 더욱이 놀라운 일은 일부 몇 사람의 작곡가가 유치하고 치졸하기 그지없는, 자신이 쓴 가사를 온 동네 가수들에게 아예 명의를 주거나 공동 명의로 발표하는 등 물을 흐리게 하고 있다는 사실이다.

이거 왜들 이러시나. 이왕이면 폼 나게 작곡을 주시지. 적선하듯 던져주는 가사가 뭐 그리 살같이 아픈 수작秀作이겠는가. 필경은 아무렇게나 쓴 가사가 뻔하지 않은가.

같은 작품자끼리 남의 작품을 평가하기는 싫지만, 해도 해도 너무 한 목불인견目不忍見이다. 거기다가 한 술 더 떠서 어떤 작곡가는 내친 김에 반주음악까지 자비自費로 떠서 바치고 있으며 작사는 가수나 제작자 이름으로 헌납한다는 기막힌 사실이 공공연히 떠도는 소문만은 아니라는 것이다.

며칠 전 어느 가수의 매니저가 작품을 받으려고 내 사무실에 들러 이 곡 저 곡을 구경하고 간 적이 있다. 느낌으로도 감잡은 거지만 이 친구의 관심은 작품의 내용이 아니라 악보에 올려놓은 작사와 작곡의 이름이 누구냐는 것이었다. 이 친구는 작사와 작곡 둘 다가 나이기를 바랐던 모양이다. 그래야만 작사든 작곡이든 어느 하나를 자기 이름으로 양보 받을 수 있으려니 했던 것 같다. 이제 그 친구는 영원히 내게 오지 않으리라. 그날 내가 보여준 악보에 적힌 작사자와 작곡자는 두 사람이었으니까.

가수들이 분장실에 모여 대기하는 동안 어떻게 하면 작품의 절반을 뺏을 수 있는가에 대한 비법을 드러내 놓고 논의한다고 한다. 어떤 가수는 이를 충동질하고 다닌다고 한다. 벼락을 맞을 놈들이다. 가수가 노래만 잘하면 됐지 더 무슨 욕심이냐고 핀잔을 주면 이런단다.

"이 양반 아직 꿈나라라구먼."

참으로 웃기는 짬뽕이다. 어쩌다 일이 이 지경까지 왔는지. 가수도 간 데 없고 작품자도 간 데 없고 장사치만 남았다.

우리 가요 역사에 싱어송 라이터 내지 가수생활을 은퇴하거나 가수에의 꿈을 접고 작품자로 돌아선 사람도 많다. 반야월, 한복남, 이인권, 이호, 유노완, 김준규, 정풍송, 임종수, 신일동, 정종택, 허현, 신대성, 박현진, 박성훈, 이호섭 등과 이혜민, 김선민, 송시현 등의 가수 출신 작품자와 본인의 노래 또는 동료 가수들에게 작품을 주어 성공한 싱어송 라이터도 많다. 신중현, 김준, 장우, 나훈아, 장욱조, 송창식, 최백호, 김정호,

이정선, 백영규, 이철식, 설운도, 현철, 태진아, 김창완, 김상배, 신웅, 유현상, 유익종, 전영록, 남화용, 이치현, 김수철, 장철웅, 김수희, 심수봉, 강승식, 강영철, 성민호, 김종환, 안치환, 김신우 등 이루 다 헤아릴 수 없다. 그뿐만이 아니다. 송대관, 배일호, 조승구, 박진도, 현숙, 최진희, 진성, 박상철, 김홍조, 김덕희, 고영준, 박진석 등의 가수들이 작사 내지는 작곡을 겸하고 있다.

자, 이러다 보니 정작 작품을 줄 가수가 없어졌다. 성인가요 가수의 경우 순수하게 노래만 부르는 가수는 남진, 조항조, 하동진, 강진, 소명, 류기진, 현당, 오은주, 이자연, 한혜진, 김혜연, 이명주, 전미경, 이혜리, 박윤경, 우연이, 금잔디 등 많아 보이지만 이들도 언제 작품자로 돌아설지 아무도 모른다.

가수들의 가창력이 형편없고 거기다가 가수들이 작품의 욕심까지 손을 뻗친 오늘날 성인가요는 가수들 때문에 작품자들이 고려장高麗葬 당하고 있다. 아니 가요다운 가요가 실종되고 있다. 인정하기 싫지만 이 생매장이 엄연한 현실인 걸 어쩌랴.

축제가 가요밭을 망치고 있다

2009년 현재 문화체육관광부에 보고된 우리나라 16개 시도에서 벌어지는 각종 축제가 연간 921개라고 한다. 실제적으로는 1,600개쯤 된다는 말도 있다.

〈한삼 모시축제〉, 〈함평 나비축제〉, 〈해운대 모래축제〉, 〈포항 돌문어축제〉, 〈무주 반딧불축제〉, 〈의성산수유축제〉 등 우리가 상상할 수 있는 지역 특산물, 농작물, 명승고적, 인물, 역사적 사건, 명절 등 갖가지의 구실과 의미를 부여하여 지역의 홍보는 물론 지역민의 화합을 이끌어내는 각종 축제 유치는 지역 수령의 역량과 치적으로 평가되어 서울 119, 부산47, 울산 27, 대구 33, 인천 27, 광주 10, 대전 22, 경기 115, 강원 105, 충북 50, 충남81, 전북 50, 전남 47, 경북 48, 경남 112, 제주 28개의 축제가 열리고 있다. 전국적으로 관광산업의 활성화와 지방자치의 정착은 이렇듯 각종 축제를 양산시켰고 선거를 통해 지방 관리를 뽑다보니 꺼리만 있으면 이벤트를 기획하고 놀이마당을 벌인다.

1982년에 CD가 LP를 밀어내고 1993년에 노래반주기가 시장에 출현하면서 노래방이 생겼고 2000년대에 와서는 MP3의 다운로드에서 한걸음 더 나아가 컴퓨터로 연동되는 온라인 전송과 음악파일의 대량 유통이 음반시장을 급격하게 몰락시켰다. 그런 와중에 엎친 데 덮친다고 각종 축제는 행사의 속성상 흥을 깨지 않기 위해 자연적으로 신나고 템포가 빠른 노래만을 요구했다.

가수들은 생계를 위해 너도나도 빠른 노래만을 제작했고 질 높은 슬로우곡들은 철저히 외면당했다. 이른바 가요의 대학살이라 해도 결코 지나친 말이 아니다. 감상곡의 배격은 가뜩이나 쇠락한 음반가에 찬물을 끼얹었고 퇴출당한 명곡들이 설 땅을 잃고 말았다.

그러다 보니 가수들은 작품만 쓰는 전문가를 찾지 않고 본인이 직접 가사나 곡을 쓰는 기현상이 유행처럼 번졌다. 물론 가수가 가사나 곡을 쓰지 말라는 법은 없다. 명작을 기대할 수 없다는 반박도 편견일 수 있다. 그렇지만 아무래도 전문가만큼의 수준과 다양성을 기대할 수는 없다. 결론적으로 가수들이 대거 자작곡으로 새 노래를 공급하는 작금의 풍조가 가요를 오히려 퇴보시켰다는 비판이 중론이다.

일부에서는 저작권료 때문이라고 원인을 돌리기도 하지만 나는 꼭 그렇게만 보지는 않는다. 성인가요의 경우 음반이 자리를 지키던 시절엔 저작료가 어느 정도는 보장이 되었지만 음악 소비시장은 전송이 대세인데 성인가요는 전송매체에서 이용 빈도가 지극히 저조하여 수익을 기대할 수 없는 실정이라 저작권료 운운은 아닌 것 같고 가수들이 작품자 행세까지 하려는 욕심 탓이다.

어차피 행사가 가수들 수입의 절대적인 수단이라는 전제를 기정사실로 한다면, 당연히 가수들의 새 음반은 행사에 유리한 작품 위주로 방향 설정을 할 수밖에 없다. 인기가수를 보유하고 있는 기획사에선 수준 있는 작품은 아예 거들떠보지도 않는다. 오늘을 살아가는 가요인의 고뇌가 여기에 있다. 나를 고집하면 왕따 당한다. 이 승복하기 싫은 환경이 밉고도 서글프지만 작사, 작곡가들은 제작자나 가수에게 끌려 다니며 가요밭을 함께 망치고 있다. 마치 심각한 지구 환경처럼 가요작가 자신이 가해자이면서 피해자가 된다.

좋은 노래는 언젠간 빛을 볼 거라고, 반드시 세상이 알아줄 거라고 순진한 믿음을 곱씹으며 오늘도 나는 작가로서의 사명감과 현실이란 괴리乖離 속에 밤을 새운다.

풍자를 이해하지 못한 방송 심의 문턱

신송의 거미줄이 거미줄에 걸려 압사했다. 종교방송에서 브레이크가 걸렸다.
"윙윙 모기는 싫어 먹을 게 없어/ 대박치는 매미를 기다린다."
세상살이를 거미에 빗댄 가사를 남을 잡아먹는 악한 인간이라며 방송불가곡으로 분류해 버렸다. 어쩌면 살생을 금기시하는 종교방송에서 취하는 당연한 조치인지도 모른다. 그러나 직유와 은유를 모르는 바는 아니었을 것이다. 다만 불교방송에서 방송하기가 거북했을 거라고 이해한다.

봄부터 여름 내내 작업하고 두 번에 걸친 편곡으로 버전을 달리한 타이틀곡인 '거미줄'이 방송 심의에서 걸리고 보니 가사를 고칠 수밖에 없었다. 태국으로 추석을 쉬러 갔던 신송은 10월이 되자 귀국하였고 필자는 서둘러 거미줄 대신 다른 가사를 써야 했다.

만나면 안아주고 싶고/ 헤어지면 또 보고 싶은 너/ 언제부터 사랑했나 묻지를 마라/ 첫눈에 반해버렸다/ 빙빙 도는 건 싫어 곧장 갈 꺼야/ 너도 내가 오길 손꼽아 기다렸잖아/ 세상에 있는 말을 다 붙여도/ 내 마음만 못하네/ 전화 받아 나 지금 급해/ 가슴에 타는 불 좀 꺼줘

－'전화 받아'

결국 사랑 가사로 바꿨다. 말이 입에 짝짝 붙어 노래 부르기가 쉬워졌다. 몇 군데 자

뽕짝은 아무나 하나

수를 늘려 리듬감을 주었다. 김세령의 코러스도 이뺐다. 이제 가수의 활약이 기대된다. 산고 끝에 낳은 자식이니까 애정도 크리라. 뒤늦게 출발한 신송의 장도에 맑은 날씨를 빌어 본다.

우리나라의 방송심의는 들쭉날쭉 기준이 모호하다. 누가 심의를 보는지 그 기준은 무엇인지 매우 궁금하다. 왜냐하면 말도 안 되는 노래 가사들이 버젓이 방송심의를 통과하여 활보하고 있어 필자를 당혹하게 만든다. 거기다 표절곡도 제대로 찾아내지를 못하고 있다.

노래가 시와 다른 점은 풍자를 용납하지 않는다는 것이다. 세상이 많이도 바빠졌다. 숨겨놓고 생각할 여유가 없어진 걸까? 수준 높게 쓰는 작가만이 바보가 되는 세상이다. 방송사의 심의수준을 높이는 꾸준한 노력이 요구된다.

아류는 성공하지 못한다

아류亞流가 있다. 작품에서 아류는 자칫 표절이 되기 쉽지만 목소리나 창법에는 표절이라 쓰지 않고 모창이라고 부른다. 이 모창가수를 우리는 아류亞流로 통칭한다.

아류란 후계자, 추종자, 모방자mimic man를 일컫는데 에피고넨epigonen이라 한다. 우리 가요사에 최초의 아류 가수는 누구일까. 아마도 가요황제 남인수를 모창하는 남인수 군단일 것이다. 함흥의 남인수라 불렀던 미성의 이인권을 비롯 남강수, 고대원, 최갑석, 김광남, 신해성 등이 여기에 속하며 백년설의 아류로는 남백송을 들 수 있다. 현인의 아류로 남상규를 들긴 하지만 얼핏 들으면 비슷해 보여도 남상규는 현인과는 다른 창법과 음성을 구사하며 오히려 윤일로가 창법을 닮았다고 할 수 있다.

요절한 천재 배호를 기리는 사업은 몇 갈래의 추종자들이 〈배호추모기념사업회〉와 유사한 이름으로 배호가요제를 유치하고 있으며 배호의 아류로는 신행일, 주영국, 배일호, 배오, 유비, 백산, 박진도, 박무현, 김호 등 무려 수십 명에 달한다.

나훈아를 모창하는 아류도 배호 못지않게 많다. 가장 흡사한 나진기를 비롯하여 강진, 신웅, 하나로 등 방송가수 외에도 나성아 등 야간업소 가수까지 치자면 수십 명에 이른다. 그 가운데서도 아예 이름까지 글자 한 자를 바꾸거나 발음을 유사하게 예명을 지어 재미를 쏠쏠하게 보는 너훈아와 나운하가 있다. 나는 이 나훈아 아류들 가운데 강진, 신웅, 너훈아, 나운하, 하나로, 주용아, 방어진, 허범정 등에게 신작을 주어 음반 및 방송가수로 데뷔시켰다. 앞으로도 몇 명은 더 상대할 것으로 예상한다.

이외에도 남진, 이미자, 문주란, 김세레나, 현철, 조용필, 서유석, 설운도, 주현미 등 굵직한 가수의 아류들이 곳곳에서 행사를 대신하고 있다. 아류는 아니지만 음색이 엇비슷하여 아류로 착가할 가수도 있는데 양희은을 빼다 박은 듯한 전영과 남궁옥분이 있다.

소위 신세대 그룹에서도 이승철, 김종서, 박상민, 김정민 등의 흉내를 내는 아류들이 더러 보인다. 서태지의 아류로는 잼이나 노이즈를 연상할 수 있다.

한때 미8군 무대가 가요의 변방이 아닌 주류로 등장하여 활개를 친 적이 있는데 이들은 가요의 영역을 한껏 넓혀준 공신들이다. 이들은 무대에서 미군들이 주시하는 본토의 향수를 전해주는 아류로 자연히 모창을 할 수밖에 없었다.

최희준은 〈Too Young〉으로 유명한 냇킹콜Net King cole을, 패티 김은 패티 페이지Patti Page를, 유주용은 프랭크 시나트라Frank Sinatra, 김상국은 루이 암스트롱Louis Armstrong, 박형준은 'Tony Bennett'과 'And I Love You So' 등 스탠더드 팝의 대가인 페리 코모Perty Como, 위키리는 밥 딜런Bob Dylan의 충직한 모조품이 되어야 했다.

나는 영국의 두 거성인 클리프 리차드와 잉글버트 험퍼딩크Engelbert Humperdinck를 좋아했는데 아쉽게도 이들의 아류는 만나보질 못했다. 아류에서 아류로 끝나면 영원히 2인자나 모방자를 벗어나지 못하고 생계를 위한 노래 팔기에 그치고 만다.

그러나 아류에서 발전하여 자기 레퍼토리를 가지면 비로소 고유명사가 된다. 남인수보다 더 미려한 음성을 지녔던 이인권의 경우 '귀국선', '꿈꾸는 백마강' 등의 자기 노래로 탈脫남인수에 성공하였으며 최갑석 역시도 '고향에 찾아와도', '삼팔선의 봄', '인생

뽕짝은 아무나 하나

무정' 등의 레퍼토리를 건져 독자적인 마당을 마련하였다.

영리한 설운도는 배호와 나훈아의 장점을 자기에게 맞게 재단하여 오늘의 큰 가수로 성장하였다. 배호의 아류 중 배일호와 박진도의 성공은 아류라고는 하지만 음색이나 발성법이 달랐기에 독립선언이 주효할 수 있었으며 나훈아의 아류 가운데 강진은 '땡벌'이란 나훈아의 작품까지 승계하여 성공한 희귀한 예인데 십 수 년 전 나는 이 강진에게서 나훈아의 때깔을 벗겨보려고 '남자는 영웅' 음반을 만들면서 탈(脫)나훈아에 치중했다.

모창의 틀을 깨고 자기 혁신을 이루었을 때 비로소 가수가 되는 코스는 진리다. 지난날 전창규, 임재우 등의 가수들이 좋은 소질을 가졌음에도 먼저 태어난 가수들에 의해 희생된 경험을 보았다.

"가수들이여, 부디 부단한 자기 개혁을 하시라. 더 이상은 변방에 머물지 말고 주류가 되시라. 모창은 영원한 아웃사이더임을 잊지 마시라."

이러다간 성인가요 추방됩니다

근자 발표되는 일단의 성인가요를 살펴보면 작곡 패턴의 획일성과 반주음악이 편곡자 자신의 카피가 잦아 식상하다.

대중가요는 클래식과 달리 다분히 가사 내용을 메시지로 획득하는 음악 장르다. 똑같은 악보에다 어떤 내용과 단어를 쓰느냐에 따라 편곡의 성격규정과 가창의 방향 등 노래의 기본 프레임이 달라진다.

그런 점에서 보면 가사는 가요의 성패를 좌우하는 키워드다. 그런데 안타깝게도 수년 전부터 음악저작권료라는 작은 함정에 빠져 전문성이 많이 결여된 가수 본인이 직접 가사를 쓰는가 하면 저작권료를 남에게 줄 수 없다는 논리로 역시 비전문가인 기획사 식구끼리 합작한 수준미달의 기형 가사가 방송을 장악하고 무대를 활보하며 가요를 저급하게 만들고 있어 이를 개탄한다.

만연된 일부 가수와 기획사의 소탐대실하는 이런 한심한 작태를 언제까지 두고 봐야 하는 건지 우리 모두의 깊은 반성이 요구되는 때다. 18급 열 명이 모여 머리를 맞대봤자 결코 1급 바둑을 이길 수 없다. 고수는 하급자가 감히 생각할 수 없는 판을 짠다.

필자가 가끔 듣는 말.

"선생님의 가사는 너무 깊어요. ….".

그래서 날더러 뭘 어쩌라는 건가! 실력 없는 부끄러움을 감추려고 턱도 아닌 자기 눈높이에 맞추어 평가하는 소인배의 무례한 결론에 나더러 승복하라는 얘기인가. 그래서 불량품이거나 아니면 싸구려 노래 생산에 슬그머니 끼라는 말인가. 세상은 아는 만큼만 보이는 법이다. 닿을 수 없는 자기한계를 이상한 논리로 상대를 음해하는 해괴한 매도를 당장 그만들 두시라.

상용화되어 잘못 불리어지고 있는 '트로트가요', 즉 성인가요가 저질 시비에 휘둘리고 도마에 올라 난도질당하는 꼴이 창피하기 그지없는데 차제에 그 책임 소재나 한 번 따져봐야겠다. 누구라고 거명하진 않겠지만 가사에 올바로 접근하지 못한 몇몇 작곡가가 누에가 똥 누듯 쉽게 작사까지 넘봐 가요밭을 망치는 그 첫 번째 경우다.

도대체 무슨 말을 하는 건지 오락가락 구성에다 어법도 문법도 맞지 않는 횡설수설 내용이 부지기수고 소재의 진부함과 주제의 빈곤 내지는 모호함, 거기다 표현미숙으로 유치한 노래가 얼마나 많은가. CATV에 퍼레이드를 하는 마이너 가수들의 노래 대다수는 수준미달로 치졸의 극치를 달린다고 해도 과언이 아니다. 그래서 필자는 채널을 얼른 다른 데로 돌린다. 모모 작사가와 작곡가는 툭하면 "나는 어떡해"라는 말을 즐겨 쓰는데 가사는 그런 말을 쓰면 안 된다. 어떡해가 아니라 그럴 수밖에 없는 이유와 그래서 뭘 어쩌겠다는 의지와 결론을 말해야 한다. 거기에다 툭하면 속지에 표기도 "나는 어떻해"라고 쓴다. 참으로 기가 막힐 노릇이다.

가요의 질을 낮춘 그 두 번째 범인은 가수 본인들이다. 소위 국민가수라고 하는 분들이 가사의 중요성을 망각하고 쉽게 음반을 내어 우리를 실망시킨다. 음반이 사라지고 무대공연만이 존재하는 현실 때문이라고 항변하지만 그럴싸한 포장일 뿐 속내는 그게 아니다.

템포가 빠른 노래일수록 가사가 더 정교해야 함을 모르고 있다. 가사의 질이 낮아지면 노래가 죽는다. 죽은 노래를 붙들고 사는 팬은 없다. 트로트가요가 세상에서 추방되는 날이 머지않았음을 예견한다. 물론 노래방이 건재健在하는 한 영원히 사라지지는 않을 것이며 성공한 가수들의 놀라운 방송비즈니스로 공중에서 노래를 만나게 될 것이다. 그러나 노래다운 노래는 더 이상 세상에 존재하지 않을 것이다.

가수들이시여 졸속음반을 자제해 주시라. 하여 필자는 이런 제안을 내놓는다.

먼저, 가사까지 본인이 다 해결하는 작곡가들에게 부탁한다. 적어도 가사를 쓰려거든 윤항기, 진남성, 조영남, 최백호, 김창완, 백창우, 송창식, 심수봉, 이혜민, 김진룡만큼만 써라. 그렇지 못하면 손을 떼시라. 애써 잘 만들어 놓은 멜로디까지 다치거나 저질로 만들지 말고 가사의 고급화로 작곡에 빛나는 날개를 다시라.

작곡가가 작사까지 겸했던 70년대는 벌써 40년 전의 일이다. 그 당시는 알맹이 없는 가사로도 씨알이 먹혔는지 모르지만 요즘 세상엔 어림없는 수작이다. 대중들이 작가보다 더 수준이 높다. 위에서 내려다보고 있다. 가요는 당신 혼자만의 전유물이 아니다. 제발 가요를 함부로 대하지 말라는 충고를 드린다.

그리고 가수들에게 바란다. 적어도 가요작가보다 더 잘 쓸 자신 없으면 아예 손을 대지 마시라. 현재 한국음악저작권협회에 등록된 작품자는 10,500명이다. 요즘은 대다수의 아티스트들은 작사와 작곡을 겸하는 실력파들이지만 전문 작사가는 20여 명에 불과하다. 작사가 한 명당 작곡가가 수백 명인 셈이다. 이는 무엇을 말함인가. 당신들이 우습게 여긴 작사가 작곡보다 더 전문성을 요한다는 사실을 증명하는 것이다.

그림, 서예, 연주는 좋은 스승 밑에서 열심히 교육을 받으면 어느 경지에는 다다를 수 있다. 그러나 노래와 글은 절대로 전수가 불가능하다. 스스로 알을 깨고 나와야 한다. 연주 실력만 있으면 또는 음감만 뛰어나면 가능한 것이 작곡이다. 그러나 작사는 훨씬 어려운 작업이다. 재주를 타고나지 않으면 불가능한 영역이다.

오늘날은 작사보다 작곡이 먼저 지어지는 경향이 주류인데 그런 면에서 보면 작사는 상당한 계산력을 필요로 하는 문학 플러스 음악 플러스 과학이다.

가수들이여 부디 노래에 치중하시라. 수준 있는 가수가 드물다는 현실이 부끄럽지도 않은가? 함부로 작품에 손을 대어 위대한 싱어송 라이터들까지 도매로 욕먹게 하지 마시라. 가수는 노래를, 작품자는 작품을 해야 한다는 이 마땅한 등식이 좋은 노래를 담보한다는 진리를 명심하라.

이제 모두의 패러다임을 바꾸어야 한다. 성공한 가수는 타인의 작품을 받아 불후의 명작을 남길 의무가 있으며 무명가수 역시 질 높은 작품으로 승부하시라. 사랑하는 가수들이시여. 제발 선곡에 최선을 다해주시라. 좋은 작품을 고르는 안목도 실력임을 잊지 마시라. 양희은, 송대관, 조항조, 조성모가 그 모델이리라.

마지막으로 매니저나 기획사에 바란다. 월권하지 마시라. 가당찮은 욕심을 버리시라. 데리고 있는 가수를 더 큰 가수로 만드는 데 베스트를 다하시라. 가뜩이나 가창력이 출중하지 못한 어느 남자가수가 매니저의 자기 작품 고수란 덫에 걸려 조악한 노래로 더 이상 크지 못하는 걸 빤히 보고 있지 않은가. 기획사와 공동작사 내지는 공동 작곡이란 나눠 먹기 식의 흥정으로 금반지가 구리반지로 전락된 노래도 왕왕 보지 않는가.

당장의 잇속만 쫓는 공연 장사도 좋지만 어차피 가수를 데리고 있다면 문화적, 예술적인 가치 창출에도 귀하의 책임이 크다는 말씀을 드린다. 따라서 질 높은 슬로우 감상곡도 기획하시고 길이 후세에 이어질 명작을 제작해 주시기 바란다.

성공한 가수는 이미 개인이 아니다. 당신은 문화 그 자체이다. 그래서 아무렇게나 노래를 내놓으면 안 된다. 제작비가 얼마가 들든 최고의 작품과 음악을 구현해야 할 사회적, 문화적인 책임이 있음을 명념하시라.

"성인가요 이러다간 추방됩니다" 이 말을 목판에라도 새겨 돌리고 싶다.

뽕짝은 아무나 하나

태어나서 처음 작곡을 했다. 작곡이 뭐 대수냐며 진작부터 대들어 보고 싶었으나 작사가로 만족하며 살았다. 직업으로 수십 년을 노
래를 만들면서 곡 한 곡쯤 못 발표하고 죽으면 조상이든 친구든 누군가에게 크게 혼날 것만 같은 생각이 수없이 들기도 하였고, 어쩌
다 아이들이 "아빠, 아빠는 작곡 못 해?" 원망 섞인 눈초리가 나를 부끄럽게 했다.

―〈처음으로 작곡한 노래 '밤기차에'〉 본문 중에서

09

노스탤지어 nostalgia

봄비가 되어 떠난 '봄비'의 박인수

이슬비 내리는 길을 걸으며/ 봄비에 젖어서 길을 걸으며/ 나 혼자 쓸쓸히 빗방울 소리에/ 마음을 달래도/ 외로운 가슴을 달랠 길 없네/ 한없이 적시는 내 눈 위에는/ 빗방울 떨어져 눈물이 되었나/ 한없이 흐르네/ 봄비/ 나를 울려주는 봄비/ 언제까지 내리려나/ 마음마저 울려주네/ 봄비/ 외로운 가슴을 달랠 길 없네/ 한없이 적시는 내 눈 위에는/ 빗방울 떨어저/ 눈물이 되었나/ 한없이 흐르네
라라라라 라라라라 라라라라라/ 봄비가 내리네/ 봄비가 내리네/ 봄비가 내리네~~~(페이드 아웃)

'봄비' – 신중현 작사 · 작곡, 박인수 노래 1969.

봄비의 가수 박인수는 봄비가 오던 날 봄비처럼 왔다가 간 뒤 볼 수가 없었다. 1987년 안양 오아시스레코드사에서 그를 처음 만났고 우리는 음반작업을 서둘렀다. 가수 김준 씨가 박인수 컴백 음반의 프로듀서였고 재즈 피아니스트 신관웅이 뮤지션으로 참가하고 미국에서 막 돌아온 연석원 씨가 작곡과 편곡을 담당했고 나는 작사를 맡았다.
'뭐라고 한 마디 해야 할 텐데'란 다소 긴 제목의 느린 템포의 쏠 리듬의 노래와 비트

가 강하면서 펑키메탈인 '겨울소나타'를 신곡으로 하는 음반은 일사천리로 진행되었다.

박인수는 청음이 고도로 발달된 천재였다. 우리는 그의 뛰어난 암기력에 혀를 내둘렀고 질주하는 밀림의 야수처럼 포효했다. 특유의 리듬감과 파워 넘치는 성량과 고음으로 치고 가는 바이브레이션의 절정은 고수의 면모를 유감없이 발휘하였다.

'뭐라고 한 마디 해야 할 텐데'를 타이틀 송으로 결정하고 방송국으로 LP판을 보냈다. 17년의 침묵을 깬 박인수의 컴백 곡을 방송에선 앞 다퉈 틀어주었고 음반은 박인수 마니아들의 향수를 적시면서 인기 음반으로 판매되었다.

2년간 활동하던 박인수는 다시 잠적하였고 몇 년 전 투병중이라는 소식과 함께 가수 분과에서는 박인수 돕기 모금에 나서기도 하였다. 평소에도 고독을 그림자처럼 달고 다니며 워낙에 말수가 적은 그는 행려병자行旅病者로 떠돌았다. 고독한 천재가수 박인수는 봄비처럼 왔다가 봄비처럼 우리 곁을 떠났다. 그가 남긴 마지막 노래처럼 '뭐라고 한 마디 해야 할 텐데' 아무 말도 않고 '겨울 소나타'가 되었다.

돌아서는 그대 뒷모습에/ 얼어붙은 나의 눈동자/ 멀어지는 그대 사랑 잡을 길 없어/ 울어야 하는 이 마음/ 뭐라고 한 마디 해야 할 텐데/ 이대로 그냥 다시는 못 볼 것 같아/ 차라리 눈을 감았네
가슴속에 깊이 남은 그대 흔적을/ 지울 수 없는 이 마음/ 뭐라고 한 마디 해야 할 텐데/ 이대로 그냥 다시는 못 볼 것 같아/ 차라리 눈을 감았네
　　－김병걸 작사, 연석원 작곡, 박인수 노래 '뭐라고 한 마디 해야 할 텐데' 오아시스레코드사

그대 버리고 간/ 과거 속에 멍하니 앉아/ 더러 잊었던 그대를/ 만나보고 나면/ 내 젊은 날의 갈

피마다 구겨지는/ 외마디 소리/ 그것은 이별의 소나타/ 워우 워우 바람에 실려/ 온종일 그렇
게 바람에 실려/ 울어대는 쓸쓸한 계절/ 혼자는 외로운 겨울이 오네/ 눈을 감으면 안개처럼/
흩어져 가는 낙엽의 연기/ 호사한 나의 고독이여

—김병걸 작사, 연석원 작곡, 박인수 노래 '겨울소나타' 1987. 오아시스레코드사

박인수는 1965년 미8군에서 출발하여 여러 밴드의 객원가수로 전전하다가 신중현의
〈퀘션스〉 멤버가 되었다. 이때 부른 노래가 '봄비'다.

2012년 KBS 1TV 아침 8시 〈인간극장〉에선 5부작 '봄비'를 방송했다. 휠체어를 탄
〈진서 아빠〉 박인수는 가족의 품에 다시 돌아왔고 화면엔 66세로 소개되었다. 오랜 낭
인생활을 끝내고 평화를 찾은 그는 행복해 보였다.

한동엽의 '검정고무신'과 어머니

신발은 왜 매번 어머니가 사 오는 걸까? 자식들에게 내복과 신발을 사 주는 것은 어
머니의 몫이다. 아버지보다는 어머니가 눈썰미가 좋기 때문이다.

시골에는 장場이 선다. 4일장도 더러는 있지만 필자의 고향 인근 구담, 중리, 풍산,
백골, 안계는 5일장이 선다. 장날에 대한 가슴 설레는 기억들이 무수히 많다. 시골에서
자란 누구나가 다 그렇겠지만 장날은 농부들에겐 축제의 날이나 진 배 없다.

온갖 물산이 환전되고 서로가 필요한 물산끼리 맞바꾸어지는 장터엔 신발가게도 난
전을 포함하여 두서넛은 있다. 가난했던 60~70년대 필자의 어린 시절은 고무신으로
추억된다. 버짐 핀 까까머리와 어깨에 멘 책보자기에 덜그덕거리는 양은도시락과 뻥튀
기 소리가 반가운 장날이 한 폭의 수채화로 눈에 잡힌다.

툇마루에 걸터앉아 장에 가신 어머니를 기다리다 잠든 오후가 지금도 눈을 감으면 저
만치 있다. 엿이랑 검정고무신을 기다리던 장날도 사라진 풍경이 되고 1년에 한두 번

뽕짝은 아무나 하나

성묘 가는 길에나 지나치는 장터엔 쓸쓸한 바람만 기억을 맴돌 뿐 사람들이 보이질 않는다.

발 치수보다는 조금 큰 문수의 새 고무신. 땀나는 여름날이면 헐렁한 신발 속에 미끄러지는 발가락이 빨갛게 멍들곤 했던 검정고무신. 하얀색은 때가 많이 타기 때문에 아이들 신발은 흰색인 어른들과는 반대로 늘 검정색이었다.

한동엽이란 신인가수가 필자의 작품인 '검정고무신'을 부르고 다니더니만 1년 만에 떴다. 국내 유일의 방송 모니터 회사인 차트코리아에서 발간하는 잡지 〈CHART KOREA〉 2010. 12. 29에 나온 3호 20~21쪽에는 한동엽의 '검정고무신'에 대한 기사를 이렇게 적고 있다.

검정고무신으로 어머니에 대한 그리움 그려——

배고팠지만 정이 많았던 보릿고개 시절의 아련한 향수를 떠올리게 만드는 곡이 등장해 성인가요계를 강타하고 있다. 가수 한동엽이 노래한 〈검정고무신〉이 바로 화제의 곡.
이 노래는 차트코리아의 성인가요 주간 차트에서 3, 4위권을 오르내리며 기라성 같은 트로트 가수들이 치열한 경쟁을 벌이고 있는 차트의 정상을 넘볼 정도로 폭발적인 인기를 누리고 있다.
남녀 사이의 사랑을 노래한 사랑타령 일색인 요즘 성인가요계에서 보기 드물게 검정고무신을 통해 돌아가신 어머니에 대한 애절한 그리움을 절묘하게 그려 올드팬들의 향수를 자극한 것이 인기를 끄는 요인으로 분석된다.

"어머님 따라 고무신 사러 가면/ 멍멍개가 해를 쫓던 날/ 길가에 민들레 머리 풀어 흔들면/ 내 마음도 따라 날았다/ 잃어버릴라 닳아질세라/ 애가 타던 우리 어머니/ 꿈에서 깨어보니 아무

도 없구나/ 세월만 횡횡/ 검정고무신 우리 어머니

보리쌀 한 말 이고 장에 가면/ 사오려나 검정 고무신/ 밤이면 밤마다 머리맡에 두고/ 고이 포개서 잠이 들었네/ 잃어버릴라 닳아질세라/ 애가 타던 우리 어머니/ 꿈에서 깨어보니 아무도 없구나/ 가슴만 횡횡/ 검정고무신 우리 어머니"

향수를 자극하는 대금 가락에 한동엽의 구성진 창법이 어우러진 친근한 멜로디의 조화가 이 노래의 매력. 여기에 감성적인 가사가 듣는 이를 어린 시절로 이끌어 어머니에 대한 가슴 시린 그리움에 빠지게 만든다.

한동엽은 경남 거제도 출신으로 그의 부친이 어려서부터 가수가 되겠다는 아들의 꿈을 이뤄주기 위해 자신이 소유한 섬(거제도 망치마을 앞에 있는 '윤돌섬')까지 팔아 그의 음악 수업을 도왔다.

그는 고교 졸업 후 이 돈으로 부산으로 음악 유학을 떠나 노래학원에 등록하고 가수 지망생의 길을 걸었다. 노래학원 시절을 거쳐 〈블랙 이글스〉라는 그룹의 리드 싱어로 활약하다가 선배 가수 하수영에게 발탁돼 솔로 가수로 '휴전선아 말해다오'라는 곡이 수록된 음반을 발표하기도 했다.

그러나 군 제대 후 그는 가수로 대성하겠다는 꿈을 포기해야 했다. 장남으로 수산업을 크게 하던 아버지의 가업을 이어야 했기 때문이다.

"일이년만 열심히 해 부모님에게 효도하자는 생각으로 시작했는데 일에 매달리다 보니 어느새 20년이 훌쩍 지났습니다. 불현듯 더 늦기 전에 다시 활동을 시작해보자는 생각으로 취입을 했지요."

이때가 2004년. '거제도 사랑'이란 곡을 발표해 활동을 재개했다. 그러나 고향 거제도에서는 사랑을 받았지만 전국적인 활동을 펼치지는 못했다. 가수로 거듭나기에는 20여 년이란 공백이 너무 컸는지도 모른다. 그러나 그는 포기하지 않고 다시 신곡에 도전. '검정고무신'으로 바람을 일으키기 시작했다. 가수 활동이 바닷사람으로서 살 때보다 힘들지만 팬들의 반응이 뜨거워 행복하다며 함빡 미소를 짓는다.

♩♪♫
뽕짝은 아무나 하나

어머니가 그리운 계절 겨울이면 동상이 걸려 밤마다 간지러운 발가락과 섬돌 밑에 가지런한 고무신이 생각난다.

어느 날 자고 일어나니 '검정고무신'이 향수를 달고 붕붕 날아다니며 전국을 밟았다. 확실히 뜨긴 떴나 보다. 주변에서 인사가 자자하다. '동동구루무'를 히트시키더니만 2탄이냐며 부러워들 한다. 그래 검정고무신아 마음껏 달려다오. 골목골목을 샅샅이 누비며 잊혀진 너의 존재를 실컷 드날려 보렴. 검정고무신 파이팅!

2013년 1월 28일 KBS TV 〈가요무대〉에서 문연주가 '검정고무신'을 열창했다.

이영화의 '승복'과 정태호 회장

연예정보신문사 정태호 회장은 일본 오사카 간사이TV 연주인으로 활동하다 귀국하여 1989년 1월 〈연예정보신문〉을 창간했다. 그리고 1993년 〈시사오늘〉을 만들었고 2011년 7월 인터넷신문인 〈투데이신문〉을 창간, 9월 9일 오후 6시 여의도 63빌딩에서 자축연을 열었다.

한때 필자는 〈연예정보신문〉에다 필자의 시詩를 연작으로 발표하였다. 그리고 편집위원을 거쳐 객원논설위원으로 칼럼을 쓰며 이사직에 올랐다. 그러다보니 정 회장과는 무척이나 가까워졌고 우리는 형님 동생하면서 서로가 응원군이 되어주었다.

양재동으로 신문사를 옮긴 정 회장은 2004년 한국음악저작권협회 회장 선거에 출마하여 기성세대의 주자로 유력한 후보인 지명길과 경합, 그 바람에 신세대 작가들이 주축이 된 〈작가연대〉의 지원을 받은 유영건이 어부지리로 당선되었다.

필자는 정 회장에게 세 불리를 강조하며 신문사나 잘 꾸리고 후일을 도모하라며 여러 번 출마 포기를 종용하였다. 정 회장은 종로 YMCA 레스토랑에서 필자와 최종 협상, 만류를 뿌리치고 선거를 강행하여 물적·심적으로 큰 타격을 입었다.

이때 필자는 지명길을 밀었고 지명길 캠프의 수석참모로 감사직도 포기하고 선거에 전념했었다. 결과적으로는 정 회장이 필자에게 미안하다고 해야 옳은 일이지만 필자는 이때 정 회장 편이 되어주지 못해서 늘 빚을 진 것 같아 마음이 아프다.

여름이 한창이던 어느 날 정 회장이 내민 악보는 두 곡이었고 필자는 '손들어도 붕'과 '승복할 수 없는 이별'을 써주었다. 취입이 끝나고 이영화의 동생인 이종환(매니저)의 친구인 후배 작사가 이건우가 "김 선배, 제목으로 '승복'이 어때요?" 하고 묻기에 필자는 동의했고 이영화는 슬로우고고의 '승복'을 타이틀로 방송에 걸었다.

그날 그 시간부터/ 나는 떠나야 했죠/ 더는 더 머물 곳이 없어진/ 그대 가슴 밖으로/ 다시 시작하려고 나는 노력했지만/ 사랑의 신은 벌써 내 편에서/ 멀어지고 말았죠/ 이것이 운명이라

뽕짝은 아무나 하나

주부들이 매우 좋아하는 노래다. 귀에 낯설지 않은 친숙한 멜로디와 잘 어우러진 가사가 이영화의 색깔 있는 목소리에 힘입어 빠른 속도로 반응이 왔다. 정 회장과 필자는 상당한 기대를 걸었고 홍보 전략도 미더웠다. 주위에선 오랜만에 좋은 노래가 나왔다며 반겼다. 그런데 갑자기 불어 닥친 축제 무대에 밀려나고 말았다. 이영화는 '3일간의 사랑'이란 빠른 템포의 곡으로 음반을 새로 냈고 '승복'은 승복할 수 없는 이유 속으로 사라졌다.

필자가 대치동 사무실에다 주부노래교실을 열었을 때 주부들은 이구동성으로 필자에게 '승복'을 불러달라고 졸랐고 그럴 때마다 필자는 아픈 마음으로 열창해야 했다. 왜 그렇게 혼을 넣어 불렀는지 그 아줌마들은 모르리라.

정태호 회장은 혜은이의 '내 남자'를 작곡하기도 하였는데, 이 노래는 묘하게도 지명길 작사로 정 회장의 데뷔작이기도 하다. 그러나 두 사람은 콤카의 회장직에 출마하여 단일화 타협을 보지 못하고 대립하는 아픔을 만들기도 했다.

정 회장은 아무래도 작곡보다는 언론에 관심이 더 많은 것 같다. 연예정보신문에서는 해마다 호텔 행사로 '한국최고인기연예대상' 시상식을 개최하여 연예 전반에 걸친 각 부문별 우수활동 연예인을 표창한다. 필자는 여러 차례나 최고인기 작사가상과 가요 발전 특별상을 수상하는가 하면 심사위원을 역임한 바도 있다.

신문사의 열악한 사정에도 사재를 털어 이벤트를 여는 정 회장의 사명감을 높이 평가한다.

"정 회장님, 아니 태호 형, 노래 가사에도 나오잖아요. '이것이 전부라고는 나는 믿고 싶지 않아요.'라고. 되돌아가기에는 너무 멀리 온 것도 같지만 아직도 우린 열정이 있잖습니까. 힘내세요. 멋진 신문 고대할게요."

'찬찬찬'을 모르면 노래방 출입금지

1996. 4. 19 경향신문 주말매거진에 난 기사를 요약해서 옮겨본다.

'찬찬찬' 모르면 노래방 출입 금지

어느 날 깨어보니 트로트 황제 가수 편승엽(35).
남녀노소 마이크만 잡으면 "차디찬 그라스에…"
지난 2년 가요차트 석권 애창곡 1위.
막일하며 키운 꿈 데뷔 3년 만에 활짝.

그의 노래를 부를 줄 모르면 한 집 건너 하나씩 있는 노래방에 갈 수 없다. 또 노래방에 출입할 정도면 이 노래를 모르는 사람이 거의 없다.

초등학생에서 대학생까지 직장인에서 주부에 이르기까지 '찬찬찬'은 노사연의 '만남' 이후 탄생한 또 하나의 국민가요다.

지난 2년간 트로트가요 순위 차트 1위. KBS 전국노래자랑 예심 때 참가자의 10%가 이 노래를 들고 나왔다. 또 전국 각지에 '찬찬찬'이라는 상호를 가진 노래방과 단란주점도 즐비하다.

선거 열풍의 와중에 '찬찬찬'은 모든 후보의 18번이었고 베스트 로고송이었다.

서태지만을 연호할 줄 알았던 10대들도 그를 "오빠!"라 부른다. 어느 날 깨어보니 유명해졌다는 편승엽. 그의 시작은 미미했다. 경기 시흥 태생. 건축업을 하는 아버지 편무철과 어머니 이춘자의 1남1녀 중 장남.

오류중과 마포고를 거치면서 그는 비교적 유복하게 자랐다. 고교 졸업 후 가전제품 대리점을 운영하면서 제법 돈도 벌었다. 그러나 1978년 6억 원짜리 건축공사를 시작했던 아버지의 사

뽕짝은 아무나 하나

업이 기울면서 그는 막노동판에 나가 등짐을 져야 했다.

그러나 그의 가슴 저쪽에선 이미 커다란 꿈 하나가 싹트고 있었다. 중학교 때부터 콩쿠르에 나가 양은냄비를 타오던 그는 일찍부터 가수의 희망을 키웠고 TV탤런트 시험에도 응시했다. 그런 끼가 아이러니컬하게도 벽돌을 져나르며 점점 커갔다.

가수의 길 쉽지가 않았다. 91년 자비로 김병걸 작사, 김다양 작곡의 〈서울민들레〉란 데뷔 앨범을 냈다. 그러나 방송전파 한 번 제대로 못 탔다. 좌절과 방황의 시절을 그는 밤무대에서 술꾼들과 함께 보냈다.

그러던 어느 날 제작자이자 선배 가수인 김수희와의 만남은 그의 삶을 바꿔놓았다. 김수희는 앨범 제작을 제의했고 그는 거절할 이유가 없었다.

92년 말 제작해 93년 8월 방송을 타기 시작한 김병걸 작사, 이호섭 작곡의 '찬찬찬'의 원래 제목은 '카페연가'였으나 김수희의 제안으로 '찬찬찬'으로 바뀌었다.

감동이 절절하게 넘쳐흐르는 노래, 듣고만 있어도 가슴이 저릿한 노래, 영원히 사람들의 가슴에 남는 노래, 그것이 바로 편승엽 그가 꿈꾸는 멋진 노래세상의 풍경이다.

〈글 · 사진 오광수 기자〉

'그날'의 김연숙과 컴백곡 '반문'

아직 날 기억합니까/ 물어 볼 자격 없지만/ 그래도 나는 당신의/ 지금이 알고 싶어요/ 겉으론 잊은 지 오래라고/ 맘에도 없는 말을 하지만/ 사실은 나 그 어느 한순간도/ 당신 생각을 버리진 못했어요/ 다시 돌아갈 수 없는 건가요/ 다시 시작할 순 없는 건가요/ 어리석은 이 미련 때문에/ 오늘도 나는 바보가 됩니다

—김병걸 작사, 김정호 작곡 '반문'

가망 없는 사랑을 그래도 믿어보고 싶은 게 사람의 마음이다. 미련은 글자 그대로 미련한 짓이라고 하지만 혹시나 하는 기다림에 우리는 또 바보가 되기도 한다. 나는 이 작품을 이명주가 불러 히트한 '짐이 된 사랑'의 속편으로 썼다. 물론 두 작품 다 김정호가 작곡했고 나는 미리 완성된 작곡에다 뒷 가사를 썼다.

'그날'의 가수 김연숙은 오랜 미국 생활을 청산하고 1996년 귀국했다. 건반주자였던 남편과 아들 요셉을 안고. 어느 날 둘다섯의 멤버 이철식한테서 전화가 왔다. 김연숙이 드디어 돌아왔으니 한 판 해보자고.

그러나 김연숙과 이철식은 빅 히트송 '그날'의 콤비답지 않게 티격태격했고, 끝내는 결별했다. 이철식한테는 두고두고 마음의 빚이 되었지만, 미국에서 김연숙과 이웃하며 음반을 제작하는 장모 사장의 간곡한 의뢰로 나 혼자서 김연숙 컴백 음반을 진행하게 되었다.

콤비 이호섭과 김기웅, 방기남, 정의송, 김정호 이렇게 호화 멤버의 작곡가들이 참여한 컴백 앨범은 '반문反問'을 머리 곡으로 '백야', '어느 날 혼자가 될 때', '아직도 못 다 버린 이별', '봉선화 홑잎 같은 그리움으로' 등 10편을 실었다.

김연숙은 방송을 위해 당시 심수봉의 '비나리'를 홍보하던 가수 이찬 씨를 매니저로 삼고 음반을 발매하는 조건으로 반석음반의 임재호 사장한테 스카우트되었다. '반문'

은 컴백음반에 참여한 여러 관계자들에게 많은 의문부호를 남기면서 기대만큼의 성과를 얻지 못하고 쓸쓸히 퇴장했다.

1997년 12월 21일자 〈스포츠서울〉에 박양수 기자는 이렇게 쓰고 있다. "7년 만에 인사 김연숙 빅히트 다시 한 번"이란 제목으로.

80년대 말 최고 히트곡 '그날'의 김연숙이 7년 만에 6집 앨범을 발표하고 활발한 활동을 하고 있다. 지난 90년 5집 '혼자 남으면'에

♩ ♪ ♫
뽕짝은 아무나 하나

이어 오랜만에 새 앨범으로 팬들과 인사한다. 새 앨범의 타이틀곡은 트로트풍의 발라드 '반문' 김병걸 작사, 김정호 작곡으로 애절한 노랫말에 그녀의 흡입력 있는 매혹적인 보이스가 감동적인 울림을 전해준다.

내가 김연숙을 좋아하게 된 건 1970년대 말이다. 당시 그녀의 〈'나보다 더 나를 사랑하는 님이시여' 취산 작사, 유승엽 작곡〉라는 노래로 나를 유혹했다. 어쩜 저렇게 노래를 잘 부를까. 정말 탐나는 가수였다. 이후 김연숙은 '그날'을 취입했고 PR도 변변하게 못 해보고 미국으로 갔다. 그러나 음악 DJ들로부터 인기 차트 1위를 오랫동안 기록하며 얼굴 없는 가수의 노래로 '초연'과 함께 음반시장을 석권했다.

나는 언젠가는 저 가수에게 내 작품을 꼭 한 번 취입시켜야지 하고 소망했었는데 기어이 우리는 만났지만 '반문'판에 있는 노래 '백야白夜'처럼 멀어지고 말았다.

시간이란 짐을 지고/ 어디만큼 걸어 온 걸까/ 가늠할 수없는 미로 속에/ 우리 서로 멀어져 가네/ 나 오늘도 뜬눈으로 추억을 헤이며/ 무섭도록 질긴 밤을 뒤척이네/ 외로움에 익숙해질 그날까지/ 내 가슴은 비에 젖어 흐느끼네
마주했던 많은 날을/ 추억이라 쉽게 말하며/ 너는 나를 잊고 살겠지만/ 나는 아직 그럴 수 없어/ 나 언제나 너 흔적을 지울 수 있을까/ 바보 같은 그 물음을 곱씹었네/ 그리움이 나를 떠날 그날까지/ 내 영혼의 빈자리엔 눈물이네

−김병걸 작사, 김기웅 작곡, 김연숙 노래 '백야'

어딘가를 고쳐야 직성이 풀리는 괴짜 조영남

〈다친 흥부의 제비〉도 아니건만 조영남은 남의 작품을 받아 취입할 때면 어딘가 한 두 곳을 일부러라도 고쳐야만 직성이 풀리는 아주 생뚱한 습관이 있다. 토크쇼 할 때

웃음을 참지 못하면 옆 사람 팔을 박자 없이 잘 때리는 버릇도 유명하지만 노래 부를 때 그것도 취입실에서조차 오리지널 원고대로 하지 않고 즉석 애드립을 한다. 가사를 더 보탠다거나 편의적으로 단어를 바꾸기도 하고 수틀리면(?) 멜로디도 싹둑 바꿔 부른다.

참으로 묘한 성격에 묘한 재주가 있으신 별난 괴짜다. 십여 년 전 지구레코드사 에서 한 판을 같이 했는데 타이틀곡인 '에루화'와 '고독한 계절', 이 두 곡 다 중간에 곡조를 슬쩍 비틀거나 가사를 첨삭하여 예의 그 끼를 발동했다.

당시 지구레코드사의 임석호 제작이사께선 조영남은 무슨 곡이든 어딘가를 꼭 건드려서 자기영역을 표시하는 고약한 버릇이 있다고 술회한다.

가수가 작품자의 허락 없이 임의로 가사나 곡을 수정하는 예는 극히 드물며 예의상 침범하지 않는 금기다. 그러나 조영남은 서슴없이 자기 입맛에 맞게 재단한다. 그런데도 그리 밉지 않은 것은 수준 있는 순발력 탓이리라.

가수로서의 위치뿐만이 아니라 문화방송 〈지금은 라디오 시대〉의 진행자로서 특유의 어눌한 말투로 장기집권을 하고 있는가 하면 요즘은 화가로서도 주가를 높이고 있는 조영남은 분명 기인이다. 내가 제일 좋아하는 노래 '점이'를 부른 그는 국보적인 존재다.

풀잎도 마른 외로운 언덕엔/ 늙은 말 한 필 쓸쓸히 서 있고/ 계절 잃은 낙엽이 뒹구는 저 길로/ 지나는 한줄기 무심한 바람만 우~ 우/ 우체부도 오지 않는 이 텅 빈 한나절/ 상심한 그리움이 덧없이 쌓여도/ 지친 맘 기다림은 가고 또 가는데/ 누가 있어 이 깊은 침묵을 깨고/ 내 이름을 불러줄까 불러줄까 우~우

—김병걸 작사, 김상욱 작곡, 조영남 노래 '고독한 계절'

배금성의 '시계추'는 작동하려나?

남이 된 지도 오래지만/ 잊고 산 날 없었지/ 가끔은 가끔은 먼 발치서/ 소식을 물어보았어/ 행복해야 돼/ 잘 살아야 돼/ 내 마음을 아프게 하지 마/ 진심이야 진심이야/ 더는 날 울리면 안 돼/ 너를 보낼 때 내 눈물은/ 그때 다 버린 거야

—김병걸 작사 · 작곡 '진심이야'

배금성이 가수로 출발할 때 예명은 국화였다. 여자 이름 같아서 필자는 배씨 성을 넣어 배국화로 하라고 주문하였고 드디어 2003년 필자가 작사, 작곡한 '쏠로의 전설'과 '진심이야' 등 두 곡을 초이스하여 음반을 냈다. 그러나 배금성은 이 두 노래를 홍보하지 않고 설운도에게 날아가 한동안을 머물더니 박성훈 작사, 작곡 '벌 나비 꽃나비'라는 음반을 다시 만들어 상당 기간을 맹렬히 PR하고 다닌다.

단조의 곡에 더 장기가 있을 것 같은데 장조의 곡을 좋아했다. 세월은 물같이 흘렀고 2010년이 되자 그는 필자를 찾아와 슬로우 곡인 '밤에 울고 간 낙타'를 취입하고는 어떤 연유인지는 모르지만 그대로 묵혔다.

2011년이 되자 그는 "행사 때문에 역시 템포가 있어야 할 것 같습니다. 빠른 곡으로 해주이소." 하고 부리나케 필자를 닦달하더니만 손준호 작곡의 디스코 리듬인 '제일 먼저'를 가져갔다. 필자는 장욱조 선배에게 반주용 편곡을 맡겼고 노래도 정말 잘 불렀다. 전주가 맘에 안 든다 하여 필자가 편집을 하였는데 다소 짧은 것이 맘에 걸렸다.

그러나 필자는 만족했는데 배금성은 "형님 아무래도 이번만큼은 처음 생각대로 슬로우곡으로 승부를 내야 할 것 같습니다." 왔다 갔다 하는 그의 변덕에 짜증이 났지만 마지막이란 단서를 달고 슬로우 템포인 '시계추'를 주었다. 7월 장충동에서 악보를 건네고 몇 번의 편곡 실패 끝에 남기연 편곡으로 확정했다.

노스탤지어

어느 날 문득 거울 속에/ 낯설은 얼굴 있길래/ 누군가 하고 봤더니/ 그건 바로 나였네/ 줄 것
도 뺏길 것도 없는 세상에/ 나 무얼 안고 살았나/ 오늘도 일만 하는 시계추처럼/ 쳇바퀴 돌다
지친 나/ 보내지 않았는데 나를 떠나네/ 사랑도 친구도 세월도/ 가면 다시 안 오는/ 시간이란
저 무정한 놈은/ 눈치도 코치도 없구나/ 인정도 사정도 없구나

-김병걸 작사, 손준호 작곡 '시계추'

한국음반 스튜디오에서 김효수의 코러스가 입혀진 시계추는 배금성의 색깔을 제대
로 그려낸 수작이었다. 그러나 어찌된 영문인지 가수는 또 차일피일 음반 작업을 미루
고 있었고 편곡에 욕심을 내며 이충재에게 다시 맡겼다.

광화문녹음실에서 취입한 이충재 편곡의 '시계추'는 너무 고급스러워 클래식을 듣는
기분이었다. 결국 둘 버전을 놓고 고민하던 배금성은 남기연 편곡으로 최종 낙점하여
음반을 서둘렀다. 곡을 초이스하여 음반이 나오기까지 무려 10개월이 걸렸다. 필자와
곡을 준 손준호 형은 목이 탔다. '제일 먼저'까지 합하면 1년을 넘게 기다린 음반이다.

중년인이면 누구나 공감하는 가사와 아름다운 선율의 '시계추'는 한동안 멈추었지만
이제는 힘찬 자맥질을 하려나. 나 몰래 취입한 '사랑의 무법자'로 결판을 내려나. 호된
나의 꾸중에 '시계추'를 반드시 띄우겠노라고 굳세게 약속하였는데….

"야, 배금성! '시계추' 작동하는 거야, 마는 거야?"

작사가 김순곤이 양보한 박윤경의 '알리바이'

곧이 곧이 곧대로 믿어주면/ 내 마음도 편하지만/ 스토리가 너무도 엉성해서/ 날 의심케 하네/
맞네 맞네 안 맞네/ 맞네 맞네 안 맞네/ 옥신각신하다가 그만/ 가네 가네 못 가네/ 가네 가네
못 가네/ 세월만 가네/ 믿어주면 어때서/ 속아주면 어때서/ 왜 나만 자꾸자꾸 고집했을까/ 어
차피 나의 사랑은/ 당신의 알리바인 걸

♩ ♪♫
뽕짝은 아무나 하나

내가 제일 아끼고 쳐주는 후배가 있다면 그는 김순곤이다. 김순곤 역시 나를 친형처럼 따른다. 우리 두 사람은 여러 가지 면에서 닮은 점이 많고 죽이 맞다.

'못 찾겠다 꾀꼬리', '부초', '인디안 인형처럼', '99.9', '장모님', '정으로 사는 세상', '남자라는 이유로' 등 많은 히트곡을 낸 김순곤은 우리 가요사에서 작사가 계보를 잇는 정통 작사가다. 김순곤은 영등포에 음반기획실을 열고 '부초'로 인연을 맺은 박윤경을 휘하에 두고 있으면서 새 앨범을 추진하고 있던 중 인기 작곡가인 김영광 선배한테서 조금은 난해한 곡을 건네받았다.

며칠을 악보와 씨름하던 김순곤은 백기를 들었고 나를 생각해냈다.

"형, 나 이거 영 매칭이 안 되네요. 형이 한 번 가사를 붙여주세요."

작사가가 작사가에게 작사를 부탁한 일은 지극히 드물다. 나는 며칠 후 '알리바이'라는 가사를 붙여주었고 1995년 1월 박윤경의 컴백 음반에 수록되어 방송 PR곡으로 올라섰다. 자기 작품이 여러 편 있었음에도 밑으로 내리고 '알리바이'를 타이틀곡으로 밀어준 순곤 아우에게 다시 한 번 고맙다는 인사를 전한다.

음반 프로듀서인 김순곤은 '알리바이' 외에도 김현규 작곡의 악보 하나를 추가 주문하였고 나는 '백 번도 넘게'라는 가사를 붙여주었다.

백 번도 넘게/ 백 번도 넘게/ 당신은 나를 잊으며/ 맘에도 없는 웃음을 물고/ 내 희망을 꺾었죠/*나 한 번도 나는/ 나는 꿈에도 나는/ 우리에게 이별이란 낯선 얼굴이/ 숨어있는 줄 몰랐지만/ 아 아니야/ 당신은 오래 전부터/ 아 아니야/ 날 포기하고 만 거야/ 아 아니야 당신은 백 번도 넘게/ 아 아니야/ 날 포기하고 만 거야.(후렴) 백 번도 넘게/ 백 번도 넘게/ 당신을 고집하면서/ 사랑이라고 믿어왔었던/ 내가 바보였어요/ *(후렴)

-김병걸 작사, 김현규 작곡, 박윤경 노래 '백 번도 넘게'

1995년 5월 11일자 〈스포츠조선〉 윤태석 기자의 기사는 〈박윤경 '알리바이' 갖고 4년 만에 컴백〉이란 제목으로 91년 정상 문턱서 사라진 박윤경을 다루고 있다.

청주대 연극영화과 출신인 박윤경은 1989년 〈강변가요제〉 입상 이후 1990년 〈MBC신인가요제〉 대상과 가창상, 1991년 〈고복수가요제〉 신인상을 수상하는 등 화려한 입상 경력으로 정상을 넘보다 증발하였는데, 스포츠조선은 4년 만에 컴백한 박윤경의 '알리바이'를 극찬하고 있다.

박윤경의 '알리바이'는 이색적인 제목과 위트 있는 노랫말로 한때 노래방 도우미와 술집 여종업원들에게 애창되었다. 그러나 리듬이 만만치를 않아 크게 히트하는 데는 실패했다.

김순곤은 이 '알리바이' 가사를 건네받고는 역시 형이라며 맘에 들어했다. 천하의 대

♪ ♪♫
뽕짝은 아무나 하나

가가 선배에게 의뢰한 '알리바이'의 출생 비밀을 놓고 나보고 바람둥이니까 이런 가사가 나왔을 거라고 확인을 요구할 때마다 나는 주저 없이 대답한다.

"그래 나 바람둥이야!"

'천번만번'의 명진과 매니저 심혜련

마장동 유니버설녹음실에서 처음 대면한 가수 명진은 귀공자였다. 필자의 '천번만번'과 '분교'의 취입이 있다고 연락이 와서 달려가 보니 '아모레미오'란 노래로 기억이 나는 신예 명진이었다.

지난날 한국음원제작자협회 회장 선거에 입후보한 가수 김상배의 참모로 부산지역 회원들을 만나려고 부산에 갔다가 알게 된 김창수 작곡가가 내민 멜로디에다 뒷 가사를 붙여준 작품이 바로 '천번만번'이며 이 노래는 명진의 3집 타이틀송이다.

심혜련. 그녀는 가요계 몇 안 되는 능력 있는 여자 매니저 중 한 명이다. 한때 필자의 작품인 임주리의 '사랑한 후에'를 열심히 PR하고 다닌 바 있는 방송 매니저였는데 필자와는 인연이 이어지는가 보다. 그녀는 명진의 일을 보고 있었다.

우리는 그곳에서 반갑게 조우했고 그녀는 필자의 작사를 엄지손가락으로 치켜세우며 꼭 히트곡으로 만들겠노라고 각오를 다졌다.

천번만번 물어도 내 마음/ 너란 걸 알면서 왜/ 너 내게 오지 않는 그 이유를/ 뭐라고 설명할 꺼

니/ 사랑 땜에 내준 것이/ 눈물밖에 없는 줄 아니/ 사랑에 베어
봐 가슴에서/ 바람소리 듣게 될 꺼야/ 천번만번 물어봐도/ 넌 항
상 나의 전부야/ 꺼내봐 니 마음 뒤집어봐/ 그 안에 누가 있는지

－김병걸 작사, 김창수 작곡, 명진 노래 '천번만번' 2010.

　　장윤정의 노래를 주로 편곡하여 주가를 올린 김정묵이
편곡하고 노래를 디렉팅했다. 녹음실 밖에는 겨울바람이
매섭게 불었지만 이 노래만큼은 자신 있다는 심혜련의 난로 같은 장담에 우리는 맞장
구를 치며 가슴을 덥혔다.

　　그녀의 장담대로 명진의 '천번만번'은 줄곧 방송횟수 상위를 유지하고 있다. 노랫말
이 여성들이 좋아하는 타입이라 노래교실에서도 바람이 불었다.

　　"명진 씨, 심혜련 씨. 천번만번 또 물어도 이 작품 잘 받았다며 후회하지 않는 거지
요? 이번에는 좀 오래 데리고 살아봐요."

온몸이 악기인 신바람 이박사

　　이박사는 온몸이 악기다. 달란트talent가 있는 이박사와는 80년대 중반에 만났다. 악
기음 대신에 입으로 전간주를 입혀 낸 메들리의 〈신바람 이박사〉가 대박을 터트리며 이
박사는 졸지에 비싼 몸이 되었다.

　　"~~앞산 딱따구리는 참나무 구멍을 잘도 뚫는데 우리 집 그 양반은 있는 거시기도
못 맞추나~~"

　　코믹하게 개사하여 히트 친 이박사의 신고산타령이다. 한 템포에 같은 키의 노래를
여러 곡씩 엮어 익살떠는 그의 음반은 날개 돋친 듯이 팔렸고 급기야는 신보까지 내게
되었다.

뽕짝은 아무나 하나

이용석이 본명인 이박사는 마석이 고향으로 나보다는 연상인데도 나를 호칭할 때 꼭 형이라고 불렀다. 내가 왜 형이냐고 물으면 "가요계 선배니까 당연히 형"이란다.

관광버스 가이드를 하던 중 가락을 타는 솜씨가 비범하여 입소문을 물더니 맘모스음향에 픽업되는 행운을 안았다. 맘모스에서 몇 장의 메들리 음반을 냈는데, 소절과 소절 사이에 추임새로 "좋아 좋아", "미쳐 미쳐" 등의 애드리브를 넣은 〈신바람 이박사〉는 5집까지 400여만 장이나 팔렸다. 당시 신승훈이 세운 140만 장을 뛰어넘는 대기록이다.

맘모스에서 대우가 시원치 않았는지 그는 내게 여러 번 찾아와 진로를 모색했고 나는 그를 오아시스레코드사에 전속시켜 주었다. 이어 그는 일본 소니뮤직에 스카우트되어 새로운 장르를 선보이며 일약 유명인사가 되었다.

또 다른 한류 열풍을 주도했던 그는 일본에서도 몇 장의 음반을 내고 신인상까지 받는 대활약을 펼쳤는데 그가 부른 '몽키매직', '스페이스판타지', '영맨'은 일본 열도를 포복절도시켰다. 1990년 나는 그의 데뷔 음반을 기획하였고 마상원 작곡으로 '미스리'와 '머스마'를 발표했다.

서로가 눈 맞아/ 그때부터 지금껏/ 여자의 눈물 앞에/ 약한 것은 머스마/ 가슴에 품은 뜻 천년을 살고/ 세상을 손아귀에 쥐어준대도/ 사랑하는 가시내 치마폭에다/ 속마음을 다 털어놓고/ 담보 없는 인생살이 울어버린 머스마

　　　　　 ─김병걸 작사, 마상원 작곡 '머슴아' 1990. 3. 오아시스레코드사

이후 이박사와 나는 이박사 작곡의 '인생은 60부터'를 타이틀로 한 2집 음반을 발표했고 1993년 '서울깜빡이'를 발표했다. 내가 가요계를 걸으면서 만난 기인이라면 단

연 이박사다. 엽기적인 차림새와 정신없이 떠들어대는 그의 분주한 수다에 넋이 나가기도 하지만 돌아서서 곱씹으면 다 정답이다. 아이디어가 충만한 그는 주위를 놀래키며 바쁜 행보를 한다. 뭐라고 뭐라고 애드리브를 중얼거리며…. 그래도 전봇대에 부딪치는 일은 절대로 없다.

처음으로 작곡한 노래 '밤기차에'

나는 기차가 지나가지 않는 강마을에서 자랐다. 어릴 적 소원 중에 기차 한 번 타보는 것도 들어 있었다. 기차는 내게 있어 어디론가 데려다 주는 꿈의 전령사다. 기차만 타면 궁전이 나오고, 가도 가도 끝없는 광활한 들판이 나오고, 금이 쏟아지는 광산이 나오고 내가 맨날 보는 낙동강보다 열배 천배는 더 큰 강이 팔뚝만한 물고기를 연신 노을 속으로 차올리는 그런 데가 있다고 믿었다.

지금도 그런 믿음을 간직하고 산다. 그래서 기차만 보면 한없이 설레게 된다. 어딘가로 빨리 가야 하는데 하면서 공연히 마음이 바빠진다.

산모퉁이를 돌면서 기차는/ 쓴 약 같은 기적소리로 울고 있었다/ 유리창에 눈발이 잠깐 비치는가 했더니/ 이내 눈송이와 어둠이 엎치락뒤치락/ 서로 껴안고 나뒹굴며 싸우는 폭설이었다/ 잠들지 않은 것은/ 나와 기차뿐/ 철길 옆 낮은 처마 아래 불빛 하나뿐/ 저기 잠 못 든 이가 처녀라면/ 기적소리가 멀어지면 더욱 쓸쓸해서/ 밤새도록 불을 끄지 못할 것이다

–안도현의 시 '밤기차를 타고' 전문

태어나서 처음 작곡을 했다. 작곡이 뭐 대수냐며 진작부터 대들어 보고 싶었으나 작사가로 만족하며 살았다. 직업으로 수십 년을 노래를 만들면서 곡 한 곡쯤 못 발표하고 죽으면 조상이든 친구든 누군가에게 크게 혼날 것만 같은 생각이 수없이 들기도 하

뽕짝은 아무나 하나

였고, 어쩌다 아이들이 "아빠. 아빠는 작곡 못 해?" 원망 섞인 눈초리가 나를 재촉했다.

그럴 때마다 나는 "왜 못 해? 아빠는 작곡하는 아저씨들보다 노래도 더 잘하고 곡도 더 잘 써. 그치만 아빠가 북 치고 장구 치고 다하면 그 아저씨들은 어떡하라구." 말은 그렇게 했지만 슬그머니 오기가 치밀었다.

작곡가들에게 훈수를 두어 폼 잡는 걸로 으시댔는데. 그래서 "넌 작곡하지마라, 그러면 작사가로서의 생명은 끝이니까." 하며 어르고 견제하던 선배 작곡가들의 충고 아닌 충고를 핑계 삼아 게으름 피면서 이날까지 왔는데… 밝히지는 않지만 수십 편도 넘게 내가 쓴 곡을 그냥도 주었는데.

못잊어 운다고 돌아오나요/ 사랑은 감옥이더라/ 겁없이 사랑한 내 모든 것이/ 원점으로 돌아
간 지금/ 가물가물 멀어지는/ 밤기차에 몸을 싣고/ 잊을 때까지 잊을 때까지/ 어디든지 가고
싶어라/ 밤기차에 몸을 싣고
뉘우쳐 운다고 돌아오나요/ 사랑은 감옥이더라/ 철없이 내던진 내 젊은 날이/ 눈물자욱 얼룩
진 지금/ 가물가물 멀어지는/ 밤기차에 몸을 싣고/ 천리를 갈까 만리를 갈까/ 어디든지 가고
싶어라/ 밤기차에 몸을 싣고

−김병걸 작사 · 작곡 '밤기차에'

단조의 곡으로 주위의 찬사를 받은, 내가 봐도 잘 빠진 수작이다. 김병걸 히트 대기조 1번이다. 아직 주인을 만나지 않았다. 누군가에게 시집이든 장가든 보내긴 보내야 하는데 딱히 떠오르는 가수가 없다. 신인이면 더 좋겠는데.

나는 올갠으로 대충 만든 데모 테이프를 차에 꽂고 다니면서 수시로 자족한다. 그리고 마음은 밤기차를 타고 천리만리 한없이 간다.

'초등학교 운동장에 서면'

　가수의 절창이 아니어도 감동이 솟아나는 노래를 만들고 싶은 것이 가요작가의 염원이다. 엘레지든 부르스든 가슴에 엉키는 노래를 찾아 나는 정처 없이 떠돈다.

　초등학교도 예외 없는 나의 표적이다. 나는 작사가가 되어 2편의 초등학교에 관한 노래를 썼다. 한 편은 나훈아의 '분교'이고 또 한편은 '초등학교 운동장에 서면'이란 작품이다.

　달나라도 별나라도 가는 세상이지만 과거로는 단 1초도 못 간다. 그래서 동심이 과꽃처럼 피고 은하수처럼 흐르던 초등학교를 찾아가서 그네 줄에 앉아도 보고 짝 없는 시소에도 앉아, 달리고 흘러 왔던 세월을 돌아본다.

　사는 게 시들해지고/ 일이 손에 안 잡힐 때면/ 초등학교 운동장엘 찾아가 보네/ 저기 저 운동장에서/ 내가 내가 달렸는데/ 세월이 뺏어간 나의 운동장/ 이제는 등수 다툴 경주도 없는데/ 그날인 듯 가슴이 왜 뛰는 걸까/ 초등학교 운동장에 서면

쌍초초등학교

뽕짝은 아무나 하나

아들이 자전거를 사달라고 졸랐다. 아기 적엔 사달라고 안 해도 내가 먼저 사주었다. 아기였던 그때나 스무 살이 된 지금이나 아들의 자전거는 달리려고 사는 걸까? 자전거의 목적이 뭐든 나는 나의 사랑을 주고 싶다.

달라진 것이 있다면 아이 적엔 세 발 자전거였고 지금은 두 발 자전거다. 아이 적엔 안전이 중요했고 지금은 속도가 중요해졌다. 그런데 그 속도가 걱정꺼리가 됐다.

"야, 서울서 자전거는 너무 위험해. 탈 데가 어디 있다고. 아빠 네가 자전거를 못 타도 좋으니 안 샀으면 싶다."

아들은 그랬다.

쌍초초등학교 제20회 졸업생 동창회(1974)

"아빠 나를 자전거도 못 타는 바보로 만들려고 그래?"

필요는 선택이다. 선택은 방향이 맞질 않으면 버려야 한다. 입장에 따라 필요는 얼마든지 무용할 수도 있다는 걸 확인한다.

내가 다닌 초등학교에 아들을 데리고 가서 자전거를 실컷 타게 하고 싶다. 나 참. 내 인생 속에 아들이 있었네. 그걸 잊을 뻔했네. 내게 전부라고 생각했던 노래가 아들보다 뒷전에 있었네….

초등학교 운동장에 서서 아들을 기억해 내고 사랑을 찾아낸다.

현당은 '삼삼칠 박수'를 치긴 쳤는가?

사랑도 추억도 이제는 모두 다 /가버린 옛날이야기 /외로운 날은 삼삼칠 박수로/ 서러운 내 마음을 달랜다/ 흘러온 내 청춘이 가는 이 길은/ 산 너머 또 산이지만/ 사랑했다 최선을 다했다/ 오늘이 슬퍼도 내일을 그리며/ 걸어가는 사나이에게/ 삼삼칠 박수를 보내자

−김병걸 작사, 이호섭 작곡, 현당 노래 '삼삼칠 박수' 1994. 서울음반

이 노래가 발표되고 1993년 〈일간스포츠〉 기사내용은 이렇다.

가요계의 포근한 신사 현당(35)이 '삼삼칠 박수'란 별난 제목의 노래로 3년 만에 컴백했다. 지난 1989년 11월 '다시 한 번'으로 데뷔해 히트 행진을 했던 그는 와신상담 끝에 '삼삼칠 박수'로 스타덤을 노크하고 있다. "공백 기간에 판소리도 배우고 건국대 대학원에서 경영학도 공부해 좀 더 성숙한 모습으로 팬들과 만나기 위하여 나름대로 애는 썼습니다만…" 현당은 경쾌한 트로트곡 '삼삼칠 박수'가 언뜻 제목은 통속적인 것 같지만 한국인의 정서에 맞는 내용에다

뽕짝은 아무나 하나

재미있고 신나는 노래라고 자랑한다.
김병걸 작사, 이호섭 작곡의 '삼삼칠
박수'는 차차차 리듬에다 발라드풍을
가미해 고급스런 분위기면서도 어깨
춤이 절로 나는 노래. 열심히 살아가
는 사람들의 제몫을 찾아주자는 뜻의
쉬운 노랫말이 어필한다. '삼삼칠 박
수'는 삼자와 인연이 깊다. 3년간 이
곡을 준비했고 그동안 세 번의 큰 역
경을 겪기도 했다. 매혹적인 중음과
절제된 감정으로 중후하게 노래하는
게 현당의 매력이다.

179Cm의 훤칠한 용모인 그는 밤무
대 무명가수 10년의 경력이다. 본명
인 선형선 대신 그를 픽업한 김종민
한국연예제작자협회장이 현당으로 예

명을 지어주며 데뷔시켰다. 노총각으로 톱가수가 되기 전에는 결혼하지 않겠다는 고집쟁이기도
하다. 〈김의명 기자〉

1986년 여름. 수화기에 음성은 맑고 차분했다.

"선희준이라고 하는데요, 레코딩 가수가 되고 싶습니다."

마음씨가 넉넉해 뵈는 순동이로 기골이 장대한 미남의 이 친구가 훗날 현당이다. 현
당은 며칠 뒤 안양 오아시스레코드사 문예부로 나를 찾아왔고 나는 카세트테이프를 건
네받았다. 스탠드바에서 D800 연주에 실은 그의 노래는 솜사탕처럼 부드러웠다. 중저
음이 매끄러운 미성에다 잔잔한 비브라토가 얼음이 풀리는 개울물소리 같았다.

나는 현당을 방기남 작곡가에게 소개하면서 신곡을 의뢰했고 녹음을 마치자 방기남 형은 나와 상의하여 당시 조용필과 서울씨스터즈를 데리고 있던 JM프로덕션의 김종민 사장에게 현당을 소개하였다. 중간에 일본에서 몇 년을 활동하며 실탄을 장만한 현당은 폴카 리듬의 '다시 한 번'과 애잔함이 묻어나는 정통 TROT '망각의 세월'을 데뷔 앨범으로 세상에 신고했다.

이후 〈여자는 모르지' 조운파 작사·작곡〉, '삼삼칠 박수', 〈타인' 김병걸 작사, 이호섭 작곡〉, 〈정 하나 준 것이' 조운파 작사·작곡〉, 〈사랑합니다' 박성훈 작곡〉, 〈사랑이 깊으면' 선병철 작사, 김충식 작곡〉 등 타석에 들어선 매 회마다 안타를 치면서 베이스를 늘려갔고 오늘날 행사장에서 가장 부담 없는 가수로 캐스팅 된다.

이촌동 서울스튜디오에서 취입한 '삼삼칠 박수'는 고인이 된 김명곤이 편곡 깨금박질하는 듯한 업 템포의 김명곤 특유의 오브리커트가 인상적이다.

현당은 오랜 날을 나와 함께 하면서 끈끈한 우정을 나누고 있다. 가장 서민적인 가수로 우리들 곁에 찬찬히 서 있는 현당.

"형! 삼삼칠 박수 치긴 쳤나요? 소리가 들리지 않아."

한국의 마돈나 리화와 장대성

팝의 전설인 마돈나를 닮은 리 화. 그녀의 스테이지는 볼륨이 있고 율동이 화려하다. 어릴 적부터 예그린의 멤버로 음악적 기반을 닦아온 그녀는 필자가 대치동에다 기획사를 차린 2004년 박만규가 데려왔다.

'여러분'과 '저 꽃 속에 찬란한 빛이' 등 파워풀한 노래로 오디션 실력을 과시한 그녀는 곧바로 음반 제작에 착수했고 필자는 정의송의

뽕짝은 아무나 하나

‘뭐든지’와 신예 작곡가인 장대성과 이충재의 곡으로 작업을 완성했다.

　타이틀곡인 ‘내일은 있다’와 ‘아자’와 ‘뭐든지’ 세 편을 송태호 편곡으로 한국음반 녹음실에서 취입했다.

> A라고 B라고 말하지 마라/ C도 있고 D도 있잖아/ 이래 저래 돌아가는 세상이야/ 세상은 언제나 바다야/ 바람이 잠자는 바다/ 왜 자꾸 돌아서니/ 왜 자꾸 도망가니/ 오늘이 싫다고 내일이 없나/ 왜 자꾸 돌아서니/ 왜 자꾸 도망가니/ 세상이 아직 끝나지 않았어/ 세월에 지고 일에 지고 자신에게 지지 마/ 붙잡고 살아 지지 말고 이겨봐
>
> —김병걸 작사, 이충재 작곡 ‘내일은 있다’

　처음엔 이 노래를 홍보했다. 케쥬얼하게 자신을 바꾼 리화는 의욕을 불태우며 동분서주 열심히 방송국을 돌았다. 개인 콘서트도 여는 등 활발한 활동 속에 기대를 걸었지만 몇 달 후 ‘아자’로 선회했다.

> 민박집에 하루 방갈로에 하루/ 어디든 떠나보자/ 버스로 가든 기차로 가든/ 다 잊고 떠나보자/ 휴대폰은 끄고 십팔번 한 곡조/ 부르면서 떠나자/ 버리지 못해 이기지 못해/ 아픔이 많지만/ 이제는 안 울 꺼야/ 다시 살 꺼야/ 으샤 으샤 으샤으샤 딩가리당당 아자자자/ 막춤 추며 놀아보자/ 신나게 흔들자/ 으샤 으샤 으샤으샤 딩가리당당 아자자자/ 무슨 말이 필요하니 노래나 부르자/ 산도 강도 바닷가도/ 이 순간 다 내 꺼야/ 세상이 내 꺼야/ 으샤으샤 아자자자/ 쌓였던 스트레스 무거운 짐 다 버리고/ 무작정 무작정
>
> —김병걸 작사, 장대성 작곡 ‘아자’

　반응이 빨리 왔다. 방송국에서도 좋아했다. 신이 난 리화는 총알 마련에 전력했고 전국을 순회하며 조용필의 〈여행을 떠나요〉를 잡아먹을 노래로 기대를 띄웠다.

　필자는 제목을 〈딩가리당당〉을 제안했지만 가수와 작곡가는 ‘아자’를 고집했다. 이

부분이 늘 찜찜하고 왜 끝까지 밀어붙이지 못했는지 후회가 된다. 리화는 홍보에 보
탬을 주고자 당시 성수대교 건너 압구정동에다 '아자아자 라이브'란 카페까지 열었다.

　작곡가 장대성. 그는 내 또래로 무명 작곡가다. 마포에 있는 한국연예협회가수위원
회 사무실에서 만났다. 엘리베이터까지 따라와 진작부터 필자를 만나보고 싶었다며 작
품을 발표시켜 달라고 매달렸다.
　대구에서 음악생활을 하다가 몇 년 전 상경하였는데 성공하기 전에는 절대로 고향에
가지 않겠다고 자신과 약속했다며 필자를 압박했다.
　재주가 뛰어났다. 나이답지 않게 리듬감이 탁월했고 장조의 곡을 더 잘 썼다. 이 친
구와는 여러 편을 같이 만들었다. 최홍의 '짠짠 내 사랑'과 류기진이 부른 '원하지 않은
이별' 등의 작품과 미발표작으로 '햇살 같은 사람' 등의 좋은 작품들이 대기하고 있다.
　음반에 같이 수록된 정의송 작곡의 '뭐든지'는 당초에 태진아를 줄려고 만든 '마지막
카드'란 곡이었는데 "당신의 마지막 카드는 언제나 마지막 카드는 내 마음 뿌리째 앗아
간 서글픈 눈물이었네."로 시작한다.
　임석진이란 무명가수가 먼저 취입을 하였는데 이 노래가 정의송과 필자가 합작한 최
초의 작품이다. 훗날 이 작품은 개사되어 동후의 '화려한 인생'이 되었다.

뭐든지 준다고 했잖아/ 내게만 준다고 했잖아/ 너무도 쉽게 한 맹세를/ 눈물로 안았던 사랑/

사랑하기 때문에 오늘밤도/ 그 눈물 속에 무너져 가지만/ 마음 한 곳엔 늘 내가 불안해하던/

이별의 그림자만 커 가네/ 뜨겁게 타는 사랑의 불을 놓고/ 뒤돌아서 가는 당신은 누구였나/ 당

신의 마지막 몸짓은/ 달콤한 입술이 아니야/ 이별의 키스로 얼룩진/ 눈물의 인사였네

-김병걸 작사, 정의송 작곡 '뭐든지'

모름지기 법으로 확보해 주는 저작권보호라는 밑바탕에는 한나라의 문화를 창출하는 창작물에 대한 보상뿐만이 아니라 창작인 전체
에 대한 장려금의 성격이 내포되어 있으므로 콤카만의 분배 모니터링과 규정산식에 의한 결과가 과연 전체의 이익을 적정하게 도출
한 것인지 도마 위에 올려놓고 고민해야 한다.

—〈음악저작권 분리신탁에 관한 입장〉 본문 중에서

10

콤카^{komca}를 사랑한 이야기

음악저작권 분리신탁에 관한 입장

국내 유일의 음악저작권 위탁관리업체인 사단법인 한국음악저작권협회Komca는 2011년 주무부처인 문화관광부에서 위탁관리업체의 복수단체 허용 또는 공연권과 복제권을 분리하여 허가를 내주려는 움직임을 간파하고 1만 3천여 신탁회원들에게 다음과 같은 안내서와 함께 저작권 분리신탁과 복수단체 도입 반대 탄원서에 서명해 달라는 서신을 보냈다.

탄원서의 내용은 다음과 같다.

〈상기 본인은 사단법인 한국음악저작권협회와 신탁계약을 체결한 저작자로서 분리신탁 또는 복수단체 제도의 도입을 반대하며 현재의 단일단체 제도가 유지되기를 희망하여 본 탄원서를 제출합니다.〉

그리고 안내말씀은 다음과 같다.

뽕짝은 아무나 하나

존경하는 회원님, 신탁자 여러분!

항상 협회발전과 음악문화 향상을 위하여 힘쓰시는 여러분의 노고에 진심으로 감사드립니다. 현재 국내 음악작가들은 몇몇의 인기 작가를 제외하고 투잡Two Job을 하지 않으면 도저히 기본적인 생활조차 유지할 수 없는 실상이며, 가뜩이나 외국에 비해 열악한 국내 음악저작권 시장 환경에서 음악저작자들의 사정을 충분히 고려하지 않은 채 사회적 분위기에 휩쓸려 저작권관리 시장을 쪼개려는 현실을 더 이상 보고만 있을 수 없기에 우리 작가들의 연대 서명으로 뜻을 모아 문화체육관광부장관, 공정거래위원장에게 탄원서를 제출하고자 안내를 드립니다.

단일의 저작권 집중관리가 권리자와 이용자를 위한 최적의 시스템이라는 것이 국외의 저작권 선진단체의 역사적 경험을 통해 입증되었고, 우리나라뿐만 아니라 현재 세계의 많은 나라에서 단일의 저작권집중관리 제도를 유지하고 있습니다.

그럼에도 불구하고 최근 단일의 집중단체에 의한 저작권관리시스템에 대하여 일부 영리법인을 중심으로 비판이 제기되고 있는 실정입니다.

다양한 장르의 저작물을 대량으로 사용하는 노래반주기사, 방송사, 온라인 전송업자 등의 이용자는 신속하게 저작권에 관한 권리처리를 득해야 하나 저작권 관리단체의 복수화 체계에서는 해당 권리를 보유하고 있는 단체와 일일이 계약을 체결하거나 사용허락을 득해야 하므로 그에 따른 시간과 비용이 소요될 뿐 아니라 빈번하게 변경된 권리자나 관리단체를 찾지 못해 사용허락을 받을 수 없게 되어 결국 권리자와 이용자 모두 피해를 입을 수 있습니다.

오랜 역사를 가지고 있는 외국의 저작권 선진관리단체는 태동시기부터 계속하여 단일단체로 운영해 오거나 영국, 프랑스, 호주, 스위스, 네덜란드와 같은 복수의 집중관리체제로 운영하던 나라들도 결국 하나의 단체로 통합하였으며, 유사한 징수분배 업무

에 소요되는 관리경비의 절감과 중복인력의 감축, 이용자가 여러 단체로부터 사용 허락을 받아야 하는 불편함과 부담경비의 증가 등으로 인해 단수의 집중관리단체로 통합되고 있는 추세입니다.

저작자 측면에서 단일 집중관리제도의 이점으로는 1)일괄적 승인과 침해구제 과정에서 일부 권능의 행사가 누락되는 것을 방지할 수 있고 2)복수단체와 일부 권리를 이전받은 단체에 비하여 전 재산권을 이전받은 단일 관리단체는 이용자에게 큰 교섭력을 발휘하게 되어 결과적으로 단체의 구성원에게 보다 큰 이익을 가져 올 수 있으며 3)가장 적은 관리비용으로 가장 많은 분배가 가능하고 4)공연권 관리를 위하여 구성된 전국적 조직망으로 광범위한 감시와 철저한 관리가 가능하며 5)외국의 저작권관리단체와의 상호관리계약에 있어 긍정적 요소로 작용하여 국제적인 권리보호 또한 충실하게 될 것입니다.

존경하는 회원님, 신탁자 여러분.

우리 협회는 작년에 사용료 1,000억 원을 돌파하여 명실 공히 국내 제일의 음악저작권 집중관리단체로 성장하였고 관리수수료율을 대폭 인하하는 등 저작자의 권리보호에 앞장서려는 많은 노력으로 지속적인 발전을 거듭하고 있습니다.

우리 협회는 1964년 창립 이래 오랜 세월 동안 많은 시행착오를 겪은 끝에 오늘날의 협회로 발전하게 되었습니다. 그동안의 축적된 Know-How를 바탕으로 SI시스템 구축 개발을 완료하여 국내외 저작물에 대한 체계적인 관리체제를 확립하였습니다. 또한 본 협회를 설립하는 데 지대한 공로를 세우고 어려웠던 시절 협회 발전에 애쓰신 원로 회원님들에 대한 실질적인 복지제도를 마련 중에 있으며, 저작권료의 징수금 확대와 공정한 분배는 물론 모든 신탁자 회원님들의 복리후생과 충분한 서비스 제공을 위해서 최선을 다해 노력하도록 하겠습니다.

이러한 와중에 협회의 지속적인 성장을 시기하는 일각에서는 단순히 자유 시장 경쟁 논리를 대입하여 복수단체 또는 분리신탁으로의 제도개선을 요구하는 등 현실에 맞지

♪♪♫
뽕짝은 아무나 하나

않는 시대착오적인 주장을 하여 저작권관리 환경에 혼란과 혼선을 조장하고 있습니다.

이러한 주장들은 저작권이란 법을 논의하기에 앞서 우리 작가들의 삶과 직결된 문제이고 작가들이 정치적 논리나 영리목적에서의 실험대상이 되어서는 안 될 것입니다.

따라서 우리 협회에서는 분리신탁, 복수단체를 허용하지 않도록 문화체육관광부 장관 및 공정거래위원장에게 탄원서를 제출하고자 하오니 이와 같은 현실에 공감하는 회원님, 신탁자께서는 별첨의 탄원서에 서명 후 본 협회로 회신하여 주시기를 부탁드립니다.

2011년 4월 1일
사단법인 한국음악저작권협회 회장 신상호

우리나라처럼 작은 나라에서는 단일단체가 합당할 것이다. 필자의 생각은 현재 콤카의 비대한 인력구조나 막대한 일반회계 집행을 봐서는 경쟁력을 유도하는 긍정적인 측면에서의 복수 또는 분리신탁 제도도 검토될 수 있다고 본다.

콤카는 인력구조의 개편이 한 시가 급한바 유능한 인재를 영입하고 군살을 제거하여 새롭게 태어나야 한다고 본다. IT 최강국이 무색한 낙후된 시스템은 콤카의 비전을 열어주지 못하고 있는 것도 성찰해야 한다.

현행 분배 규정의 문제에 따른 유흥, 단란주점 및 노래연습장 사용료 분배의 쏠림 현상과 상대적인 상실감은 중단 없는 노력으로 개선책을 찾아야 한다. 모름지기 법으로 확보해 주는 저작권보호라는 밑바탕에는 한나라의 문화를 창출하는 창작물에 대한 보상뿐만이 아니라 창작인 전체에 대한 장려금의 성격이 내포되어 있으므로 콤카만의 분배 모니터링과 규정산식에 의한 결과가 과연 전체의 이익을 적정하게 도출한 것인지 도마 위에 올려놓고 고민해야 한다.

콤카 본연의 임무 가운데 사각지대 없는 징수만큼의 중요한 것이 분배다. 분배를 위해서 징수를 한다는 사실과 징수하는 모든 사용료는 그 권리자가 이미 지정되어 있음을 놓쳐선 안 된다. 그러나 이 모든 불만에도 불구하고 우리나라의 실정상 관리단체는 하나면 충분하다고 본다. 도출된 모순과 문제점들은 시간을 두고 고치면 된다.

이미 일부 젊은 회원들이 콤카의 낙후한 시스템과 방만한 운영을 꼬집으며 분리신탁을 찬성하고 새로운 협회설립에 분주히 동조하고 있다. 하지만 정부나 회원들 모두는 충분히 상고하여 무엇이 저작권 문화와 관리에 더 도움이 되는지를 판단해야 한다. 당장의 이득보다는 항구적인 미래를 담보하는 올바른 결론에 접근해야 한다. 모든 회원은 반목과 대립 없이 한마음으로 뭉쳐야 할 때인 것 같다.

차제에 콤카는 지금의 200억 원에 달하는 일반회계를 대폭 줄이는 대수술을 감행해야 한다. 그러기 위해서 다음과 같은 개혁을 단행해야 한다.

첫째, 직원의 임금체제를 바꾸어야 한다. 현행 퇴직금 제도는 이미 우리 사회에서 추방한 전근대적인 제도다. 따라서 한시바삐 연봉제로 전환해야 한다.

둘째, 철밥통 구조를 혁파해야 한다. 추궁하지 않는 책임소재를 분명히 해야 한다. 4년마다 바뀌는 회장제 아래서 저절로 면책이 되었던 관행을 뿌리 뽑아야 한다. 업무의 승계란 자명한 임무를 무시하고 자기 임기 내의 안전을 위해 지난날의 과오를 묻어버리는 선심이 있는 한 콤카의 진실은 날아가 버린다는 사실을 잊지 말아야 한다.

셋째, 능력 없는 직원을 과감히 쫓아내야 한다. 필자가 말하는 능력이란 미래를 예견하는, 그리하여 시장과 정보에서 지배당하지 않고 길목을 앞서 지키는 업무의 처리만을 말하는 것이 아니라 도덕성과 용기까지를 포함한다. 직원은 집행의 잘못을 오불관 언하지 않는 용기를 발휘해야 한다.

넷째, 현행 회장 제도를 유지할 경우 선거 제도를 바꾸어야 한다. 먼저 회장 출마의 자격 유무를 사전에 심사하는 기구를 두어 자격 제한을 강화해야 한다. 그리고 투표 방법을 개선해야 한다. 돈 싸움이 승패의 관건이 아닌 자질과 정책이 당락을 좌우하게 해야 한다. 이의 실현은 회원들의 자각이 선행되어야 한다. 800여 명에 육박한 정회원이 많아서가 아

뽕짝은 아무나 하나

니라 정회원의 숫자를 최대한 늘여야 한다. 현 900여 정회원은 지위를 유지하고 소득순위로 나머지 2,100명을 채우면 된다. 선거 장소나 관리의 어려움은 핑계일 뿐 방법은 여러 가지로 가능하다.

다섯째, 임원들의 회의가 너무 잦은데 이를 대폭 줄여야 한다. 임원 배려와 차기 선거를 겨냥한 거마비 지급을 위한 회의나 회의를 위한 회의를 열어서는 안 된다. 회의비의 낭비뿐만이 아니라 회의를 위해 매달리는 직원의 노동까지를 감안하면 엄청난 손실이다. 여러 소위원회를 준비하기 위해 기획실의 고급인력 두 명이 볼모가 된 낭비를 최소화해야 한다.

여섯째, 수수료를 대폭 인하해야 한다. 쓸 돈에 맞춘 일반회계의 편성이 아니라 미리부터 특정하여 거기에 맞추는 예산 편성이어야 한다.

일곱째, 현행 사외이사에게 지급하는 매월 급료를 재고해야 한다. 당초 문광부에서 요구한 사외이사제를 수용하는 조건으로 회의 시 회의비 지급이 전부였는데 이를 무시하고 월정액을 책정한 것은 바람직하지 않다. 설령 이사회를 거친 결정이었다 하더라도 이는 바람직하지 않다.

여덟째, 성과급 제도는 무조건 없애야 한다. 콤카에서 예산 초과 달성은 있을 수 없다. 시장을 읽지 못한 무능을 입증한 것을 포상한다는 건 소가 웃을 일이다. 직원들의 판단 착오와 무능으로 증발하거나 연체된 신탁회계가 얼마인지 파악지도 않고 지표상의 숫자만 가지고 초과달성 운운하는 건 모순이라고 본다. 초과 달성되어 남은 일반회계는 익년도 일반회계로 이월시켜야 한다. 왜 초과달성 되었는지, 그 이유조차 따져보지 않고 성과급을 나눠 갖는다면 이는 회원을 무시하는 처사이고 보이지 않는 배임이다.

이밖에도 손을 대야 할 것들이 부지기수다. 콤카의 큰 개혁을 바라며 그러한 일들이 이뤄진다는 가정 아래 콤카 고수를 찬성한다. 나는 콤카를 사랑하는 방법이 다르다.

지부공연사용료의 올바른 분배 방향은…

한국음악저작권협회Komca는 지난 2009년 8월 이사회에서 지부에서 거둬들이는 연간 유흥, 단란주점과 노래연습장 공연 사용료 270억 원(2011년 현재)에 대한 분배규정을 개정하였다. 개정 이전까지 존재했던 모니터링 제도는 업소 주인이 제출하는 〈사용곡목보고서〉였다.

〈사용곡목보고서〉 대신 금영전자와 태진음향에서 만든 노래반주기에 클릭된 횟수를 기준으로 하는 분배 채점으로 반주기에 수록된 1/N 30%에다 70%를 클릭횟수 곱하기 곡당단가를 하는 방식으로 바꾸었다.

중간과정으로 노래 반주기에 장착하는 외장하드로 채집하는 방식이 아닌 태진음향에서 개발한 온라인 반주기의 로그데이터를 채택하여 유영건 집행부 때부터 2009년 8월까지 적용해 왔다.

분배제도개선위원회 – 위원장인 필자

뽕짝은 아무나 하나

그러나 이 과정에서 중년 이상의 성인들이 더 많은 저작료를 발생시키는데도 이들의 실제적 공연은 모니터링에서 배제되고 청소년층이 주로 이용하는 온라인방에서의 자료만을 적용하는 것은 성인가요가 상대적인 불이익을 당하고 있다며 기성 회원들이 반발하였다.

필자는 콤카의 이사로서 그 같은 문제점을 인지하고 문광부와 콤카 이사회에 끊임없는 개정 호소를 했고 오판을 하는 문광부와 콤카의 이사진에 단신으로 투쟁하였다. 자기논리가 강해 진실 복원을 외면하려는 문광부의 담당 사무관의 요지부동에 격분한 필자는 급기야 이 문제를 외부로 들고 나와 〈콤카 분배개선을 위한 비상대책위원회〉를 발족하였고 문광부와의 힘든 줄다리기 끝에 실상조사를 위한 TF팀을 문광부에서 구성하도록 이끌어 냈다.

필자는 콤카의 대표로 선임되어 분배부의 권순대 팀장과 함께 금영과 태진의 노래반주기 회사 대표 2명(한순필 팀장, 김철한 이사)과 조사연구기관인 갤럽(박병일 이사) 등 3곳의 대표와 문광부의 저작권과 담당 사무관과 주무관 등 11명으로 구성된 TF팀원이 되어 2개월간의 마라톤회의와 조사 끝에 통계학의 최고 권위자인 이계오 박사에게 용역 의뢰하여 설계비와 하드개발 장착기 및 채집딜러비 등 약 8억 원을 들여 모니터링 업소를 컨택하고 외장하드를 달았다.

그렇다면 개정된 유, 단, 노의 현행 분배규정은 과연 올바른 분배규정이었을까? 필자는 개정의 주역이었지만 지금도 결과에 대해서는 만족하지 못하고 있다. 모니터링의 전수조사가 아닌 표본조사라서 결과에 승복할 수 없다는 일부 회원의 주장을 일축하는 입장이 아니라, 전수조사가 됐든 아니든 채집기의 속성과 분배점수의 적용에 적잖은 모순을 지적하지 않을 수 없다.

음반이나 방송, 출판, 선거 로고송, 전송 등의 매체는 사용자의 사전 이용허락 요청에 의해 또는 사후 모니터링에 의해 사용곡목이 밝혀진다. 이의 경우는 사용된대로 분배하면 된다. 그러나 유, 단, 노의 경우는 분배자료의 추출과 채점방식에 있어서 이견이 존재할 수밖에 없으며 보는 관점과 해석 나름에 따라 매우 큰 오차가 발생한다.

채집기에 클릭된 히팅대로 적용하느냐 아니면 공연을 가능하게 한 노래반주기란 기기의 브랜딩에 참여한 모든 곡에 대한 참여가치에 기준을 두느냐에 따라 분배가 확연하게 달라진다.

제19대 집행부 때까지의 노래연습장 사용료는 무조건 1/N로 분배했다. 그러다가 온라인 노래반주기가 만들어지면서 로그데이터의 채집이 가능한 온라인데이터의 집계자료로 분배했는데 로그데이터 자료의 함정을 간과한 나머지 클릭 상위 몇 십 곡이 수록된 2만여 곡 전체 분배를 지배하는 극심한 쏠림현상이 발생했다.

부른대로 주면 되지 무슨 문제가 있느냐는 주장도 틀리는 말은 아니다. 그러나 채집기의 일방성, 즉 성인들이 주로 이용하는 오프라인 반주기인 엘프와 은성, 미디바다 등 연주인이 공연하는 자료가 전면 배제되고, 여성 종업원이나 현장 도우미들이 대기하면서 부른 노래가 클릭의 주류를 이루고 있어 진정한 통계자료라고 할 수는 없다는 문제점이 발견되었다.

콤카에서는 필터링의 방법으로 공연시간대와 동일기기 당 단일 곡의 클릭횟수를 제한하고는 있지만 그것만으로는 어림없다. 어쩌면 저작료의 방망이는 여성 종업원과 도우미들이 쥐고 있다고 봐야 한다. 이의 입증은 남자들이 훨씬 더 많이 이용하는 유흥주점과 단란주점 공연 모니터링에서 남자손님들이 부를 수 없거나 또는 부르지 않는 ‘애인 있어요’, ‘이럴 거면’, ‘당돌한 여자’, ‘우연히’, ‘사랑밖엔 난 몰라’ 등의 곡들이 전체 상위권 안에 든다는 놀라운 결과다. 이는 누가 불렀는지를 추측케 하며 또한 그렇게 많은 횟수를 공연 중 접대부가 불렀을 리는 없을 것이다. 대기시간대 또는 손님이 들지 않는 영업시작과 쉬는 타임 때 누군가가 한꺼번에 수십 곡씩 자기 위주로 세팅 클릭해 놓은 결과일 것이다. 그렇다면 이런 결과물로 분배를 한다는 사실을 누가 고스란히 승복하란 말인가.

노래방의 경우는 노래반주기를 이용한 공연장소의 일정시간 임대료를 평형 내지는 기기 대당 사용료를 영업장 주인이 콤카에 내는 것이다. 대략 기기 대당(방당) 약 5천 원 정도인데 이 5천 원 속에는 미리든 나중에든 무슨, 무슨 노래에 대한 사용료라고 정

뽕짝은 아무나 하나

하지 않는다.

　노래반주기에 수록된 2만여 곡이 만드는 브랜딩에 대한 대가일 뿐이다. 그런데 무슨 곡이 더 많이 불리어졌는지는 나중에 모니터링의 판독으로 판명이 났다고 해서 콤카는 이 집계의 제한이 없는 무한대 클릭에 곱하기 곡당단가로 저작자에게 분배하고 있어 문제점을 안고 있다고 지적하는 것이다.

　이 대목에서 주목할 점은 과연 어떤 잣대로 실적 가치를 평가하느냐 하는 선택일 것이다. 이를 위하여 콤카는 중단 없는 연구와 검토로 가장 안전하고도 이상적인 해법에 접근해야 할 것이다. 따라서 필자는 이런 해법을 제안한다.

　먼저 분배 점수의 개선이다. 지금의 무제한 클릭에 횟수제한을 두는 것이다. 리미트 없는 횟수에 상한선을 두어 분배의 횡적 확장을 기해야 한다. 이는 전체 곡의 곡당단가를 높여 분배의 폭을 넓히는 결과로 대승적이 될 것이다.

　그리고 온라인 노래방 반주기에서 채집하는 방식을 여러 채널로 확장해야 한다. 즉 오프라인 반주기 공연인 엘프, 은성, 미디컴, 미디바다 등의 반주기를 가진 연주인을 고용한 업소의 모니터링과 일정 지분을 인정해야 한다. 그렇지 않고 현행방식을 고수할 경우는 1/N의 지분을 늘려 참여가치와 실적가치의 배분을 재조정해야 한다고 본다.

콤카의 전문경영인 제도는 물 건너갔는가?

　1

　2012년 2월 16일 콤카 제49차 정기총회 말미에 집행부는 콤카 관리 시스템을 바꾸는 '전문경영인제도의 도입의 건(안건6)'을 상정하였으나 비토당하고 말았다. 왜 그랬던 것일까? 지금도 의아한데 콤카의 운명을 바꿀 수도 있는 그 중차대한 사안을 회원들이 충분히 납득할 수 있도록 사전에 노력하지도 않고 회원들이 다 빠져나간 회의 말미에 상정하였으나 반대 논리에 밀려 안건 자체를 철회하고 말았다. 그리고 세월이 흘러

2012년 5월 31일 여의도 사학연금회관 세미나실에서 2백여 회원이 모인 가운데 협회 전문경영인제도 도입에 관한 공청회가 열렸다.

학자와 변호사들이 발제한 도입의 당위성을 설명하는 순서에 이어 도입을 반대하는 윤명선, 강인원 두 회원의 발언이 이어졌고 회원들은 흥미로운 싸움을 즐기는 듯했다. 패널 선정과 회의 진행이 공청회의 기본에 충실치 못한 억지춘향식이라 무늬만 그리고 실속 없이 끝났다고 보는 것은 나만의 생각일까. 당초 기대를 걸었던 집행부는 공청회의 본질에 접근치 못한 미숙한 운영과 회원들의 정서를 충분히 파악하지 않고 무리하게 공청회를 강행하여 낭패를 본 것이다.(실은 문광부의 강한 압력에 배수진을 친 공청회였다)

공청회란 찬성과 반대를 동수로 놓고 열띤 공방을 벌여야 하는데 콤카의 장래가 걸린 사안을 제3자들이 진단하는 것 보다는 회원 자신들이 유·불리를 따져 결정하게 했어야 하며, 굳이 목적을 가졌었다면 찬성회원도 패널로 선정했어야 했는데 이를 놓친 것이 아쉽다.

회장은 기조발언에서 총론만 선택하여 달라고 하였는데 회원들이 우려하는 것은 총론이 아니라 각론이다. 일테면 총론이 도입하는 쪽으로 결정이 나면 각론은 이사회로 넘겨 달라고 할 요량이었겠지만 회원들의 관심사는 각론에 있어 이사장과 회장의 자격과 권한과 임기와 보수 등이었으며 회원 회장은 꼭 필요한 것인지 필요하다면 어떻게 대우해야 하고 그 자격은 어떻게 할 것이며 그럴 경우 현 회장은 거기에서 한 걸음 물러나는 건지 등이었고 행여 있을지도 모르는 밑그림에 대한 우려였다.

그런데 집행부는 목적에 급급하여 미리부터 안심시켜야 하는 여러 전제조건들을 간과하고 공청회를 요식절차쯤으로 처리하려다 역풍을 맞고 만 것이다.

나는 이 과정을 지켜보면서 "어차피 회원들의 협회니까 회원들에게 공을 넘기라"고 충고하였으나 6월 12일 강서구민회관으로 장소를 옮겨 이사회와 평의원회 합동회의로 '전문경영인제도 도입' 안건의 총회 상정에 대한 동의를 구하는 찬반 투표를 강행하여 반대 24, 찬성 15, 기권 1표로 패퇴하고 말았다.

다음날 나는 사무총장에게 전화를 걸어
"이기지도 못할 판을 왜 벌였으며 이 결과를 문광부
나 국회에서 분리든 복수든 허용하는 빌미를 준 결과
를 만든 것 아니냐? 어떻게 책임질 것이냐?"고 따졌다.

공청회(5. 31)가 있기 며칠 전 서대문 김형석 회원의
'K-노트' 사무실에서는 윤명선 회원이 소집한 '공청회
관련 설명회'가 열렸고 현직 이사 4명과 두 감사와 100
여 명의 회원이 모여 전문경영인제도 도입을 반대하는
분위기를 띄웠다.

이날 황성진 이사는 이사회도 거치지 않고 직원들이 2가지 안을 만들어 슬그머니 협
회 홈페이지에 올려 절차적인 적법성을 찾으려 하였다고 보고하였고 두 감사 또한 도입
반대 의사를 분명히 했다. 7월 1일 저녁에는 여의도 63빌딩 건너편 '커피 볶는 집'에서
17명이 모여 향후 콤카의 장래를 모색하고 협회를 견제하는 대안세력인 '한국범음악작
가협회'를 결성하자는 데 의견을 모았다.

이날 집약된 의견은 회원들은 어떠한 경우에도 대동단결하여 이탈자 없이 콤카를 사
수하고 콤카의 환골탈퇴를 위한 구조조정과 비리를 척결하는 대개혁에 앞장서며 이의
관철을 위한 순수, 국악을 포함한 〈한국범음악작가협회〉를 창립하자고 결의하였다. 창
립 발기대회를 7월 8일에 갖고, 곧바로 창립총회를 열기로 하였다.

7월이 되자 협회 지명이사인 장경수 〈한국가요작가협회〉 회장은 콤카 정회원들에게
편지를 보내 정관 개정을 위한 콤카 〈임시총회 소집요구서〉를 첨부하여 전문경영인제
도 도입의 필요성을 역설하고 선택적 분리신탁의 통과 시 콤카의 공중분해와 회원들이
입을 피해에 대한 경고를 주지시켰다. 그러자 〈범작가협회〉는 휴대폰 문자로 장 회장
이 호들갑을 떠는 것이라고 비판했다.

나는 궁극에는 이사장 제도가 추진되어도 괜찮다고 생각한다. 지난 2000년 감사직
을 사임하며 회원들에게 나눠드린 『따로국밥집 사람들』이란 책에서 전문경영인제도

의 도입을 강력히 주장한 바 있다. (내가 주장하는 경영이란 용어는 극대화된 관리다.)

제도보다는 사람이 조직의 명운을 가른다고는 하지만 콤카는 회원들의 한계를 봤을 때 전문경영인 제도도 마땅히 검토돼야 한다. 그래야 비리와 부정이 발을 내리지 못한다. 직원들이 최고의 감사이고 마지막 양심이고 보루여야 함에도 콤카는 역대 회장들이 심은 직원 채용 탓에 그럴 희망은 연목구어緣木求魚가 되어 버렸다.

도대체 이사들은 뭘 하고 있으며 직원노조는 왜 존재하는가. 전문성, 사명감, 도덕성은 직원이 마땅히 지녀야 할 기본이다. 저 기진한 콤카에 새 숨을 불어넣을 방법은 무엇인가. 회원들은 비겁하고 무지하고 연대할 줄 모르고 권익신장과 권리사수에 노력하지 않는다. 이제야 실낱같은 희망이 보이는 것인가? 분연히 일어나 정의를 복원하고 우리의 찬란한 미래를 개척해야 한다. 늘 염려하는 것이지만 협회가 패거리 정치의 현장이 되거나 관리자와 권리자가 또는 관리자와 사용자가 유착하여 서로가 부정을 나눠 갖는 숙주宿主가 되지 않기를 간망한다. 〈2012. 7. 8.〉

2

여름이 지나고 가을이 되자 집행부에서는 정관 개정을 위한 임시총회 소집요구를 강하게 밀어붙였고 일부 이사와 '한국범음악작가협회'에서는 결사반대를 위해 연일 회원들에게 반대의 이유를 문자로 날렸고 회장과 모 지명이사는 10월 17일 반박의 문자를 보냈다.

10월 10일 '하모니회'에서는 김선민 회장의 이름으로 반대성명을 발표하였고 10월 17일 박찬일 이사와 홍진영 이사는 이사직 사퇴의 배수진을 치고 반대의견을 표명했다.

신상호 회장은 이 모든 논란이 선거 후유증이라며 해석을 달리하였고 회장 선거 시 단임 임기를 약속한 바 있는데 정관이 개정되더라도 어떤 직위에도 출마치 않겠다고 천명했다.

♩♪♫
뽕짝은 아무나 하나

「KOMCA 박찬일입니다. 800여 정회원분들의 회장 선출 투표권이 없어지는 이사 9인이면 뽑을 수 있는 10월 31일 전문경영인제도 정관 개정안 통과될 시 이사 사퇴하겠습니다. (중략) 이번 전문경영인제도 정관 개정안은 5월 공청회 안과 다른 회장 단독 상정안입니다. 일단 통과시키고 문제가 있다면 또 개정하자니요? 집을 짓는 데 설계와 기초가 부실함에도 일단 짓고 나중에 고쳐야 합니까? 내용 절차 엉망인 채로 급하게 밀어붙이는 정관개정 도대체 이유가 무엇인지요? 변화 두렵지 않습니다. 아니 변화해야 합니다. 단지 변화라며 한 손으로 달을 가리키며 다른 한 손으로 판도라상자의 뚜껑이 열릴까 봐 필사적으로 움켜쥐는 모양새가 아닌지 우려스럽습니다. 박찬일 올림.」

진흙탕 싸움으로 변질된 듯해 보이지만 사적 재산이 걸린 콤카에서 당연히 일어나야 할 분쟁이고 논란이다. 진작 이런 열성이 있었더라면 콤카의 오늘은 더 건실했을 것이다.

편이 갈리고 양 진영에서 회원 모시기 경쟁이 점입가경이다. 회장은 다시 회원들에게 "젊은 회원들 말 만들지 맙시다."라는 문자를 10월 16일 보냈다. 드디어 10월 31일 사학연금회관에서 임시총회가 열렸고 서면결의서를 포함하여 찬성 200, 반대 414, 기권 및 무효 2표가 나와 부결되었다. 이 압도적인 반대는 문화관광체육부에게 선택적 분리신탁을 허락하는 빌미를 줄지도 모르지만, 만약 실제로 분리신탁이 현실화된다면 이후 일어날 저작권관리제도의 변화된 그림을 나는 충분히 예견한다. 콤카는 표류할 것이다. 그러나 콤카의 장래를 위해 충격요법으로 작용, 일반회계를 조정하는 순기능적인 계기도 될 것이다.

콤카는 관리단체이지 경영을 걱정하는 회사가 아니라는 일각의 주장이 설득력이 있어 보이는 때이다. 공연한 오해만 산 '전문경영인 제도의 도입'은 신 회장의 말대로 회원의 뜻을 물어봤으니 이제 문광부의 처분만 기다리는 순서만 남았는가. 콤카의 진로가 어느 방향으로 튈지 충분히 예견할 수 있지만 복수가 아닌 분리신탁만은 결코 있어서는 아니 되리라. 〈2012. 10. 31.〉

『따로국밥집 사람들』 책머리에

나는 1999년 12월 강남 YMCA 대강당에서 열린 한국 음악저작권협회 제18대 임원 개선 총회에서 감사로 당선되어 2000년 2월부터 이듬해 10월까지 직위에 1년 7개월을 재임하다가 중도에 사직을 했다.

사직을 하고 격분을 억누른 나는 직위에 있으면서 보고 경험한 협회의 여러 가지 실상과 제 문제점, 그리고 그 대안을 회원들에게 주지시키고자 208페이지에 달하는 『따로국밥집 사람들』이란 감사고백서 형식의 수상집을 발간하여 콤카 정회원 5백 명에게 무료로 나눠 드렸다. 그『따로국밥집 사람들』에 실린 〈책머리에〉란 글을 옮긴다.

책머리에

나의 자조적自嘲的 넋두리 같은 이 고백서告白書가 세월이 한참을 흐른 후 한 시대를 풍자한 삽화나 낙서로 남을지도 모른다. 등식等式을 모르면 등신等神이 된다던가. 후배들의 komca는 오늘 나의 고뇌와 걱정을 있었을 법한 코미디로 웃어 넘기기를 간절히 염원하며 반드시 그렇게 될 것을 확신한다.

하지만 슬픈 역사도 오욕의 역사도 역사다. 집안싸움 없이 순리대로 협회가 바로 서는 어느 훗날, 먼저 간 사람들의 발자국에 고인 땀과 눈물을 후배들은 알아야 하며 먼저 밟은 선배들의 노정路程이 치열한 투쟁이었음을 엿보게 되리라.

탤런트와 가수들이 방송국에서 출연료 인상 데모를 수없이 해도 머리에 띠 한 번 멜 줄 몰랐던 사람들, TV 자막에 〈성명표시권〉조차 항의할 줄 몰랐던 순박함

뽕짝은 아무나 하나

과 용서를 침묵으로 말하며 좋은 날 오기만을 기다렸던 비둘기 같은 사람들, 그
들은 바로 그대의 선배였고 먼저 간 발자국이다.

　뜬금없는 일들과 황당무계荒唐無稽한 사고들이 즐비하여 서로를 믿지 못하고 녹
음기를 주머니에 차고 다니는 해괴한 세상이 존재했다는 사실과 협회의 역사는
소송의 역사요 징계懲戒의 역사였음을 기억하시라.
－어쩌면 이 책에 그려진 형상들이 스팸으로 비칠지라도 협회를 만들고 가꾸었
던 항변과 열정으로 봐 주시고 때로 저의 편견이 있었더라도 협회를 사랑한 충
정이라 여겨 주십시오.
혹여 실명이 거론되어 명예에 누累가 되었다면 죽어서도 빚이 될 것입니다.
가장 아팠던 날에 날밤을 새우며 쓴 저의 푸념이 훗날에의 지침서가 아니라 들
무새 같은 안내서라도 되었으면 하는 바람과 끝까지 읽어주신 애정에 삼가 부
복俯伏합니다.

서기 2001년 끝자락에 김병걸

콤카 21대 이사직 출마 인사의 말씀

존경하는 회원님의 존체 평안하심과 가정의 행복을 축원합니다.

저는 금번 콤카 제21대 임원 개선 총회에 이사직에 출마하려 합니다. 직접 찾아뵙고 인사를 드려야 마땅하오나 팸플릿 표지에서 밝혔듯이 깨끗한 선거 풍토를 위해서 이렇듯 지면으로 인사드리게 되어 대단히 죄송스럽게 생각하며 널리 용서해 주시기 바랍니다.

이미 아프게 경험했듯이 작년부터 시작된 〈분배대란〉은 대다수 회원님들의 생활을 피폐하게 만들었으며 나날이 커지는 협회에 반해 회원님들의 수입은 감소하는 악성적인 모순에 모두가 좌절하고 분노하고 있음을 누구보다도 잘 알고 있습니다.

문광부 직원들은 저에게 콤카는 적어도 2,000억 이상은 거둬들여야 한다고 충고하면서 능력 없는 협회의 프로세스를 안타까워했습니다. 맞습니다! 백번 지당한 지적에 임원의 한 사람으로 깊이 반성합니다. 그리고 무엇이 우리를 왜소하게 포위하고 있는지에 대해서 성찰하고 있으며 이는 회원 모두가 합심해서 풀어야할 과제라고 여깁니다.

지난 9월, 우여곡절 끝에 공연사용료의 현행 분배방식이 개정되기는 했습니다만 이 역시도 완벽하다고는 볼 수 없을 것입니다. 분배규정의 개정을 위해 실시한 〈업소실태조사〉에서 지난 7년 6개월 동안 매우 잘못된 왜곡분배였음이 백일하에 드러났고 저는 올바른 시정을 위해 이사직 4년 동안 신명을 바쳐 노력하였다는 사실을 회원님들께서 익히 알고 계십니다.

지금의 분배가 과연 얼마만큼의 편견을 극복하고 있으며 진실을 확보하고 있는지 앞으로도 중단 없는 연구로 회원 모두가 수긍하는 대승적인 결론에 닿아야 할 것입니다.

따라서 분배에 관한 한 제일 많은 정보와 지식을 습득한 저에게 올바른 분배의 확립을 위해 다시 한 번 마무리를 맡겨 달라는 부탁을 드리고자 합니다.

저는 지난번 협회에서 개최한 두 번의 공청회에서 유일한 발제자로 PT를 하면서 온라인 로그데이터의 허구성을 폭로하였고 온라인 로그 자료의 적용이 기성작품을 생매

♩♪♫
뽕짝은 아무나 하나

장시키고 있다고 자신 있게 주장을 편 바 있으며 실
증적인 자료를 공개한 바 있습니다.

저는 문광부와 콤카 이사회에 분배를 결정짓는 자
료의 편향성에 대한 지적과 이의 시정을 줄기차게 호
소하였으며 저의 의견을 극구 묵살하려는 그들과 맞
서 싸워 결국에는 본질을 정확히 읽은 저의 주장이
관철되는 새로운 규정을 마련했던 것입니다.

저의 일관된 논리를 가당찮은 주장으로 내치려던
문광부에서조차 그간의 잘못을 법적으로 묻지 말아
달라며 저의 옷소매를 수차례 잡았다는 사실과 조사

비용으로 설계비용을 포함하여 TFT에 7억에 가까운 막대한 돈이 들어가긴 했습니다
만, 특히 연간 100억 원씩 분배되는 노래연습장 사용료의 경우 지난 7년 6월 동안 750
억 원이 왜곡된 자료에 의해 분배되었는바 기성곡이 일방적으로 입은 피해를 바로 잡
을 수 있게 되어 천만다행이라 하겠습니다.

지부공연사용료는 우리에게는 생존의 절박한 문제였음에도 사태의 본질을 파악하지
못하고 오판한 주무부처나 8년간 연임한 일부 이사들과 타 분야의 이사들은 한가한 사
안으로 치부하며 조사해 봤자 결과가 거기서 거길 거라며 진실을 외면하려 했습니다.
심지어는 분포된 점유율대로 자료를 적용하자는 저의 주장과 비대위의 요구를 투표로
결정하여 본질을 호도하였음도 이미 회원님들께서 잘 알고 계십니다.

그러나 조사 결과는 우리가 예견한 대로 내용이 아주 많이 달랐고 그간 기성작가들이
당한 억울한 피해는 어디서 보상받아야 하는지 기가 막힐 노릇이었습니다.

이 엄청난 결과의 반전 앞에 임직원 어느 누구도 사과 한 마디를 하지 않아 또 한 번
저는 절망해야 했습니다.

어디 그뿐이겠습니까. 십 수 년째 동결되어 세계에서 가장 낮은 사용료를 받아오는
방송사용료 중 외국곡 관리 악덕 음악권리출판사들이 2003년부터 해당 작가와의 라

이선스계약도 않고 협회의 허술한 행정을 농락, 무려 10개도 넘는 유령회사들이 허위로 문서를 조작하여 수십억 원을 갈취해 갔던 것입니다. 저는 이사가 되자마자 첫 번째 일로 이 부정을 발본색원할 것을 건의하였고 협회에서는 결국 진상조사위를 설치하게 되었으며 제가 위원장이 되어 검증의 절차를 밟자 9개 회사가 스스로 도망가는 쾌거를 올릴 수 있었습니다.

현명하신 회원님!

우리의 수입의 한 축이던 음반산업이 무너져 시장이 없어지고 작품비마저 인세제란 허울에 사라진 현실은 상대적으로 콤카만이 유일한 호구지책이 되고 말았기에 콤카의 능력과 도덕성이 더욱 절실한 때입니다.

늘 그랬지만 선거는 우리의 내일을 좌우합니다. 음악적 장르나 세대에 현혹되어 "묻지마 투표"를 자제해 주시고 협회의 장래와 건강을 선택해 주시길 간곡히 부탁드립니다.

저는 협회 일로 두 번에 걸쳐 일본에 다녀왔습니다만 우리보다 두 배밖에 되지 않는 인구에 비해 20배에 달하는 1조 5천억 원을 징수하는 자스락이 얼마나 부럽던지요. 마치 꿈나라 얘기 같았습니다. 벤치마킹하여 조속히 우리도 파이를 키우는 데 진력해야겠습니다.

이의 실현을 위하여 콤카 비전의 달성을 저에게 맡겨주십시오. 무엇을 고쳐야 하는지, 고치자면 어떻게 고쳐야 하는지 명확히 알고 있는 저에게 회원님의 재산관리를 맡겨주십시오.

더 이상은 날벼락 소식이 안 날아오는 협회! 권리자의 목소리가 100% 반영되는 협회의 리모델링을 위하여 저의 부지런한 경험과 노력하는 지혜를 선택해 주십시오. 우리가 갑甲이면서도 을乙처럼 끌려다니지 않는 경쟁력 있는 협회를 원한다면 진정한 이노베이터인 저를 지지해 주시기를 삼가 앙망합니다.

2006년 11월 26일 김병걸 배상

뽕짝은 아무나 하나

김병걸 발언 중에서

*지부공연사용료 분배에 온라인 로그데이터 자료만 적용하는 것은 기성곡을 죽이는 살상용 무기이며 현행 분배규정에 의해 기성곡들이 고려장 당하고 있다.
　-(2009. 6. 4 작품가점제 도입을 위한 공청회에서)

*회원복지제도는 회장의 선거를 의식한 선심정책이 아닌 항구적으로 정착되어져야 하는 만반의 준비가 필요하다.
　-(2008. 정례이사회에서)

*개혁이란 누리고 있는 측에서 일체의 기득권을 놓았을 때 가능해진다. 순수분야의 이사 수가 많음을 지적하면서 정관개정의 필요성을 강조합니다.
　-(2007. 기획위원회 회의에서)

*시장에 지배당하지 않고 사용자에게 속지 않는 체질을 강화해야 한다. 그런데 안타깝게도 협회의 인적상황을 들여다보면 희망을 읽어낼 수가 없다. 경쟁력 있는 협회를 위해 인사개편을 과감하게 단행해야 한다.
　-(2007. 노사협의회에서)

*징수매체가 도산하여 저작료를 내지 못하게 되면 받아내야 할 돈의 보존과 이를 분배할 자료의 확보는 협회 본연의 일이다. 더구나 모 방송사는 부도설이 끊이지 않는데도 협회는 징수나 분배의 리스크 매니지먼트(위험관리)를 전혀 하지 않았다. 본 이사는 아무도 이를 지적하지 않았다는 사실에 절망하며 이는 명백한 직무유기라고 단정한다.

〈수업목적용 저작물에 관한 공청회〉 2011. 1. 18 국립중앙박물관

다는 희망을 요구한다.

　-(2006. 노사협의회에서)

　-(2007. 9. 18 이사회에서)

　*임금인상안만 내놓을 게 아니라 협회를 위한 여러분의 비전도 내놓아야 한다. 그것이 진정한 노사관계의 로드맵이다. 나는 직원 여러분이 비용이 아니라 자산이어야 한

　*약삭빠른 누군가가 협회의 허술한 행정 틈새를 파고들었고 분배에 오불관언하고 진실복원을 은폐한 직원들의 한심한 자세와 한술 더 떠 주배시 분배를 노린 권리출판사를 차려 소유를 넘본 일부 직원들의 패악적인 소행을 응징할 것을 주장한다. 허위신고를 밥 먹듯이 한 음악권리출판사의 범죄를 검증치 않고 돈을 마구 내준 사건이 바로 주배시 분배였다. 우리의 재산을 훔쳐 먹던 10개도 넘던 권리출판사들이 본 이사가 발본색원을 위한 검증 수순을 밟자 걸음아 나 살려라 도망가고 3개 회사만 남았다는 것은 저간의 사정을 충분히 웅변하는 것이 아니고 무엇인가?

　-(이사회에서 수차례 반복 발언)

　*꼭 지도를 그려봐야 뺏긴 땅을 안단 말입니까?

　-(2008. 이사회에서)

　*메들리 제작자 여러분은 음반가를 올리지 않고 덤핑 치면서 결손을 증지 속여먹기

♩♪♬
뽕짝은 아무나 하나

로 충당해 온 것이 사실 아니냐, 덤핑은 시장을 황폐화시키고 부메랑이 되어 장차 여러분의 발목을 잡을 것이다

　-(2007. 7 메들리음반사 대표와의 연석회의를 주재하며)

*분배 모니터링은 기기가 분포된 점유율대로 노래연습장은 온오프 20대 80, 유흥·단란은 온오프 2대 98로 모니터링하고 적용하는 게 맞다. 현재의 방식은 문광부나 지난 집행부 이사들이 오판한 것이고 지금 침묵하고 계신 여러 이사님들은 비겁하다. 부당한 특혜를 놓기 싫어 아무 발언도 안 하고 있다. 이사회에 조기를 달고 싶은 심정이다.

　-(2008. 이사회에서)

*우리(협회)는 분배조작 사건에 조사가 어려우면 검찰에 고발할 의무는 있어도 용서할 권리는 없다.

　-(2008. 5. 27 이사회에서)

*콤카, 이러다간 직원과 권리출판사에 지배당하고 농락당해 머잖은 때에 헤밍웨이의 〈노인과 바다〉에 나오는 뼈만 남은 고래가 회원의 몫일 것이다.

　-(2012. 임시총회장에서)

〈현행 분배규정의 제문제점과 개선 방향〉 발제문

한국음악저작권협회에서는 2009. 2. 5 여의도 국민일보 사옥 CCMM빌딩 1층 메트로홀에서 정회원 300여 명이 모인 가운데 〈노래연습장 및 유흥, 단란주점 분배규정 개선을 위한 토론회〉를 가졌고 나는 동同 협회 이사의 자격으로 〈현행 분배규정의 제 문제점 및 개선방향〉이란 주제로 발제자가 되어 PT를 했다. 이날 토론회는 동국대 박영

길 교수의 사회로 콤카의 정풍송, 이호섭 회원과 저작권위원회 이호용 박사와 TJ미디어 황규연 전무이사, 한국갤럽 박병일 본부장이 패널로 열띤 논쟁을 벌였다.

내가 주제 발표한 내용 중 〈1. 들어가면서〉와 〈2. 쟁점사안〉 – 중략하고 – 〈5. 맺음말〉을 옮긴다.

현행 분배규정의 제문제점 및 개선방향

1. 들어가면서

저작물은 저작권법에 의해 보호받는다. 이의 실현을 위해 저작자를 위한 위탁관리 법인을 정부는 허가해 주었고 저작권 위탁관리업(제105조)에 근거하여 komca가 존재한다.

저작재산권의 권리를 가진 권리자를 위하여 그 권리를 신탁 받아 관리하는 콤카는 신탁 받은 저작물을 징수에서 분배까지 책임질 의무가 있다.

위탁자는 맡긴 본인의 저작물에 대한 관리에 이익의 실현과 분배의 정당성을 평가할 권리가 있고, 그 권리에 훼손이 있다면 이에 대한 시정요구와 손해배상청구 등 이의를 제기할 수 있으며, 분배가 모니터링에서 제외되거나 제도에 의해 상당한 불이익을 입고 있다면 권리자로서 마땅히 피해보상을 위한 법적구제를 요구할 수 있다.

특히 방송이나 복제처럼 사용자료가 확보되지 않은 지부공연의 노래연습장, 유

분배규정개선세미나

뽕짝은 아무나 하나

흥, 단란주점의 경우, 이용자는 사용료를 지급해야 할 의무만 있지 분배를 위한 저작권 소유관계에는 아무런 자격이 없다. 모니터링을 포함한 분배 적용의 산식은 콤카에서 제 규정으로 확립하여 주무부처인 문화관광부의 승인 절차 후 분배하게 되어 있다. 이 과정에서 분배받는 당사자의 권리가 절대적으로 행사되어야 하며 이해 당사자들의 합의가 곧 분배의 정의다.

따라서 그 어느 누구도 이 분배의 정의확립에 개입하여 저작물의 가치를 전도시키는 부당한 폐해를 발생케 해서는 안 된다. 콤카 수입 구조의 속성상 오늘날처럼 음악적 장르가 블록화 되고 이해의 충돌이 불가피한 상황에서는 다양한 이견이 있을 수밖에 없으며 그것은 투명하고 객관적인 과정을 거쳐 결론으로 도출되어야 한다.

투명하고 객관화된 과정은 편견 없는 모니터링의 균형에서 출발한다. 이 절차에서 배제되거나 무시되어 상대적인 피해를 입은 권리자들이 유실된 자기 지분을 되찾는 운동은 지난해 흥사단에서 있었던 한국연협가요창작위원회 소속회원들의 〈생존권 사수를 위한 결의대회〉와 가요작가연맹의 성명서 배포 등으로 이어졌다. 이 두 단체의 요구는 누구나가 납득하는 정당한 기준의 설정과 제도에 의해 희생되는 피해를 중지해 달라는 내용이다.

징수는 법으로 보장되고 분배는 당사자들이 지배하는 권리인데 지난 2008. 9. 12에 개정된 현행 규정은 강요당한 잔인한 선택이었으며 많은 회원들의 간망과는 동떨어진 방향으로 개정되어 피해의 폭을 확장하는 결과를 낳았다.

이 갑작스런 분배 지형의 변동에 소위 기성곡을 맡긴 회원들은 좌절했고 사력을 다하지 않은 협회와 한시적으로 운영된 〈왜곡분배제도개선위원회〉에서 만든 안을 묵살한 주무부처를 성토하기에 이르렀다.

협회나 주무부처에서는 쟁점이 된 오늘의 대토론회 주제를 특정세대의 님비로 오해하지 말기를 바라며, 피해를 당한 권리자들의 정당한 생존요구를 정책에 적극 반영해 줄 것을 기대한다.

2. 쟁점사안

지부공연사용료의 분배는 콤카 역사에 언제나 시비의 중심에 있었고 딜레마로 남아 깊은 성찰을 요한다.

종전 규정을 손질한 2006. 8. 1 이전의 경우, 유흥, 단란주점 사용료 분배는 사람의 부정이 개입되는 구조적인 결함을 가지고 있었다. 이에 협회에서는 주무부처의 강력한 시정명령에 따라 조작과 부당한 기득권의 추방이라는 본질에 접근하여 2003. 11. 21 에 승인된 규정을 보완하기에 이르렀다.

그리하여 2006. 8. 1 노래방 수록곡 30%, 온라인 노래반주기 자료 20%, 사용곡목보고서 50%로 절충하였다. 그러나 구조적인 맹점을 악용한 일부 부도덕한 직원들에 의해 〈사용곡목보고서〉는 조작되어 존재 명분을 잃게 되었으며 많은 논란 속에 현행규정을 2008. 9. 12에 마련하게 되었다.

그러나 이 개정안이 취약부문을 극복한 진정한 대안이라고는 보지 않는다. 여기서 우리는 절차적인 과정을 주목할 필요가 있다. 한 해 동안 유흥 102억, 단란주점 35억, 노래연습장 97억 3천 도합 233억 3천만 원(2008년 기준) 분배를 기왕지사 바로잡고자 했다면 본질에 더 접근했어야 했다.

회원의 합의가 절대적으로 선행되는 토론회를 거치지 않고 한 번의 시뮬레이션도 하지 않은 채 집행된 절차의 하자를 꼬집을 수밖에 없으며 또한 이사회에서 결정을 판단하는 다각적인 자료가 확보되지 않았고 시간적으로도 충분한 논의를 거치지 않아 최적의 결정이라고 보기에는 미흡했다고 본다.

그런가 하면 유흥, 단란주점과 함께 동반개정을 요구했던 노래연습장 분배는 주무부처에서 종전대로의 유지를 지시하며 개정안을 반려하여 회원에게 또 한 번 좌절을 안겨주었다.

뽕짝은 아무나 하나

2008. 6 이사회의 결의로 사용곡목보고서를 협회 네트워크자료(1,117대)인 인터넷 노래반주기의 자료로 대체하는 긴급처방을 내렸는데 이 역시도 상위 몇 %를 제외한 절대 다수의 기성곡들의 저작료가 감소하는 또 다른 과제를 남겼다. 특히 노래연습장의 경우 성인가요는 상위 100곡에 10%에 불과한 히팅이 이루어졌는데 이는 오프라인방의 공연이 모니터링에서 전면 배제되어 생긴 결과다.

2008년 3/4분기의 경우, 상위 100곡(총 수록곡 28,000곡 대비 3.57%)이 분배로그 금액의 26.4%를 차지하고 1,000위곡은 70,3%를 차지하여 독점지배가 두드러졌다. 이에 기성작가들이 주축이 되어 권리자들은 제도권 밖에서 〈저작료 왜곡분배 개선을 위한 비상대책위원회〉라는 긴 이름의 조직을 결성 자구책을 강구하게 되었고 그 요구안은 다음과 같다.

(1)노래연습장의 경우

*주무부처에서는 왜 설치 점유율 21%에 해당하는 온라인반주기에서만 모니터링을 요구하는가.

*설치 장소와 공연의 주체가 편중되어 있는 현실은 그 결과를 좌우하는 출발임을 왜 간과하는가.

*온라인방과 오프라인방(일반방)의 공연내용물이 상이하다는 걸 왜 인정하지 않는가.

*상대적으로 피해를 당했다고 주장하는 측에게 온라인로그 데이터가 전체 공연을 대변하기에 충분하다는 걸 입증시켜 준 적이 있는가.

*청소년층이 즐겨 찾는 온라인방과 성인들이 공연하는 일반방의 모니터 자료를 설치 점유율대로 21대 79로 추출하여 적용해 달라.

(2)유흥, 단란주점의 경우

*노래방 수록곡의 30% 적용에 있어 업소에서 부르지 않는 장르(종교음악, 군가, 만

화주제가, 기타)까지 균일하게 배점하는 것은 불합리하다. 차등적용을 검토해 달라.

*설치율 2.5%에 불과한 노래반주기(태진, 금영)의 자료의 40% 적용은 과다하다.

*실제적 공연의 형태별 파악과 2.5%의 자료의 신뢰성은 충분히 담보하고 있는가.(종업원 대기실 기기의 히팅은 봉쇄해야)

*종전 사용곡목보고서의 결함을 보완한 실연주자의 사용곡목보고서를 확보해라.

*협회의 40년을 견인했고 사회문화적으로 기여한 기성저작물에 대한 가점제를 도입해라.

5. 맺음말

그간 협회는 공연 실체에 접근하는 자료 채집이 미흡하였으며, 주무부처에서는 협회에서 비록 승인요청 문서에는 첨부하지 않았으나 현행규정의 부당함을 수차례 호소하였음에도 편견을 가지고 규정을 강제하였다.

물론 그 배경에는 유흥, 단란주점의 경우, 수작업에 의한 부정을 일소하려는 좋은 뜻으로 출발하였으나 그 대안이 기계의 유혹이란 행정편의주의에 매몰, 온라인로그 데이터만을 맹신하는 우를 범하였고 그 규정 또한 또 다른 기득권을 형성한다는 데까지는 세심히 살펴보지 못했다고 본다.

목적에 쫓긴 나머지 수단을 함부로 해서는 안 된다고 보며 목적이 수단을 정당화할 수는 없다. 방송처럼 고정되지 않는 실연에 전수조사가 이뤄지지 않는 한 권리자 개개인의 입장에 따라 '공정'이란 용어는 얼마든지 가변적이다. 따라서 장차 분배정책은 제도에 의해 어느 한쪽이 희생하는 물주머니 같은 편중이 아니라 보다 많은 회원이 이익을 균점하는 대승적인 방향으로 추진되어야 한다.

콤카라는 조직 구성원으로서의 기여적인 측면과 나라와 시대의 문화를 창출한다는 큰 틀에서 윤리적인 측면까지를 포괄하는 내용으로 개정되어야 한다고 본다.

저작자의 창작은 창작과 동시에 공공의 필요를 공급하고 그 필요에 의해 저작물로서 이용되기 때문에 이미 문화발전에 기여한다고 볼 수 있다. 저작물은 저작자의 노동의

뽕짝은 아무나 하나

결실이므로 그 결실 또한 권리자의 상호간 합의로 분배하도록 주무부처에서는 되도록 이면 자율성을 존중해 주고 잘 집행되게끔 지도해주어야 한다.

　회원들은 자기만을 생각할 것이 아니라 자신이 속한 공동체 내에서 함께 문화적 가치를 창조하고 더불어 함께 산다는 자각을 또 다른 바탕으로 해야 한다. 그리하여 모두가 희망을 읽어내는 콤카, 내 저작물이 안전하게 관리되어 안심을 부르는 콤카로 만들자. 콤카는 자정할 능력을 충분히 갖추고 있으며 그간의 수많은 오류를 교훈삼아 올바른 해법을 반드시 찾는다고 본 발제자는 확신한다.

〈작품가점제 도입에 대한 고찰〉 발제문

　KOMCA는 2009. 6. 4 양천구 목동 방송회관 3층 회견장에서 콤카 회원 200여 명이 참석한 가운데 저작료 분배 시 작품가점제를 도입하자는 공청회를 열었다.

　이날 공청회는 사회자로 안효질 교수, 토론자로 박영길 교수(동국대학교), 서달주 책임연구원(저작권위원회), 이규호 교수(중앙대학교), 콤카의 조운파 회원, 정진환 회원이 선정되었고 나는 발제자가 되어 〈작품가점제 도입에 대한 고찰〉이란 주제발표를 하였는데 그 내용은 다음과 같다.

　분배가 모두의 바람만큼 집행되지 못해 선출된 이사로서 무한한 책임을 느끼며 죄송하다는 말씀을 먼저 드립니다. 저의 주제발표를 들으시고 모두가 소망하는 대로 바람직한 방향이 설정될 수 있도록 충분한 의견들이 개진되고 조정되기를 바랍니다.

　아무리 좋은 정책도 늘 비판에 직면합니다. 그래서 또 발전이 오는 것이구요. 이미 가점제 도입의 당위성과 필요성은 인정이 되어 총회에서 결의된 만큼 각론에서 올바른 세부안을 짜기를 기대하며 주제발표를 시작하겠습니다.

작품가점제 도입(안)에 대한 고찰

1. 분배의 정의

1)현행 분배제도의 문제점

가. 저작물의 이용 실적을 분배함에 있어 분배의 정의는 그 근간이 권리자의 영역에서 상호 조정되고 합의되어야 함을 절대적 전제로 해야 한다.

나. 분배는 어떤 틀 속에 정의되는 것이 아니라 분배 권리자의 합의(결과에 승복하는 조처)로 결정되는 유기체다. 따라서 항시적인 가변성을 열어두고 있으며 정의 확립을 위한 규정(틀)은 회원이 마땅히 지배해야 한다.

다. 분배는 여하한의 경우라도 도덕적 희생 위에 세우는 정책이 아니기 때문에 결과를 좌우하는 일체의 부정 요소가 개입 되어서는 안 되며, 실적조사와 자료채집 및 적용에 있어 상대적인 피해를 발생시키는 우월적 지위를 허용해서는 안 된다.

라. 그러나 2009. 6 현재 집행하고 있는 콤카의 분배규정은 지부공연사용료의 경우 모니터링의 안전을 100% 담보할 수 없는 위험에 노출되어 있어 부정 개입의 차단, 크로스 체킹, 노이즈 제거란 통제 범위scope of control를 일탈하고 있으며 자료 적용률에 상당한 모순을 안고 있어 세대간, 장르 간에 편의적 해석과 평가가 구구하며 항시 시비의 여지가 잠복하고 있다.

마. 이는 지난날 지부에서 보고되는 〈사용곡목보고서〉의 조작을 극복하려다 목적에 쫓긴 나머지 제 과정을 게을리 하여 졸속정책을 낳았고 치명적인 상처로 창작의지의 상실까지 확대되어 문제가 심각하다.

바. 특히 유흥, 단란주점의 경우 업소 설치 점유율 2%에 불과한 온라인데이터를 40%

뽕짝은 아무나 하나

로 과다 적용하는 모순과
노래연습장의 경우, 노
래반주기사의 장사잇속
을 위해 학교 주변에 편
중 설치한 온라인 로그데
이터의 적용은 공연 주체
의 일방성에 따른 결과로
분배가 왜곡되는 문제점
을 낳았다. 더구나 손님

이 들지 않는 초저녁이나 대낮 또는 휴식 시 주인 또는 여자 종업원이 수십 곡을 임의
선곡하여 플레이시키는 히팅이 손님 공연 횟수보다 우위를 점하고 있고 이는 최신곡 위
주로 선곡되고 있어 필터링 하는 방안이 모색되어야 한다.

2)분배규정 승인의 오해와 오류

분배는 이해 당사자의 생존의 문제이자 가변성을 열어둔 콤카의 항시적 딜레마The
Komca's dilemma다. 이는 콤카의 성장과 혁신The Innovator's Solution이 동시에 실현되어야 하
는 숙명의 과제이고 궁극의 본질이다.

분배에 대한 법적지위는 권리지분의 영역, 성격, 룰이 특정지어져야 하며 이는 분배
권리자들의 모임체인 콤카의 총의로 결정해야 한다. 그런데 이제껏 주무부처 직원의 교
조적 지시 또는 강제에 의해 권리자의 요구에 배치되는 결과를 낳았다.

이의 적합한 시정을 위해 지난 2월부터 문화체육관광부의 주도하에 콤카와 리서치
기관 및 반주기 제조사 등으로 구성된 TF팀이 설치되었고 전문가의 자료채집이 완료
되면 규정을 개정한다. 학계 전문가와 조사기관에서는 예상결과에 상관없이 지금까지
의 온라인자료만의 적용을 매우 잘못된 규정이라고 비판하고 있어 기성작가들의 주장
과 궤를 같이 한다.

현행 저작권법과 저작권법시행령 및 저작권법시행규칙 어디에도 당사자들의 권리인 분배를 제3자가 지정할 수 있는 조항은 없다. 따라서 그간 공권력의 남용이 있었다면 이는 법령의 오해에서 비롯된 것이라고 본다.

3)작품가점제의 이해

작품 공표일을 기준으로 일정기간이 경과된 작품에 대하여 저작사용료 분배 시 가중치를 부여하는 것이 작품가점제다.

콤카 설립과 성장의 동력이 된 또는 국가적으로 음악문화 발전에 기여한 창작자에게 인적공적 점수를 부여해야 한다는 일부의 주장(김지평 회원)도 강력하게 제기되었으나 이는 대상자 선정과 공적점수 배정의 난해함으로 실효적 조치가 어렵다는 반대 의견도 만만치 않다. 추진 배경은 충분한 설득력을 지니고는 있지만 반대자들의 정서도 고려하여 차후의 과제로 남겨두기로 지난 5월 임원 워크숍에서 결정한 바 있다.

(중략)

1/N의 증가와 유행의 물결에 퇴조할 수밖에 없는 곡당 단가의 하락과 이용의 감소는 장차 맞게 되는 회원 모두의 노후 문제이기도 한 바 창작의욕의 고취와 수익보전의 일환으로 〈작품가점제〉는 매우 시의적절하다고 본다. 단 이의 적용은 해당 매체에서 사용되어졌을 때에 한한다.

2. 외국 단체의 가산점제도와 운용 현황(7쪽)

3. 작품가점제에 다른 분배 이동(시뮬레이션의 분석) -매체별 자료

4. 추진방향 설정

5. 도입 시기 및 규정 개정(13쪽)

6. 맺는 말

　상충하는 가치를 대립과 충돌 또는 한쪽으로 쏠림이 없이 대승적으로 분배하는 작업은 지난한 과제다. 맡긴 저작물의 가치평가에 회원들은 자칫 아전인수의 주장을 높이기도 한다. 그러나 콤카의 오늘을 만든 선배들의 개척공로나 성장공로를 후배들은 기억해야 하고 그에 대한 보상은 정책적으로 기획되어야 한다고 본다. 이는 봐주기 선심이 아니라 충분히 호흡을 같이 할 수 있는 주제로 아름다운 양보와 배려로 정착해야 한다.

　이미 지난 2월 제46차 총회에서 결의된 바 있는 이 사안을 오해 없이 추진해야 한다고 보며 어려운 발제를 놓고 본 이사는 균형 있는 시각을 유지하려 최대한 노력하였음을 강조한다. 본 이사의 주장이 여러분과 같은 결론이기를 기대한다.

힘든 날이 많았지만 작사가의 외길을 늠름하게 걸어온 그의 삶이 남루하지 않고 하나의 깃발이 되었음을 치하한다. 그리고 스승을
뛰어 넘는 활약으로 보은하리란 것을 확신한다.

— 〈고난의 외길에 핀 꽃〉 본문 중에서

11

내가 본 김병걸

고난의 외길에 핀 꽃

정두수(작사가)

김병걸, 1975년 우리는 만났다. 자양동에서 〈정두수 작사교실〉을 열어 후학을 양성하던 시절, 당시 작사가를 열망하던 전국 각지의 내로라하는 재주꾼들이 작사교실의 문하생으로 모였는데 수백 명에 이르렀다.

그 면을 살펴보면 초창기에 김지평 '당신의 마음', 박영아 '노을', 정태권 '서귀포를 아시나요' 등과 후기에는 김병걸, 김상길, 조덕상 등이다. 아무튼 수년간 거쳐 간 많은 문하생 중 김병걸은 단연 군계일학이었다.

눈이 맑고 총기가 한 눈에 들어오는 그의 재능을 발견하고 나는 그를 애제자로 삼았고 어디서든 자랑하는 나의 자랑꺼리로 성장했다. 문학적 토양 위에 발아한 그의 노랫말은 내 기대를 배반하지 않았고 마침내 당대 최고의 작품자로 주목을 받으며 우리 가요사에 우월한 노래를 속속 만들었다.

그의 작품세계는 낭만적이며 목가적이다. 특히 군더더기 없는 호방함은 섬세한 기교와 어울리면서 가요가 요구하는 소리의 울림을 여느 작가보다도 크게 펼친다.

기교를 아는 자만이 기교를 버릴 수 있다는 관점에서 그의 작품은 충분히 성공하고 있다. 힘든 날이 많았지만 작사가의 외길을 늠름하게 걸어온 그의 삶이 남루하지 않고 하나의 깃발이 되었음을 치하한다. 그리고 스승을 뛰어 넘는 활약으로 보은하리란 것을 확신한다.

내가 본 김병걸은……

지명길(작사가. 전 한국음악저작권협회 회장)

선비지요. 강직하고 올곧은 성품이 자칫 왕고집으로 보이기도 합니다. 어느 한 가지 일에 빠지면 처음과 끝을 분명히 해야만 직성이 풀리지요. 그 믿음성이 많은 이들을 주변에 모이게 하지요. 아직까지 누구하고 등지고 사는 걸 못 봤습니다. 싫으면 싫다고, 아니면 아니라고 바로 말을 하기 때문에 순간적으로 날이 서긴 해도 이내 풀립니다. 그래서 우리가 만난 30여 년 동안 난 그를 좋아합니다.

딱 부러지는 성품에서 창작되는 작품은 의외로 감성이 깊습니다. 어느 땐 노랫말을 향기로운 문학으로 승화시키고 또 어느 땐 구수한 대폿잔에 담긴 우리들의 일상을 군더더기 없이 풀어내기도 합니다. 욕심이 많아서 공부도 많이 합니다. 학위도 여러 개 있고요. 천성이 부지런해서 그냥은 심심하지요. 그래서 창작이든 기획이든 조직이든 뭐든 합니다.

그러다가 2009년 가을, 그는 덜컥 주저앉은 때가 있었습니다. 무리를 한 거죠. 주변에서 얼마나 놀랐는지 모릅니다. 그런데도 병상에서 노트북을 만지고 있더군요. 그때 이렇게 말해줬습니다. "한 박자만 늦춰 봐!" 즉각적인 반응의 생활방식이 조금씩 가라앉더군요. 그 후 더 노련해진 그를 보았습니다.

음악저작권협회에서 4년간 함께 일한 적이 있습니다. 이사 신분이면서도 어느 땐 회

뽕짝은 아무나 하나

장인 제 머리위에 앉아 있더군요. 그래서 아예 한 부분을 뚝 떼어서 맡겨 보았지요. 그 랬더니 45년간 수작업 분배로 원성이 높던 저작권료 분배 시스템을 도깨비방망이 휘두 르듯 뚝딱 로그데이터 방식으로 고쳐 놓더군요. 아마 자리를 펴주면 이 나라의 어느 한 부분을 확실하게 바로잡아 놓을 수도 있을 그런 사람입니다.

언젠가 이런 글을 그가 썼더군요. "봄이 열리지 않으면 가을은 없다." 여름을 건너뛴 이 문장에서 너무나 현실적인 아픔이 보였습니다. 원인과 결과만 극명하게 대비시킨 이 글에서 숙성해야 하는 여름이 생략된 것은 김병걸이 본, 그가 살아온 치열한 현실을 비 명처럼 고발하고자 함이 아니었나 싶군요. 가슴이 아팠습니다. 거침없는 솔직함이 때로 약점이지만 그럼에도 불구하고 난 그가 좋습니다. 그는 좋은 사람입니다. 그는 아마도 죽을 때까지 일손을 놓지 않을 겁니다. 그런 사람입니다. 〈2012. 11. 3.〉

그와의 만남은 운명이었다

이호섭(작곡가, 방송인)

가요작가가 한 편의 작품을 만드는 일이란, 마치 뽕잎을 먹고 비단을 뽑아내는 누에 와도 같은 것이다. 작가의 눈에는 세상 모든 일이 작품의 소재로 오관에 감지된다. 특 별한 사건은 물론, 보통 사람들이라면 흘려버릴 극히 평범한 일이나 사물에서도 이야 기를 뽑아 비단을 짜내는 것이다.

그러나 한 편의 작품이 탄생하기까지는 직관적인 작가의 느낌과 대중성이라는 서로 다른 방향 속에서 작가는 또 다시 자기 정제 과정을 숱하게 거쳐야만 한다. 이런 과정 을 겪어야 하기에 어떤 경우엔 단 5분 만에 한 편의 작품이 탄생하는가 하면, 또 어떤 경우는 10년이 지나도 완성이 되지 않아 미완성인 채 세상에 이름을 내놓을 날을 기다 리는 작품들도 있다.

이호섭과 함께

신기한 것은 이런 와중에도 어떤 사물에 순간적인 느낌이 꽂히면, 그것이 바로 작품으로 술술 풀리는 경험을 허다하게 하곤 한다는 것이다.

필자가 우리 가요계에 최초의 브레이크 댄스를 선보이며 일약 스타덤에 오른 가수 '박남정'의 신곡을 준비할 때다. 몇날 며칠째 단 한 줄도 아니, 작품의 모티브조차 떠오르지 않아 고민할 때다. 취입날짜가 내일 모레이다 보니 회사에서는 독촉전화가 빗발치는데 작품은 떠오르지 않았다. 하는 수 없어 머리나 식히고자 TV를 트는 순간 뉴스속보가 나왔다.

"뉴스속보를 전해 드리겠습니다. 중공에서 미그기를 타고 ㅇㅇㅇ대위가 우리나라 서해안에 불시착했습니다."

그 순간 "비행기만 불시착하라는 법이 있냐? 사랑도 그만두면 불시착이지." 이런 생각이 퍼뜩 떠올랐다. 이렇게 해서 탄생한 노래가 '사랑의 불시착'이다.

주현미의 '잠깐만'도, 이웃집에 이사와 온종일 부부싸움만 진력나게 하던 신혼부부를 보고 만들어낸 작품이다.

가요는 야구에서 투수와 포수와 같이, 작사가와 작곡가의 궁합이 잘 맞아야만 명작이 탄생된다. '유호-박시춘', '한산도-백영호', '정두수-박춘석' 등이 대표적으로 콤비네이션을 이룬 작가들이다.

필자와 '김병걸'의 만남도 운명적이다.

뽕짝은 아무나 하나

필자는 1989년 전후해 작사가에서 작곡가로 변신을 꾀하고 있던 중에, 필력이 출중한 '김병걸'을 작사가 '장경수'의 소개로 한남동에서 만났다. 이후 우리 두 사람은 의기투합해 새로운 작품을 만들고 발표하기에 전력했다.

문학청년으로는 보기 드물게 부지런하고 발 넓은 활동력을 갖고 있던 '김병걸'은 기획력에도 뛰어난 솜씨를 과시했다.

'다함께 차차차', '찬찬찬', '삼각관계' 등이 세상에 알려진 우리 두 사람의 만남의 결실이다. '김병걸'은 이후 수많은 히트 작품을 쏟아내며 명실 공히 가요계 최고의 작가로 자리매김했을 뿐만 아니라, 시인으로도 활발한 영역을 갖춘 양수겸장의 상징적 작가가 되었다.

'김병걸'의 작품 속에는, 듣고 있으면 괜히 뜨거운 눈물이 차오르는 알싸한 그 무엇이 빼곡히 들어차 있다.

분교 - 나훈아
(김병걸 작사, 임종수 작곡)

기역 니은 잠이든 교정에
맨드라미 저 혼자 피다가
아이들이 그리운 날은 꽃잎을 접는다

계절이 오는 운동장 마다
깃발처럼 나부끼던 동무여
다들 어디서 무얼 하고 있는지

옛날 다시 그리워지면
텅 빈 교실 내가 앉던 의자에

나 얼굴 묻는다

늑목 밑에 버려진 농구공
측백나무 울타리 너머로
선생님의 손풍금 소리 지금도 들리네

지붕도 없는 추녀 끝에는
녹슨 종이 눈을 감고 있는데
다들 어디서 그 소리를 듣느뇨

추억 찾아 옛날로 가면
몽당연필 같은 지난 세월이
나를 오라 부르네

몽당연필 같은 지난 세월이
나를 오라 부르네

　단순히 들리는 노래가 아니라, 눈감으면 선연히 떠오르는 영화와도 같고 그래픽과도 같이 눈에 보이는 노래야말로 가장 멋진 가요다. 이런 점에 비춰보면 '김병걸'의 작품의 세계는 자신만의 세계가 넓고도 깊어, 함부로 다른 이가 범접할 수 없는 개성이 두드러진다. 이런 작가가 태어나지 않았더라면 우리 가요계는 또 얼마나 큰 손실이었을까?

　가요작가는 드러내 놓고 말 못하는 대중의 숨겨진 사연을 때로는 애잔하게, 때로는 처연하게, 때로는 비밀스럽게 대신 이야기해 줌으로써, 공감대를 작품화하는 재능을 가졌다.

　가요 작품은 단순히 읽혀지거나 이야기로 전달되는 구연 형식이 아닌, 선율과 리듬

뽕짝은 아무나 하나

과 감정을 붙여 노래로 들려주어 감동을 자아내야 한다는 면에서 시, 수필, 소설 등의 문학과는 성격을 달리한다.

그 무엇을 먹어도 비단을 뽑아내는 누에처럼, 어떤 걸 보아도 바로 명작으로 재구성해 내는 '김병걸'에게서 우리 가요계의 아름다운 미래를 본다.

노래로 말 걸기

김순곤(작사가)

야생마를 길들이는 일은 쉽지 않다. 거친 숨소리로 광야를 달리는 그 입술에 재갈을 물리고 고삐를 매어 인간과 소통할 수 있게 하는 일이 어디 그리 쉬운 일이겠는가. 하물며 그 거칠 것 없던 들짐승들이 스스로 길들여지기를 노력한다면 아무래도 그것은 불가능한 일일 것이다.

그러나 그 동물 같은 자유로움의 자기본능을 버리고 소통해 보려고, 사람 사이에서 살아보려고 스스로를 길들이고 있는 바보 같은 인간이 있다. 그 한심하고 투박한 시도가 자신을 아프게 한다. 그 인간의 서툰 언어가 잘 전달되지 않아 가슴앓이하며 병들어 가고 있다.

김병걸. 그는 하늘과 비바람과 바다의 지평선과 발끝에 흩날리는 흙먼지로 노래하고 시를 쓰다가 풀잎처럼 쓰러져 울고 싶어 했다. 하지만 그의 언어를 사람들은 알아듣지 못했다.

그래서 사람의 말을 배우고 사람의 노래를 만들기 시작했다. 그것은 그에게 쉽지 않은 일이었다. 그는 열정을 사랑이라 바꾸고 분노를 이별이라 말한다. 그래야 사람들이 그의 목소리를 알아듣고 노래를 따라 부른다.

하지만 다행이다. 그의 언어에는 아직도 별과 바람의 향기가 숨어 있어 그저 흘겨듣고 싶어도 어느새 우리를 울고 웃게 하다가 기어이 그 빛나는 한 줄기 노랫말을 가슴에 새기게 한다.

그는 왜 우리에게 자꾸만 말을 걸어오는 걸까. 왜 몇 마디의 말로 우리를 함께 가슴 앓이 그늘 속으로 데려가는 걸까.

아, 그것은 그가 외롭기 때문이다. 그가 우리에게 손 내밀고 반복된 언어로 같이 가자고 하는 곳은 우리 모두가 그곳에서 왔기 때문이다. 잊고 살았던 우리 순수의 고향으로 함께 가자며 김병걸 그는 오늘도 사람의 언어로 노래로 우리에게 말을 걸어온다.

자기 스스로 벤치가 되어, 와서 털썩 앉아 쉬라며 우리 옷깃을 잡아끈다. 김병걸 그에게서 나를 본다.

가요계의 마당발과 편승엽의 '찬찬찬'

장경수(작사가, 한국가요작가협회장)

작사가 김병걸 군은 양반 고을인 안동에서 컸다. 시인으로 문단에서 먼저 펜을 든 그는 순수시보다는 대중시에 더 큰 매력을 느끼고 어느 날부턴가 전문 작사가로 가요계의 한 페이지를 장식하고 있다.

가요계에서 그의 별명은 마당발이다. 모르는 사람이 없고, 모르는 것이 없고, 모르는 곳이 없다. 자칭 가요백과사전이다. 성격도 둥글둥글하고, 오지랖이 넓어서 항상 바쁘다. 그의 표현대로라면 돈 버는 것과는 전혀 관계없이 바쁘다.

가수 편승엽의 무명 탈출 작품 '찬찬찬'이 만들어진 사연을 들어보면 코미디처럼 우

뽕짝은 아무나 하나

스운 동기가 있다. 아버지의 반대 때문에 가수로서 활동이 여의치 않았던 편승엽은 '서울 민들레'란 노래로 겨우 가요계에 명함을 내밀고 활동 중이었다.

그럴 듯한 히트작 하나 찾기 위해 동분서주하던 편승엽은 운 좋게도 김병걸과 만나게 되었다. 그는 무명가수를 인기가수가 되도록 만드는 신묘한 재주가 있는 작사가다. 완성된 곡의 악보를 건네받고 멜로디에다 가사를 붙이는 작업을 하던 그는 벌써 며칠째 끙끙 앓고 있었다. 그럴 듯한 테마가 영 떠오르지 않았던 것이다.

그날따라 아파트 창밖으로 희미하게 비치는 가로등 불빛 속으로 쏟아지는 빗물이 어느 여인의 눈물처럼 보였다. 시장기를 느낀 그는 야참을 먹기 위해 챙기던 식기가 실수로 떨어지면서 순간, 거기에서 테마를 잡았다.

손에서 놓친 식기가 싱크대에 부딪치면서 쨍하고 깨졌다. '쨍쨍쨍' 노래 제목으로는 적합하지 않아 생각 끝에 우선 제목을 '찬찬찬'으로 정했다. 리듬이 경쾌한 곡이기 때문에 가벼운 노랫말로 시작된 이 가사는 식기가 술잔으로 바뀌고 '쨍쨍쨍'이 '찬찬찬'으로 바뀌었다.

남녀노소 누구랄 것도 없이 따라 부르고 애주가들의 권주가로 사랑받던 편승엽의 노래 '찬찬찬'의 탄생 동기다.

"주루룩 주루룩 주루룩 밤새워 내리는 빗물"

그날따라 작가의 아파트 창 밖으로 비는 밤새워 그렇게 내리고 있었다.

〈1997년 6월 25일(수) 세계일보 '가요계 X파일' 전문〉

김병걸을 말하다……

★ 가사를 잘 쓰는 작사가의 공통점은 멜로디 파악을 기가 막히게 잘 한다는 건데, 그 대표적인 작사가가 바로 김병걸이다. —임종수(작곡가, '고향역')

★ 그는 후배지만 언제나 앞서가는 향도다. 그와 함께 걸은 길이 자랑스럽고 다정하다. 그는 가요계의 큰 축복이자 선물이다. −이동훈(작곡가, '사나이 눈물')

★ 김병걸은 재주가 너무 많다. 사막에 내어놔도 살 사람이다. 감성이 풍부해서 시를 쓰고 가요작가가 되었지만 냉철한 지성으로 달변이라 정치나 법조계로 나갔으면 더 좋았을 걸 그랬다. 그는 가요계의 보배이다. −김동찬(작사가, '둥지')

★ 내가 본 김병걸 형님은 작품도 잘 쓰시지만 웬만한 판검사보다도 더 논리적이어서 법조인이 되셨어도 작가 이상으로 성공했으리라 확신한다.

−김정호(작곡가, '꽃을 든 남자')

★ 김병걸 선생님의 작사는 예술이고 노래는 마술이다. −김선중(가수, '인동초')

★ 그는 내 친구이지만 천재다. 그만한 천재는 본 적이 없다.

−류기진(가수, '그 사람 찾으러간다')

★ 그와 작업을 해본 사람은 안다. 왜 그가 천재인가를. 작사에서 작곡까지 그는 판을 읽을 줄 아는 놀라운 안목을 지녔다.

−김상욱(작곡가, 한국연예총연합회 창작위원장)

★ 작사가 김병걸은 내 고향 청송집 마당에 깔아놓은 멍석같은 사람이다. 늘 한결 같고 재치 넘치고 친근하여 어느 누구하고도 금방 친해지는 사람 냄새가 진하게 난다. −박현진(작곡가, '무조건')

★ 그는 참으로 후덕한 사람이다. 그를 만나면 사람의 향기를 맡게 된다. 아무 주제나 주면 금세 노래를 만들어내는 비범한 재주와 방대한 노래를 외우고 산다.

−최강산(작곡가 · 연주가)

★ 그의 놀라운 식견과 지혜는 콤카와 우리 가요작가들의 미래를 안전하게 구원할 것이다. −신일동(작곡가, '유리벽 사랑')

★ 우리가 치르는 행사에 단골로 직접 노래도 해주시고 노련한 솜씨로 사회까지 봐주는 선생을 존경한다. 서대문문인협회의 큰 자랑이다.

−김선태(수필가, 서대문문인협회 회장)

♩♪♬
뽕짝은 아무나 하나

★ 나는 병걸이의 노래를 들으면 다른 가수들의 노래가 시시해진다. 그야말로 노래의 고수다. -박무신(고교 동기)

★ 그는 살아있는 가요 창고이고 한국대중문화 그 자체다.

-김운태(문화창업투자(주) 대표이사)

★ 병걸류의 노랫말을 창안해 낸 독창적이고 영명한 작사가다.

-조용하(작사가, '약혼녀')

★ 김병걸은 가요계의 역사이며 가요 백과사전이다. 그가 있어 가수로서의 나를 세울 수 있었다. -강진(가수)

★ 우리 가요계에 최고의 천재는 김병걸 선생님이다. 나를 가수의 길로 안내해줘서 평생 잊지 못한다. -진성(가수)

★ 군대시절 김병걸 상병의 웅변원고는 1등을 예약하는 명작이었다.

-오병규(한국연예예술인협회 밀양지회장)

★ 대중가요의 가사는 시대를 반영하고 풍자한다. 누구보다 트렌드를 읽을 줄 알아야 한다. 작사가 김병걸은 시대를 얘기하는 우리 시대 최고의 가요작가다.

- 윤영인(서울레코딩악단 지휘자)

아, 일장춘몽이었던가. 우리가 본 것은 신기루였던가. 돈이 될 줄 알았던 인터넷 TV방송은 급속히 증가하는 인터넷 보급과 온라인 유통에 편승하지 못하고 한계에 부딪쳤다. 굳이 돈을 벌려고 시작한 사업은 아니었지만 가수 섭외와 무대 설치 등 여러 가지 문제를 극복하지 못한 채 허무하게 날개를 접고야 말았다.

— 〈인터넷방송을 만들다〉 본문 중에서

12

뒤안길

인터넷 카페 〈김병걸과 차차차〉를 개설하다

컴맹을 탈출한지 4년이 흘렀지만 미니 홈피 하나 없이 한게임에 들어가 바둑을 두던가 아니면 고스톱으로 전자파를 마셨다.

나는 내 개인 블로그를 갖고 싶었다. 세상과 소통하는 가요작가가 되고 싶었다. 어차피 자료실이 있어야 했고 필요시 찾기 쉬운 나만의 창고가 절실했다.

드디어 다음 카페에 내 방을 마련하였다. http://cafe.daum.net/kbg-story. 2008년 4월 15일 김병걸의 커버스토리cover story를 만들었다.

인터넷 카페Cafe 〈김병걸과 차차차〉는 나의 문화적 갤러리gallery인 동시에 세상과 소통하는 작사가 김병걸金炳杰의 언로言路다. 가수와 교감하는 포럼forum이요, 가요를 사랑하는 마니아들과의 만남의 광장이고 나를 아는 친구들과 지인들과 나를 궁금해 하는 모든 사람들에게 나를 광고하는 전광판이다.

심포지엄에서 PT를 하는 발제자와 사회자에게 패널과 청중이 있듯이 이 카페에서도 매일같이 음악과 문학과 인생에 대한 공청회가 열리기를 희망한다. 누구나 다 발표자이면서 사회자도 되고 청중도 되는 〈김병걸과 차차차〉의 에너지와 사랑을 맘껏 나누어 갖기를 바란다.

▾
뒤안길

회원가수들은 본인의 노래를 소개하고 홍보하는 마당으로 이용하시고, 일반 회원님은 가수와 소통하고 노래를 공유하였으면 한다. 〈김병걸과 차차차〉에서 링크하는 카페는 3백여 개가 넘는다. 아날로그에서 디지털이란 궤도로 진입하는 나의 과정이 아직은 서툴고 미숙하지만 머잖아 카페에서 홈페이지로 확장해야 하리라.

최초로 음악 관련 세 단체 이사, 감사에 피선되다

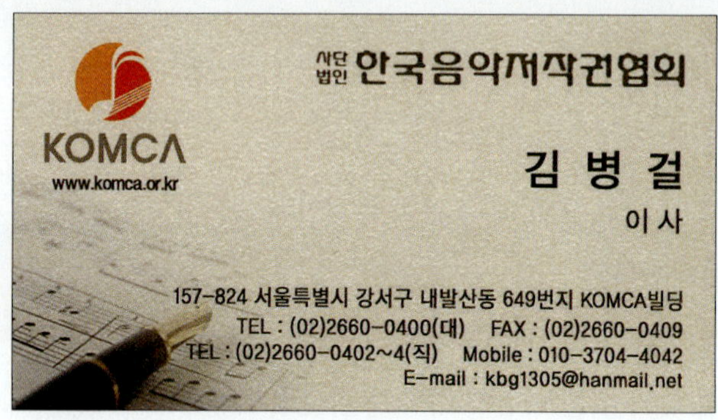

필자는 음악 관련 사단법인체인 한국음악저작권협회, 한국연예예술인협회, 한국가요작가협회 등 3단체의 이사理事와 감사직監事職을 모두 역임하였는데 가요 역사상 내가 처음인 것 같다.

흔히 3사三社라고 하는 세 단체에서는 3년 또는 4년 임기제로 이사와 감사직을 선거로 뽑는다. 한두 개 단체의 이사나 감사직을 한 차례 정도 하신 선배가 더러 있긴 했어도 감사와 이사 이 두 직책을, 그것도 3사에서 모두 피선被選된 경우는 필자뿐이다. 이른바 트레블treble을 달성한 셈이다.

누구든 연협이나 작가협회의 타이틀은 가질 수 있어도 음악저작권협회의 이사나 특히 단수표인 감사는 쉽게 되는 게 아니다. 어쩌면 회원에 따라서는 난공불락難攻不落일지도 모르는 아득한 성城이다.

한국음악저작권협회는 1964년 3월 15일에 총 회원 56명으로 창립총회를 열어 동년 6월 19일에 협회설립인가(문교부: 문편발 제1732호)되어 현재 45년의 역사를 이어오고 있다. 연예협회는 5 · 16군사혁명 이후 예총藝總을 만들어 산재한 단체를 병속竝屬시

뽕짝은 아무나 하나

컸으며 문인협회 등 11개 협회 중 하나인데 이 단체 역시도 40년 이상의 역사를 가지고 있다. 가요작가협회는 '목포의 눈물'을 작곡한 고故 손목인孫牧人 선생께서 일본에서 돌아와 1989년도에 만들었다.

필자는 한국연예협회에서는 석현 이사장의 재선 때 이사를 하였으며 남진 이사장 시절 감사였다. 한국음악저작권협회는 1999년 12월 선거에서 감사로 당선하여 김영광 회장 때 직을 유지했고 2005년 12월 선거에서 이사로 당선, 현 집행부(지명길 회장)인 2006년 2월에 취임했다.

한국가요작가협회에서는 제2대 김영광 회장 시절 감사로 피선되었으며 중간에 잠시 한국대중가요 작사작곡가협회로 명칭이 바뀌었다가 도로 한국가요작가협회로 컴백하였는데 명칭이 바뀔 그 무렵 서승일 회장 때 이사를 하였고 다시 박성훈 회장 때인 2003년 선거에서 감사로 당선되어 두 번째 감사 직위를 맡았다.

필자를 막내 세대로 봤을 때 더 이상은 후배들이 연협이나 작가협회에 관여하지 않는다고 본다면 아마도 3사三社 단체의 이사와 감사 직위를 다 가져보는 경우는 내가 최초이자 마지막이리라.

감투를 좋아해서라기보다는 주위로부터 등 떠밀려서가 대부분이었는데 단체 어딜 가든지 영원한 김 감사로 통하는 영일寧日 없는 세월이 오늘도 필자를 오라 가라 부른다. 작품 부킹은 뒷전인 채로 필자의 다이어리 플래너planner엔 각종 회의와 회원들의 애경사가 즐비하다. 에이그!! 〈2009. 3. 18.〉

파트너 작곡가를 가장 많이 가진 작사가

작사가와 작곡가는 전생에 부부였을까? 노래라는 하나의 라이선스를 합작하는 창작 동업자인 이 둘의 관계는 그림이나 조각, 서예, 시, 소설, 수필 등 혼자 완성시키는 여타 예술과는 달라서 저절로 한 몸이 되는 숙명의 관계다.

이 둘은 문화적 코드가 맞아야 하고 생각이나 감성이 합일해야 우수한 작품을 만들 수 있다. 때로는 작사가가 가사를 먼저 주어 작곡을 유도하기도 하고 때로는 작곡가가 곡을 미리 주어 작사를 생산시키기도 한다.

작사와 작곡 이 둘 사이에 어느 쪽이 노래와 히트라는 날개를 달아 주었는지는 중요하지 않다. 합작한 작품이 날개를 달았다면, 그래서 날 수가 있었다면 서로가 충분한 역할을 했기 때문일 것이리라.

우리 가요 백년 역사에 나보다 더 많은 편수의 작품을 발표한 작사가나 작곡가는 있어도 나만큼 많은 파트너(작곡가)와 작품을 해본 작사가는 없다. 세계에서도 유래를 찾기 힘들 것이리라. 2009년 6월 현재까지 가요계 생활 30년 동안 나와 작품을 콤비한 작곡가는 무려 127명에 달한다. 어쩌면 이 기록은 수백 년 간 깨지지 않을지도 모른다.

박시춘, 박춘석, 김영광, 박현진 등 다작을 한 대표적인 작곡가와 반야월, 유호, 조명암, 정두수, 김중순, 박건호, 이건우, 김순곤, 강은경, 이승호 등 수많은 작품을 발표한 작사가들도 나만큼 많은 파트너 작곡가를 가지진 못했다. 내가 소시 적에 동경했던 박춘석, 백영호, 김기웅, 남국인 선생님과도 합작해 봤으니 이런 광영을 누가 짐작이나 했겠는가.

계동균, 공정식, 구로환, 김강섭, 김기웅, 김민우, 김병환, 김효성, 김상욱, 김영균, 김영철, 김용년, 김인배, 김정호, 김학송, 김호길, 김현, 김현규, 김현우, 김성유, 김수환, 김준규, 김영광, 김용만, 김재일, 김정만, 김정일, 김진룡, 김충식, 김창수, 나영수, 노석하, 노상철, 남국인, 마상원, 박춘석, 박준철, 박성훈, 박현진, 박원숙, 박은표, 박건, 박종수, 박재권, 박천도, 박혜성, 방기남, 백영규, 백영호, 백창민, 서승일, 설운도, 신귀복, 신대성, 신웅, 신일동, 신홍기, 손재섭, 손정우, 손준호, 손호수, 송결, 송운선,

뽕짝은 아무나 하나

송주호, 신철수, 신중현, 연석원, 오동식, 왕준기, 원종락, 위종수, 이동수, 이동훈, 이민우, 이박사, 이원, 이용도, 이응도, 이철식, 이세건, 이충재, 이동철, 이현섭, 이호섭, 이호준, 이승준, 임정호, 임종수, 장원배, 장호광, 장기표, 장주원, 장현준, 장대성, 장욱조, 장태민, 전영진, 전인호, 전재학, 정경천, 정옥현, 정원수, 정의송, 정재우, 정종택, 정주희, 정태호, 조덕상, 조영근, 진정훈, 차석진, 채희성, 최강산, 최경식, 최종혁, 한기철, 한문성, 한형석, 허대운, 허대열, 허현, 현철, 황선우, 홍성욱…….

아! 이분들이 있었기에 나는 존재했고 이들 작곡가가 있었기에 나는 행복했다. 어느 누가 나 같은 행복을 누릴 수 있을까. 앞으로 또 어떤 작곡가가 나의 작사를 원할지는 모르겠지만 이만큼의 파트너를 가진 것이 얼마나 천운이랴. 나이로 치자면 위로는 아버지뻘이었고 아래로는 자식뻘도 있다.

최초의 가사문학 동인지 〈그루터기〉

Dooul Music Image Books, 〈그루터기〉. 초년생 작사가와 작사가를 꿈꾸는 이 땅의 예비 작사가들이 단체를 조직하고 국내 최초로 〈가사문학 동인지〉를 발간했다. 나는 이 조직의 주축이 되어 동인지를 편집했다.

요즘은 주로 작곡가들이 먼저 써 놓은 작곡에다 노랫말을 짓는 형식이 대세를 이루고 있어 실제적으로 작곡가가 작사가를 육성하고 배출시킨다.

그러나 내가 이 바닥에 뛰어든 1970년대에는 철저하게 홀로 서야 했다. 주로 작사를 먼저 해서 작곡

두올창작동인들

가에게 채택이 되는 형식이었다. 그러자면 가사 자체가 독립적으로 훌륭해야만 작곡가가 입맛을 다셨다.

1970년대 중반을 넘기면서 우리 가요계는 이미 작사계의 신진대사가 자연스럽게 이뤄지고 있었다. 〈전우의 타계〉와 〈이인선의 미국 이민〉, 〈하중희의 노쇠〉와 〈정두수의 절필〉, 〈김중순의 작곡 겸업 선언〉 등 주력군의 퇴장과 신중현, 정풍송, 장욱조, 박정웅, 진남성 등 작곡가들이 손수 작사까지 하여 새로운 작사가를 필요로 했다. 이 공백기를 무리 없이 이어준 실력자들이 나왔으니 지명길, 김지평, 박건호, 조운파, 김미선, 이경미 등이 그들이다.

이 무렵이 숫자적으로 가장 많은 작사가들이 나왔다고 볼 수 있다. 1970년대에 들어와 작사가로 입문하여 활동한 사람은 조용하, 이동원, 유정, 노왕금, 박상희, 주영자, 박상길, 이길언, 임선경, 장석일, 석송, 정태권, 박영아 등이며 훗날 2000년대에 활발히 활동하는 김동찬도 이 무렵에 데뷔했다.

특히 박춘석과 콤비를 이뤄 절정기를 보내던 정두수는 후학을 양성하고자 1969년에 〈정두수 작사교실〉을 열었고 한때는 수강생이 400여 명에 달했다. 이 〈정두수 작사교실〉에서 만난 나와 조덕상, 이재민, 김규환, 우영수가 주축이 되어 예비 작사가들의 조직을 만든 것이 바로 〈두울가요창작연구회〉다.

두울이란 뜻은 조덕상과 나 둘이 시작해서 둘을 풀어 쓴 표현이며 별다른 의미 없이 붙인 이름이다. 우리는 김지평 선배가 내게 소개한 박지훈과 전국 각지에서 모인 멤버로 조직을 정비하였고 그 명단은 다음과 같다.

권영숙, 김길만, 김규환, 김병예, 김병걸, 김성우, 김영욱, 김인선, 김인수, 김정숙, 김종수, 박계숙, 박명우, 박지훈, 서병화, 서재남, 송문실, 설빈, 신솔아, 안은희, 오순화, 윤행순, 윤영선, 우수탁, 우영수, 이병길, 이은경, 이해란, 이재민, 장건섭, 정지운, 정현숙, 조덕상, 최미영, 표경옥, 하윤진, 한명희, 한성수 등 40여 명이다.

가사문학지 창간호 〈그루터기〉 맨 뒷장에 보면 이렇게 적혀 있다. 발행처-두울가요창작연구회, 편집인-두울가요창작연구회 문예부, 초판 인쇄-1985년 9월 1일, 초판

뽕짝은 아무나 하나

발행-1985년 9월 5일, 서울시 영등포구 대림1동 960-4 영화빌딩 2층 두울가요창작연구회, 전화: 02)844-4152, 기획: NEWS BANK, 편집: 김병걸, 박지훈, 봄시원, 서재남, 윤행순

〈그루터기〉에는 축시 〈가을을 따는 나무-김병걸〉, 격려사 〈창간을 축하하며-정두수〉, 박명우 회장의 머리말, 〈김병걸의 가요 나들이1-묻힌 노래 뜨는 가락을〉이란 수필과 서재남 회원의 〈가사와 곡의 만남〉이란 글이 실려 있고 표지화 및 컷에 김시열이 수고했다.

지금 봐도 정겨움이 가득한 〈그루터기〉는 김인선의 '좋아질 것 같아요', 조향의 '칸나', 우수탁의 '가로등 연가', 김규환의 '설국', 김종수의 '주말여행', 봄시원의 '소록도' 등 100편의 가사를 소개하고 있다.

결국 이 바닥에 악착같이 살아남은 사람은 나와 박지훈 단 둘뿐이다. 벌써 25년이 흐른 지금 이들이 그리워 나는 앨범 속에서 1985년 6월 4일 대림동 어디선가 찍은 19명의 사진 한 장과 〈두울가요창작연구회〉에서 펴낸 동인지 〈그루터기〉를 가끔 꺼내본다.

이후 〈그루터기〉는 가요계 여러 단체와 관계자들에게 배포되었고 그 책에 실린 나의 작품 〈그대 내 인생에 시작이었네' 최종혁 작곡〉는 지명길 작사가가 기획하는 '검은 고양이 네로'의 박혜령 성인 신고식 음반에 타이틀곡으로 방송을 많이 탔다. 〈그루터기〉에 100편 실린 작품 중 유일하게 내 작품 달랑 하나만 시집을 보낸 셈이다.

아, 어디서 무얼 하고들 있는지. 두울 멤버들이여, 그 시절 그 열정과 사명감들은 다 어디로 갔는가. 다시 한 번 만나 한국가요를 진단하고 비전을 제시하고 서로의 역량을 뽐낼 순 없는지. 이름마저 가물가물해진 벗들이여! 바람처럼 달려와 필름을 그날로 되돌리지 않으려는가! 〈2010. 3. 6〉

제1회 한국전통가요협회 송년의 밤

2008년 12월 8일 오후 6시 영등포구 신도림 테크노마트 8층 웨딩시티에서는 가수 60여 명과 작사가, 작곡가 및 전통가요를 사랑하는 일반 회원 등 200여 명이 모여 힘찬 팡파레와 함께 〈한국전통가요협회〉의 첫 번째 송년의 밤 행사를 가졌다.

출범 7개월 만에 다음카페Daum Cafe 〈김병걸의 가요천국〉 회원 600여 명과 일반 마니아 등 800여 명으로 조직을 편성한 〈전통가요계승보존회〉에서 한 단계 발전하여 이름도 거창하게 〈한국전통가요협회〉로 바꾸고 회원 가수 가운데서 한 해 동안 열심히 활동한 가수들에게 올해의 가수상을 비롯한 시상식을 가졌다.

현재 가요 관련 협회는 여러 개가 있으나 대다수가 성격이 〈가수협회〉 또는 〈가요작가협회〉다. 그러나 일반 마니아까지 포함하는 협회는 〈한국전통가요협회〉가 유일하다. 협회 설립 취지문에서 천명하고 있듯이 "이 땅에 가요의 꽃이 만개할 수 있도록 함께 노력하고 가요를 통하여 아름다운 세상을 만들자."고 회원들은 결의를 다졌다.

이날 참석한 인사는 다음과 같다.

고문으로 위촉된 사회 각계 저명인사 이십여 명과 작곡가 김상욱, 이동훈, 김선한, 신상호, 박현진, 이규성, 노석하, 원종락, 이용도, 장대성, 정원수와 작사가 오경화, 월드TV의 안영일 감독과 인터넷방송 〈트로트자나〉의 박거열 감독, 차트코리아 장민 사장, 예음스튜디오의 선정완 사장과 박성일 녹음실장, 마스터링을 하는 유니온사운드의 황유연 사장과 금성미디어 김호상 사장 등이 축하객으로 왔다. 그런가 하면 친구인 김철웅, 심규철 두 변호사는 협회 고문 변호사직을 기꺼이 수락했다.

미처 참석하지 못한 〈한국복사전송권협회〉와 〈서대문문인협회〉, 작곡가 박성훈, 가수 남진, 정후, 재경안동향우회 등 여러 곳에서 축하의 화환과 화분을 보내 왔다. 그런가 하면 안동시청(김휘동 시장)에선 몸에 좋은 안동마를 20박스나 협찬했다. 멀리 진주와 마산, 대구, 원주 등 지방에서도 많은 가수들이 참석하여 행사를 빛냈는데 이날 참석한 회원 가수는 다음과 같다.

　남자 가수로 박진도, 현당, 류기진, 김명성, 강종근, 권용, 김선중, 김용국, 김종완, 김지민, 이철, 유의성, 김태민, 민호, 박무현, 정명, 박해정, 나성웅, 노래박, 류민향, 백산, 박화준, 신춘근, 한석주, 현동현, 홍진삼, 엄태웅, 이중아, 이충현, 미녀와 야수가 참석하였다. 여자 가수로는 강미선, 김미성, 김미소, 김정은, 꽃님이, 나미애, 리화, 민지, 배소연, 송란, 엘리, 오현아, 이수정, 유해모, 윤정, 임부희, 이대령, 채린, 최현숙, 혜림이, 이마음, 이진의, 정윤희, 정혜련, 최우리 등이 참석했다.

　한편 한 해 동안 열심히 노래의 씨를 뿌린 많은 회원 가수들에게 골고루 상을 수여했는데 그 내용은 다음과 같다. 2008 최고 인기 가요상은 박진도의 '똑똑한 여자'가 영광을 안았으며, 이날의 하이라이트인 올해의 가수상에는 '그 사람 찾으러 간다'의 류기진과 '아자'를 부른 리화가 남녀 부문 수상자로 선정되었다. 문화예술상에 현당, 김종완, 이대령, 김정은, 민지가, 열창가수상에 김명성, 나미애, 이수정, 권용욱, 김서울, 유해모가 각각 뽑혔다.

　가요공로상에는 김미성, 가요새싹상에는 송대관 모창으로 인기 있는 김태민 어린이가, 모범가수상에는 김미소, 홍진삼 등 20여 명이 수상하였다. 또한 가요발전상에는 장민, 이진희, 안영일, 김선중, 혜림이, 임부희, 박화준, 홍채연이 받았고 가요작가상으로 작곡가 장대성이 수상했다.

제1부 순서는 정원수 사무총장의 사회로 경과보고와 김병걸 회장의 인사말, 내빈들의 축사가 있었고 제2부로 시상식과 만찬이 이어졌다. 만찬 중 수상한 20여 명의 가수들이 벌이는 신나는 축하공연이 2시간 동안 이어졌다. 나는 이날 행사의 각종 기념품과 행운권 추첨으로 푸짐한 선물을 회원들에게 골고루 나눠 드렸다.〈2008. 12. 10.〉

한국전통가요협회 경기지부 개소식을 갖다

봄비에 날씨마저 꽃샘추위가 매섭던 3월 1일. 경기도 동탄 신도시에 위치한 한국전통가요협회(KOTMA) 경기지부 사무실(경기도 화성시 반송동 87-3 로드프라자 503호) 입주와 현판식이 있었다.

필자는 동同 협회의 회장이었기에 축사와 함께 고문 및 자문위원과 지부장, 예술단장에게 추대패를 수여하기 위해 동탄으로 내려갔다. 가수와 관계자 등 70여 명이 참석한 개소식은 사무실에서 현판식을 가진 뒤 뷔페 오찬과 가수 공연을 할 수 있는 파티벨 동탄 CGV 2층으로 자리를 옮겨 2부 행사를 가졌다. 정음 지부장은 스스로 사무실을 얻고 행사를 준비하는 등 심혈을 기울였다. 혼자서 대사大事를 거뜬하게 치른 그의 열정과 능력에 찬사의 박수와 감사를 드린다.

이날 추대된 경기도지부 임원진은 다음과 같다.

법률 고문에 소윤수 변호사를 비롯하여 도의원을 지낸 윤학상 한중문화교류회 이사장, 청미음반 대표인 김병준 작곡가, 강상호 실

뽕짝은 아무나 하나

버TV 제작국장, 동탄라이온스클럽의 이귀선 회장, 안산시설관리공단의 채홍숙 이사, 박중섭 한국연예협회 화성지회장, 그리고 사업가인 이선구, 김위주 씨가 고문으로 위촉되었으며 가수 양진수가 예술단장에 임명되었다.

정음 지부장은 취임사에서 금년도 사업계획을 발표하면서 가수들의 공연기획과 신인가수의 발굴 및 회원 10만 명 확보에 견마지로를 다하겠다며 의욕을 불태웠다.

참석한 가수는 주로 서울과 경기지역에서 활동하는 가수들로서 박건아, 정희선, 연서희, 유성화, 권선아, 윤호만, 신명화, 김유정, 양진수, 신송, 차선영, 정미송, 정유근, 박수현, 정연실, 윤건, 서정선 등이다.

이외에도 축하객으로 변영희 서초예술단장과 가요를 사랑하는 카페 〈세월 따라 노래사랑〉 회원 다수와 〈정통가요보존회〉 임원들이 참석하여 분위기를 한껏 띄워주었다.

경기도지부 회원가수는 이날 행사에 참석한 가수 말고도 남해준, 이중아, 이마음, 남수란, 홍진삼, 성채, 장민정, 민재연, 허승진, 해태남, 허현희, 송영광, 고대량, 전가연, 윤재민, 임경미, 태현 등과 MC 정윤 등 30여 명이나 된다.

오찬과 함께 가수들의 열띤 축하공연이 열려 정희선의 '작은 새', 신송의 '님', 연서희의 '보고 싶어요', 유성화의 '고추' 등 10여 명의 노래가 끝난 뒤 필자도 '젊은 초원'을 열창하여 만장의 박수를 받았다.

근자 새롭게 탄생한 60만 신도시인 동탄에 둥지를 튼 우리 한국전통가요협회의 선발대인 경기지부의 앞길에 무한한 영광과 발전이 있기를 기원한다.

인터넷방송을 만들다

2004년 봄 대치동 롯데백화점 뒤 먹자골목에다 나는 개인 사무실을 열었다. 작곡과 편곡을 하는 가요작가 지망생인 건반주자 이충재를 조수 겸 강사로 영입하여 사무용 가구를 새 것으로 세팅하는 등 적잖은 돈을 들여 개업했다. 그리고 나의 곁을 맴돌던 똑

똑하고 부지런한 후배 김정배까지 책상을 주었다.

김정배는 인하대를 나와 직장을 다니다가 뜻한 바 있어 퇴직하고 당시로서는 그다지 전망이 불투명하던 인터넷 방송인 〈TROT TV방송〉을 개설하여 박거열의 〈트로트자나〉와 김재구가 제작하는 〈서라벌TV〉와 함께 선두에 섰다.

지금은 구상수의 〈TSB-TV 트로트25가요방송국〉과 박영수의 〈트로트가수홍보방송국〉 등 여러 인터넷방송이 있지만 당시로서는 파격적인 도전이었고 취미 치고는 사치한 취미였다.

"너 방을 하나 줄 테니 부담 갖지 말고 함께 있자."

이렇게 제안하자 김정배는 나에게 〈트로트TV방송〉의 회장이란 직함을 주며 극진히 모셨다. 이 무렵 나는 서울 동대문 구역인 국제라이온스협회의 354-C지구 〈썬라이온스클럽〉을 창단하여 초대 회장을 맡았고 김정배는 총무를 보며 나를 보좌했다. 당시 가수로서는 우연이와 오현아 등이 회원으로 있었다.

대치동에서 2년을 보내는 동안 재정적 압박을 못 이긴 나는 사무실을 합정동으로 옮기게 되었고 김정배는 하는 수 없이 방송을 이상주에게 양도했다. 이상주는 쌍문동에서 미니 녹음실을 운영하며 가요나 인터넷에 상당한 지식과 열정을 가진 친구였다.

김정배는 현재 서울교육청 정문 앞 서희덕이 차렸던 광화문 레코딩 녹음실(대표 변성복)이 있는 건물 5층에 〈건뮤직〉이란 이벤트 회사를 차려 열심히 뛰고 있다.

〈인터넷 트로트 TV〉가 간판을 달던 날 정배와 나는 거창한 사명감에 들떠 있었다. 또 다른 측면에서 가요를 선도하고 가수들에게 활로를 뚫어 준다는 자부심에 충만했다. 나는 토크 프로그램을 만들어 사회까지 보았으며 신인가수들 위주로 가요프로를 찍었다.

이때 캐스팅하여 만든 음반이 류기진 '그 사람 찾으러 간다', 이주영 '딴 여자', 리화 '아자', 방어진 '동동구루무'였고 그들을 데뷔시킨 음반들이다.

또한 〈의성사랑노래〉 음반('의성찬가', '의성이야기' 외 5곡)을 의성군청(정해걸 군수)의 의뢰로 만든 것도 이 무렵이다.

이후 성인가요 전문방송인 아이넷과 월드, 실버 등의 케이블 방송이 생겨나면서 성

♩♪♫
뽕짝은 아무나 하나

인가요의 새로운 공간이 만들어졌고 현재는 우후죽순으로 늘어난 지역방송을 비롯하여 케이블 채널의 홍수시대를 맞고 있다.

아, 일장춘몽이었던가. 우리가 본 것은 신기루였던가. 돈이 될 줄 알았던 인터넷 TV 방송은 급속히 증가하는 인터넷 보급과 온라인 유통에 편승하지 못하고 한계에 부딪쳤다. 굳이 돈을 벌려고 시작한 사업은 아니었지만 가수 섭외와 무대 설치 등 여러 가지 문제를 극복하지 못한 채 허무하게 날개를 접고야 말았다. 신인가수들에게 작은 날개라도 되어주고 싶었는데…….

진정한 가수의 등용문이 되기를……

※나는 심사위원장으로서 제2회 대한민국트로트가요제 팸플릿에 인사말을 썼다.

진정한 가수 등용문이 되기를……

김병걸(작사가)

우리 고유의 정서와 가락이 나라와 민중의 애환을 대변하여 가요라는 이름으로 발전해 온지도 어언 100년이 되었습니다.

흔히들 일컬어 대중가요를 시대의 거울이라 했던 바, 이제 가요는 우리 생활에 있어서 산소나 물 같은 존재로 인식되어 노래 없이는 살 수 없는 문화로 정착했습니다.

그간 수많은 가수들이 명멸하면서 주옥의 작품으로 가요는 우리 곁에 늘 함께 했습니다. 시절이 변하여 성인가요로 통칭되는 트로트와 신세대의 랩 가요로 양극화하면서 불행하게도 공간음악이라 할 소위 통기타 류의 노래가 어느 날인가부터 사라졌습니다. 그리고 철저한 구획이 그어져 신구세대로 절연하는 풍조가 우리 가요계의 현주소라 하겠습니다.

오늘 이처럼 날로 쇠락하는 트로트가요를 견인하고자 〈제2회 대한민국트로트가요제〉를 여는 뜻있는 분들의 향연에 축하 말씀을 전하게 되어 무척 고맙고 영광스럽게 생각합니다.

여러 모로 열악한 환경에도 이처럼 성대한 대회를 마련한 관계자 여러분의 노고를 높이 치하합니다. 부디 오늘의 이 대회가 단순한 이벤트로 끝남이 아니라 가요의 또 하나 산실이 되고 유능한 신인가수를 배출하는 결실이 있으리라 기대합니다.

차제에 트로트라는 용어는 성인가요의 전부가 아니라 음악리듬의 한 장르라는 사실과 트로트가 구닥다리 내지는 퇴보한 역사의 유물로 폄하되지 않아야 되겠다는 오류의 지적과 소망을 전하면서 〈제2회 대한민국트로트가요제〉가 가요 발전에 기폭제가 될 수 있기를 기원하며 다시 한 번 축하드립니다.

2005년 4월 10일

파트너십과 그 현장

▶ 나와 작품을 같이 한 작곡가들

강숙, 계동균, 고경환, 공정식, 구로환, 김강섭, 김기웅, 김민우, 김병준, 김병환, 김상수, 김상욱, 김성유, 김수환, 김영광, 김영철, 김왕래, 김용년, 김용만, 김인철, 김재일, 김정일, 김정호, 김종호, 김종한, 김준규, 김창수, 김학송, 김현우, 김호길, 김화경, 김효성, 나영수, 남국인, 남기연, 노상곤, 노석하, 노영준, 류재욱, 마상원, 박건, 박성훈, 박영용, 박원숙, 박은표, 박준철, 박춘석, 박혜성, 박현진, 방기남, 백영규, 백영호, 서승일, 서재남, 설운도, 손재섭, 손정우, 손준호, 손호수, 송 결, 송선기, 송재철, 송운선, 송주호, 신귀복, 신대성, 신웅, 신일동, 신중현, 신철수, 신홍기, 연석원, 오동식,

뽕짝은 아무나 하나

원종락, 유성민, 위종수, 이동수, 이동철, 이동훈, 이박사, 이승준, 이응도, 이철식, 이충재, 이현섭, 이호섭, 이호준, 임강현, 임정호, 임종수, 장대성, 장원배, 장욱조, 장주원, 장태민, 장현준, 장호광, 전영진, 전인호, 전동인, 전재학, 정경천, 정원수, 정옥현, 정의송, 정재우, 정종택, 정주희, 정태호, 제갈승, 조덕상, 조만호, 조영근, 진정훈, 차석진, 차태일, 채희성, 최강산, 최종혁, 최진우, 파도성, 한기철, 한기혁, 한문성, 한형석, 허대열, 허대운, 현철, 홍성욱, 황선우

▶공표 시 반주음악을 편곡해준 편곡가들

강승용, 강정락, 기세인, 김광석, 김근동, 김기웅, 김기표, 김명곤, 김욱, 김성주, 김수환, 김영균, 김연호, 김용년, 김인배, 김정묵, 김종호, 김충식, 김헌국, 김호남, 남기연, 노상곤, 라음파, 마상원, 민인설, 방기남, 박춘석, 서정근, 송상환, 송운선, 송태호, 연석원, 원종락, 유해진, 이경석, 이동철, 이동훈, 이범희, 왕준기, 이충재, 이호섭, 이호준, 장욱조, 전홍민, 정경천. 정동구, 정주희, 차화석, 최강산, 최경식, 최종혁, 최춘호

▶내 작품을 레코딩한 녹음실

광화문스튜디오(변성복), 길동녹음실(김준규), 대도녹음실, 동대문녹음실(신철수), 둡둡스튜디오(김은철), 메카녹음실(김한년), 명음스튜디오(왕준기), 서울스튜디오(최성락), 아세아레코드녹음실(박경춘), 오리엔트녹음실(나현구), 오아시스레코드녹음실(손진석), 에이스녹음실(전영찬), 예음스튜디오(선정완), 예하녹음실(김원용), 유니버설스튜디오(이청), 응암녹음실(정영두), J스튜디오(정문원), 지구레코드녹음실(임정수), 장충녹음실(윤상호), 청량리녹음실(채수근), 청음녹음실(최명철), 킹스튜디오(박성배), 태광음반스튜디오(이태봉), 훈녹음실(이훈), 한국음반스튜디오(이춘희), 태진음향스튜디오(윤재환)

▶내 작품을 발표한 음반사와 기획사들

거성레코드사(박춘석), 금성레코드사(고만진), 노만프로덕션(박영걸), 뉴서울음반, 다링레코드사, 대도레코드사, 대음레코드사(김종구), 대지음반(윤재익), 도레미음반(박남성), 맘모스음향(손오현), 미산음반(김민배), 반석음반(임재우), 산돌기획(이종길), 서울음반, 세원음반(박성훈), 세진레코드사(홍근표), 솔미디어(김상옥), 시영레코드사(문규현), 신세계음향(윤상호), 신촌뮤직(장고웅), 아남레코드사(임정호), 아리랑레코드사(손경태), 아세아레코드사(박경춘), 엘리뮤직(유혜자), 오아시스레코드사(손진석), 유니버설레코드사(남기륜), 월드음반(정찬용), 인우프로덕션(홍익선), JM기획(김종민), 지구레코드사(임정수), 킹레코드사(박성배), 태광음반(이태봉), 태양음향(김성진), 태진미디어(방기남), 파워레코드사(임장재), 한국음반(이춘희), 한일음반(김재현), 현대음향(서연식), 훈상음반(이정영), 희레코드사(김수희)

▶뮤지션

· 기타 : 김광석, 김기표, 김영철, 박광민, 이성열, 이유신, 이호성, 최춘호, 함춘호

· 베이스기타 : 박한진, 심현권, 이수용, 김현규, 조원익, 서정필, 함기호, 송홍섭

· 드럼 : 강윤기, 배수연, 유영수, 김희철

· 피아노 : 김영균, 변성룡, 김정택

· 키보드 : 김명곤, 김용년, 송태호, 심성락, 이호준, 정주희, 최강산, 최승찬, 최태완

· 아코디온 : 김호길, 심성락, 유을성, 정주희

· 플룻 : 왕준기, 권혜순

· 섹스폰 : 강승용, 김명곤, 김원용, 최석재

· 퍼커션 : 박성기, 박영용

· 트럼펫 : 김동하, 김헌국, 변승탁, 송순기

· 트럼본 : 이한진, 이계군, 윤광섭, 김선팔

· 스트링 : 김동석, 신상철, 심상원, 김미정, 권수미, 배근옥

뽕짝은 아무나 하나

· 대금 : 이생강, 이철주

▶레코딩악단 지휘 : 김용년, 김호남, 송순기. 송태호, 오치수, 윤영인

▶방송악단 지휘 : 강정락, 김강섭, 김영철, 김용환, 김인배, 김인엽, 김정택, 마상원, 박찬일, 여대영, 엄기돈, 이봉조, 이호성, 정서봉, 정성조

▶코러스 : 김령, 김인주, 김현아, 김효수, 민경옥, 방대식, 신혜욕, 유 신, 이고은, 이윤경, 임정빈, 장현리, 정미영, 정여진, 조연호, 최선경, 최선영

▶매니저 : 강민우, 강웅비, 김남희, 김상범, 김선기, 김성식, 김성일, 김성중, 김종민, 김철한, 김태완, 김태우, 김형철, 김효동, 남궁린, 노동민, 동일권, 박남성, 박도근, 박동아, 박영걸, 박웅, 백강기, 백 민, 변대윤, 시성웅, 신광철, 신기동, 심혜련, 안정대, 안태섭, 엄용섭, 오균아, 유경재, 유수태, 유재학, 육덕수, 이기오, 이대욱, 이명순, 이묵영, 이성진, 이성천, 이슬기, 이승대, 이영철, 이재환, 이 주, 이춘섭, 이한복, 장고웅, 장 빈, 장원배, 전태명, 정상기, 정용규, 정원수, 정태식, 조성국, 최규정, 최동삼, 최용수, 황성수, 홍상기, 홍익선, 홍형철

▶레코딩 프로듀서 : 김광호, 김기정, 김만규, 김민철, 김영석, 김원경, 김성진, 김성호, 김윤경, 김은철, 김일택, 박성일, 박영호, 변성복, 서상환, 윤원준, 이진영, 이태경, 이 훈, 이훈희, 장인식, 전영찬, 정도원, 정문원, 정영두, 정용원, 진관섭, 채수근, 최남진, 최명철, 최미연, 최세영, 하상언, 한호림

▶마스터링 스튜디오 mastering studio : 서울사운드(이태경), 소닉코리아(서상환), 유니온사운드(황유연), wave station(정도원)

단상 斷想

1. 나의 놀이터는 어디일까? 무협지가 있는 만화방, 온갖 세상이 들어 있는 인터넷,

내기승부까지 즐기는 기원, 노래를 뽐내는 단란주점? 이들이 몇 살 때까지 내게 유효한 공간이고 위안일 수 있을까? 적당한 휴식과 재미를 충전하는 곳. 세상과 격리된 소박한 은신처는 어디일까?

가난한 주말을 들키지 않고 큰소리로 새로운 한 주를 사고 팔 수 있는 곳은 어디일까.

아, 내가 맘대로 기지개를 켤 수 있는 은신처는 노래가 있는 곳이다. 적어도 그곳에서만큼은 내가 비루하지 않고 당당할 수 있기 때문이리라.

노래는 내 인생에 있어서 별다른 주석을 달지 않아도 되는 자연적인 동의어 같은 존재다. 안마당에 함박눈 받아놓은 들마루처럼 넉넉한 기쁨이 언제나 노래다.

2. 이 가을 케니 로저스와 소울의 대가인 까칠까칠한 허스키 마이클 볼튼과 향수어린 팝의 전설 엘튼 존이 내한공연을 갖는다. 실용음악과에 다니는 아들과 함께 꼭 구경을 가야겠다.

질 낮고 진부한 스토리를 파는 누구누구의 가게는 오늘도 방송을 장악하고 문전성시를 이루지만 토할 것 같은 이 짜증을 털어버리기 위해서라도 꼭 구경 가리라.

3. 조운파, 박건호를 잇기에 나와 김순곤으로 충분한가를 따져보면서 어느 날 들불처럼 번진 랩가요로 이 시대를 무사히 건널 수 있는가를 묻고 또 물어본다.

'싸이'처럼 필살기를 갖지 못한 내가 조커Joker라고 착각하며 이 바닥을 우습게 본 건 아닌지?

누군가 그랬다. 삶이란 알 수 없는 길을 가는 것이라고. 처음엔 100m인 줄만 알았는데 오다보니 마라톤이고 거기다가 맨바닥이 아닌 허들hurdle 경기가 인생이던가.

단 한 번도 갑甲이 되어보지 못하고 가수에게, 제작자에게 끌려 다닌 을乙의 신세가 한심하여 도망가려 하지만 번번이 출구 없는 미로에 갇혀 사나 보다.

4. 나만 이런 걸까? 새 옷은 왠지 한 번 빨고 싶어지는 걸까? 그래서 생긴 변화를 확

뽕짝은 아무나 하나

인하고 싶다. 왜 나는 늘어지게 자지를 못하고 자명종처럼 사는 걸까? 내 삶의 공식으로 구하는 나의 y값은? 열지 않는 게 더 좋았을 '판도라의 상자'를 연 것 같은 이 찜찜함은 대관절 무엇일까.

전속력으로 살아보지도 못한 주제에 벌써부터 멈추려 하다니…….

윤항기의 퀭한 노래를 들으면 괜히 눈물이 난다. 요사이 느끼는 건데 윤항기의 노래가 최고의 노래로 들리는 건 무슨 이유일까?

5. 2012. 1. 12 문화관광부의 저작권과 윤성천 과장은 내게 물었다.

"가요가 작사·작곡의 결합저작물입니까? 공동저작물입니까?"

내 대답은 "분리가 안 되지요. 분리가 된다면 편곡은 작곡의 일부이겠지요."

애초에 가사와 곡이 한 몸이 되어 세상에 그 모습을 공개하여(이것을 공표라 함) 남이 인지하고 재생(이용, 사용)하였을 때 비로소 저작물로서의 권리가 주어진다. 그 인지 속에는 결코 분리할 수 없는 한 몸이란 뜻이 내포된 것이다. 즉 멜로디를 들으면 자동적으로 가사가 생각이 나고 그 반대의 경우도 마찬가지다. 그래서 가사와 곡이 각각 독립성은 가지되 재생 시는 뗄 수 없는 결합저작물이 되는 것이다. 마치 자갈과 모래와 시멘트가 합쳐져 하나의 벽돌이 되듯이. 그런 측면에서 공동저작물의 성격을 유지하고 있다고도 할 수 있다.

6. '아마겟돈'에 선 기분으로 산다. 절절함이 나를 지켜줄까?

'도마'에 오른 고기가 된 지 오래인 것 같다. 내용이야 생선이든 짐승고기든 머리위에는 아까부터 날 선 칼이 춤추고 있지를 않은가.

뒤안길

363

타고 보니 나귀였다. 말인 줄 알았는데 타고 보니 나귀였다. 이상한 프레임frame에 갇혔다. 귀양살이인가 보다. 어디선가 나를 계측計測하나 보다. 프롤로그prologue만 있고 에필로그epilogue는 없나 보다. 더는 나를 덤핑하지 않아야 할 텐데.

7. 2010년 9월부터 불기 시작한 '세시봉'의 열기는 전국 투어를 도모하게 했고 한물 간 스타들의 재건을 부추기며 향수를 재촉했다. 윤형주, 송창식, 김세환, 이익균, 조영남, 이장희가 종교처럼 다가왔다. 무교동 음악실이 되살아나고 타임머신은 우리를 1970년대로 데려갔다. 아, 이래서 가요를 유행가라 하였던가.

8. Komca가 늘 걱정이다. '이호섭'이 나에게 제안했다.
"우리 세상 속으로 너무 가까이 가지 말자."
"그래 콤카에서 오동 가지고 비를 쳐도 우리 입 닫고 살자."
그럴 시간에 작품 하나 더 쓰자고 우리는 약속했다. 아, 언제까지 우리의 침묵이 견딜 수 있을까? 우리 대신 누군가가 애를 쓰고 있겠지.
n/1이 적선의 가치로 전락할수록 소수가 집단을 이기고 핍박하는 결과를 가지고 온다는 걸 아는 회원이 몇이나 될까?
범작가협회를 주도하는 윤명선에게 "우리가 콤카를 고집하는 게 과연 최선일까? 놓아버림으로 지켜지고 나누어서 더 단단해지고 마침내 더 커질 수만 있다면 지금의 이 기로를 기로라고 고민할 이유가 없는 것 아니냐."
나는 방만한 콤카를 살빼기 위하여 어떤 모양도 방법일 수 있으며 그 과정에서 입는 단기적인 손해쯤은 마땅히 감수해야 한다고 역설한다.

9. 서바이벌 오디션 세상만 있는 건 아니다. 그런데 끼지 않아도 너끈히 자신을 지키고 행복할 수 있는 세상도 있다. 내 인생에 막다른 골목을 만들지 않는 것은 평생의 과제이겠지만 끓는 물주전자에 물이 넘지 않게 하기 위하여 주전자 뚜껑에 숨구멍을 내

는 단순한 지혜를 얼마 전에야 알았으니…….

숨구멍. 이 숨구멍이 답이다. 내 인생의 숨구멍은 무엇일까? 왜 숨구멍이 필요한가? 까불지 말라고. 위로만 치솟는 욕망을 누르는 브레이크가 바로 숨구멍이다. 세로를 가로로 분산하는 안전책이다.

숨구멍 정도가 충분한데도 급한 마음에 뚜껑을 다 열면 김이 새버린다. '뚜껑 열린다'는 말은 아주 나쁜 상황을 가리킨다. 사람이 뚜껑 열리면 돌아버리고 만다. 이제라도 작은 숨구멍을 만들어야겠다.

10. 그림자를 쓸다가 못난 놈을 만난다. 아! 나였다. 막상 갈 곳도 없으면서 마음이 바빠진다. 내가 안고 사는 계륵鷄肋이 너무 많다. 어쩌면 나도 누군가에게 계륵인지도 모른다는 생각에 송연悚然하다. 재주의 가상함과 노동의 존엄 이런 것들을 뛰어넘는 것이 예술인데 과연 내 작품이 그럴 만한 자격을 갖추고는 있는가? 잘못 짠 자기 프레임에 갇힌 건 아닌지.

아차하다 보면 순식간에 구시대 인물로 생매장당하는 게 세상 생리다. 인테그러티Integrity를 유지하자. BMW 신문광고 카피 '경기를 만든 자가 그것을 지배한다.' 나는 지배하고 있는가? '내 스케줄'을 가지고는 사는가? 내가 만족해하며 스테이Stay하고 있는 게 있기는 한가? 나 하나 편집되어도 내가 속한 집단이 온전히 유지된다는 이 엄연한 허무를 의식할 만큼 내가 철이 들었을까?

11. 가로등 아래 무수히 죽어간 나방의 시체를 본다. 어둠이 부른 참화인가? 결과를 모르고 뛰어든 나방의 무지인가? 그도 아니면 죽는 줄 알면서도 던져야 하는 순정 이상의 뭣이 있는 걸까? 가해자가 있다면 그는 어둠인가? 가로등인가?

현재의 시간과 장소에서 도망을 꿈꾸며 나는 매일 내 인생의 혁명을 노린다. 무위로 끝나기를 반복하지만 나의 이 시도는 죽을 때까지 계속될 것이다.

내 마음의 '마구니'는 무엇 무엇인가? 성찰하자.

12. 선인장처럼 살 자신도 없으면서 마음에 사막은 왜 자꾸 만드는가? 겨울하늘에 걸리는 낮달처럼 살까….

13. 가수 인플레가 화면을 어지럽히고 있다. 풍요 속의 빈곤이다. 막상 취입시키고 픈 가수는 드물다. 한국성인가요계의 비극이다. 이 깊은 고민이 상당기간 동안 유지될 것 같다.

14. 제철을 넘긴 봉황은 닭만도 못하다는 중국속담. 내 노트 속엔 닭만도 못한 봉황 들이 수천 마리 갇혀 있다. 발표도 못하고 때를 놓친 불쌍한 나의 젊은 날이 밀봉되어 있다. 이는 죽는 날까지 내게 아픔을 줄 것이다.

뽕짝은 아무나 하나

뽕짝은 아무나 하나

초판 1쇄 인쇄 2013년 4월 25일
초판 1쇄 발행 2013년 4월 30일

지은이 김병걸
펴낸이 이재욱
펴낸곳 (주)새로운사람들
마케팅 관리 김종림
디자인 LuneDesign

ⓒ 김병걸, 2013

등록일 1994년 10월 27일
등록번호 제 2-1825호
주소 서울시 도봉구 덕릉로 54가길 25(우 132-917)
전화 02-2237-3301, 02-2237-3316
팩시밀리 02-2237-3389
홈페이지 www.ssbooks.biz
e-mail ssbooks@chol.com

ISBN 978-89-8120-475-4 (03810)
*책값은 뒤표지에 씌어 있습니다.